读客® 知识小说文库

读小说，学知识

狗日的战争

一个打过抗日战争、解放战争、抗美援朝战争的老兵，告诉你他所目睹的战争真相。

2

长篇小说

冰 河 著

海峡出版发行集团 | 海峡书局

图书在版编目（CIP）数据

狗日的战争.2 / 冰河著. -- 福州 : 海峡书局,

2013.10

ISBN 978-7-80691-866-1

Ⅰ.①狗… Ⅱ.①冰… Ⅲ.①长篇小说—中国—当代

Ⅳ.①I247.5

中国版本图书馆CIP数据核字(2013)第202864号

狗日的战争.2

著　　者：冰河

责任编辑：庄鸿

特约编辑：张福建　胡艳艳

策　　划：读客图书

版　　权：读客图书

封面设计：读客图书　021-33608311

出版发行：海峡出版发行集团

　　　　　海峡书局

地　　址：福州市鼓楼区五一北路110号海鑫大厦7楼

邮　　编：350001

印　　刷：北京盛兰兄弟印刷装订有限公司

开　　本：680mm × 990mm 1/16

印　　张：17.75

字　　数：249千字

版　　次：2013年10月第1版

印　　次：2013年10月第1次印刷

书　　号：ISBN 978-7-80691-866-1

定　　价：32.00元

目录

第一章
重返地狱

　　黄家冲是这乱世的隔绝之地，没有炮声，没有空袭警报，也没有消息吓人的报纸。只有青山绿水，腊肉烧酒，清晨的鸟叫虫鸣，傍晚的炊烟飘散；这是腊月的热炕头，是上天的恩赐；这一切又理所应当，板子村就活下他和二子，阎王怎忍心斩尽杀绝？老旦开始猜想结束的日子，它遥遥无期，又似乎不会太久，谁赢了，总要让老百姓过活吧？而这念头又令他沮丧，大山里酒肉再好，炕头再热，终是他乡的，是苟且的，是沾着泪的，是半夜里总闭不上眼的。

　　听到海涛带来的消息，老旦心里咯噔一下：完了，得回去了。

　　麻子团长带全团执行撤退清扫任务，炸桥梁，毁工厂，烧掉一切，在鬼子军官可能进驻的地方埋设定时炸弹。本来还算顺利，只是撤离时发现了几百个城南仓库里的伤兵，被人忘了。麻子团长下令带他们一起撤退，行动因此迟缓，被鬼子突击部队截在了湖北通城。

　　海涛在长沙得了消息，路上带了三匹马，不吃不喝不睡，三天三夜跑回了黄家冲，人累得和条腊肉似的，搀着都站不住。他给麻子团长做过警卫员，自是心焦。

　　"赶紧说，他们现在如何？他受伤没有？"老旦问出一串，也不管海涛那要咽气的样。

"高团长……派了……几个弟兄……到岳阳……汇报状况，请求……支援，我遇到了这个送信的……都问明白了，他走的时候……麻子团长只受了轻伤……没事……"海涛帽子上有个子弹打出的洞，不知这凶险哪里来的。

黄老倌子要来地图，几人看了看。

"离得不远……"二子说。

"那也要三天……"老旦皱眉说。他肚疼如针刺，挣下了床，脚微微发飘。武汉撤退一个月，通城已然沦陷。消息断绝，扑过去和瞎子一样，全团还剩两百人，连伤兵足有五六百人，既然突围不成，又如何能去解困？通城八成早炸个稀巴烂，找人谈何容易？

老旦喝下口水，漏斗样坠下去，沉甸甸到了下面。黄老倌子眼不眨地看着他。老旦心血翻腾，腹鸣如鼓，背后浮出冷汗，一股热气却冲上头顶，他听见牙咬得咯咯响，觉得要有什么东西泄出体外，撑得鼓鼓，太阳穴霍霍跳着，胸口蹦蹦响着。他本想说一句不着四六的话，但这句话出来却变了味道。

"老爷子，俺要带弟兄们回去。"老旦说。说完了这句话，觉得冷意和热意都退去了。

"这是有去无回。"黄老倌子紧接着说，"照麻三的脾气，他死了。"

老旦捂着肚子，流着冷汗："老倌子，别人兴许就罢了，俺不是那么豪壮的人。可他这事儿，俺活要见人，死要见尸……"老旦忍着疼说，第一句话定了调子，后面便说得顺理成章，这话几乎感动了自己，让肚子更难受了。二子撅着嘴塞了根烟，他忙接过来抽，像要渴死的人喝了杯水那样，心中平静，肚子便好受多了。

黄老倌子的脸平静着，老旦有些失望。他推着老旦坐到床上，拉了张椅子坐下，却不抬头。屋子里安静下来，都等着老倌子的话。

"你和他一个德性，都他娘死倔，麻三这死脑筋！部队留他断后，定是说得冠冕堂皇，当官的却早早跑个干净。"黄老倌子鼻息里哼出重重的不满，带着早就料到的味道，"去吧，带上些我的兵。告诉他，他麻三欠老子几条命，死也要死在我的眼皮底下！"他伸出一根粗大的手指，指着地上一处。老旦惊惶地看着他的手，它抖着、颤着，像要戳穿脚下的土地一样。

老旦心中发热，脸也热起来，他扶着大腿说："老倌子，去也是悄悄去，人多反而目标大，就俺们这几个人，够使了。"

黄老倌子哼了一声，呼地站起，走去窗口背着手。他那腰杆挺得笔直，虽然肥胖，仍现出军人的站姿。他石头一样不动，乌云在窗外的天翻滚而过。老旦刹那感到这老汉当年的军威，那定是叱咤风云的一番经历，不知有多少弟兄曾为他甘心赴险，以命相护。老旦想起扶着杨铁筲拉手雷的那一刻，那些杀回来救他们的弟兄，那些倒在身后的生龙活虎的身躯，心里的疼压过了肚子的疼，心里的愧又压过了全部的疼，令他几乎流下泪来。

"人活一辈子，最紧要就是要讲一个'义'字。"黄老倌子点了点头，硬硬地转过身来，白花花的胡茬根根挺立，好像刚刚长出来一样。老旦望着这豪气的老汉，不由得矮小起来。

"你们从长沙奔岳阳，看情况再往北。我让二当家在岳阳等着接你们回来。"黄老倌子说罢，掏出个小布包，倒出块生锈的勋章，看了看，递给老旦说，"找到了他，给他看这个，当年我救过他的命……你就说我快不行了，有话嘱咐他，让他回来见我！"

老旦正要回话，房门跳进了徐玉兰，后面跟着红着半张脸的小色匪。她一副惬意打扮，手里拎着酒肉，见黄老倌子在这儿，面容一惊，想原路退回去，被黄老倌子喝住了。老旦不由看了下二子，这小子猜得可真准。

"你做的好事！老旦到底哪里惹了你，你竟要辣死他？拉死他？"黄老倌子简直是暴喝了，老旦第一次见他如此发火。徐玉兰咬着嘴唇，眼睛滴溜乱转，脸上红白交替。

"我纵着你，惯着你，是不想让你死去的爹挂念，让你当个三当家是为了历练，不被人欺负，可不是让你变成个女魔头！早知如此，就让你早早改嫁了老山匪，倒也省事！"

徐玉兰撅了嘴，看着地面一言不发。老旦见玉兰难堪，忙插话道："老倌子息怒，三当家请俺喝酒，那是看得起，俺自己的肚子不争气，倒怪不得她……"

这话太假，估计是没人信的，玉兰却瞥来感激的目光。

"三当家这不也来看俺了么？老倌子莫冤枉她，她被你宠坏了，是霸道了点，但对山寨来说，未必是坏事呢。"

黄老倌子板着脸走向门口，迈出去的时候对徐玉兰说："让你的神婆把老旦治好，再给他们几个念念咒，他要拎着脑袋去救人了。"

说罢老汉和众匪就去了。徐玉兰犹豫着要跟去，黄老倌子回身瞪了她。她便停了脚步，手脚局促起来。小色匪给她递上一个橘子，被她一巴掌打飞了。

"三当家的，不劳你挂心，俺好得差不多了。"老旦见她慌张，倒不好意思起来。

"嗯，拉得是差不多了……"二子笑呵呵补了半句。老旦怒视二子。二子贼不走空，抓跑了他的烟锅："三当家的，旦哥可想你了，拉一泡就念叨你一句……"

徐玉兰陡然变脸，作势要打，二子猴儿一样蹿出去，撞见端着脸盆来的麻子妹。他倒干脆，拉着便走。麻子妹见徐玉兰在此，张嘴就要来狠的，被二子蛮力拽出好远，骂骂咧咧地同去了。

"嗯，你要去干吗？"徐玉兰侧身问道。老旦哦了一声，将事情简单说了。

"别让璐颖妹子知道，免得她担心……"老旦最后说。

"我跟你们去！"徐玉兰露出喜色，一步步蹭过来。

"那可不行，俺们一帮老爷们，带你个大姑娘，可怎么干活呢？"老旦摆着双手，知道她是凑乐子去的。

"我可以女扮男装，头剃了就行，脸再抹黑点儿……鬼子认不出的……"徐玉兰放下手里的酒，跳到老旦身边坐下，床上多了个人，一下子弯下去。她的胸脯也随着荡漾起来，老旦忙站起身走去一边。脸遮得住，那两团大奶能缩回去？

"三当家的，你见过鬼子么？"老旦故作正色问。

"没有，我想去宰几个，叔叔不让。"徐玉兰嘴一撇，踢掉瘦瘦的鞋，在床上荡起了双腿。

"你还是先听他的，让你的神婆过来治治我，我们明天就走。"老旦木着脸说。

大伙儿开始表态，海涛自不用说，玉茗还是"只听你的"那句话，大薛直接点了头，眯缝着眼看着二子，二子支吾了几句，见老旦瞪着他，一跺脚也去。梁七脆弱的肠胃已被折腾得日日拿茅房当家，忙不迭地举手同意。朱铜头摸着肚子闷声不响。老旦让他再想想，他没打过仗，不要求他跟着。明天一早就启程，各自收拾齐备。

"你个龟孙儿，关你球事？又要逼着俺和你去送死……"人都走了后，二子蹲在凳子上恶狠狠地撂了一句。

"咱死不了的，俺觉得。"老旦嘟着嘴说。

"觉得你个屁！"二子跳下来说，"咱一次次玩命，板子村的兄弟玩没了，身边几百个兄弟也玩没了，咱命大得让阎王都怕了，阴曹地府早盯上咱了，你还感觉？俺感觉可不好，糟得很哩。"二子气愤极了，烟锅磕得都要断了。

院里跑进个人，咣咣地拍门大喊："你们这又是干啥去？我哥不是说让你们待着等他么？这才回来几天，就又要出去撒野？"竟是麻子妹，她这么快就冲来，定是揪着哪个兄弟套了话。

"别瞎嚷嚷，你哥来了口信儿，俺们几个要和部队会合去，这是命令呢。再说俺们的新军功章还没着落哩，等俺报了到一起取回来，都送给你，到时妹子你拿着做剪刀做夜壶随便……你先回去，俺光着屁股哩。"

"你回了部队不就又上前线了？那还咋个回得来？你们去了他还能回来？你骗鬼哩！光着屁股怎地？俺又不是没见过！开门！"麻子妹抬脚便踹，木头门松垮不堪，咔嚓就烂下一块。老旦无奈，只能开了。麻子妹呼地弹进来，拿着给他的药。

"鬼子还在武汉，长沙一时半会儿的哪有仗打？俺们争取拉他过来，老倌子都给了信物，下了死命令，妹子你为啥连俺都信不过？俺们明儿一早就动身，你也给俺准备点药和吃喝呗？"老旦嬉笑着伸手拿药。

"俺就是不信！要不就一起去！"麻子妹一把打开了他，气呼呼坐去门口，浑身的肉挤成轮胎似的。老旦陪她坐下，见要哭了，知道骗不了她。

"妹子，俺不放心你哥，不拽他，他不会回来的……"老旦拍了拍她的肩膀，麻子妹却抓住了他的手。

"俺想哥，俺就他这一个亲人了……"麻子妹抬眼看着他，老旦没见过她这样的表情，被看得头皮发木，肚子又隐隐地疼起来。

徐玉兰叫来了山寨的神婆。说是神婆，更像个要饭的疯子。她留着半尺长的指甲和三尺长的白发，双眼像对鲜红的辣椒，一嘴牙齿像故意掰歪，用锉磨过，竟没一个方正的，这还罢了，那一身臊臭堪比霉豆腐加臭豆腐。老旦被她瞪得发毛，熏得要吐，她坚硬的指甲在他浑身兜兜转转，刺来刺去，敲出瘆人的声音。徐玉兰看着老旦，眼睛睁得老大，见老旦被这神婆吓得怯怯的，就呵呵笑起来。神婆让老旦闭上眼，开始念经，边摸边掐，推滚他笨重的身体。那双可怕的手无处不去，摸掐得老旦冷汗周身，最后竟隔着裤衩揪住那串玩意狠狠一拽，老旦七魂揪走了六魄，啊呀大叫，捂着下面咕咚掉下了床。

"老逼！你做甚？"

老旦大骂，那玩意火辣辣地硬起来，肚子里肠鸣胃叫，后门一吞一吐，一串响屁轰隆隆就放了出去。徐玉兰捂着鼻子退后，指着老旦满脸羞红。神婆眼都不抬，收拾东西拔腿便走。她走了几步，回身指着老旦那里，眯缝着眼说："好一条腊肠，好一条腊肠呢……"

老旦怒不可遏，跳起来要翻脸，神婆早迈出了门。徐玉兰揪住了他："好了没有？神不神？"

老旦揉了揉肚子，顿觉浑身通泰，冷汗化作畅意，热流游走着全身。小色匪在门口哈着腰看，见徐玉兰瞪他，刺溜就没了影。这神婆果然好手段，只是如何知道扯鸡巴蛋能治疗肠胃？袁白先生可从没说过这种路数。老旦啧啧称奇，见徐玉兰娇喜得意，俏丽的笑脸和丰满的身躯似收似放，那里便直通通横斜竖挑。老旦大惊，又大羞，忙坐下四处摸烟。眼前伸过一只葱白的手，递过一根细细卷好的烟。老旦抬头，只见徐玉兰那张比饺子皮还要白净的脸，红得像烧起来一般了。

天亮时分，黄老倌子来村口送行。他穿着浆好的长黑衣，秃头在黎明里烁烁放光。老兵们带了好酒，女人们打包好腊肉腊肠腊鱼和梅干菜。二当家的一身皮扣，腰插双枪，背后是柄可怕的大刀。黄老倌子挨个给六人敬了酒，老兵们也全都满上。正要辞行，朱铜头拎着大包小包狂奔而来。他跌撞着扔下行头，给老旦和战士们敬了个礼。大伙都笑了，二子拍着朱铜头说："咋了？怕我们回不来没人付你的药钱？跟你的小甄美人交代过了？"

"我脸皮子再厚，也不能在这节骨眼上咯噔啊，昨晚上一宿没睡，你们一走，我这心里就没着落了！啥小甄美人？我跟她之间球事也没有！老哥、兄弟们别嫌弃我就行！"

"咋说的呢……快把老爷子这杯酒喝了，咱们上路！"老旦心下感动。黄老倌子却不买账："废什么话？喝了酒快走！当兵哪有你这样的？"

大早晨的，热乎乎的烧酒下肚，众人都成了大红脸。老旦等人纷纷拎枪上马。山中空气清洌，山口郁气腾腾。冬至已过，湘中的黄家冲还是深秋景色，山林里雾气薄掩，鸟雀争鸣，清新的草木香味浸入心脾，蜿蜒的山路上，亮晶晶的露水凝出诡异的光。回眼望去，黄家冲青烟袅袅，睡醒的鸡鸭鹅咯咯咕咕，那声音如此亲切，让老旦留恋起这安逸的山村。黄老倌子仍在村口遥望，如钟似鼎，黑衣轻轻抖动。这个把月恍如隔世呦。半山腰一个苗条的身影挥着双臂。老旦认出那是没有扎头发的徐玉兰，她在竹林里像只蹦跳的白羊。但这一切只是片刻，他只听见徐玉兰在山坡上嗨呦呦地呼喊了几声，一切就消失在雾气和吱吱呀呀的车轮声里了……

穿过益阳，到了岳阳，也就到了两湖边界。一路无惊无险，人们都在往后跑，他们反倒往回去，有脑子的都知道这伙人不好惹，躲之唯恐不及。二当家黄贵让人送了飞鸽信儿，这一路还有吃有喝，只是人们都在问：你们回去干啥？不知道鬼子打过来了？你们是想趁火打劫国民政府，还是抽了羊角风？

看地图，通城百里在望。老旦带着弟兄们到城北住下，准备明早过去。城里部队也不少，只看着委顿狼狈，不像在武汉时光鲜。街道两旁躺着不少伤兵和染了瘟疫的百姓，大多无人问津。各家各户的门板、棉被、床席、枕套、衣柜，甚至还有装米的大缸，通通被运往城外巩固工事。岳阳城像被路障和铁丝网包起来的粽子，文庙成了炮楼子，岳阳楼周围的高射机枪密如竹林。百姓大多跑路，但仍有不少留在城里继续过活，帮着国军修筑工事。城市不算大，但饶有意思，街道和房屋带着古香，飞檐迂回，菱窗围院，窗户雕着好看的花。而这一切都将化作焦土，如打了几个月的武汉，老旦心中好是惋惜。

从告示上得知，武汉城已成残垣断壁，除了鬼子弄的，还有国民政府自毁的，是为"焦土抗战"。军民全线撤退，武汉城拱手让人。尽管蒋老头子一再强调武汉战役给中国争取了时间，巩固了后方防御，老旦依然心如死灰，守住武汉和守住中国原来是两回事。中国成了一件敞风漏气的破衣服，捂住前胸，露了屁股。百万军民誓死保卫的长江防线一夜之间就给了鬼子，这"主动放弃"，如何接受？弟兄们沉默着，来往的士兵落落寡欢，信心降到了抗战以来的最低点。一退再退，再退就到了西南，那是真正的烟瘴蛮荒之地，人可怎么活？老旦纵不懂军事，也明白武汉的失守将导致鄂、赣大部被日军攻占，湘、渝面临直接威胁。多半个中国已经沦陷，一百万党国精锐部队灰飞烟灭，这么打都打不过，亡国是早晚的事了。蒋老头没准儿会带着部队钻山沟去，老百姓咋办？鬼子占了板子村会如何？像东北那后生说的见大姑娘就按倒，见人吃大米白面就拿刺刀挑了？翠儿皮白奶大的，模样招人呦……不敢想，但翠儿机灵，定也能如徐玉兰一般想到剃头抹锅底灰的主意。

一早起来，吃饭喂马，大家披挂出发。行至城口被卫兵拦住。守卫部队奇怪，都唯恐跑得不快，这七个家伙还要骑马去湖北通城，不是要去当汉奸吧？任是老旦说破了嘴，城防部队就是不放，老旦也拿不出原属部队的凭证。城防部队不敢放也不敢抓，摇电话报告了头目。老旦一行被缴了械，带进了前卫营指挥所。

先说话的是个上尉，瘦如乞丐，武装带太宽大，在腰上晃悠悠地垂着，说几句就要拎一下。瘦猴上尉正在和另外几个军官打麻将，大早晨的，屋里已是烟气腾腾。见他们进来，瘦猴上尉斜着眼说："你们知不知道上面的命令？别说是当兵的，老百姓都不让过去……"说罢，他打出一张牌，"四万！"

"我碰！你这么猴急着吃，不怕撑着？"他对面的军官拿起牌，回头看了一眼，又摘出自己一张敲在桌面上，头也不回道，"昨天有两个兵，揣着地图往北跑，出了城才被抓回来，今天早晨毙在城根下面了，你们是哪个部队的？带了什么？你是带头的？"此人又扭过脸，一副不屑样。

"看着不像呢……"还有个戴手套军官，这人打麻将都戴着手套，看来稀罕干净。

"俺是第2军军部特别行动科直属突击连副连长……"老旦决定不说姓名，省得笑着他们，"俺正在等着军部的重新整编，这六个都是俺的兵。"

听老旦报了身份，瘦猴上尉要摔的一张牌轻轻放了，几个军官或揪衣服、或咳嗽着站起来，看着老旦，带着狐疑。

"既是第2军的，怎不在部队里？你们可在长沙呢。"一个矮胖子说。

"俺奉命保护军部要人到湘中去了一趟，任务完成，这又要赶回去。"老旦这话理直气壮，本来也是这么回事么。"如果诸位不信，可以看看这个。"老旦说罢从怀里掏出军功章，这些铁牌子都别在一块布上，几个军官一看就傻了眼，那三等宝鼎勋章可不是一般的战斗经历能获得的，这说明老旦至少是尉级军官，因还是战时才发三等，如果将来大授，鬼知道会是几等。

"老兄，不是兄弟不给面子，上面有命令，岳阳城只进不出，再过几天进都进不来了，这满地都是鬼子的奸细呢。你们要过去必须得有师部的命令，或者你们第2军的长官手谕，你这么不明不白地硬过，兄弟我……呵呵……这个不好做主啊！"瘦猴上尉换作谄笑，口风却丝毫不松。

"说的是，说的是，你要过去就得有个材料，我这儿得有记录，万一你回不来，我们都跟着吃挂落啊！"刚才搭话的军官也戴上了帽子，笑呵呵地假客套。老旦却在想，这几个球攮的货不是想要钱吧？

"几位老兄，实不相瞒，俺们这次去不是部队的任务。俺们突击连半年前干了鬼子的斗方山机场，死得就剩你眼前这几苗人了，军里有意让俺们休养了个把月。前些日得到消息，我们的老长官高昱团长和几百个伤兵被困在通城，俺这次要寻他回来。高团长救过俺的命，俺不能贪生不顾，各位给个面子，俺不会写字，画个押留下，把这军功章也押在这儿，回不来也绝不连累大家。俺知道大家也不容易，守城门寡糟乏味，俺自是晓得，这儿只带了这十几块大洋给弟兄们买酒，就给俺这个面子过去，如何？"

老旦说完一扭脸，朱铜头麻利地掏出十几块大洋放在桌上，是从老旦和二子那份里来的，白花花的很是诱人。

"呦呵，可是去炸鬼子机场的河南老旦？"戴手套的军官突然说了话，走来几步。

"没得错，是俺……"老旦木然看着他。戴手套的军官挺起肚子敬了个礼，探过来握住了老旦的手，大清早嘴里扑来一口蒜味。

"哎呀，久仰久仰！幸会幸会！一家人不说两家话，俺也是河南过来的，是192师29团3营副营长钟文辉，高团长也曾提携过俺，咋的？他没回这边来？"钟文辉摘了手套，又和老旦握了手。瘦猴上尉是个懂事的，变戏法般夹了几根烟递过来。

"敢情还是老乡哪！高团长奉命扫尾，带着伤兵跑得慢了，就给堵在半道了，其他情况不明。俺带了他老旅长的命令，非把他找回来不可！"老旦接过一支烟说。

"可就你们几个……"钟文辉诧异道。是啊,这么几根葱去干这么难的事,给谁谁信呢?

"俺们去炸机场,不也就那么一百号人?"老旦不以为然。

钟文辉看了看其他几个麻友,晃着大脑袋说:"弟兄们,要不这么着,老哥你给刘队长……画个押,军功章也别给咱们留证明了,这位老兄仗义赴险,俺信他,但须快去快回。你身经百战,啥形势一瞧就明白,能救自然是好,救不了也只能退回来。各位老弟给俺钟大头一个面子,糊涂过去如何?"

军衔最高的钟大头说了话,麻友们不反对,有人抓耳挠腮地支吾。二子又拿出几包上好的腊肉和香烟放在桌上,说这是黄家冲的山货,给几位长官喝个酒。几人忙惭惭愧愧、客气客气地过去点头了。

"这年头都不容易,我这几位老弟也是五湖四海的,我再拿个主意,吃喝留下,这大洋你们还是带在身上,一路上难免还用得上,要是把高团长接回来,你再请我们哥几个喝酒,这点钱没准还不够呢!"钟大头拿过大洋塞给老旦说。

"这如何使得?"老旦忙推托。

"哎呀,如何使不得?兄弟将来说不定还要你照顾周全呐!"

钟大头皮肤黝黑,身形敦实,外八字走得稳稳当当的,不穿军装,定也是条庄稼汉。老旦红着脸拿回大洋,还以为他们要狠敲一笔,原来也是仗义的哩。瘦猴长官见状也借坡下驴,忙张罗着让卫兵备酒备菜,早饭当午饭吃,怎么也要送个行。

一场酒喝到中午,几个人都开始称兄道弟了。钟大头一高兴,把一辆卡车钥匙也扔给了老旦。老旦被灌得稀里糊涂,一个劲摆手推辞不要。二子早接了过来,几杯酒灌回去,那几个就躺了。钟大头喝到酣处,抱住老旦说起伤心事,约着打完了仗两人一定要相伴回河南老家,老旦被他撩得哭了一场。弟兄们倒识数,没有一个贪杯的,唯独老旦醉成了一团。二子悄悄带足了油,马都留在城门下,众人拆开抱一起的老旦和钟大头,油门一轰就上路了。

被车颠得吐了几次,老旦清醒过来,见大家都笑眯眯地看着自己,便讨水喝。梁七带劲地开着车，对他喊着："老哥啊，这顿酒没白喝，喝出一辆美国卡车来，这便宜可占得大了！这要是走路回去，再碰上来的时候那狗日的天气，咱们可就惨了哟。"

"那钟大头也该醒了，说不定现在正在城头上望着咱们后悔呢！"朱铜头得意道。

"老哥喝得就知道摆手，俺不要俺不要！亏了二子手快……"玉茗说。

"俺还是喜欢骑骑马，这汽油味闻着不舒服呢。"老旦喝下半壶水，洗了把脸，再抬头看，国军溃败队伍出现了。路边开始有弹坑，时不时得下来推车。路边死尸肿得黑胖，苍蝇黑压压地堆在上面。丢弃的衣服、废弃的车辆和大筐小篮随处可见，走不动的人就躺在路边，连伤带病的活不了几天。二子搭了一个传令兵的摩托去打探消息，半晌回来，说鬼子离这里只有五十里地了。

又走了半天，路上已不见人影，成群结队的野狗逡巡在吃光的骨头架子间。开车到了通城外围，老旦决定步行。大家把车隐藏在一条沟里，二子拆了方向盘和输油管藏在地里，这车就偷不走了。望远镜里，能看到通城的一座塔尖，高高挑着膏药旗。半个县城还在燃烧，乌云随暮霭降临，黑压压地沉在头顶。偶尔有一串子弹飞过天空，缓慢如发光的鸟。是鬼子在屠城，还是剩余的战士在抵抗呢？老旦拿出梳子梳头，把帽子摘下来藏了。

"太阳落了就进去，弟兄们小心！"

躲过城头上扫来扫去的探照灯，他们在城边找到个炸烂的缺口，竟没有防守，他们进去，溜着街边儿往里探。鬼子在施行灯火管制，除了一些冲天火焰，通城遍处漆黑。鬼子的巡逻小队举着火把跑过，尖利的喊叫令人毛骨悚然。各家各户都窗户紧闭，不知里面的人是死是活。七人摸近县城南部的医院驻地，找了个四通八达的院子，爬上房顶看去。

街边点着火把，火光撕着黑夜，照亮路边的血痕。约摸一个营的鬼子整齐地走过广场，牛皮鞋踩得山响，刺刀映着火光，将月光割成碎片。路的尽头挤着百十个国军战俘，三挺机枪围成半圆对着他们，狼狗嗷嗷地叫着，并没人制止它们。

"是他们吗？"二子问。

"不是，看着是……警察部队。"老旦举着望远镜说。

"救么？"二子又问。

"怎么救？"老旦摇摇头。

一个鬼子军官骑着大马，纵到战俘面前，举着鞭子叽里咕噜喊着什么。警察弟兄分成了两拨，一半人走到了另一边，还有几十个没有动。马上的鬼子随意地挥了下手，几挺机枪便扫射了。警察们割麦子似的倒着，穿过他们的子弹在墙上打出血红的火星，枪口的火焰盖过了火把的亮光，刺得老旦心揪成了团。枪声停下，几个鬼子上前去检查，看到没断气的就补一刺刀。一个装死的跳起来冲向外边，拖着一条断腿。三个鬼子不慌不忙地端平步枪，一个齐射，那弟兄扯得飞起来，直挺挺摔在青石路上。两条狼狗过去咔咔咬了几口，看着不动了才跑回去，瞪着那些投降的人。老旦掐了掐颤抖的手，咽下一团酸涩的唾液。

"老哥！你看那边！"玉茗眼尖，指着更远的地方说。

广场的东北角堆着高高的尸体，鬼子正在往上浇汽油，马车上拉下更多的尸体往死人堆上扔。火焰突地跳了起来，像他们曾点燃的油库，烧得噼啪作响，那火焰颜色发绿，滚着红色的烟。浓烈的汽油和人肉味吹来，老旦反了胃，低下头喘了几口气。

"老哥，这么多鬼子，等后半夜再找吧？"陈玉茗问。

"二子，去周围看看。"老旦轻轻推了下二子。二子点了头，退进了黑暗里。

大家躲在屋子里等着鬼子散去。但零星的枪声和女人的尖叫声，以及狼狗的狂吠声、鬼子的狞笑，说明这个夜会一直继续。这些声音交织成恐怖的夜歌，卷着那些幽魂跌入地狱。大家默然无语，屋子里一片死寂。大薛不停地闻着一支烟，他不会点燃，那会招来狗一样的鬼子。飞虫在屋里角落中嗡嗡作响，老旦听到它们挣扎般的喘息，这异于战场的沉重从心里弥漫，似乎淹满了这间破烂的房子。明月高悬，月光如刺刀的锋芒，笼罩着死去的边城。

一声枪响将昏昏欲睡的老旦惊醒，他抓起了枪。弟兄们看来都没睡，有人轻轻地拉开枪栓。玉茗探头看向屋外，招呼老旦过去。老旦清楚地看到几个国军战士跑来，他们开着枪跳进了院子，后面是十几个鬼子。一个战士被打死在墙头上，倒栽葱掉下去，剩下的三拐两拐，竟然进了后院，头也不抬地钻进了上房。这院子很大，里面又横着个花坛，偏房里这七人还没来得及从后门出了院子，老旦刚把手枪的火顶上，鬼子就追过来了。老旦等忙猫在花坛和照壁下面。十几个鬼子叽叽喳喳地跟进了院子，正房子里的战士无路可走，朝外邦邦放枪，鬼子们躲在隐蔽物后面还击。一个鬼子躲到一棵树下，大薛就在他旁边的水车下面。老旦见鬼子就这几个，对大薛点了头。大薛直起身一步跨去，捂着嘴捅进匕首，悄无声息地放下，走向第二个。老旦等也悄悄摸到鬼子们身后，每人分了一两个。老旦一招呼，不紧不慢的手枪就把屁股向后的鬼子干掉。鬼子头目惊诧地回过头，正要大喊，见一个壮汉手里的刀直戳过来，凉飕飕钻过了自己的眼睛。

　　"没事了，自己人，弟兄们都出来吧。"老旦轻声喊道。陈玉茗拔出鬼子脑袋里的匕首，顺手从他身上摸了把撸子。

　　门开了，三个人从房间里跳出来，个个都血红着眼睛，脸黑得像锅底，慌张四望。

　　他们是执行焦土任务的工兵，这个工兵排炸完最后一座堡垒般的混凝土工事，没料鬼子来得这么快，他们没有重武器，机枪都没有，几十人眨眼就只剩四个了，没头苍蝇似的乱逃乱撞，杀了鬼子抢枪抢粮，如此亡命两天，刚才就准备壮烈了。

　　他们并不知道307团的动向，说通城里还有不少弟兄呢，但都是散兵游勇，形不成威胁，鬼子大部队都绕奔岳阳东部，只留了两个联队的兵力围剿。城南的仓库群那边还有战斗，有百十个国军依然在炸毁的废墟里打游击，天天有弟兄被鬼子从那边抬出来。这四人原本就是奔那边去的。

　　三个工兵愿意和老旦等一起去找。二子一身血地回来，说路上杀了两个拉屎的鬼子，他验证了工兵的消息，南边仓库仍然在战斗，鬼子围得铁桶一样，但并没有猛攻。

"有没有团长的消息？"老旦忙问。

"说不准，有一个百姓讲领头的是几个官，上午他们想突围，一两百人两个方向冲出来，一个当官的冲在前面，当场打死了。鬼子人不多，但是火力太猛，昨天还开来了两辆坦克，弟兄们死了不少，退回去了。"二子说完，觉得没回答完老旦的问题，就又说，"如果团长还活着，有可能就在那边。"

"离这儿有多远？"

"摸过去只一袋烟工夫，要是碰上鬼子就不好说了。"

"走！"老旦立刻决定。他说得痛快，站起身来却犹豫着，不由得四处张望着。

"老哥，用老办法试试？好走。"陈玉茗指着地上的一些鬼子说。

老旦愣了一下，略微数了数，眼睛亮了，他摇摇头又点点头，心想真是白跟杨铁筠混了一场。

小城面目全非，街道布满砖石瓦砾和发臭的尸体，根本无法走快，十一个人走走停停，纵然穿了鬼子衣服，仍谨慎躲过路上的鬼子。夜长梦多，而黎明更加可怕。老旦恨不得天下公鸡都死绝，天干脆不要放亮。

通城南湖医院突兀如麦地里的稻草人，是为数不多的健在楼房。几个鬼子向楼里喊着话，旁边的民房里还睡着不少。今天鬼子遇到了稀罕事，大楼里这百十来号人骨头太硬。任一个连的皇军怎么打怎么炸，就是不投降，每冲一次都要死十几个战士，隔几次就要抬下去一个举着刀的帝国军官。运来的两挺小钢炮把大楼炸得像马蜂窝，却撼不动筋骨，房子就是不倒。开来的坦克口径不够，打得了土碉堡，却啃不动这德国人造的老楼。两天下来，鬼子颇为头痛，只能死死地围住，等着拉来山炮，反正这些国军也跑不了，再围个两三天的，也没准不攻自破了。喊话的汉奸被楼里的狙击手干掉了两个，脑袋打成了烂柿子，现在喊话的是个五音不全的鬼子，正在照着一张纸念着：

"你们的……抵抗的……不要……了，皇军优待……俘虏……的，否则明天……大炮的……干活了……你们中国人讲话，好汉不吃……眼前龟……的……"

楼里哄堂大笑，有人应道："谁说的，咱们东北人最喜欢炖日本王八，而且专拣爬得最近的王八下锅，你把头露出来，让大爷我瞅瞅你的龟头是不是个鳖犊子球样，八格你妈了个牙路！"

鬼子听不懂，但估计不是好话，也"八格八格"地骂着，很快又是一炮，炸得烟尘弥漫。

天亮之前雾水很重。鬼子们还是单衣，自是凉得透了，都缩在沙袋后面。头是不敢冒的，楼里面要命的狙击手指哪儿打哪儿，晚上敲脑袋也不含糊，暂且眯着吧，天皇保佑黎明快点来吧！东条保佑大炮快点来吧！

受冻的滋味不好受，鬼子们龇牙咧嘴地挨着。早饭还要过一个小时，听说会有热乎乎的饭团和牛肉汤呢。百无聊赖间，一队友军无精打采地走来了，看衣服是第10师团的呢，只是一个个肮脏不堪，像刚从死人堆里爬出来。担架上的两个伤兵一动不动，看来是不行了。见他们大咧咧走过来，几个鬼子忙比划着叫着让他们趴下，这帮人忙散开跑来。楼里打出一枪，打飞了一个家伙的帽子。他们忙趴到地面上，蛇一样爬到了沙袋后面，拉过了两个担架。

鬼子热心地问长问短：挨枪的人没事吧？你们这是打哪儿来啊？你怎么胡子留那么长啊？这些不懂事的笨蛋大概是被吓坏了，手和嘴一个劲地哆嗦呢。这肯定是九州岛来的乡巴佬，咋一枪就吓成这个球样？鬼子摇拨浪鼓似的摇着一个人的肩膀。此人好一会儿才定下神来瞅自己，他挤出一个丑陋的笑，露出一口焦黄的、沾满污垢的大牙，那一张大嘴真是臭不可闻呐，仿佛生出来就从没刷过牙。鬼子被熏得扭脸闭眼，却听到一句不懂的中国话：

"龟孙儿，爷日你妈！"

这是什么意思？九州话好像不这么说？不好，这是支那兵！

鬼子刚把手放在枪上，肚子上已经凉冰冰地透入了一把匕首。疼得要喊，一只大手又卡在喉咙上，咯吱一声，喉咙像掰苞米似的碎了。弥留之际，鬼子偏过头去，见几个同伴的遭遇也大多如此。有个家伙勒死了他身边一个弟兄，又把那绳子穿回腰间——这竟是那家伙的腰带？这人边系腰带边看着他，纳闷地躬身过来，猛地将他的脖子扭过去。鬼子听到咔嚓的声音，知道自己那根小脖子被这个中国兵粗鲁地拧断了。

老旦弄死这个鬼子，让弟兄们迅速占了位置。

"海涛快去！"他低声喊道。

担架上的海涛猛地跳起来，挥舞着一件国军衣服往大楼里面跑。楼上的人都看着呢，自是没有开枪。老旦和梁七扔了鬼子帽，迅速把轻重机枪对准旁边的一个帐篷，那里是大楼射击死角，可睡着一个排的鬼子。大薛和二子跑过去把弄两门小钢炮，陈玉茗和几个工兵则扑向了路边的坦克。朱铜头一个个从箱子里掏着手雷。不一会儿，楼里的弟兄们悄无声息地成群下楼。百米之外的夹击阵地上的鬼子发现了情况，过来了十几个人想看看怎么回事，却见平射炮开了火，几个人便炸死在街头。帐篷里的鬼子醒了，眼屎还没揉，密集的机枪便钻进来。没死的鬼子满大街乱跑，躲着扔来的手雷——他们怎么扔得那么远？坦克兵被炮声从梦中惊醒，打开王八盖子刚把头伸出来，就被从天而降的枪托砸了个满堂红，两个冰凉沉重的物件在坦克里叮当乱碰，拔开血糊的眼皮一看，是冒烟的菠萝手雷。

两声闷响，坦克喷出带血的烟，老旦为里面的鬼子肉疼。这玉茗真够狠的，小坦克肚子里扔进两颗，鬼子不炸成饺子馅儿才怪。可玉茗还不过瘾，操起坦克机枪开始扫射，满街鬼子死得东倒西歪。大薛和海涛在旁边也过足了瘾，小钢炮打得兴高采烈。他们准头不佳却威慑力十足，鬼子被自己的坦克和钢炮拦住，估计肺也气炸了，跋山涉水过来的坦克完蛋得不明不白，冲过去的鬼子死得尸首分离，他们全缩在两边不敢乱动。眼见着楼里逃出来的一多半是伤兵，早知如此，还不如昨天就咬牙攻下来。

老旦催着大家撤退，一边扯开嗓子喊着："谁看见307团的高团长了？一脸麻子的高团长，有谁认识他？有谁见过307团的高昱团长？"

一个瘦骨嶙峋的小兵扭头道："是307团的高团长？一脸大麻子？"

"对！对！你见过他，他在这里么？"老旦激动地抓住他。

"见是见过，前天还碰过面，可是……"

"可是什么？说话咋半截子哩？"老旦急了。

"昨儿晚上……他死了……"小兵见他怔住了，又补了一句，"他是自杀的。"

老旦身边落下一串机枪子弹，从地面窜到墙上，钻得火星乱崩。小兵刚说完脑门上就挨了一颗，人倒了，脑浆子蒲扇样喷在墙上，黏黏地往下流。老旦呆呆地看着这面墙，眼里塞满了红色，嘴里喃喃地说："这不是扯淡么！这不是扯淡么？"

二子扑来，一把拽倒了老旦，冲着他大喊着什么。老旦什么都听不到，只觉得血流进双耳，汽油一样烧着，它们痛苦得要焦了裂了。

"二子，老旦！"一个瘦高个子弯腰跑来，攥住了老旦的手。

"你们怎么来了……你们怎么才来？"这竟是在村儿里抓走老旦的王立疆。他先是惊讶，后是伤心，然后……是愤怒，他指着满是烟尘的大楼说，"他扔下我们走了，人还在楼上……"

老旦脑袋里嗡嗡作响，王立疆后面的话听不见了。二子和海涛发着狠冲进大楼，谁也拦不住。老旦心里一急，也拔开腿赶了过去。王立疆在后面喊着："老旦回来，来不及了，要把伤兵全带走……他在二楼左边！"

外边枪炮剧烈，鬼子增援部队分批赶到了。大炮竟然也到了，大楼被轰得摇摇欲坠。漆黑的走廊里，老旦跟着二子和海涛，借着窗外枪炮的火光，终于在一间屋子里找到了躺在床上的麻子团长。他静静地躺在那儿，军装一丝不苟，一块破烂的军旗盖在胸前。火光中，那熟悉的一脸麻子，那刚毅的两道眉毛，那铁棍都难撬开的嘴角，正是曾经给自己授勋的麻子团长高昱。

"高团长！"老旦一声长号，一头扑在他的身侧。他想敬礼，却抬不起手。他想大哭，却没有眼泪。他看着麻子团长那张冰冷的脸，顿觉这世界的无情，顿觉那些希望的幻灭。

"团长啊！你咋这样哩？你咋就能这样撂下哩？咱们刀山火海都过

来啦……你咋这个时候自个走哩？俺的好团长唉……啊……这到底是咋的啦，俺的糊涂的团长大哥啊……"

老旦晃着麻子团长的胳膊，拂过之处冰冷僵硬。老旦又变作那个软弱农民，他需要这个人的存在，那是信念，是支撑，是一堵结实的墙。黄河岸边那个战马上威武的军官，那个带着几千人跪下的热血汉子，那个发誓要打回去的不屈的男子汉，就这么走了？

麻子团长胸前有个小小的枪眼，正对心脏，军服被枪口烧焦了一圈，这是手枪抵在那儿开火的缘故。三九天掉进了冰窟窿呀，老旦痛得周身麻木。二子和海涛站在身后，流着泪敬着礼。炮火在窗外闪耀，厮杀在楼下倾轧，老旦仍在怀疑这个结果，他为啥要这样做？最后一次见面还好好的，武汉战况即便令人丧气，也没看出他有半点慌乱和消沉。被围在这房子里还有几百弟兄，他会这样就走？他不是这样的人！他一定不是这样的人。黄老倌子说麻三比他还要刚硬，二十出头的时候就不把吃枪子儿当回事儿了，是硬邦邦一个八头牛也拉不回来的犟驴，为啥竟走了这条道儿？

悲痛和困惑相互交织，老旦不能消解这庞大的痛苦，竟想随团长而去了。他在团长的脑袋边上仰天干号，这是他从未有过的悲伤。仿佛此人这决然的一走，也将自己的希望和勇气都一并带走了。前路的光亮本就微弱，更突然陷入黑暗，仿佛面临漆黑的深渊。黄河边上那重重的一拳，那两记响亮至今的耳光，那把救过他命的军刀，不知给了他多少力量和决心。

外边枪炮声一阵紧似一阵，大楼开始坍塌，可老旦无意离去。他后悔在路上没快一步，俺要是在，你死得成？你不是命令过医生不准让俺死么？你要死俺跟着你死，你还能下这狠心？

楼道里传来脚步声，老旦咬牙跳起，从二子腰里掏出手雷就要拉。门口涌进了几个不认识的国军战士，看了看他，一个箭步抢下了他的手雷。老旦歪着头龇牙咧嘴地要骂人，脖子上像是被砸了一镐头，眼前铙磬齐鸣，金光四射。恍惚之中，他感到自己正飞下楼去，二子愤怒的骂声东拐西拐。再睁开眼，尽是脏兮兮的绑腿和满地的尸体，那些脚将弹壳踢得噼啦作响，间或趟过一个冒着热气的血洼。爆炸声在头顶接连响起，大地蔚然震颤。老旦挣扎着抬眼望去，几架鬼子飞机轰然掠过，碎烂的大楼正缓缓坐塌下去，像要死去的巨人。满天的星光如此明亮，一闪一闪地像在对他说着什么。烟尘卷起，将周围的一切盖得严严实实了。

"团长——"

老旦嘶喊着，却听不见，不知是喊不出声，还是被那些巨响掩盖。眼前晃过一具具血肉模糊的弟兄尸体，他们的眼睛睁得大大的，泛着血红黯淡的光……

早晨。

板子村的早晨。

天蓝得受不了，一丝云没有。太阳不知在哪儿，但一切都明亮着。老旦独自在田里刨地，准备种下一垄子香甜的南瓜。汗水从额头滑落，舒坦地流过他的腮边，在满是胡茬的下巴上滞留了下，汇成一串串滴进松软的土地。风掀起的土沫子落进嘴里，带着淡淡的甜腥。刨到地头的时候他直起腰来，抹一把汗，扔下沉重的锄头，看看四周无人，便拉下裤子，享受地掏出那一根来，稍微抖了两下，它便长出那么一截。老旦松开两手，叉腰看着天，觉得正融化在那汪蓝里，下面哗啦啦地射出去，有带子河的流水声。他微微拧着身体，绕着圈浇地，口中念念有词：

"肥水不流外人田！寡妇不将懒汉嫌……"

放完一肚子水，手在裆裆上抹了抹，他拿出翠儿准备的凉水和卷饼——里面有大葱、咸菜和两片熏肉，他立刻流出口水，一屁股坐在地垄上啃起来。板子村在不远处，自己那几间小土房像窝头一样窠臼着，房顶上和着泥的秸秆整齐地铺着，明天便能盖上新买的油毡，那什么雨都不怕了。门口挂着的那串金黄的玉米棒子是谢老栓儿给的，为这个，他老婆折腾了个把礼拜，直到翠儿把同样长短的一串辣子拎过去才笑逐颜开。房顶的烟囱冒着青青的烟，估计翠儿刚刚烧完一锅滚水，把麦秸续上，准备蒸起晚上的窝头。老旦眯着眼笑着，幸福周涌着全身，哦对了！门口那个铁环不知被谁家的兔娃子摘去，定是卖给收破烂的老汉去换糖吃了，要记着到大集上去找铁匠黑兄弟要个马掌回来，这次吊得可要高些才成。

"咩……咩……啪……啪！"

山坡那边的鳖怪放着几只没毛的羊，小鞭子抽得山响。那小子自打来了板子村，被袁白先生调教得很是上路，他说老家那边饥荒加上瘟疫，村里的大仙莫名其妙地断定这三寸丁鳖怪是瘟疫的罪魁祸首，几百村民舞着刀枪棍棒非要把他油炸了。鳖怪他爹怒了，一锄头砸死了大仙，连夜带着婆娘和鳖怪跑了，路上除了他都饿死了。袁白先生认他做掌灯干侄子。如今这鳖怪已经到了娶婆娘的年龄。挺壮实的后生，长不过一条大板凳，腰带却赶上两个裤子长了。除了唢呐吹得好，鳖怪还长了个陕北金喇叭亮嗓，见山唱山见水唱水，见了黄土唱大风，羡煞老旦和一众后生。但鳖怪就是见不得女人，一见女人就瘪了气，钻去桌子下面，任你如何挑逗就是不开口。村里迎亲出丧的都请这后生去捧场，鳖怪从不要钱，给口馍吃给口汤喝就能张嘴开唱，唱完就悄悄躲到一边笑嘻嘻地去瞅新娘子的小脚。所以他岁数虽小，个头虽矬，村望却已不在老旦之下。他还没爬过山坡，就在那边放开喉咙开唱了：

天上的鹊儿一对儿对儿
地上的人儿一双双
茬啥俺的心儿空落落
是妹儿的脸蛋儿红汪汪
早旱的麦子粒粒甜
晚开的荷花片片芳
茬啥俺的心儿酸汤汤
是妹儿的小脚十里香
唉嘿呦
光腚的后生勤流汗

把心里的妹子儿请进房

嘿嘿呦呦到天光

带把儿的娃儿比猪胖

　　老旦支在镐把上，听着鳖怪那洪亮入云、九转回环的陕北歌谣，望着那慢慢落下去的日头和家家户户升起的炊烟，不由得痴了……

　　突然一个人从垄下走来，一身军装却戴着一个大顶草帽，脚下蹬起黄黄的土。老旦揉一揉满是泥土的眼睛认真看去，那人抬起脸，草帽下一脸麻子，正望着自己笑哩。

　　"团长……"

　　老旦大叫着迎上去，可他一脚踩了空，翻滚着摔了下去，滚着滚着就成了黑夜，他周身冰凉，头疼欲裂，鼻孔里塞满了泥土。他猛地睁开眼，看到黑云如浪翻滚，飞快向后飘去，风声呼呼掠过，他像躺在一艘颠簸的船上。几支锃亮的步枪支在身边发着黑光，再扭过头，二子在旁边照例傻笑着。陈玉茗默默地看着自己，指了指后面。

　　老旦坐起身来，自己在来的那辆车上，兄弟们一个不少，还多了十几个伤兵和王立疆。车后有几辆日本卡车跟着，还泼命般跑着一百多人，王立疆笑着对他说："知道你不肯下来，我让人把你绑走，和把你从村子里绑走一样。"

　　"谁打的俺？这小子真下得去手，真疼呦……"老旦摸着后脑勺，那里鼓起一个大包。

　　"不打狠点儿，你能晕过去？抽根烟吧。"王立疆递过嘴里的烟。

　　老旦接过来抽，不知该说什么。"刚才真他娘的想死在那儿算球了，唉……"此一梦恍若南柯，他平静多了。

　　"想开点，高团长心里堵了，我发现苗头不对，但是没办法，一不留神他就走了……咱还要干下去……"王立疆自己又点上根烟。他憔悴不堪，脸上很多血道子结了痂。

　　"弟兄们都好么？"老旦问大家。

　　"都好，就是梁七抬担架被楼上自己人打了一枪，胳膊上钻了个洞，不碍事儿了。"

"后面哪来这么多人哩？"老旦着实不解。

"好多散兵都往一块凑，追来的一大群鬼子被他们撂倒不少，还有弟兄们在后面埋了地雷呢。"玉茗抱着一挺崭新的机枪说，这定是他的战利品了。

"看样子要下雨了。"王立疆抬头道，"能活着出来这么多人，老旦，你们几个了不起。"

"俺是来救他的……为啥不把他的尸体带走？"老旦问。

"活人还带不完，没事，团长不会介意的，鬼子敬重勇士，也不会糟蹋他。"王立疆掏了掏，拿出一块军功章递给老旦说，"这是你的，他让我见到你时给你。"

老旦接过来看着，图案是党旗的样子，他不认得这一种，也并无兴奋，顺手给了一旁垂涎的二子。

"这是青天白日勋章，水稻突击连本有两块，杨铁筠上尉和你的，是李延年军长特意关照下发的，杨铁筠既然牺牲，就不在战时奖励了，抗战胜利后，我想政府会有追认……活着的弟兄都有奖励，但军部早已撤离，胡参谋打得都失踪了，麻子团长就拿了这一块。"王立疆看着那章，又说，"到目前为止，整个战场才发了几十块青天白日章，老旦……谢谢你为国而战。"王立疆伸出一只焦黑的手，握住了老旦。老旦紧紧地握着王立疆的手，它们像长到一起似的。

"高团长有么？"老旦指着那章说。

"他应该有，或许还会有国光勋章，但他自杀了，不知会不会有影响。"王立疆挠着头说。

"他到底为什么自杀？"老旦皱眉道。王立疆却不说，低着头抽烟，眼睛里泪花闪起来。老旦便不问了，是啊，人都走了，问这有啥用？

"旦哥，你这下光宗耀祖了……"二子摩挲着它说。

"你要是稀罕，回村子就说是你的，骗个俊媳妇回去。"老旦呵呵笑了。

"那不成，俺骗上炕容易，这世界没有不透风的墙，这妹子要是冲着它跟俺来的，可坏了，要哪天知道是你的，还不半夜去爬你的炕头？俺平白无故多了顶绿帽子，那时候你说俺是毙了你还是毙了她？"二子说罢，将章传给了陈玉茗。陈玉茗像掂银子那样抛了抛说："八成能换几块大洋……"然后给了大薛。大薛举起了它，对着天空看着发呆。朱铜头就说："这又不是望远镜，你这么看能看见啥？"大薛叽里咕噜比划了一阵，谁也听不懂，朱铜头就说："他的意思是这章要挂在房里供着，给子孙看看。"

"这么小怎么挂？要挂也得做成地雷那么大呀？"二子比划着尺寸，勋章在一车弟兄手里传看着，有人啧啧称赞，有人看都不看，很快又回到老旦手里。老旦握着它，它已经被人摸热了。

"老旦留着它吧，它会给你带来下半辈子好运的。"王立疆抬起头说，他恢复了神态，见老旦揣起了奖章，又说，"真没想到，你是我抓来的，才不到一年就拿到这块章……我做梦都想得一块……当然是靠自己的战功。"

"这对你还不是小菜……"老旦说完有些后悔，这哪是小菜？板子村出来的伙伴就死剩下他和二子，每支参加的部队，弟兄几乎死个精光，自己伤了治、治了伤，几度生死，鬼门关上踩了好几遍的人，怎么能说这块章是小菜呢？这不是对死去的人的埋汰吗？

老旦收敛了神色，又说："王营长你一定会有的，俺只是瞎猫撞来的，命大不死。"

"其实很多人都有资格获得这块章，只是……你确实有运气的成分，战区长官为了在蒋委员长面前突出你们奇袭斗方山那一仗的成果，就把你的事说了，你的事据说是蒋委员长定夺的。"

老旦不知说什么好，心里仍空落落的。

后面突然传来几声爆炸，几驾国军的飞机掠过头顶。王立疆站起身往后望去，兴奋地喊道："弟兄们，安全了，咱们的飞机炸了鬼子的追击部队……岳阳没多远了！"

老旦也向后望去，望着身后那被日本人荼毒的城市，他悲伤而茫然。这一走，离家又远了一步，不知猴年马月才能回去。和板子村之间相隔了多少座这样不可逾越的城市，它们纷纷沦陷，成为鬼子后方的根据地。想起在城里看到的那些惨状，老旦胸闷气短，将头埋进双手。梁七以为他是挂念团长，过来安慰道："旦哥，等回到山里，咱给他搭个灵位，等打完了仗再到他老家去照看一趟，也算咱们没白跟团长一场。"

"打完了仗？啥日子才能打完啊……"老旦长出一口气，"开车的停一下，没受伤的弟兄下来，跑累的弟兄上来。梁七你跟车一起走，先到岳阳，让二当家来接应咱们。"

梁七兴奋地应了，猴子一样从车斗钻进了驾驶室，他定是听出了再回黄家冲的意思。王立疆伤了腿，老旦不让他下车。其他车辆也停下来换人。弟兄们见这位救命的军官如此厚道，都对路边站立的老旦敬礼，老旦一辆辆回敬着，心里热乎乎的。朱铜头骄傲地对身边一个战士说道："看见了吧！这就是我们老大。"

海涛在旁边推了他一把，大薛更是哗啦对着朱铜头举起了枪，乌拉拉地喊着。老旦笑着按下他的枪，朱铜头憋着嘴藏到老旦身后。大薛的意思是：他怎么成了你的老大？

倏地，天空划出几道闪电，惊雷声起，卷地风涌动起来。老旦等人奔跑起来，大雨顷刻如注而下，四野变得黑压压的，只一会儿便分不清天地了。老旦湿透了，夹着肩膀在泥泞的大地奔跑，他抬头看天，这或许是老天爷给麻子团长和弟兄们在唱着丧曲儿吧？可就在这瓢泼大雨里，却响起来一个洪亮的声音：

> 中国不会亡，中国不会亡，你看那英雄的谢团长；
> 中国一定强，中国一定强，你看那八百壮士孤军奋守东战场。
> 四面都是炮火，四面都是豺狼。
> 宁愿死，不退让，宁愿死，不投降……
> 同胞们起来！同胞们起来！快快赶上战场，拿八百壮士做榜样。
> 中国不会亡！中国不会亡！中国不会亡！

这曲子曾经听过，是军队编给在上海守四行仓库的八百壮士的，那时听还没甚感觉，而此刻却弄湿了老旦的双眼。中国真的不会亡吗？麻子团长都走了，还要躲去黄家冲吗？他擦着脸上的雨水和泪水，前方的天空露出美丽的云霞，岳阳城染成了金黄，城外的工事已经遥遥在望了。

城外百姓如蚁，雨伞如棚，竟是锣鼓喧天，美酒相迎。几百人迎在北门之外，还有几支部队冒雨列队，这城市竟把他们当英雄一样欢迎了。老旦忙让奔跑的战士们停下，让二子等人整肃队列，两百多人排成四列纵队，迈起有力的方步，整整齐齐地走向岳阳城。

赞赏和钦佩的眼光洒来了，几位长衫老者手捧热酒，眼含热泪，用老旦听不懂的之乎者也夸耀着破衣烂衫的士兵们。老旦和王立疆被簇拥着走上街头，穿着奇怪的记者拿着老旦从没见过的机器，哗啦啦一阵狂闪，颇似鬼子炸弹的光芒，他吓得抱头蹲下找弹坑，慌忙中只见各色人腿在身边密密麻麻地乱碰着……

岳阳城远不如武汉那般大气繁华，却也有几分大城气派，只多了些脂粉味。城外坚壁清野，城里仍一派祥和，挎着胳膊遛街的女人随处可见，还有拉着条狗的。老旦纳闷这儿的人为何不怕？鬼子不就在两百里之外么？他决定在岳阳住上两宿，趁早跑去黄家冲，省得被拖着跑不了。这想法令他脸红，饶是那么多百姓将他夸成了花，他仍不想留在这要命的战场，那块青天白日勋章的颜色颇像棺材上的"奠"字，怎么看都不吉利，活像是催人送命。老旦让王立疆带着回来的弟兄们归队，说他们这七个就先不编上去了。王立疆没问原因，却开玩笑说："我要是再抓你，老天爷都看不过了……"

在长沙汇报的钟大头赶不回来，得知他们回来，便让属下好生安顿。七个弟兄住在一个大堂庙里，还有酒肉。这里是钟大头的营部通讯处所在地，门口是他的卫兵。瘦猴长官是个少尉，招待大家吃喝一顿，老旦识相地把大卡车给了他，说就当是还钟大头的那辆。瘦猴少尉百般推辞，但老旦已然不用，便收下了，然后再被灌个大醉，早早抬出了庙去。

　　战士们酒足饭饱，一个个找床找地儿倒头睡去，二子赖着不走，醉得胡说八道，说要出去找找女人，开了这二十一年还没硬过的苞。老旦让酒量最好的朱铜头拉他去睡了，塞个枕头给他抱着拉倒。他和王立疆将醉不醉，相看一眼，知道都是意犹未尽，二人呵呵一笑，老旦又帮王立疆满上了。

　　"老旦，今天拍照的时候，你该把青天白日戴上……"王立疆端起杯说。

　　"乱糟糟的，哪还想得起？"老旦也端起来，二人一碰，干了。

　　"这照片八成全国都看得见，弄不好鬼子都看得见，你可就出名了。"王立疆拿过酒壶，给老旦先满上。

　　"俺可不想出这名，要是哪一天又上了战场，鬼子就会指着俺说，先打这个，先打这个青天白日……"老旦做出端枪的样子，对着黑暗"乒"地开了一下。

　　"我提醒过高团长，在撤退的时候换成战士的衣服，鬼子不傻，都是先打当官儿的。高团长不听，还骂了我几句，说就是被鬼子敲了，也不能丢国军的人……我是不如他啊，跟了他也几年了，就没个长进呢。"王立疆又给自己倒上，叹了口气，端着酒杯发愣。

　　"谁硬得过他呦？才骂你几句，你忘了他打俺那一拳和两个耳光？现在这只耳朵还不好使呢。"老旦夸张地侧过脑袋，指着右耳说。

　　"呵呵，两巴掌，打出感情了……高团长是个好军人，也是个好人，去村里儿抓你们之前，他在旅部掀了桌子。旅长让我们去几个村子抓兵，男的一律抓来，高团长不干，说这和鬼子有何分别？"王立疆独自把酒喝了，又说，"命令就是命令，我知道他不愿意，我就去了，总得有人做坏人，老旦，你们村儿里的后生死了那么多，我心里也难受，你……别怨我……"王立疆低下头，像在忍着眼泪。

　　"算了王营长，咱都成兄弟了，你说的这是啥话？这是鬼子的错，充其量是政府的错，又不是你们的错……"老旦伸手拍了拍他的胳膊，王立疆见他的杯还空着，自嘲般笑了下，又给他满上了。

"我参军的时候，总希望有一场大的战争，这才好成就自己，没想到战争是这个样子，怎么打也打不过，真不知要打到什么时候去。"王立疆看着院里排列整齐的枪说。

"高团长到底为啥寻短见哩？"老旦还是想问一次。

"你知道我们为啥被围么？"王立疆歪头看着老旦。

"听弟兄们说，他是为了保护几百个落后的伤兵。哦，对了，那些伤兵呢？我只看到一百多个。"

"说起来难受啊！我们完成任务后，发现这些被忘掉的伤兵，去接他们的车队被鬼子干掉了。我们带着这些伤兵转移时和鬼子交了火，一路跑得慢，才被鬼子在通城撵上了。我们藏进大楼，等着看有没有增援部队，鬼子给我们喊话，扔传单，一周之后，我们就知道不会有部队来了。伤兵没医没药，大家也都没有食物和水。高团长几经考虑之后，命令伤兵向日军投降……"王立疆最后几句压低了声音。

"投降？这个……可不像团长做派！"老旦吃了一惊。

"团长命令他们投降，说这样或许能保住性命，否则不用打下去，他们全得死，他会带着能战斗的弟兄突围。但团长也有顾虑，伤兵中有不少是军校生，很多人曾在部队参谋部门干事，甚至知道一些重要的情报，他们要是被日军俘虏，不知会有什么后果，鬼子也或许知道这些伤兵的价值，因此迟迟没有端掉我们……我们用一部电台和上面联系，上面给了答复，之后我们的电台就没电了。"

"这个……什么答复？"老旦伸着下巴问。

"血战到底，不许投降！"王立疆的指头在石桌上敲得当当响。

"果然是这样……"老旦放下了酒杯。

"高团长和我们商量，大家都觉得受不了，他决定抗命，和后方失去了联系，他告诉我们准备牺牲，但不能让伤兵们不明不白地死，他们太年轻，很多都是学生官，应该活下去，投降过去或许还能得到治疗。我同意高团长的意见，可有的军官坚持要执行命令。最后高团长火了，说愿受军法制裁也不能让伤兵们送命，更不能亲手打死他们！"

"后来呢？"老旦听着揪心，王立疆说得满头是汗。

"伤兵们觉得拖累了大家，能动弹的在半夜冲出去了，有人还爬着往前冲，等我发现的时候，他们都死在鬼子的机枪下了。那可真是惨啊！上百个年轻弟兄一个个都倒在眼前，好多人抱在一起，根本没拿武器，他们就是去死的……高团长那天要疯了，谁和他说话他就拿枪指谁。后来他本还有机会突围出来，可他就是不走，非要和剩下百十个伤兵共存亡，命令我带领大家突围……他那个样子你没瞧见，谁的话也听不进去，更没人敢去拉他，我瞧着他……那阵子就不太对劲了！这下子我们这帮弟兄也没法子独自逃生了，高团长重情义，我们怎么忍心弃他而去？我们带着伤兵突围了几次，都被鬼子堵回来了，每打一次就死掉十几个弟兄。剩下的伤兵们拒绝投降，高团长都流泪了他们也不投降，十天前的一个晚上，他们围成一圈圈的，在地下室拉了一箱子手榴弹……"王立疆做了个爆炸的样子，痛苦地摇着头。

　　"老天爷呦……"老旦捂住了脸，心揪成了一团。

　　"高团长不顾我的阻拦，非要到地下室去看。他上来后没再说什么，那天晚上就……"王立疆泪光涟涟，言语哽咽，他说不下去了。

　　"这是怎的了？团长呦，你又不是没见过死去的弟兄们，这是怎么一说呐……"

　　老旦已经无泪可流，拿起杯和王立疆一碰，仰脖就干了。

　　"弟兄里有个从河南跑过来的……和他聊了半宿，我路过的时候，听到团长说'真想回家'，后面的就没有听见了。"

　　"哪……哪个河南弟兄哩？"老旦忙问。

　　"昨天突围牺牲了！"王立疆轻轻放下了杯，像怕惊醒黑夜里的幽灵似的。

　　"王营长你当兵多少年了？"老旦悲愤难忍，想扯开这沉重的话题。

　　"嗯？哦，有三年多了。"王立疆有些意外。

　　"见鬼子之前打过没有？"

　　"打过共产党，在陕西。"

　　"也是鬼子？"老旦不解。

"不是，两码事，一时半会儿说不清……"王立疆摇了摇头。

"你……第一次打仗，怕不？"老旦歪着头问他。王立疆左右看看没人，把嘴巴凑到老旦的耳边说："尿了裤子呢！"

"俺也是，俺也是……"老旦笑道。

两人大笑起来。老旦笑得气都喘不过，这憋气的感觉让他想起那一幕幕血战，想起那些死去的弟兄们。他鼻子一酸，嘴还在大笑，眼泪却唰唰地下来了。他掩住脸庞，泪水仍喷涌而出，一声长号代替了大笑，他一头顶在石桌上大恸起来。

"老旦，兄弟，你这是咋说的？啊呀，咋了笑着笑着就号起来了？好兄弟，都怪我，都怪我，啊？别哭了，我抓了你，先罚三杯，你救了我，我再罚三杯，你看着啊，我自罚六杯行不，你瞧着了……"

王立疆说罢，拿起酒壶便往喉咙里倒，一口气半壶烈酒就下了肚，老旦伸手去抢，哪里拉得动？王立疆喝掉了多半壶酒，酒壶顿在桌上时，王立疆已是泪如雨下。他双目紧闭，咧着干裂的嘴，眼泪流进了嘴里却哭不出声，那是莫大的痛苦。老旦被他这无声的痛哭撕碎了心，他一把握住王立疆冰凉颤抖的手，王立疆才大哭出来。

"老旦啊……我的弟兄们哪！都死啦……上个月大家还这样喝酒，今天……就剩下这十几个人了……我连个尸首也没法子替他们埋……我连团长都没办法埋……我想起来……有时候真他妈的恨自个儿……咋就活下我这么个人哪？咱咋就没和他们一道走啊……我还不如和团长一起走啊……老旦啊……我三年来的好弟兄们啊……都死啦，都死啦，我心里也苦啊……"

二人齐到痛处，头顶着头齐声痛哭着，他们哭一阵就吐几口，吐完了接着哭。玉茗和大薛，还有钟大头的通讯班的战士们被这撕裂一般的哭声吵醒，他们纷纷出得门来，看到泪人一样的两位长官，也不由得伤心落泪。

院子里月光柔撒，微风拂地，弥漫着酒香和悲伤的气息。几盏破灯笼在房梁上摇来摆去，发出吱吱呀呀的响动。战士们还没来得及擦洗的枪支堆在墙角的棚子里，它们遍染污泥，甚至还有殷红的血迹。门口的两个哨兵桩子一样立着，刺刀泛着雪亮的光，映着他们泪光盈盈的双眼。一个老汉从街巷深处走来，他咳嗽着敲起竹梆，踟蹰的脚步高高低低，每一下都沉甸甸的，像要今晚就走完这辈子的路。

"小心灯火，家家好睡喽……小心灯火……家家好睡喽……"

老旦哭了一阵，一肚子憋着的东西都放到黑夜里去了，登时爽快不少。他拿起酒壶，摇不出一点动静。王立疆哭号了一阵，又吐了个翻疼，耗尽了气力，趴在桌上直接睡去。老旦叫几个战士把他扶进去。

他晃悠着站起，披上军大衣，揣上酒壶出了门，抬眼两边看，街道里悬着加了盖儿的灯火，这样的灯只向下发出微暗的光，天上飞机看不到。他不知哪边有酒，抬脚就选了右边，奔着光亮活跃之处走去。青石板路高低长短，雨虽然早停了，可依然湿漉漉的。带檐的房子大多低矮，微微卷起的檐上挂着老旦不认识的器物。街旁的门板上贴着各色图案，多是老旦不大认识的神鬼，也有他认得的娃娃和灶爷。在小巷里摸黑走了一阵，看到远处一盏红色的灯，照亮斜挂在房檐上的一柄黄伞，一缕柔曲从半开的窗里飘过来，软得像新长出的棉花。老旦心下大喜，紧走两步就到了跟前。

> 桃花总是怜怜物，
> 红杏难得片片舒。
> 锁鬓愁云青丝拧，
> 玉灯翠伞窗影孤。
> 湘江水畔湘江月，
> 岳阳楼下岳阳都。
> 莫言他乡千里好，
> 只洗风尘情关度。

门口的台阶上站出一个女子，修长如她地上的影子，她穿着一身鹅黄旗袍，左手擎着一块红色方巾，右手斜斜地搭在门边的铁环上，模样甚是喜人。她随那柄小伞摇晃着，斜着一张鹅蛋小脸。那小脸冲他在笑，这笑容让那张漂亮的脸在夜里生动着。老旦忙看了眼身后，明白她是在冲自己笑着。她精描的细眉像袁白先生描过的字儿，细致地衬着一对晶亮的秀目。老旦被她看得慌神，忙掏出酒壶高举着问道："妹子，有酒卖么？"

"呦！兵爷，您可找着地方了，我们这里什么好酒都有，快进来，妹子我陪你喝几杯……"

老旦还没有回过神来，门帘一挑，又出来一个艳丽女子，身材略高了些，头发也散乱了些，一样的肌肤如玉，只是瓜子脸狐中带媚，杏眼有些顾盼神飞，一身绛红旗袍和那女子的对映鲜明。这位更是泼辣，话也不说便下来，抓着老旦的一支胳膊就往里拖。黄衣女子抓起另一支，二人连哄带拽地就把老旦拉进了房里。

楼道逼仄，只容一人上下，红衣女子前面拉，黄衣女子推着他的屁股，老旦腾云驾雾般上了楼，皮鞋踩在上面咚咚作响，整个楼都震颤起来，脂粉香气熏得他直打喷嚏，那味道重得像渗进墙里去了。他被推进一间满是窗帘的房子，屋中间是套红木桌椅，上面放着一套酒具子，几支红烛跳闪着暧昧的火焰，照亮墙边雕花的木床和粉色的挂帘儿。再看看这一黄一红的两个女子，老旦一下子清醒过来。

"莫不是窑子？"

念头一起，老旦转身便走，却觉得一双小手按在肩上。另外一双手拉着他的胳膊，直接按在椅子上。

"兵爷，辛苦了一大天了，我们妹子两个陪你喝喝酒，解解乏，啊？您不是找酒吗？阿香，赶紧把好酒给兵爷端上来呀！要热的！"

红衣女子的手便搭上桌面，不由分说握住了他。老旦心头乱跳，那手像条温热的蚂蟥，扭钻进他粗大的血管，一直挠进慌乱的心里。老旦听见自己诡异的心跳，感到下面也昂起了头。这辈子第一次见识这种地方，以前只是听袁白先生说过，说这种地方乃是销魂之地，是读书人最向往的去处，男人站着进去，横着出来，说什么"牡丹花下死，做鬼也风流"。再看眼前这红旗袍女子，长得也甚是喜人，那面皮薄嫩如刚出锅的饺子皮，丰满的胳膊细嫩晶莹，眉眼儿都像是画中人物，朱唇若含着兰香，开口便能醉人。见黄衣女子端出了两壶酒，老旦忙站起身来，挣脱红衣女子说："妹子，俺是个路过兵，就是想买点酒喝，第一次来这地界儿，不知道……这行情，也不明白俩妹子的意思……俺对不住了，这酒卖给俺，俺给钱给你们，其他的……俺不敢受，成不？"

"呦？兵爷不是瞧不上我们姐妹俩吧？在这两条街里我们俩可是有牌儿有面儿的。兵爷自个喝闷酒有啥子意思？你们前面带兵打仗，我们姐妹俩陪你喝杯酒解解乏，也是抗日呢，您就这么不给面子？"

"是啊兵爷，这兵荒马乱的，难得你有雅兴到我们姐妹楼来，既来了，喝杯酒再走，也不误你的大事啊。"

说罢，黄衣女子竟将白嫩的胳膊围在了老旦的脖子上，脸庞几乎凑到他的胡茬子。她的温热铺天盖地袭来，老旦像被炮火压在弹坑里那么难受，浑身热血冲锋一样直奔下面。还没说话，红衣女子平端了一小杯酒到了眼前，如葱的玉指捏住杯身，另外三指翘成了花，一双柳眼勾着老旦犹疑的魂魄。老旦像提线的木偶，木讷接过了酒。闻到酒香，心反而定下了几分，一仰头便干了。

"啊呀，军爷可真好酒量，来呀阿香，再给爷敬上，酒菜呢？后面那小厮赶紧的，别让军爷喝枯酒啊？"

缠绕在脖子上的手滑腻起来，从大衣缝里钻进老旦的胸口，老旦登时浑身酥软，觉得人都要醉了。碰巧一个酒嗝儿打上来，热辣辣驱赶了这股醉，他按捺住上涌的血，捉住那只暧昧的手抽将出来，起身正色说道："两位妹子，俺对不住了。俺只想讨碗酒喝，不想出来厮混。酒是好酒，但是俺不想和两个妹子戏耍，俺原本是个种地的，家有老婆孩子，也没胆气消受这福分。妹子们如果不嫌弃，俺就喝酒付钱，陪你们聊吧聊吧，嫌弃俺俺可就走了，省得扫你们的兴……"

两女子先是一怔，互相看了眼，就收敛了神色，慢慢地相挨着坐在老旦对面。红旗袍女子又给老旦递上一杯，语气里已没有了故作的轻佻。

"军爷，看不出您还是个顾家的，咳，我们怎么敢嫌弃您哪？您别嫌弃我们两个就成了。来，妹子们就陪你喝酒……听你口音是中原来的？"

"俺是！俺家在河南，一路打仗过来，今个才到这边。"老旦接了酒又喝了。

"河南在哪呢？"黄衣女子问道。

"靠北边，过了湖北，离这里远了去了，你们俩呢？"

"我们俩都是湖北的，本也在村里，听说鬼子要打过来，去年就跑过来了。"红衣女子给两姐妹也倒了一杯。

"咋过来的呢？家里男人呢？"

"阿香还小，我是她表姐，我男人在武汉那边打仗，硬被拽过去的，已经一年多没见过面了，也不知道死活……"

"哦，这么说俺可能还跟你男人在一个战壕里挤过哩！那你们过来没有找个亲戚朋友啥的？俺瞎说了，做这个……不是个正道哩！"老旦举起杯敬她们，三人一碰，干了。

"大哥你说笑了，这兵荒马乱的，谁家里容易哪？亲戚朋友家里能揭开锅的就不错了，见我们两个上门吃蹭饭，怕是躲还来不及呢。阿香的那个远房表叔见了她倒是收留，只是动不动半夜就往她房里钻，能为一口饭就便宜了那老王八蛋？真让人心凉啊……"红衣女子皱起眉头，叹出一口和年龄不相称的老气。阿香红了眼圈，低头摆弄着手绢，咬着小巧的嘴唇。

"那你们也真不容易哩，大好的年纪，再找个男人到后边去过日子不成么？"

"大哥你哪知道，我们当时为了吃饱肚子，早已经把身子卖给了这街上的鸨子。这房、这酒菜、这衣服，可都不是白来的！再说了，哪个男人愿意要我们这些撇腿儿女人呢？要是给你，大哥你敢要么？"

"这个……"老旦看着红衣女子幽幽的眼，噎得说不出话，只得接过阿香递来的酒，含着气喝下了。

"大哥，看你是个诚实人儿呢，家里老婆孩子好么？"

"不知道啊，一出门就一年光景了，那地界儿没准儿已经被鬼子占了。俺可想他们了，可也不得回去，心里揪得难受哪！"

"孩子几个？多大了？"

"一个娃，是小子，三岁多了，该能和同村娃子成天闹了。妹子你呢？有娃么？"

"有娃子还能干这个？本来想要的，男人被拉走了，才过了半年日子，临走连个种也没给我留下！"

"妹子，这岳阳离战场一匹马的远近，要是俺们顶不住，鬼子打过来，你们怎么办哩？"

"大哥啊，我们这号婊子能咋办？去哪里不是还得干这个？鬼子来了又怎地？鬼子他不也是人？不也得想找女人弄，完事了不也得给几个钱？我们姐妹都想开了，哪也不去了！这跑来跑去的，躲开鬼子也没觉得有什么安生日子，我就不信鬼子来了会把这岳阳远近几十万人都饿死。我们都是苦命，吃这点皮肉青春饭，莫非还有人难为我们不成？阿香再斟酒！"

不知不觉，又一瓶酒下肚了。后房炒出两个菜香辣可口，老旦吃喝了个痛快，起身时颇有醉意。楼下传来说话声，阿香赶紧迎了出去，一男一女转眼上了楼。

"阿琪，这个月的份子钱该交了吧？拖了十几天了……"

上来的女人瘦如枯柴，插着根老长的金发髻，一张蜡黄的脸皮像抹过烟袋油子，离着一条大桌的远近，老旦便闻到那满身的酸臭。

"呦，玲姐啊，这么大晚的您还来啊？真对不住您，这些天生意不好，我们已经是日夜不闲了，可就是没几个人上楼，那些穷兵爷我们也不敢招呼啊！"阿琪便是红衣女子，她换作一副笑脸，过去挽住了那女人。

"啥不敢招呼，这不就坐着一个？敢情你们比那黄花闺女还要金贵啊，这么挑三拣四的……"

"玲姐您就再等两天，等凑齐了我们姐妹俩给您送去，这大老晚的，夜风吹着您了可担待不起，还得仰着您过活哪！"阿琪仍是笑脸，一只手却攥了拳头。眼前这人就该是那鸨子了，她大咧咧地坐在老旦对面，斜着眼看了他一眼，又看了看桌上，对阿琪继续说："呦，已经酒过三巡了，怎地军爷还穿得这么严实？大衣还没脱，你们两个当这里是开酒馆子哪？不紧着伺候，都干什么吃的？"

老旦心中冒火，可又不好发作。婊子行里有自个儿的规矩，你个千里迢迢路过的大头兵，如何能管这龟事儿？早听袁白先生讲过，你要是稀罕窑子里面的女子，要用大价钱赎出去。袁白先生年轻时候就占过花魁，销魂销得一个铜板不剩，想携之同去，老鸨张口就是三百两银子，袁白先生在窑子门口大哭一场，从此发奋读书。老旦不知道花魁是什么头衔儿，只猜那定是美得不能再美的女子。

老鸨指着随上来的一个猪头样男子说："阿琪，军爷看来没这雅兴和你们周旋，这是我姑舅家的兄弟，今晚上住你们这儿了，好好伺候着，别说我招待不周，钱你们就晚给几天吧……愣着干吗，还不赶紧的，待会还有事儿呢！"

老旦的火从头顶蹿出来，烧得脑门发烫，恨不得将这老逼扔出窗户去。前方在抗战，后面还自己整自己。见那猪头男人笑着去拉阿琪，老旦再忍不住，抓起酒壶就打，但酒后没准儿，壶在墙上摔了个碎。可也吓着了这两个。老鸨猛跳起来，边退边指着老旦说："你，做什么？你是什么营地的？这城防司令可是我亲戚……你别胡来啊，出了事儿你兜不起……"

"你妈逼的，老子兜定了……"老旦杀气顿起，一堵墙样扑过去，蒲扇般的大巴掌抡过去，老鸨撞在墙上弹回来，一张脸被打得哗哗颤，首饰掉了一地。他又要揍那个男的，二女忙拦住了，她们抱住老旦的胳膊，把他往下推着说："大哥你别……大哥别这样……我们姐俩就是这贱命，不值得你动气。这没个什么，男人不都是一样？你消消火，这顿酒饭妹妹我送你了，就当你照顾我们姐妹的饭碗了……大哥……我求你了……"

阿琪推着他到了楼下，说着说着眼泪就下来了。老旦被阿香拖出门口，手腕湿漉漉的，低头一看，这孩子也哭了。

"大哥你走吧，你帮得了一时，帮不了之后，我们姐俩还要指着这地方过活呢……"

老鸨哭骂起来，说要找人收拾老旦。老旦骂骂咧咧地又要往上冲。阿琪一头扎在他腰上说："大哥……大哥别去！你要是可怜我们……等打完了仗，你的兄弟要是缺女人，叫他们娶了我们走……做小的也行，就算是你的大恩大德了……现在兵荒马乱，你也顾不了我们……记着这条街，记着这条巷子，记着阿琪和阿香，大哥你走吧……你快走吧……"

阿琪哭得恨不得给他跪下了，泪水将胭脂冲出两道沟痕。老旦深吸了几口气，像放弃了不情愿的阵地，夜风渐冷，他发了一身汗，脑子清醒多了。老旦从怀里掏出一块大洋塞到阿琪手里，死死地按住了说："妹子保重了，真要是有缘分，俺带兄弟们来看你们！"

"大哥你叫个啥？"阿香突然说话了。

"俺，你们就叫俺大哥吧……"

说罢老旦扭头便走，再也不回头去看，阿琪伤感的声音喊着他："大哥你可要活着回来啊……"

走到街口拐弯的时候，老旦忍不住回头看去，风中摇摆的黄伞已被收起，巷子里隐约有男女的调笑，调笑中又有哭泣的声音。它们刺得老旦一阵心疼。他不知为何而疼，不知今天这是怎么了。他第一次感到这疯狂的世界并非只在战场和逃亡，也在这些看不到的角落。星光之下，每一处悲伤都流下孤独的眼泪。老旦东看西看，黑漆的街道像逃不离的枷锁，他因此害怕起来，不由得夹起脖子，用衣服领子捂了。他顿了顿脚，知道还踩在地上，瞪大眼睛辨了辨方向，走一步数一块锃亮的青石板路。

敲梆子的老人走过街头，老旦不知还是不是那个。他远远地就要躲避，见老旦虽然蹒跚，却军装在身像是个官，就走过来扶着他，壮着胆子说："军爷？这后半夜了你可别乱跑啊，这里不比军营，你又喝了这么多的酒，这里好些个愣头青子半夜串巷子的，可不管你是百姓还是兵，一榔头就要了你的命去！你住在哪儿？我送你回去，啊呦，你喝了多少酒啊……"

老旦方才拧着的一股劲泄了，只觉得酒气上涌，上了船一样踩不着根儿。几个酒嗝上来，白眼一翻，"哇"地一口就喷了出来，老汉躲闪不及，被结结实实溅了一身，嘴里连连叫苦，正待抹油开溜，却被老旦一把攥住了衣袖。老旦瞪着他，伛偻如黑夜里逡巡的野狗，恶狠狠地问这老汉："老头，这叫什么街、什么巷？说！"

老汉被这醉汉攥得生疼，见他失了理智，唯恐那钵盂般的拳头砸将上来，忙扶着他说道："军爷可别拿老汉出气！这街叫黄花街剪子巷，你刚才出来的那家是远近闻名的姐妹楼，大爷你可别拿我出气啊，老汉我可受不起你一拳啊……"

"滚吧，你这老狗，日你妈的这儿没个好人，早晚俺全把你们突突了……"

老旦将老汉推了个跟头，在屁股上又踹了一脚。老汉麻袋包一样滚着，灯笼也摔在一边。老旦不管不顾，喘着粗气一深一浅地往前走。月光突然狠狠地亮起来，刺得他睁不开眼，他忙扶着光溜溜的墙往前硌蹭。好不容易挨过一条街，手猛地摸了个空，老旦一个跟跄，脚绊在了一家伸出的门阶上，摔了个七荤八素，挣了几下竟不能起来。他干脆躺倒在地，望着巷子缝里高高的天空和闪闪的星星。枪声四起，炮声隆隆，离开板子村时乡亲们的哭喊，都一股脑钻进他麻木的脑袋，月亮又变作一颗冒烟的手雷，在天上呼呼转着，越转越快，对着他的脑袋砸了下来，老旦闭上眼睛，耳边幻起嘶嘶的声音，像炸弹爆炸后的耳鸣，一个声音在耳边软软地说着：

"大哥你要活着回来啊……大哥你要活着回来啊……"

"要活着回来啊……"

老旦默默地念叨着这句话，身躯渐觉沉入大地，下面是无底的深渊。

"旦儿啊，今儿个啥时候回来？"

"俺浇完了地就回来，日头估计还下不去哩。"

"干活的时候挺着点腰，你看你那腰勾的？袁白先生见了俺，还说让俺晚上别老折腾你哩，你看俺冤不冤？"

"别听那老驴瞎嚼，他二十几年没碰女人，那是泛酸哩。"

"你可别这么说袁白先生，人家可是秀才，出口就成章哩。"

"哼！出口就给俺起这么个外号，正经事儿也没见他干出啥来。"

"对了，旦儿啊，你去找他给自个儿算算命吧，看你这辈子能不能大富大贵？袁白先生的卦可灵了，他说明儿个下雨，明儿个就不能刮风，让他看看你的前程，也让俺乐一下。"

"算个啥？俺三叔早就说了俺是一生穷命，上几辈子都是种地的。"

"他说了不算，他还说自个儿是乞丐命哩，咋了也曾经富成那样？"

"后来不也垮了么？"

"那你也给俺富一个，让俺和娃们先舒坦几天？"

"那俺就和三叔一样，再收上几个小。"

"你敢！看俺不剥了你的皮……"

"哎呀，俺是说笑哩……"

"你放屁了？"

"你才放屁了。"

"那被窝里咋这么臭？"

"反正不是俺……"

醒了，老旦和衣睡在弟兄们中间，二子的大脚丫子近在眼前，真个臭气熏天。老旦挪下了大床，头像裂了一般的疼，要不是刚才这温馨的梦，就要骂娘了。咂巴一下嘴，仍然是一口酒味，舌头像酒里泡了半年的牛鞭又硬又瘫。

出得庭院，日头高高地挂在天井，好一个大晴天哩。战士们围着大锅蹲了一圈，大伙端着大瓷碗子呼噜呼噜地喝稀饭，咸菜帮子嚼得脆响。老旦活动着麻木的四肢，听见朱铜头又在那里放山炮了："弟兄们，要说这小鬼子厉害，还真不含糊！在大楼外边，一个鬼子往我这边儿冲，我三颗子弹打进他的肚子里，这家伙居然还在叫着往前跑，肚子上的窟窿这么大，对……对，跟这碗口差不多，那血和肠子哗啦哗啦地往外流啊，啧啧……"

朱铜头见大家听得认真，说得脸放红光，双手掐了个洞。

"你刚才说窟窿多大？碗口这么大？三个洞都这么大？"海涛惊讶地问。

"对啊，就这么大，都是我用这三八大盖儿给他做下的。"

院子里响起一片哄笑，朱铜头不解："你们笑什么，我还哄你们不成？"

一个四川兵笑着说："你个呆人！放屁也不看看风向？哪个弟兄打出子弹不比你见过的多？可我们从来没见过鬼子步枪子弹从前面钻进去就能留下这么大个窟窿的！那鬼子的步枪弄的多是贯穿伤，两边都是那么大个眼儿，咱们的步枪倒是出口大些，但要按你说的，鬼子后面的窟窿要大过这口锅喽……一听你就是个没日过女人的鸡鸡娃，下次想日哄人，先把鸡巴揉大了再上炕！"

大家笑了个稀里哗啦。大薛在一边叽里咕噜地朝着梁七比划，梁七竖着耳朵听了半天，猛地大笑起来。众人忙问兄弟你笑啥哩？梁七指着朱铜头说："你这没用的货，趴在坦克下面哆嗦的那个人原来就是你啊？你还真不怕玉茗开起坦克来把你轧死？你还打枪哪？鬼子在哪儿你都瞅不见……"

"得了得了，就当弟兄我逗大家一乐，梁七，嘴下留德，有吃有喝……"

老旦洗了脸，用盐漱了口，接过玉茗递来的粥和咸菜，坐在门槛子上吃起来。稀粥和咸菜是忘掉不快的良药，肚子里一踏实，脑子里便舒服了。

王立疆一大早晃晃悠悠出去办事，中午回来跟老旦说他要先走，要带着自己的弟兄去报到了。他帮老旦也打听了一下，军部并没有关于水稻突击连余部的安排，胡参谋丢了，高团长去了，军部还有人因为战事不利被兴师问罪了，老旦这七个人就被忘了，说不定突击连已经被从军队序列上划掉了。按照战时的规矩，王立疆有权命令老旦加入他的营队，但他显然没这意思，只悄悄地跟老旦说："军部将来如果找你们，我就报个烈士，就说你们没回来。高团长既然让你们走，你们就去找个安生的地方，这仗也不是一天两天，你歇一下也好。说不定哪一天我也打不动了，还带着弟兄们去寻你呢！"

"惭愧，惭愧……谢谢老王了。"老旦对王立疆敬礼，他觉得总会再见到这个人，他们的缘分还没过去。王立疆不会介意自己的离去，大家都知道这场战争不是一天两天、一月两月的事，它或是八年十年几十年的事，一切要从长计议。老旦敬了礼，又和他握了手，握完了仍觉得不过瘾，二人索性拥抱起来，那感觉怪极了，但老旦感动着，这是生死弟兄的拥抱，不想竟是抱这个抓他来的人。

"俺去高团长说的湘中黄家冲，那里有高团长的老上级黄老倌子，高团长让俺照顾他妹子，等都安顿好了，将来你真要需要，老王不要客气。"

老旦和王立疆道别，回到弟兄们之间，他们无一不兴高采烈。老旦让二子去买了酒、肉、烟、茶，准备带回黄家冲。他还给麻子妹买了不少药和纱布，给徐玉兰买了一对漂亮的驳壳枪，他还看到几双很好看的绣花鞋，想起徐玉兰唯一一次穿着这样的鞋去看他，脸就一下子红了。

第二章

玉兰

老旦七人收拾行囊，和二当家黄贵会合，悄悄离开岳阳，绕开守卫部队的城防阵地，往南兜去长沙，然后向西一路骑行，筋疲力尽地回到了黄家冲。黄老倌子听闻小子们都活着回来了，披着大褂迎出冲外，但一看没有麻三，那张脸就变作腊肉颜色，眼窝瞬间黯淡了下去。

"自杀？咯是么子回事喽？娘了个逼的，麻三啊，你这是白跟我一场，怎么就像个娘们？"

黄老倌子对着苍山喃喃地说。他倒不如老旦预想的那样痛楚，难过片刻，仍然吩咐着喽啰们准备酒菜。他拍着二当家说要一醉方休。徐玉兰站在不远处，忌讳黄老倌子在这儿，竟不敢走近。黄老倌子冲她招手，她立刻颠着胸脯过来了。

"我就知道你是个命大的，这都能活着回来，想死都死不了呢。"徐玉兰口无遮拦，张口就是这么一串。黄老倌子恶狠狠瞪着她，小色匪傻傻地看着老旦，老旦木愣愣地不知该如何作答。还是二子脑子活，伸过一嘴说："三当家有所不知，我旦哥可是几次死里逃生，每次铁定要被鬼子干掉的时候，旦哥都会大喊一声：我三当家在此，尔等谁敢胡来？鬼子一听就腿软了。要不是因这个，旦哥有九条命都不够死的。"

老旦去了他一嘴，对徐玉兰堆笑道："还没回请你，怎敢就不回来了？多谢三当家惦记。"

徐玉兰一哼，背手站去一旁。黄老倌子揪着老旦走到前面，轻轻地说："你不在这些天，我好一番调教，她不会再折腾你了。"

"老倌子哪里话？无非酒和辣椒而已，这算啥折腾？"老旦不由想起厕所里那只狼狗，浑身一阵战栗。

"我要是不管着她，她能捅破了天……唉，其实说到底，也是个苦命的，天上地下，她也就我这个亲人了。"

"她爹妈呢？"老旦从没听过她的故事。

"死在赤匪手里了，说她们是土匪……她父母还真不是，无非家里有那么几十亩地，养了几个家兵防着穷鬼抢庄稼。五年前赤匪来了，招呼起穷鬼们，当着玉兰的面砍了她爹妈和两个哥哥的脑袋……"

老旦第一次见黄老倌子这样沉重地轻言细语，或许麻子团长的离去牵动了他。老旦听得心惊，这是个什么世道啊？嗯，这个，什么又是赤匪呢？共产党？

"玉兰那年才十几岁，那条河啊，都快被血染红了，没头的死尸漂下去，在水里打着转，像还活着一样……"

这情景好熟悉，老旦想起黄河边上，揪了心，侵略者的残忍和同胞的残忍，有什么不同呢？

麻子妹紧张地跑来，在山路上撞见了他们。老旦束着两手发愣。黄老倌眉头一皱，干脆说道："你哥子死喽，回不来了，以后你就留在这儿吧。"

麻子妹哭得天崩地裂，惊起林子里大大小小的飞鸟。黄老倌子面无表情。老旦蹲在她面前，握着她一只满是泪的手。大家被这哭声堵在路上，过也不是，停也不是。老旦不知怎么安慰这可怜的妹子，眼里甚觉酸楚，却再流不出泪。玉兰从后面走来，弯腰抱住麻子妹，用手帕擦着她红彤的眼。老旦惊讶地看到玉兰眼中的泪，它们晶莹透彻，像板子村的老井在春天冒出的水。

"人就一条命，活着不见得好过，死了也不见得遭罪，别看得太重。麻三这样交代自己的命，算不得英雄，却也不算孬种。你们走这一趟，兄弟情谊尽喽，他麻三地下会有知的。他不在了，以后你们就跟着我，这黄家冲就是你们的家！以后不管鬼子来还是鬼子走，是赤匪来还是强盗来，都老老实实在这儿待着，谁来了就跟狗日的干，打走了还喝我们的酒！你们不能像麻三一样，打了半辈子糊涂仗，到头为了什么……鸡巴理想，鸡巴报国情怀，就跟自己过不去……这么死值么？"

黄老倌子说着说着哭起来，一个小喽啰要过来帮他递上手巾，被他一个耳光打了个趔趄。

"你们记住，别信什么国家，中华没有国家，要信就信你自己的家，信你自己的兄弟姐妹，信你手里的枪……我为麻三哭过了，以后不会再哭，你们也不许，上山！喝酒！"

那一夜，很多人酩酊大醉。老旦让自己烂作一团，他想忘记这半年的很多事，他想好好地在这山里活下去。

坟立在黄家冲后的一座满是柏树的山丘上，山丘下有细细的流水。这本是黄老倌子留给自己的风水宝地。老旦和弟兄们修了这座假坟，旁边堆起些大小不一的土包。二当家带着土匪们背来大块的石头，给这坟地修出围栏，再修出一条下山的小道。坟包修好后，老旦问黄老倌子墓碑怎么做？黄老倌子摆了摆手，说那玩意就不要了，我们知道他在那儿，就够了。祭奠和修佛一样，在心而不在形，以后我死了，你们也不要留墓碑。老旦将麻子团长的军刀插在了墓前，上面挂了几个勋章。麻子妹坐在哥哥墓前不哭不闹，不吃不喝，三天三夜后，徐玉兰让人抬下了她。老旦和弟兄们军装整肃地站在墓前，摆了酒，敬了礼，鸣了枪，流了泪。徐玉兰让人种了大片的映山红，叫来神婆念了神咒，点了香火。当月亮再度圆起来时，青草开始长出坟头，蝴蝶一片片在这里围绕，老旦知道，弟兄们已经安心长眠了。老旦脱去了军装，带着六兄弟背上篓子挽起裤脚，甚至围上头巾，学着抽起山里的水烟，腰上系着新鲜的腊肉，做起地道的山民。老旦等这一去一回，赚足了黄家冲人的敬仰，匪兵们在他面前变得规规矩矩，徐玉兰见了他开始脸红，时常弄来上好的烟丝，有时还亲手点上。

二子说，弟兄们好像过起了……神仙般的日子，有酒喝有肉吃有地种，还有兵能折腾，可就是没有女人。老旦说黄家冲女人可不算少，只是没人待见你这个二流子。

老旦常为二子发愁，他受伤歪去的眼基本失明，瞳孔永远是散着，女人们见了就怕，这个媳妇不好娶。二当家的给二子弄来个牛皮做的眼罩，说是从别的山寨头领那儿要的，二子戴上后颇为威风，索性不摘了，山匪们叫他"独眼二哥"。这霸气名字把老旦震着了，就问他们管俺叫什么？二子轻蔑地歪着头说："他们叫你……老黑蛋，俺也不知道谁给起的……"

老旦将山匪们训得个个刀法夺命，却不曾想被起了这么个外号，干脆就更黑点儿，让他们背着土坯练大刀，捆着双手练爬绳。匪兵们被训得叫苦不迭，却没把他的外号弄白了，反倒成了"老黑鸡巴蛋"。徐玉兰听说了，要把编外号的小匪扒光用柏油涂了，老旦慌忙拦住，让二子带着他们扔手榴弹去了。徐玉兰说老旦抢了她的饭碗，八成这三当家的位子要让给他。老旦慌得赶紧请她喝酒，说若有此心，就让你那大狼狗吃了俺。

徐玉兰对麻子妹的状况颇为担忧，说这妹子看着硬气，里面是豆腐那样软。老旦也正犯愁，就说要不给他找个……男人？徐玉兰说别看模样不咋地，山里人人家还瞧不上，喜欢她的黄一刀她都看不上呢。老旦见徐玉兰撅着胸脯瞪着他，知道她胡思乱想，就说要不让二子去想办法，这小子憋了这么多年，如今看见母猪都抱着腚干，自是会乐意的。

玉兰问起老旦的家人，老旦不想说，问她这南方的农活该怎么弄？草药该怎么摘？水牛该怎么喂？竹子该怎么砍？他见徐玉兰有问必答，就斗胆问她的男人为何敢离开黄家冲去长沙参军？玉兰闻听勃然大怒，露出吃人的婆娘样，挥手就一记耳光，跳起来拔腿便走。她一只鞋掉在老旦脚下，老旦忙唤她留步，可这女人就赤着一只脚去了。老旦忙让小色匪拿着那只绣着兰花的布鞋追过去，他自是少不了一个耳光。老旦看着气呼呼的徐玉兰，心下有沉沉的感慨，这鸡巴年头，哪个人又没些鸡巴操的心事呢？

秋忙到了，匪兵们的训练告一段落。老旦无聊，便调教黄老倌子给的一只大水牛。湘中水牛长着大号犄角，包着韧厚老皮，比北方黄牛脾气大出不少，仿佛随了湖南人火爆的脾性。老旦时时把牵不住，情急之下就给了畜生一脚。那水牛却不买账，转过腰来，瞪着手雷般的牛眼就给了他一头，老旦被顶得滚下山坡，到山腰的时候摔得七荤八素了。收工回家的众匪兵和村民们目睹了这有趣的一幕。

"老旦滚下懒汉坡"传遍了黄家冲，自也传进徐玉兰的耳朵，她便又带着草药和神婆来了。给老旦包扎的麻子妹见了，黑着脸拎包离去。二子忙跟出去，说要送她回住的地方。徐玉兰大方地向她打招呼，麻子妹只哼哼了一句，就迈着粗圆的腿去了。二子跟了一段，死活搭不上话，又蔫蔫地回来了。

"这妹子是怎么了？跟没了魂似的，这都过去好久了。"二子蹲在门口说。

"你以为都和你一样没心没肺啊？才跟了几步就回来了？你那死皮赖脸的劲儿都哪去了？璐颖是个好女子，你已经瞎了只眼，要是把她错过了，可就和全瞎了没分别了。"徐玉兰看着老旦几处淤青说。二子撇着嘴不回话，老旦知道他没主意，就翻过身来说："玉兰说你的没错，你对付鬼子那机灵劲儿倒忘了个干净，别老想她为啥这样，多想想她稀罕啥，需要啥，啥玩意能让她忘了那事儿，你就能钻到她肚子里去了。"

神婆看了看老旦，说不需要念什么咒，根本没东西妨着他，这个笨蛋就是被牛拱了。临走的时候神婆对二子说你还愣啥？还不跟着我走，听听我的山神手段？二子忙跟着神婆去了。小色匪在门口蹲着发愣，也被神婆拎着脖领子去了。老旦呵呵笑着，说这下好了，二子真的上心了呢。

屋里只剩了他和徐玉兰，老旦甚觉尴尬，咬着牙坐起来披上衣服："三当家的，你看俺除了打仗练兵，啥也不会干，水稻不会种，草药认不得，连个牛都放不好，你给俺琢磨琢磨，让俺也能干点啥，要不成了半个废人，让你可瞧不起了呦。"

"这事儿你别找我，你找我叔叔去。"徐玉兰往藤椅上一坐，脱鞋盘了腿儿。

"一找他就拉着俺喝酒，最后喝得啥也没有，不找他。"老旦摇着头点烟锅。

"叔叔一直想弄一支骑兵，他说周围几个山寨都不老实，一个个虎视眈眈的，黄家冲夹在中间，要有比这几个山寨都要强的能力，尤其是速度……我倒希望他弄一个，骑马耍双枪肯定很过瘾……"徐玉兰掏出双枪，在藤椅上骑起马来，作势对着老旦叭叭乱打。老旦被她枪口指得发毛，忙离了床说："那也不是太难的事，山里没有马，买些来不就行了？骑马打仗这个……俺没试过，但玉茗参军的时候就是骑兵，他可以训。"

"关键是少这么个人，二当家上马就头晕，我上了马就转向，你要真觉得行，就把这事儿担起来，我帮你，怎么样？你要是把这事办了，三当家的让你当。"

"我顶了你，你干啥？我可弄不了你那些上蹿下跳的山匪。"老旦虎着脸说。

"我有的是事儿干，你等着吧，我去想办法……"徐玉兰跳下藤椅，插起双枪，拔腿便出了门。

没过几天，徐玉兰就让人赶来几只畜生，两只骡子和一只正值芳龄的母驴。老旦大喜，然后纳闷儿，你弄两个骡子干吗？徐玉兰说这不是马么？当然是生小马啊？老旦哭笑不得，道明真相，徐玉兰就要带人出山杀了那卖骡子的。老旦说不打紧，马在这山里太娇气，骡子干活倒皮实，便挑一匹当了坐骑。老旦重操旧业，弄起了在板子村口碑相传的养驴营生。这边驴马不合群，方圆几十里找不出一头公驴，他和玉茗翻山越岭，总算在集市上选了一头公驴回来。老旦给二位好吃好喝，日夜催着两只畜生洞房花烛，徐玉兰送来新鲜的豆子给它们，见老旦盯着它们在那儿日弄，羞得站出老远。第一胎下了两只小叫驴，这就是在平原也属罕见。山民们争相来目睹这一胎二驴的奇观，对老旦赞叹不已。老旦骑着大骡子翻山越岭，招摇过市，弟兄们骑着一串毛驴亦步亦趋，大家再也不用费腿脚。乡亲们羡煞，纷纷开始给老旦下订单，黄老倌子更是给了命令，搞它一百头驴当骑兵。黄家冲的老旦已经驴声在外，准备隔年引进北方的马种，配出一堆骡子。老旦从"老黑鸡巴蛋"慢慢被尊称为"老旦哥儿"，再到"老当家的"，传到外村却变成了"驴当家的"。二子从集市上带来这可笑的消息，徐玉兰便又要杀人。二子说旦哥你行行好，把这玉兰妹子娶了好好调教一下，要不早晚把人的头砍下来。

黄老倌子似乎也有此意，几次问起，老旦不敢瞎说，更不敢应着，这是什么地方？就算老婆孩子生死不知，也不想就此给土匪婆倒插了门儿。老旦悉心弄着骡马，和陈玉茗一起想法子训练黄家冲的骑兵。没过多久，二子已经能在狂奔的驴背上双枪夺命，大薛能够夹着驴扫射机枪，而梁七却练出奇怪的功夫，在马上玩起老艺人的弓箭，竟然百步穿杨，他说如果箭头上抹点儿蛇毒，那可弄一个死一个。黄老倌子对此很是满意，将山寨交予二当家和玉兰看着，每天拉着巧巧和麻子妹上山采药。麻子妹慢慢又变得豁然起来，但依然不吃二子那一套。二子和神婆想尽招数，却也打动不了这个丑护士。徐玉兰被压了看山寨的任务，忙得屁股朝天，据说陆家冲和顾家寨最近都很不老实，陆家的猎户总钻过这边来打猎偷粮，顾家的男人总欺负黄家冲嫁过去的女人，徐玉兰便和老旦商量，要不要收拾他们？老旦让她稍安勿躁，万事还是要老倌子拿主意，就是要打，也要去城里买些弹药和装备，更要等着骑兵训练到位。

麻子妹死活不稀罕二子，老旦这媒婆当得失败，他想不通，直到玉兰告诉他麻子妹喜欢上了梁七，看见他搭弓射箭就小眼放光。老旦顿悟，男女这事，真真是王八瞅老鳖，对眼才算数呢。二子知道大势已去，倒也不捶胸顿足，一个劲和老旦说黄家冲里的几个漂亮妹子，最后和老旦说："你把玉兰那婆娘娶了，给咱带个头呗。"

民国三十年，黄老倌子号令老旦和徐玉兰发兵，去教训恶毒糟蹋黄家冲女人的顾家寨。老旦酒后点兵，上百头骡马驴组成的骑兵声势浩大，众人穿着满是包囊的水牛皮夹衣，下身蹬着淡黄色的粗布肥裤，头上扎着灰绿相间的麻布头巾，满荷枪支弹药，浩浩荡荡杀奔顾家寨。二子一路两眼放光，说终于有了先奸后杀的机会，老旦却说这一仗最好不战屈人之兵，按杨铁筠说的，咱优势已然尽了。

骑兵在黄昏悄悄接近顾家冲。山门上两个哨兵被梁七远远两箭射得麻药封喉，二子和大薛猴子样爬上去捆了另两个睡觉的，对着里面架起了机枪。大门打开，老旦令陈玉茗带兵占了他们几个要害，捆了熟睡里的匪兵，又让朱铜头对着山寨最高的土楼放了一炮。顾家匪头看着这架势，吓得两腿发抖。徐玉兰怒扇之，警告其再敢胡来，全寨烧个精光。她又按黄老倌子的命令给了他们十几支好枪。顾家寨的匪兵光着屁股列队听训，算是见识了黄家冲传说中的"骡骑兵"，更见识了这"老驴蛋儿"的八面威风。

老旦和玉兰凯旋归来，黄老倌子正在生气，说有几个小兔崽子瞒着他出了山，说是去长沙参军了。得知战果，黄老倌子只哼哼了一声，说这高兴个啥？顾家寨的头儿本就是个废物，鸡巴还没麻雀的大，这么多人去，已经是杀鸡用牛刀了。老旦问为何不先打不知天高地厚的陆家冲，黄老倌子给老旦上兵法课，一是远交近攻，二是杀鸡骇猴，三是锻炼队伍，不宜上来就打强敌。顾家寨只要一去就能搞定，从此便是坚定的盟友，调教调教还是条好狗，能从侧后方牵制陆家冲。陆家冲知了深浅，会来年年上贡，顾家寨看在眼里，更不敢轻举妄动。黄老倌子拍着老旦的肩膀问："一战成功，你就正式做个三当家的吧？"

老旦忙推辞，那玉兰怎么办？

"你个木鸡，让她做你老婆……"黄老倌子哼了一声，回头又说，"就这么定了。"老旦慌忙追上，好话说尽，最后只剩一条：能否等弟兄们都有了老婆再解决自己？黄老倌子斜眼瞥着他，一个劲摇头："我看地图，你家里已经是黄泛区，还被鬼子占着，断没人能活下来。早也是她，晚也是她，玉兰你是娶定了，你的条件我同意，但你若敢碰别的女人，鸡巴再长，我也给你齐根剁下！"

大年一过，黄老倌子亲点鸳鸯谱，忙着给那六个弟兄当大媒人，除了二子还是木鸡一个，他人早已各怀鬼胎。黄老倌子一个个点了出来，命令大家正月里必须大婚，否则就全部赶出黄家冲。老旦乐呵呵地见证了弟兄们的一桩桩喜事，又为二子的事头疼不已。二子气嘟嘟地去找黄老倌子，求他帮忙给自己指认一个。黄老倌子挠着肚皮束手无策，说黄家冲人历来怕一只眼的，很多神婆手里的鬼符都是画着一只眼的恶魔，本来你就是两条腿都没了也有人嫁，可你少了一只眼，这比少了鸡巴还难。二子怒不可遏，去找老旦。老旦说只能等有机会给你去别的山寨抓个黄花闺女来，否则咋办？

别看大薛不声不响，下手却是飞快，抢先娶了个模样俊俏的哑巴妹子，二人整天沉默不语，可日子过得滋润，生个崽子一落地就哇哇大哭。大薛一溜小跑来向老旦报告，激动地流出了泪。海涛贼有主意，娶下了二当家黄贵的二女子，女人娇羞可爱，却也脾气不小。海涛因馋酒没少挨这女人巴掌，可一到孩子生下来，她立刻柔顺了。海涛整天拎着酒壶找兄弟，也不见她再说什么。朱铜头和小甄妹子明偷暗合一年多，终于修成正果，麻子妹说这下黄家冲里算是少了个妖精了。半年后，九斤半的小朱铜头呱呱落地，原来早就弄出馅儿来了。玉茗无人问津，他也不问津别人，每天除了训兵便独来独往，半夜别人打炮，他却上山打靶。老旦和黄老倌子说了，黄老倌子便把神婆的孙女强按给了他，陈玉茗也不客气，婚也不成，按倒便睡了。二人性格差不多，都是三脚踹不出一个闷屁的溜边儿人物，都是撒在人堆里平常至极的普通嘴脸，一切看着正常，只是弄不出孩子，而这事儿老旦就没办法了。

梁七和麻子妹果然结成了一对。麻子妹治好了梁七的烂肠胃，梁七的感激涕零，很快升华为征服的欲望，将麻子妹的心一箭射下。厚道的梁七将麻子妹捧在手上，稀罕得无微不至，硬是将见人就瞪眼的麻子妹感化成人人称赞的贤妻。她和神婆成了好搭档，一个打针吃药，一个念咒烧符，一中一西配合默契。老旦见她日渐快乐，一脸麻子慢慢消退，便在麻子团长墓前了了心愿，觉得总算为他做了点事。

如此就剩个裤裆紧紧的老旦和神憎鬼厌的二子。其他弟兄天天男耕女织，二人住在一起却是黄瓜瞅棒槌，酒壶对烟锅。老旦是个乐呵呵，二子是个气鼓鼓。冲外来了媒婆，老旦每次必推二子，但人家都是冲他来的，什么绝世苗家妹子，最美黄花闺女，都贴上来白送。老旦却一个个拒了，把个二子搞得更恼火。每来一个媒婆，老旦都老老实实重复一番："俺家里有老婆娃子，说不定俺哪天就回去了，或是把他们接过来了，这好妹子还是留给别人抢去吧……俺弟兄二子可是条好汉，哎俺跟你说说他那些了不起的事儿……"

黄老倌子闻听老旦的做派，鼻子里哼出两个字："木鸡！"可二子至今没着落，老旦的条件便无法兑现。黄老倌子急在心里，徐玉兰暗自恼怒，老旦全装糊涂。转眼就要两年，前方战火依然猛烈，家乡的消息仍然不知，国家的命运变幻莫测，老旦越来越喜欢徐玉兰给他的笑脸，却越来越害怕自己无法自拔。他总觉得不该到一处稀罕一个，如此还怎么回家？可岁月和身体又在天天折磨，更有个憋得恨不得上吊的二子，一日不谈女人便睡不得觉。黄家冲烟锅大点儿地界儿，家家户户敞风漏气，每个夜晚都传来对对男女们打夯的声音。老旦常在半夜睁着大眼，想着翠儿和阿凤，在别人做神仙的声音里自己解决。脑中女人的样子相互交叠，翠儿的脸，阿凤的声音，翠儿的奶子，阿凤的屁股，渐渐地又掺杂了玉兰的腰肢，她们的样子竟合在一起……老旦已经分不清每一次的喷涌是因哪一个幻想。令他颇为羞愧的是，脑海里清晰的影子，竟也在光阴里模糊了。终于，老旦再一次在夜里攥住命根的时候，那个模糊影子发出玉兰那夜莺般的声音，老旦叹了口气，玉兰的脸就在眼前浮了出来……

二当家说，徐玉兰曾经的男人是黄老倌子给她硬安的，这小伙子湘潭来的，模样好，人品也不错，只是下面却不中用。新婚之后没几天就被徐玉兰赶出屋来，吃了神婆的药也没用。徐玉兰本就不太喜欢他，如此便郁郁寡欢，脾气也变得乖戾，二人吵架成了家常便饭。这男人屋里屋外床上床下都不是徐玉兰的对手，羞愧难当，从此说话不硬，放屁不响。黄老倌子也看他开始不顺眼，久而久之便遭乡亲们耻笑，干脆跑去当了兵，这一走就没回来，黄老倌子派人去找，说是死在日本人飞机下面了。

老旦听着不太舒服，这毕竟是个战死的烈士，却在冲里啥也不是，徐玉兰对此也不置一词，就像这男人从没和她过过日子似的。徐玉兰看自己的眼神越来越像她那只大狼狗，盯得老旦心中发毛。他知道要是应了黄老倌子这事，这辈子八成再也离不开黄家冲，除非……除非鬼子打过来。

这天，徐玉兰拉着巧巧一大早来了。她破天荒地没插着双枪，没带着小色匪，还穿了一件很女人的对夹袄。巧巧远远地扑到准备抽烟晒太阳的老旦怀里，咯咯地挠着他。徐玉兰甜甜地冲他笑着，挽着双手站在阳光里。老旦心里泛起甜甜的味道。二子昨晚和"五姑娘"大战了几回合，弄得一屋子腥气，如今仍在床上呼呼大睡，巧巧便捉了几只蚂蚁去袭击他了。

"玉兰妹子，你来得可真早！"老旦站起来说。

"说过了早来的么，怎么会骗你？"徐玉兰笑成了一朵花，眨着俏眼踱过来。老旦想起昨天她说过今天要来看看驴马，准备换一匹好用的。但见她穿成这样，笑成那样，脖子上还缀了几朵杜鹃，心下便紧张起来。

"驴起得早，都拴在那儿吃草了，俺带你去看看。"

"骂人呢？"徐玉兰眼帘一挑。

"不是不是，俺起得就早，俺起得就早……"老旦呵呵笑了。

老旦领她来到后院，十几头驴拴在一处。见老旦带来了女人，毛驴们哼哼唧唧，弹着蹄子蹭着屁股。老旦知道她不是来挑驴的，扮得这么骚，喷得那么香，又不是骑着毛驴出嫁。老旦便点起烟锅，吧嗒吧嗒嘬起来。徐玉兰却一把抢了去。

"早和你说过，隔夜的老烟丝不要抽，山里水汽重，这么抽会得肺痨，说你多少次就是不听……"

徐玉兰扔了他的烟锅，随手掏出一个荷包，打开来是十几支卷好的纸烟。徐玉兰挑出一根圆滚的递给他："喏，我帮你卷的。"老旦诚惶接过，叼在嘴里，还没掏火，徐玉兰已经凑上来，拿一个打火机打着。这打火机火石装得太满，蹦出的火星烫了老旦的眼。老旦"啊呀"一声，徐玉兰也哎呀一下，不由分说揪开他上下眼皮，呼呼就吹起来，老旦觉得满脸都是她，眼睛被吹得干涩流泪，却又不敢挣，忍着忍着，便觉得她的身体和他挨到一块了，那一块块地顶上来，老旦眼睛还疼着，下面便热起来了。

一只驴近在咫尺扯开嗓子猛然开叫，徐玉兰惊得跳出两尺去。老旦合上眼又睁开，觉得眼睛大了一号，一张驴脸伸在眼前，喷出的鼻息带着吐沫，老旦一个耳光上去，母驴疼得和他一样直眨巴眼，悻悻钻入了驴群。

"你一个母驴，大早上的叫啥？吹得这么臊哄哄的？"老旦怒骂道，说完便又后悔，忙看徐玉兰，果然在那儿又腰扭脖子，一副要拔枪毙了他的凶样。

"不是说你，不是说你，我说驴呢……"

房间里一声怪叫，然后是巧巧嘎嘎的笑。想必二子被蚂蚁爬了裤裆。只穿条裤衩的二子猛然从后窗跳了出来，一下落进驴群，摔得一身驴粪。巧巧在窗户上露出头，没心没肺地大笑。老旦忍俊不住，扒着栅栏笑道："几个蚂蚁就把你吓得从窗户蹦出来，要是鬼子来了，你还不跳下山去？"

"哪有这么说的？明天我就挖个蚂蚁窝放你鸡巴上……"二子说完，看到老旦身后羞答答的徐玉兰，叫声"不好"，爬起来，一把将窗口的巧巧按回去，鳗鱼一样钻回了房子。

有了这一闹，老旦和徐玉兰倒又有了话。"哪头驴有劲儿？"徐玉兰问着走到栅栏边。

"这头公的有劲儿！眼儿亮蹄儿圆，一叫十几响儿，你看这毛，这耳朵……"

老旦摸着那头好驴，笑眯眯拉过来，让它去舔徐玉兰的手。好驴会错了意，一头拱在她胸前，舌头湿哒哒去舔她的脸。徐玉兰惊叫一声躲开。老旦忙按住驴头，一鞭子抽了过去。

"牲口随主儿，你这驴还色心不小呢！"徐玉兰挑衅般看着老旦，弹掉畜生沾在胸前的草，把一团肉弹得微微一颤。老旦觉得什么地方被她弹了一下，看在眼里乱在心里，长这么大，却还没见过这样的女子，比那两个窑姐还要辛辣呢。老旦将驴拴在栅栏上，再抬起头，已羞红了脸。

"呦，看把你羞得！我说着玩呢，谁不知道你旦哥人是最老实的，多少妹子稀罕你你都不要，你这样的男人啊，天底下也没几个了！"

"妹子你说笑了，俺这皮糙肉厚的庄稼人，这黄家冲的妹子多水灵儿，哪有个稀罕俺的……"老旦心里大大受用着。

"那我稀罕你算不算？"徐玉兰还是那副表情。

"玉兰妹子你别调笑俺了，俺可兜不起哩！"老旦摸着驴头，一只手瑟瑟抖着。

"旦哥常想老家不？"

"想！"

"想老婆和孩子吧？"

"那……更想了！"

"也是，你老婆那边孤儿寡母的，日子肯定不好受呢。"

"可不是，俺真盼着能早点回去！"

"要是一时半会儿回不去呢？"徐玉兰突然不笑了。

"这个……没想过，过一天是一天吧……"

"会留在黄家冲么？"

"这个……俺也不知道……"老旦低着头给驴挨个顺毛儿。

"那就好……"徐玉兰轻轻地说。

"你说啥？"老旦明明听见了，还是装蒜地问了一句。

"哦，没么子……"徐玉兰摸了摸驴耳朵。老旦见驴老实了，便推着它去那边吃草。驴却不饿，踅到那头搭起一只母驴就要开弓放箭。徐玉兰先看见了，大呼小叫起来。

"咿呀！它要干什么呢？"

老旦气不打一处来，拿起鞭子上去，啪啪地抽了几下，再蹬上去一个飞脚，驴被蹬得摔了出去，竖着耳朵，咬着后槽牙，愤愤地瞪着老旦。

"这畜生……妹子你别见怪，畜生们都这个样哩！"

徐玉兰惊魂未定，却指着这驴说："就它了，回头你帮我打了掌配了鞍，给我送过去。"

"成，俺再给你打扮打扮，刷洗干净送给你。"

"又不是娶媳妇，不用那么上心。"徐玉兰哼了一声，扭着腰去了，走了几步又回来，将荷包塞到他手里，"都是昨晚给你卷的，熏得我一晚都在流泪。"

老旦接在手里，却不知该如何回答，徐玉兰似乎叹了口气，慢悠悠去了，她此刻的背影很像阿凤，却比阿凤多了辛辣的味儿。

下午黄老倌子让人来叫他，说晚上要和他喝酒，除了他还没叫别人。二人喝酒已是常事，黄老爷子那里好酒多，故事多，喝着过瘾，聊得也开心，老旦从没个不去的。

"几天不招呼你来喝酒，你就找毛驴子出气？"黄老倌子坐在一张大木头椅子里，将一把德国驳壳枪拆得七零八落。他的大鹦鹉睡在架子上，张着嘴露出舌头，和死了一样。

"哪来的事？俺没有啊。"老旦嘻嘻坐下，看着他又把枪装起来，老汉手脚麻利，一堆零件儿眨眼就成了枪。他对着窗口扣了一下，扳开机头看了看说："弹簧松了……和我一样，老了。"

"您正当年，怎说老哩？"老旦记住了这事，琢磨着以后给老爷子弄把好枪来。

"大清早的就听见你抽毛驴，小鞭子抽得山响，瞒得过我？"黄老倌子把枪插进皮套，歪着头看他。

"老爷子误会了，那头毛驴放着旁边的黄花母驴不要，非要上它的娘，这不乱套了么？俺不狠狠抽它，这畜生咋能长记性？"老旦编了瞎话，他不知黄老倌子听到了什么。

"你咯个木鸡！毛驴上哪个关你球事？你自己上哪个才要费点脑子！放着玉兰不要，半夜你去上母驴了，那才是乱了套……"

老旦自知斗嘴不是黄老倌子的对手，只乐呵呵笑着，眼睛却在屋子里四处寻酒。

"找么子？酒啊？你个木鸡！玉兰，把酒拿过来……"

里屋掀门帘出来个人，正是换了长衣却放了头发的徐玉兰。老旦脑袋嗋了一声，见黄老倌子狡黠地给自己倒茶，心知是老爷子使坏做局。徐玉兰拎着两瓶酒，脸上似乎着了妆，灯下变得妩媚起来。她一副喜笑颜开的模样，重重将酒顿在桌子上。

"轻点儿，又没谁和你叫板，哪有个女娃家的样子？"黄老倌子嗔怒道。徐玉兰撅了嘴，又嘻嘻一下，"砰"就拔开了一瓶。酒香溢出，老旦便知是上好的。黄老倌子劈手夺过酒瓶："你以为是拔萝卜呢？这陈年老窖不能这么开瓶，一下就被你泄了精气，要慢慢开，慢慢倒，一杯便能醉人，你个傻妮子……"

玉兰又撅了嘴，羞答答看着老旦。老旦被她看得发毛，就去夺黄老倌子的酒瓶："俺来倒，俺来倒……"黄老倌子却不依，指着他瞪着眼："坐下！"

黄老倌子的鹦鹉不知何时醒了，也大喝一声："坐下！"

老旦被吓一跳，只得坐下，玉兰抿着嘴忍着笑，抓过半只酱板鸭就要啃，黄老倌子便又瞪了她一眼，她便蔫蔫地放下了。黄老倌子给老旦斟了酒，给徐玉兰也倒上了。他端起杯看着二人："废话少说，先来三杯。"

老旦忙举起杯，还没和黄老倌子碰，玉兰却仰脖子就干了。"好酒！"她舔了下杯边儿，像个兵汉般哈着嘴。黄老倌子摇了摇头，和老旦轻轻一碰，干了。玉兰这次抢过了酒瓶，给他们倒上，才给自己也满了。给老旦倒得有点满，溢出来一串。

"斯文一点行不？你旦哥可是个见过世面的人，你个妮伢子神憎鬼厌的，难怪没人要你……老旦，这是玉兰老家徐家沟的三十年老窖……这徐家沟的酒可是远近闻名呦！这酒不多了，都被赤匪拿去当了酒精……就剩这么几瓶，就不让你的兄弟们闻腥了。"

"么子见过世面喽？打了几仗就算见过世面了？还躲在这不长秧子的黄家冲，天天鼓捣毛驴？"玉兰撅着嘴，烈酒烧红了她的脸颊，红唇艳得像灯笼一样。

"呦！口气还好大？就冲他七个人就敢回通城救麻三，这就是英雄胆略，丈夫霸气！比你男人可强多了，活着没个动静，死了也没听个响！要论喝酒，你男人五个也喝不过老旦一个！"黄老倌子丝毫不忌讳提起这些。果然，玉兰也毫不在意，只哼了一声说："那要看喝得过我不？我那男人是没么子用，人家说什么是什么，从来没么子主意……嗯，今天高兴，不说这些了……旦哥你把最好的驴给我了，妹子得谢谢你，你就赏个脸吧！"

玉兰给自己倒了酒，修长的手指平平端起酒杯，稳当如端起她的双枪。

"看不出哩，玉兰妹子喝酒这么爽气……"

老旦举起杯来，犹豫地看着黄老倌子。老汉倚在椅子里恶作剧般地笑，冲他抬了抬下巴。

"老旦你个木鸡！老子的外甥女都能把你吓成这样，亏你还是枪林弹雨过来的？呵呵……喝吧喝吧！"

老旦头一次和女人如此狂饮，徐玉兰一杯接一杯地进攻，老旦抽不出空吃菜，招架颇感吃力，这黄老倌子又一旁煽风点火，时不时地也趁火打劫和他猛干几杯。徐家沟的老窖后劲儿极大，才半斤下去老旦就晕得像坐了船，玉兰变成了两个，那双桃花眼满天乱飞，直欲勾了自己的魂儿去。他怎知玉兰从小就喝这酒长大，一斤下去也没什么反应。慌乱中老旦渐觉稀松。玉兰撸起袖子频繁进攻，老旦敞了衣服步步撤退，黄老倌子又喝了一杯，说去撒个尿，就消失在月光之下。后面的事情顺理成章，老旦醉得一塌糊涂，徐玉兰也醉了，却也走不得路，饶是她酒量厉害，怎敌得过黄老倌子的别有用心。

"进来！把那几个老婆娘叫过来，把这两个都抬回老旦那儿去，把二子拉我这儿来喝酒……这两个都扒光了，上上下下地搞在一起！不准走漏任何风声！"黄老倌子吩咐道，他嘴角一撇，对着夜色挤出一声得意的奸笑。

"看老子把你们杀个片甲不留！"黄老倌子得意地晃着头。

"杀个片甲不留！"他的鹦鹉又说。

半夜醒来，老旦口渴难忍，挣扎着下了床，到水缸里舀水喝。饮了个饱之后才发现周身冰凉，竟光着腚，他不由纳闷，平常至少留着一条裤衩，这咋回事？晃晃头回想，方才想起一些，脸上一阵发烧，不知谁把自己送回来的，谁又把自己扔上了床，竟是忘个干净，但却记得在梦里和一个女子轰轰烈烈地交过一战，折腾得酒汗横流，和她湿乎乎沾了一身……

黑暗中摸回床上，刚钻进被窝，一只热辣辣的手便搭上了自己的腰。老旦惊得头皮炸裂，从床上蹿起老高，嗷的一声飞到地上。

"鬼！"

老旦惊呼。一丛火苗噗地在床头跃起，照亮了半个屋角，老旦惊愕看到，赤裸的玉兰盘在床上，正探着婀娜的腰身，慢慢拨着油灯的火头。她头发披散，周身雪白，胸脯沉甸甸垂落下来，腰腿圆润如春天的萝卜，脸上潮红未褪，像仍在醉着一样。

"水……"玉兰软软地说。

老旦没动，徐玉兰便扯了一嗓子："聋啦？拿水来！"

老旦忙舀起一瓢，战战兢兢走过去递给她。徐玉兰咕咚咚喝下，胸前两颗红豆颤巍巍抖着。老旦看也不是，走也不是，慌得缩成一团："你……你咋了在俺床上？你咋了光着腚？"

徐玉兰猛地瞪大了眼，一把扔了瓢，葫芦瓢在屋里叮当乱碰。

"你还问我？我还要问你呢！我喝得不晓得事了，你就把我弄到床上来，趁机占了我，还以为你醉死了，我醒来的时候你正趴在我身上……你还问我？难道不是你弄我来的？我怎么上了你的床？"

老旦扔了枪，忙揪了条裤子掩住了下身，将棉被扔回给这光腚女人。他怎么也想不清这事的原委，但它铁板钉钉，往下一摸，分明是弄过的样子，梦中弄的那个肯定就是这个徐玉兰！这女人面色淫靡，胸脯上还有着啃咬的痕迹，这可如何是好？

老旦蹬上裤子，在屋子里走来走去，他捶着头弓着腰，发出懊悔的叹息。

"叹个么子气喽？搞就搞了，敢做就敢当嘛！还见过么子大世面呢……再说我又没有怨你，要不早就把你蹬下去了……"

"玉兰妹子啊，俺有老婆孩子……俺当真没想占你便宜……俺给你赔不是了，你可千万别说出去啊！"

"老婆孩子怎么了？隔着十万八千里，我就不能做你的小？你都碰过我了，我还怎么再嫁？我肚子里说不定已经弄上你的种了，你想赖都赖不掉！我怎么就被你弄上了床，反正你是说不清了，你占了我，我就是你的人了。除了我死去的男人，没有人碰过我。如今我是你的了，你愿意怎么搞就怎么搞……现在这兵荒马乱的，你也回不去。将来要是你非要回去，我也不拦着你，我也不跟着你，只要你把孩子留下就行嘚，我在咯里也过得下去……"

徐玉兰披了件上衣，端坐在床上，定定地看着老旦，并无羞怯之意。老旦也望着她，心里还是一团糟，可那下面又不争气地翘了起来，他忙转身，偷偷把那闯祸的东西打了个卷儿，背朝着她坐回了床沿上。

油灯的灯芯烧化了，噼噼啪啪炸了几声，跳了几下便萎靡下去。黑暗又笼罩了房子，月光像酒一样醉人。老旦在黑暗中听到她慢慢躺下，喘气声如丝如缕。她的手摸上了老旦的腰，柔软而温热，游走在脊背和肩膀，若即若离地奔向他那翘起的东西。大概也害羞，便离开了，只抓过了他的手，坚决地将老旦拉向了她……

这个蹊跷尴尬的夜晚，老旦被这个如火的女人彻底摧毁，这多情的湘女尤物是一汪无尽的水，是一团勾魂的雾，是一辆柔软的坦克，是一处打不下的阵地。老旦在晕眩中迷醉，在升腾里融化。他粗愣愣的双手肆意地揉搓着她的一切，他坑洼洼的伤痕尽情地摩挲着她的腰臀，如赤裸着滑过麦浪，像光着脚走过炭池。他几乎揉碎了她，撑爆了她，斩断了她，他发动的每一次战斗都让她欲火焚身，密集的弹雨让她窒息，火热的空气让她痉挛，而他无穷无尽的喷发直欲休克了她。在这场没有败者的厮杀中，她像彩虹下的花朵一样怒放，像炮弹炸飞的一只彩色的鸟……

"好耍不？"女人压着嗓子说。

"好耍。"老旦喘着气退出将软的枪。

"你好耍，我疼死了……死鬼，我毙了你！"女人猛地将他骑在身下，双手作势握着双枪，对着他的头啪啪地打。

"你这里为啥挂着个绳子？"玉兰揪起老旦下面那根细细的红绳。

"老婆给俺系的……"老旦红了脸。

"都糙了……"玉兰不由分说揪断了扔去一边，老旦哪里拦得住，还想起身去拿，就见玉兰轻轻一跃，就又将他含在身体里了。

"以后我就是你老婆。"玉兰趴伏在他的耳边说。

"既如此，咱就一起过吧……"老旦觉得脑子射干了，身子泄空了，人像抽走了骨头，干瘪了皮肉，一切就此空空如也，释然了，放下了，忘记了……就这么着吧，就这么活吧，就这么醉着吧。世事沧桑，家园难望，情欲狭路相逢，大家是抱在一起渡河的蝼蚁，一个浪，一阵风，说不定便粉身碎骨，这一条看不到边的河流，得过便且过吧。

"敢对我不好，我就毙了你……"玉兰一只手轻轻下去，猛揪了他那玩意一下。老旦疼极，大叫一声，眼前哗啦一亮，像钻过了房顶，看到了黄家冲无边的星空。

久旱老旦娶了寡妇玉兰，黄家冲人知道这事哂然一笑，一个流浪汉，一个辣寡妇，干柴烈火地滚到一起，能有什么稀奇？这老旦信誓旦旦，劝退若干媒婆，还不是黑灯瞎火地搞了寡妇？这北方佬的脸和他们吃的面一样，薄了厚了都叫饼，薄起来能包饺子，厚起来能当棉被。唯一让乡亲们好奇的是那半山坡的声响。这最初的半个多月，徐玉兰白天黑夜地叫，一叫就是一两个时辰，比那驴叫得还响，有时候还边叫边放枪，放的还是双枪，真不是省油的灯。这老旦看来也是憋疯了，怎消受得了？半年下来都没消停几天。乡亲们只纳闷这黄老倌子，对这狗男女不闻不问，不管不怪，只自斟自饮和他的鹦鹉骂来骂去，真不知这古怪老头子是怎么想的。

"你们都有坑了，就俺是个萝卜！"

二子气呼呼搬出了老旦的房，住进山顶一个圆滚滚的茅屋。这原本是村民熏腊肉的地方，但二子偏偏挑中了。老旦拗不过他，就带着弟兄们给他装点一番，安了窗户，修了庭院，翻了菜地，建了茅房。玉兰对二子颇有愧疚，一日进城，从城里买来个奇怪的玩意。老旦说是迫击炮，黄老倌子说是照相机，巧巧说是万花筒。玉兰帮二子架好了，说这东西是个能看月亮的天文望远镜，是从一个法国神父手里买的。众人堆在二子的院里喝酒饮茶，冷不丁那月亮便爬上山坡。巧巧搬着板凳先睹为快，惊喜异常。黄老倌子也凑上去看，说这玩意要是装在大炮上，不是指哪儿打哪儿？老旦闭着一只眼去瞅，被那巨大的月亮吓得摔倒在地，玉兰咯咯笑着搀起了他。

"月亮大不？像啥？"

"大，白得像你的屁股，坑洼得又像麻子妹的脸。"

老旦忍着玉兰的掐，见二子抱着望远镜看个不停，知道这玩意只能哄他一时，还是要给他找个近在眼前的女人。

和玉兰的日子温暖而惬意，婚后的玉兰柔软如山里的竹，火辣如桌上的辣椒，热烈如燃烧的美酒。老旦正式做了三当家的，担负着守卫黄家冲的要任。他身上长出无穷的力量，如山里暴长的竹笋，生发得茁壮伟岸，身体竟强壮起来。只是和玉兰日日鏖战，却搞不大她的肚子，老旦心中纳闷，玉兰郁郁寡欢，她偷偷找了神婆，吃了些奇怪的药，院子里撒了新鲜的紫苏，枕头下放了干瘪的何首乌。神婆在院子里念叨了一个下午，离去时说让他们勒住鸡巴封住穴，每次憋一个月，候到月圆子时那刻狠狠地搞，而且不能哇哇叫，怕吓跑了菩萨给的孩子。

这可难坏了二人，玉兰说忍得了疼却忍不住叫，老旦只能削了个木橛子给玉兰咬上，一番恶战，把月亮都赶跑了。老旦见木头上牙印深刻，便爱惜地亲着她，说等有了孩子，给你装个喇叭，让你叫得山神都睡不着。玉兰抱着他流了泪，说只要能有你的孩子，我宁愿从此咬着木橛子。

黄老倌子开始收集外面的消息，让人买回大捆的报纸和传单。他在房子里一张张铺开来，拿着笔圈圈画画。虽然什么都不说，老旦仍能感觉到他的紧张。战事日渐胶着，中日厮杀到了湖南大地，在长沙杀得难解难分。到民国三十年底，长沙城已经顶住了鬼子的第三轮疯狂进攻。虽然已成焦土，并一度被日军攻占，但是整个战役下来，鬼子还是被赶回了战役前的地界。长沙城收复之日，黄老倌子大摆酒筵庆祝，众人都唏嘘不已。黄老倌子歪着头举着杯，说敢情这老蒋还打出脾气来了？湖南能守住，日本人就过不来了。

鬼子占了长沙的时候，玉兰几天睡不着觉，神婆来看，还没进屋就说肚子有了动静。老旦喜出望外，神婆却说不能马虎，她掰开玉兰的嘴看，在玉兰的肚子上听了半天，告诉老旦这孩子还没定魂，万不可惊了胎气。不能睡不能摸，下雨别出门，刮风要闭窗，就是蚊子叮了那么几下长了大包，也有可能前功尽弃。老旦听得头皮发麻，玉兰在床上呆若木鸡，这和养菩萨有什么区别呢？黄老倌子倒不在乎，说这神婆再胡说八道就把她熏了腊肉，一个三十年的老寡妇，隔三差五用苦瓜过瘾的疯婆子，还真把自己当树精了？

不信归不信，老旦却不敢怠慢，各项要求一一照做。玉兰也咬牙豁出去了，不就忍八个月么？就当再守多半年寡呗。老旦让二子和玉茗多带弟兄们担待黄家冲的守卫，除了和黄老倌子聊聊大事，便守步不离懒汉坡，日夜守在玉兰的身旁。

黄家冲最近访客不断，有上贡的，有拜山门的，还有觍着脸来要饭的，这些人事还没料理明白，瞒着黄老倌子去参军的愣小子们又回来了两个。回来便回来，还把山门的铜鼓敲得咣咣响。两年前几个小子悄悄投奔了长沙的国军部队，回来这两个似乎打出了些战绩，穿着笔挺的军装，骑着壮实的大马，胸前还挂了一串牌子呢。二人进了山还没下马，二当家的已经黑着脸拦在路上，大手一挥，十几个人上去就捆在竹竿上，任凭二人如何喊叫，小匪们领了命，不打不骂，只扛着他们上了山，掼在气歪了脸的黄老倌子座下。老旦随后赶来，见寨厅里杀气腾腾，二当家手持大刀站在两个后生身边。

"还敢回来，胆子不小……"黄老倌子斜躺在椅子上，"怎么？去了四个，只回来两个？松开吧，谅他们不敢跑。"黄老倌子吹了吹烟锅，对老旦点了下头。老旦走到自己的座位上坐了，见两个后生穿着熟悉的军装，军功章上沾满了土，心里虽疼，但见黄老倌子脸色不善，便不敢多言。

两个后生仍不吭气，利索地爬起，一下下打去身上的灰，他们不放过任何一处肮脏，再摆正每一块军功章，全身都收拾停当了，便默契地立正，给黄老倌子齐刷刷敬了礼。老旦回黄家冲时他们才走，其中这个二伢子还认识，那时还是个看啥都好奇的屁娃，如今这脏胚子已经仪表堂堂，黝黑的皮肤仿佛刀割不破，站在那儿不卑不亢，眉宇中尽是威风。老旦暗叹湖南佬真是不简单，同是农民，咋人家的娃子有点历练就这般虎气哩？

"是当了逃兵没地儿去了，还是打了胜仗回来装蒜？"黄老倌子话如钢锥，眼皮都不抬一下。

"老倌子，都不是，我们……是奉命回来的。"小兵黄瑞刚的后脑勺少了块肉，露出骇人的伤疤。

"奉命？奉谁的命？"黄老倌子斜斜看着他，"敢违我的命，却要奉别人的命？"

"团长命令我们……"二伢子说。

"屁！闭嘴！什么狗屁团长？老子当年还是旅长呢，敢在老子面前摆谱，老子就杀他个片甲不留！"黄老倌子重重捶了下旁边的桌子，茶壶茶杯的跳起老高。

"杀他个片甲不留！"一直打盹的大鹦鹉猛然狂叫。黄老倌子一巴掌打去，将之打得羽毛乱飞。

"老倌子，长沙两战之后，兵源紧张，我们团战死七成，负伤两成，三伢子和黄定方都负了重伤……"黄瑞刚顿了一下，又抬起下巴说，"我们活着的弟兄领了部队的命令，分散到湘中湘西湘南各地召集人马，如果不能尽快补充兵员，湖南难免陷落……"

"陷不陷落，跟你啥相干？我看日本人来了倒好，军阀本就异志，看着是中华民国，其实各自为政，鱼肉百姓，否则哪有老子我决然卸甲？哼，还有个共产党挖墙脚赚人头，在后面搞国中之国，这中华不过是一窝乱咬的狗，都让日本人收拾了，倒还干净！"黄老倌子说罢看了老旦一眼。老旦本听得发木，见黄老倌子眼神异样，便知这老家伙是在说反话呢。黄老倌子说完便瘫进太师椅，下巴顶到了肚子上，大水烟筒咕噜得打雷一般。

"老倌子，不能这么说……"二伢子咬着牙说，见黄老倌子没再拍桌子，他又说道，"咱山寨的黄老举人说了，民国来之不易，尚在懵懂年华，但若能治以时日，前途不可限量。就像咱这山寨，老倌子你回来的时候，几个大户为争寨主不也乱七八糟？外边不也是群狼环伺？你成了山寨之主后，不也有几年东征西讨的日子？山寨里不也用了好几年才完全定下你的规矩？"

"别绕圈子！"黄老倌子不耐烦道。

"老倌子，鬼子既到湖南，咱便不能袖手旁观，湖南若陷，亡国有日，湘人若不齐心合力，必遭倭寇冷血欺凌。"二伢子看了眼老旦，似乎掂量着该不该说，但还是说了，"老旦失了河南，不知何日能和家人团聚，湖南如果再败，他又能躲去哪里？我们又能躲去哪里？"

老旦闻听此言，一股烈火从肺里升腾起来，一张脸顿时狰狞起来。愤怒、羞辱、尴尬、悲哀，这些东西一股脑塞进老旦那颗要炸开的头颅。可他无法发作，这二伢子说的是实话。

"混账！轮得着你说三当家的？你的战功和他比，算是狗屁！"黄老倌子腾地站起来，水烟壶猛地掷向了二伢子。二伢子看着这铁家伙飞来，竟不躲避。老旦心中暗惊，这一下不头破血流才怪。旁边的黄瑞刚猛然伸出了手，稳稳地抓住了水烟壶。他走前几步，恭敬地举到黄老倌子面前，老汉哼了一声，劈手拿了回去。他看了一眼二当家的，回身坐进了太师椅。黄瑞刚是二当家黄贵的儿子，极倔强的一个后生。二当家的已经像水牛那么倔了，这个少言寡语的侄子更是不可救药。

"都长出息了，一红一白，一唱一和了，落了几个伤疤，就觉得敢和我叫板了……"黄老倌子冷冷道。

"老倌子，我们不敢。"黄瑞刚低头说。

"有没有丢黄家冲的人啊？"

"没有，我们给黄家冲挣了脸，要不也不敢来见老倌子。"是的，他们身上的伤疤和军功章就是答案。

"嗯……那时候就看出你们要走，我老倌子不是傻子。你们这个年纪的时候，我去当兵也没跟家里打招呼，血气方刚嘛。不过后来咱都立了规矩的，弃寨参军可是罪，还记得是何处罚么？"

"记得，受老藤鞭。"黄瑞刚平静答道。

"既然知道，还敢回来？"

"大义为重，小痛为轻……"黄瑞刚像早就准备好了，说得不卑不亢。

"好个小痛，脱衣服！"黄老倌子暴喝一声。他的鹦鹉晃晃悠悠爬上杆子，正要再随一嗓子，早被黄老倌子又一巴掌，这一下彻底打晕，挂在那儿晃悠起来，像一大串春天的新蒜。

黄老倌子勃然怒吼，众人皆惊得一震。二当家的走上了两步又退下去，老旦拿捏不准，不知该劝还是该看。两个后生却不慌张，对视一眼，利索地脱去了上衣，露出健硕的身体和深浅不一的伤疤，皆是枪打刀削的伤痕。黄瑞刚背后有一条烟锅那么长的刀痕，一看便是鬼子军刀从背后干的，伤疤发着鲜嫩的红色，显是愈合不久。

"伤好了没有？"黄老倌子看着他们，竟问了这么一句。

"不碍事。"黄瑞刚道。

黄老倌子朝二当家点了点头，黄贵会意，咬着牙拎起沉重的老藤鞭，慢慢地走到他们身后。

"都跪下……"黄贵撸起了袖子。二人便跪了，他们挺直了上身，看着有些发愣的黄老倌子。黄贵抡了抡鞭子，藤鞭呼呼有声，鞭梢发出尖利的哨响。老旦听得皮肉发瘆，见黄贵的手略微发抖。他又将鞭子甩了几下，抬眼看了看面无表情的黄老倌子，就朝着儿子后背抡去。

那一鞭便皮开肉绽了，黄瑞刚生生受了，疼得趴伏在地，却一声不吭。黄贵咬牙又是两鞭，鞭子上便见了血。黄瑞刚撑在地上，双臂抖若寒枝，淋漓的大汗滚下脖颈，流过背后的血痕。黄贵还要打，二伢子却拦住了。

"二当家的，瑞刚大伤刚愈，我来吧。"他双手握住黄贵的鞭子，竟是不依不让。

"有种喽，就让他来……"黄老倌子大喇喇地跷着脚，又抽起了水烟壶。黄贵洗了洗鞭子，照着二伢子抽去，沾了水的皮鞭更是狠厉，一鞭下去便皮肉翻开了。

"停下吧……"一个苍老的声音从大门传来。众人惊讶，老旦扭头看去，见黄老举人驮着背迈进长长的门槛，他拄着一根生锈的半截长矛，肩膀斜斜地歪去一边。老汉刚走进来，黄老倌子便站起了，他扔下烟壶，几步走下了台阶。

众匪都躁动起来，二子凑到老旦耳朵前说："稀罕，这老爷子据说八年没进过这寨厅了。"老旦知道这黄老举人是黄家冲百年来唯一的举人，黄老倌子的幼学师傅，认字儿学武都是跟他学的，也正是这老汉送他去参军北伐。老汉如今已然古稀，儿子和老婆都病死了，他早就不再过问山寨之事，每天在山后耕读逍遥，有精力时便教教孩子们读书认字。见黄老倌子站起来，众匪头呼啦就站起来，老旦也忙站起。黄瑞刚和二伢子扭过身来，对着老汉一拜到地。

"我说完就走……"黄老举人走到两个后生面前，腰杆似乎直了起来，他轻声说，"不让你们去参军，是因为今非昔比，冲里人丁太少，得攒一些种子下崽……眼见着你们都大了，有自己的硬主意，好男儿志在四方，这原本没错，你们也想像老倌子一样学成出山，挣个功名，后生子么，都有这个念头。可你们要有个规矩，这一走就两年多，没个消息，你们的爹妈夜夜焦心呐。老倌子几次悄悄派人去打听你们，有一个还出事死在外面，你们知不知道？"

黄老举人低头看着二人，两个后生对他又是一拜，眼中溢满了热泪。

"我从小就告诉你们忠孝仁义，男人在世，要顾及周全，不能为功名之私，便弃了应有之道。国难汹汹，君子荡荡，你们不管去到哪儿都不能忘了本。"

"孩儿记得了……"两个后生磕下头去。

"老汉我问你们一句实话，别人说的我都不信，这鬼子，你们觉得挡得住么？"黄老举人正色立眉，这句话便没拿他们当孩子了。

两个后生对望一眼。二伢子低下了头，黄瑞刚抬起下巴，冷静地说："老公公，我们两战长沙，牺牲重大，但鬼子也损失不小。我不知道最后能不能胜，只知道每牺牲一个战友，我们便会多一份坚持，要让鬼子知道我们湘人的血气……老公公，别的我不懂，我只知道，鬼子若打下了湖南，这国可能真的就亡了，皮之不存，毛将焉附？"

"翅膀硬了才几天，就跟老公公摆起文腔了？你只知道玩命，却不知是在给国家玩命还是给老蒋玩命，娘了个逼的，二伢子，你的三叔就是死在和他中央军的一仗里，你个没记性的东西，你以为只有鬼子才会来烧杀？"黄老倌子厉声喝道。

"不管怎样，中华民国统一了，为了抗日，蒋委员长和共产党都讲和了。鬼子不光是来烧杀，他们要灭亡整个中国，就像他们灭亡东三省一样。"二伢子昂着头说。

"鬼子进来了再说！进来了老子自有安排，轮不到你琢磨。"

"长沙已成焦土，下一战不知能否守住……黄家冲一味保全自己，最终只会被鬼子烧个精光。"黄瑞刚又接过来说，看得出二人早有默契。

"果真是英气了，走吧，先随我去治伤吧，早知道你们要挨一顿打，神婆的药我已经让备好了……"黄老举人说罢去搀他们，二人慌忙站起，看着黄老倌子。

"老公公都说话了，你们还愣什么？还不快跟着去？"黄老倌子背着手，对二当家的努了下嘴，黄贵眼皮一耷拉，和几个匪兵便搀着他们去了。老旦见冷了场，喘了口气便起身走到黄老倌子身边，二子似乎猜到了他的心思，也跟着凑上去了。

"老爷子，不是真生气吧？"老旦堆着笑说。二子递上一支烟让黄老倌子抽："我自己卷的，云南上好的烟丝……"

"什么事都生气，老子早气死了。"黄老倌子抽了口烟，对着二子一张大脸吐了口烟，让众匪都散去了。等人走光了，黄老倌子斜着眼问老旦："怎么，你有想法？"

"没有，俺哪里会有想法？玉兰肚子才三个月，除非有人来惹咱，你下令，要不天塌下来俺也不出门儿。"老旦叉着腿，一副大咧咧的样儿。

"老哥是怕你要去呢。老倌子，鬼子打的都是军事要地和大城市，咱这黄家冲穷山恶水的，鬼子才不稀罕。我和旦哥一路打下来，板子村三十多个后生，可就活下俺俩，要不是麻子团长护着，这两条命早填在武汉了。俺是运气好，老旦却是命大，每次打一场恶仗，俺充其量划破点儿皮儿，老旦可都是鬼门关里绕三绕，动不动就肠子肚子往外流，假死诈尸的事儿他干得多了。可阎王爷不知为啥那么厌他，就是不把这堆废肉收了去。"二子挤眉弄眼地说。他左眼上有个明显的黄圈，圈得眼都大了一号，那定是看天文望远镜看的，这家伙每晚都抱着它看，这只眼也快看瞎了。那玩意全山寨的人已然看腻，他还每天看个没完。据说他看见很多流星，还看见月亮上有人跳舞。

"要收也是收你，你没听说打不死的蚂蚱怕死的鸡？你哪天只挨一颗子弹，八成小命就没了。"老旦用烟锅捅他。黄老倌子就笑了。

"老旦说得有道理，我也是个每战必倒的，可谁知道最后一战，老天爷把我这玩意去了一半。妈了个逼的去一半儿还留一半儿，好像能长出来似的。老子才不稀罕！不如去个干净，老子就做一个天不怕地不怕的公公，抓几个鬼子的小白脸儿回来耍。"

老旦和二子愣了，不由对看了眼，黄老倌子啥意思？这又是哪一壶呢？

"老倌子，这两个后生咋办？还让他们走不？"二子蹲在凳子上问。

"拦得住人，拦不住心，黄老举人也发了话，我还怎么拦？这两个小子也算历练出来了，是去是留，是死是活，那是他们的造化了。"黄老倌子少见地叹了口气。

老旦看着黄老倌子那张略带悲戚的脸，想起了永远皱着眉的马烟锅。黄老倌子的大鹦鹉总算醒了过来，爬上杆子伸直喉咙，哇哇叫了两声，然后对着空旷的寨厅喊道：

"造化子嘞，造化子嘞……"

第三章
听八路的？还是听鬼子的？

鬼子来了，屁股后跟着叫皇协维新会的兵，鬼子头戴钢盔，维新会的人头扎白布，谢老栓的女人说他们一个是狼，一个是狈，是合着伙儿来杀人的。

翠儿原本也这么想，更看见了鬼子杀人，但当有个鬼子冲她笑着打起招呼，她便怀疑起来。这会笑的鬼子本不难看，那夜他打死郭傻子的时候，活像老故事里的恶鬼，可大白天这么一见，那张笑脸问了声好，翠儿竟没那么怕他了，虽然还有点……讨厌，可真的没那么怕他了。她自然想到，只要不像郭傻子那样在鬼子面前胡来，鬼子也不至于对你举起那么一支大枪。他们就和村口的那些野狗似的，你别拿棍子招它，它是不会咬你的。那一天翠儿还确定了一件事，肚子里果然又被老旦种下一个。她笃定了此事后，一下子觉得责任重大，什么鬼子的汉奸的，活下去把这个生了才是正经。

鬼子来到离村口数十丈之处，在个高坡上四处乱看，看了一会儿便折来了板子村。这次人多，十几个鬼子散乱地站在泥巴没脚的大槐树下，让两个汉奸跑过来喊山坡上的乡亲们。下去的自然是袁白先生，鳖怪搬着一个板凳跟着去的。袁白先生说了几句就坐下了，板凳呼哧陷进泥里。鬼子倒不介意，都站着和他说。翠儿和乡亲们在坡上踮着脚看。她们见一个鬼子给袁白先生鞠躬，汉奸刘给鬼子鞠躬，袁白先生仍是坐着，只是微微拱了拱手，仿佛呵呵笑了几下。鬼子扭头走了，袁白先生低着头走回来。鳖怪抱着个板凳真是难为了，那泥巴只没了袁白先生的半截小腿，却几乎齐了鳖怪的腰。翠儿见郭铁头斜着眼在他娘怀里装愣，便走下去接过鳖怪的板凳。山西女人更是眼亮，走前一步搀起了袁白先生，嘴里甜得像抹了蜜。

汉奸刘替鬼子翻译说，鬼子要在村口那边建一个哨所，咱如果能帮他们盖好，给他们做饭，鬼子就帮咱们清理村子和田地。汉奸刘又说得更明白了些：帮也得帮，不帮也得帮，鬼子玩客气，你们不能不懂事。

"这是真的？"谢老栓的女人最憋不住。袁白先生没吭气，他很少回答别人的废话。

"那鬼子还杀人不？"一个女人也问。

"只要不和他们作对，应该就不杀，将来的事儿我说不准，但眼下咋办，事关大家生计，我做不了大家的主，乡亲们不妨表个态。"袁白先生又坐下了。

"给钱不？"谢小兰小声问。

"想啥呢你？头被你的奶夹了？"山西女人不屑道，"要真是这样，咱就帮呗，村里男人都光了，哪里来的力气收拾村子和田地？鬼子只要不杀人，咱也只要不反抗，那就和气点儿来往着呗。怎么活不是活？总好过村子没了地也没了吧？是不？"山西女人看着袁白先生，袁白先生只看着自己满是泥巴的腿脚。山西女人又回头看着大家，见点头的人多过沉默的，声音便高起来："只要鬼子说话算数，还能给口吃的，俺看就这么过，将来的事将来再说，不听他们的，俺看大家没多久就得饿死。"

"那就是当汉奸呢……"翠儿嘀咕道。

"啥叫汉奸？"立刻有人问。

"就是替鬼子干活的。"立刻有人回答。

"不干咱不就饿死了么？干活咱就能活，田地就有的救，咱谁也没坑谁也没害，咱奸个啥？政府把咱男人拉走了，只留下几张白条，白条也不给兑了，拍屁股就全跑了，到底是哪个奸？"山西女人舌头像擦了辣椒油，一番话又快又狠。

"山西子说得对哩……"女人们叽喳起来。翠儿只看着袁白先生。袁白先生低头不语，腿上的泥巴眨眼便干成了粉，一块块掉落下来。

水退得快，泥干得比袁白先生说得也要快。大旱天里，板子村的乡亲们眼看着无边的黄泥渐渐龟裂，在太阳下咔咔作响，纵横成壮观无边的棋盘。黄河进了远远的古道，带子河在泥缝里倔强流淌。鬼子的大车拉来工具和牲口，架上奇怪的机器，哼哧哼哧挖开了村口的老井，挖出几十筐黑黄的土。老井又冒出清凉的水，竟没了毒倒鳖怪的怪色。袁白先生看了一眼就说："水能喝了。"

几个鬼子忙活半天，见弄出了水，看着比村民们还要高兴，有个手巧的拿过锤钉，当当地敲了几个字上去。大家伸头去看，一共三个字，却是"一龟井"三字，袁白先生拈了半天胡子，不明白啥意思。汉奸刘自然认得，说这是他们队长的名字，队长叫田中一龟。袁白先生又拈着胡子，说这个龟到底是念"归"呢，还是念"丘"呢？

别管念什么，鬼子刻上去了，没人敢乱动。汉奸刘说你们要是谁动了这三个字，当心人头落地。村民们才不在乎，反正以前也没名字，管它叫什么井，能出水就是好井，就还是板子村的老井。只要鬼子不把这井当他家的给占了，喝水要交钱了，想叫啥就让他叫呗。鬼子的大车拉来了大张的油布，一块块给乡亲们分。大家争先恐后接了，兴冲冲卷在腋下，不管是睡在山上还是自己的破房子里，有这东西就睡得着了。

袁白先生围着井转了三圈，默默地跟着汉奸刘去了。翠儿抱着有根和油布，拉着毛驴回到家中，将碾子收拾干净，把有根儿放在上面睡着，自己脱了外袄，挽起袖子，鼓气样轻轻喊了一下，开始收拾睡觉的房子。屋里一片狼藉，但无非都是土。翠儿折腾了好一阵，土炕好赖收拾出来，虽然还湿乎乎的，但阳光之下，相信明天便可干爽。她先将满屋的泥土一筐筐弄去院里，堆得小山似的，再拿扫帚细细扫了，炕上铺好崭新的油布，她心里踏实下来。能找着的衣服已经在河里洗了，正在桂花树上晾干，今晚便可在自家炕上安睡，或在院里给有根数着天上的星星，盼着另一个明天。

鬼子说油布先凑合着用，被淹的地方很多，一时筹不到那么多东西，战事还在胶着，一切仍不明朗，待战局大定，会有盖房子的民工过来，也就有力量开垦田地，修复房屋，给大家重建家园。这话并不敢信，也不能指望，就算指望也定附着条件。但这毕竟也是希望，翠儿在大家脸上看到了这东西。它和盼着男人们回来不一样，但也是一种。袁白先生总拉着脸，像吃了两斤黄土。他定是不乐意的，但也没反对。他去和鬼子谈什么？他到底在想什么呢？还有那个汉奸刘，长得白白净净、慈眉善目的，就是有点夹缩肩，看见鬼子便低下半截，他会不会有老旦他们的消息呢？

右边的院墙倒了一半，左邻房倒屋塌，老两口像是纸糊的，在只没膝盖的泥水中仍冲得不知踪影，一只累死的老狗半埋在泥沙之中，眼眶里满是泥沙。翠儿休息了一会儿，给有根喂了上午做好的饭，就再将院子里的泥土运出门口。这是巨大的工程，累得头昏眼花，她感到饥肠辘辘，却不知什么力量的驱使，她必须要在落山前完成它。

乡亲们各忙各的，村路上堆起一排排的土山。不知谁家升起了炊烟，弥漫了废墟样的村庄，翠儿被这味道感染，站在半塌的土墙上望着。很多乡亲都在各自的墙头上望着。烟是袁白先生那里冒出来的。他家的灶台和炕头都高出碾盘，甚至高出很多人家的窗台，要上梯子才能炒菜做饭睡觉，也不知这老头子为何修这么个奇怪东西。那炊烟味道好怪，既不是麦秆儿，也不是木头，而是带着辛辣，泛着糊焦，像谁裤裆里的毛烧着了。翠儿立刻明白，老头子定是烧了鬼子给的油布，这个倔老头子，不声不响，却硬得和石头一样。

乡亲们回各自的家里院里睡觉了。左邻住进来郭家母女三人，女的比翠儿大十岁，是马家营嫁过来的苦命人，两个女娃子都十几岁了，她们那魁梧的爹和老旦一起上的车。翠儿和她们隔着墙头寒暄了，觉得自己并无保卫邻居家园的责任和能力。翠儿还看见郭铁头背着从别人家捡来的农具从门口跑过，心想男人就是这东西，不管是疯是傻，这种时候还是他们顶事儿。

入夜漆黑，板子村人歇狗困，乌鸦麻雀猫头鹰都和淹死一样不知踪影，半空飘着牲口和猫狗的腐味儿，也飘着人淡淡的哭声。翠儿抱着有根缩在炕上，屋里点着一堆小火。这是不设防的板子村，门窗洞开，天衣地被，她纳闷为何自己不会害怕。哭声没在山坡上出现，却在回到村子后才响起。隔壁的老女人呜咽不停，哭不像哭，泣不像泣，是无助的带着眼泪的自言自语，在这夜里驱赶可怕的宁静。她两个女娃子一声不吭，也并不安慰这没完没了的娘。

枪声从村外传来，似乎是鬼子来的方向。但这声音在山坡上撞了几下，翠儿便分不清它的来处。明明只有一响，却觉得久不停歇，从耳朵一直钻到后脚跟。枪声止了一切声音，隔壁的哭声没有了，黑暗里的叹息没有了，大家都记得山坡上的那一夜，脑海里便又倒下一个模糊的人影。翠儿吓得捂住有根的耳朵，停了半晌再无第二声，才慢慢直起身来，站在炕上向外望去。鬼子来的方向火把交错，手电挥舞，人声狗吠陡然惊起，然后是嘚嘚的马蹄声。枪声又起，翠儿看到子弹划破夜空，打在东边一棵黑黢黢的树上。全村人都咿呀一声，翠儿看到无数个墙头上矮下去的身影，她也便趴伏下去，像被打中似的。又几颗子弹飞过，鬼子的喊叫便到了村口。还有不一样的枪声和他们对抗，这情形让翠儿又慰又怕，想必鬼子追的不是村里人，但这被追的人会不会跑到村里带来祸害呢？

有三四个人进了村子，深一脚浅一脚地飞奔，边跑边放着枪。后面的人和马顷刻也到了，带来更多的枪声和喊叫。火把被一根根插上高处，一个瘦削的鬼子跳上她的半截土墙，手里的火把噼噼啪啪。有根发出骤然的啼哭，鬼子拧身端起了枪，紧张的面孔像要绷断了，可屏了片刻便松弛下来。他还对翠儿说了句什么才收了枪，直起身子对远处招手。正要下去时，不知哪里的暗处打来一枪，嗖地钉穿了他的头，爆出的血喷在火把上，那火把像是浇了油，轰地高跳起来。鬼子沉甸甸跌下了围墙，摔在松软的土窝上。翠儿闻到黄土和血的腥气。那支火把灭了，而更多鬼子的喊叫却近了。

有根不顾一切地号哭，令翠儿魂飞魄散。三四个鬼子叫着跳进院子，哇哇叫着四处拨弄，毛驴害怕地长嘶起来，便挨了鬼子一枪托，毛驴呜咽着跪下，院子里泛起尿臊气。洞开的窗户猛地黑了，跳上一个举枪的身影，他的枪口冒着呼呼的热气，身上发出酸酸的味道。翠儿吓得抱着有根缩在墙角，喊着自己都听不懂的话。

"哪里？哪里？"鬼子大声叫着。翠儿记得自己胡乱一指，窗口的鬼子忽地消失，露出一天的星光，他们呼啦出了院子。又是几声枪响，一切就又回到黑暗了。翠儿抱着有根，孩子已然哭累，她却开始大哭，哭得外边什么都听不到了。村里人想必听到她的哭声了，但他们比黑暗还要安静。有根的小手探上来，摸着她满是泪水的脸，咿咿呀呀地叫着。翠儿知道这孩子懂了事，就擦了泪，在他脸上亲了又亲。她不知道鬼子有没有带走那具尸体，她不敢去看，也不敢去想，她不知在这样的夜里什么样的人会和鬼子杀起来，她只想抱着孩子挨过这个夜晚。水退得已经可以上路，她必须往娘家走，那里或没有遭水，那里还有最后的家。

"他们是鬼。"有根在他娘怀里说。

"别怕，鬼不吃咱。"翠儿抱着他，摸了摸他热乎乎的脑门。

坚持了一个月后，大地干成了平板。她终于决定走了。毛驴瘦成了一只羊似的，一只眼被蚊子咬得血糊糊的，它舔着她的手背，像是知道要一起远行。翠儿背起有根，牵着驴出门。她提心吊胆地出门，让胆小的毛驴避开地上的死狗，急匆匆走向村口。天还有点黑，村口火把通明，木叉子架起两排奇怪的铁网，后面站着和鬼子不同的拿枪的兵。

"干什么？回去！"一个兵横枪大叫。翠儿吓得一愣，却没有回头，既然是中国人，就问一句吧。

"干甚呢这是？俺要回娘家。"翠儿说。

"回个屁的娘家，有人杀了太君，弄明白之前，这个村儿谁也不许走。"大兵收起了枪，像是觉得话有些重了，又说，"这是太君说的，我们执行命令。"

"都一个月了，你们也不发粮食了，那啥时候能走？"翠儿仍不死心。

"啥时候你见铁丝网没了就可以了，粮食就要到了。"大兵这一句带着关切的味道，其他几个兵也面色和善，他们穿着和拉走老旦的兵们一样的衣服，翠儿就激动起来。

"你们是国军么？俺男人被抓走了，和你们穿的衣服一样，你知不知道他们在哪儿？"说完翠儿眼睛就酸起来，吧嗒吧嗒掉泪。

"我们以前是，现在不是了。"大兵说着微微叹了口气，露出嘴里两颗金牙，"回去吧，好好过下去，等他回来呗。"

"那还能回来不？"翠儿哭着坐在地上，将有根抱在怀里。

"只要活着，就能回来呢……我们这样，不也就是为了活着，为了回去？"金牙兵说完就噤了声，戳着枪在旁边立正。翠儿看见两个鬼子缓缓走来，打头的是个高个子。黎明来了，天亮堂了一点，翠儿看清了他们的脸，后面这个左脸上有块鸭梨样的胎记，前天还冲自己微笑。鸭梨鬼子看了看她，和高个鬼子说了几句，高个鬼子又对扛枪的伪军说了几句，让他们移开了铁丝网。高个鬼子缓缓走来。翠儿看到他的翻毛皮鞋上血迹斑斑，猜到昨天他也进了她家的院子。

高个鬼子走到眼前，在裤兜里掏了掏，掏出几颗花绿的糖果。他低下身，拉过有根的小手，笑嘻嘻塞给了他。

"糖，糖。"有根摊开手高兴地叫着。

"别……哭，会……好……起来……"鬼子对有根边说边比划着，他样子认真，像在劝自己的家人。

"这是咱炮楼的田中一龟队长……"金牙兵说。他立刻受到田中的呵斥。

"去吧……"田中一龟指着远方说。

翠儿委屈地点着头，赶紧站了起来，笑着对他点了头，又对鸭梨鬼子点了点头。有根忙不迭剥了糖果吃起，眼睛兴奋地闪着光。走出一截路后翠儿回头，见田中一龟独自在村口走来走去，看着雾气腾腾的大槐树。板子村在他身后明亮起来，虽然凄凉破败，却又升起了袅袅炊烟。

一路走得软绵绵，每一脚都看似坚硬，而深处依然烂泥未干。毛驴走一会儿就陷进去，翠儿便背着孩子、牵着驴走在山岭之下。路上有破衣烂衫的逃难者，路边有不少死尸。这一路都是尸臭，大群的乌鸦盘旋着，争抢着旷野上的美餐。翠儿看见几十具森森的白骨，那骨头像刀剔一般晶亮，乌鸦所过之处，竟是肉渣都不剩。路上也有大片的坟头，只是哭坟的人没几个，坟前也多无墓牌和烧纸的条石。翠儿咬牙前进，一路不言不语，她奇怪为何听不到哭声。回娘家的路冲得不见痕迹，但她记得那些树，记得那些山丘的样子，也记得太阳和风的方向。旷野上有很多炷升起的烟，黑色的、黄色的和白色的，这些烟令翠儿舒服一些，虽然刺鼻，倒比尸体好闻多了。路上也看见鬼子的车队，他们在泥泞里艰难前进，不时喊着号子推车，鬼子们一个个满腿泥泞，太阳旗上泥点斑斑，也有的持枪四望，刺刀依然锃亮。翠儿知道他们怕什么，也知道他们没工夫理会逃难的百姓，他们还要往前走，去追她的老旦。

原本两个时辰的路，翠儿走了一天，着实走不动的时候，娘家上帮子村便在望了。这是低洼之处，大水无情，一多半村子变作废墟，村后燃起冲天的烟火。翠儿软软地瘫坐在地，这烟火说明死人成片。她家的房子本高出村子一截，如今也不见踪迹。而翠儿已然流不出泪，她要咬牙向前，迎接任何可怕的日子。

上帮子村毁得不如板子村那么厉害，冲毁的也不过是东边两排房，但全村空无一人，散落的农具随处可见，村路上血迹斑斑，有倒毙的野狗和毛驴。一架燃烧的马车烧成通红的木炭，那匹马蹲伏在地，烧成焦黑的一团。翠儿战战兢兢牵驴前行，不知道这儿发生了什么。有根坐在驴背上东张西望，一只公鸡站在房顶死死盯着他们，翠儿见它凶恶，就哄了它一下，公鸡却不为所动，鹰一样眼都不眨。这本是热闹的村庄，有田者占一多半，大户也有七八家，平日车来车往的，小贩和媒婆都喜欢往里钻，这里有板子村没有的富足。

一些人家敞着门，门窗多被砸烂，院子里瓦破磨翻，箱柜甩了一地，也有的房子烧剩下骨架和灰烬，厚厚的土墙烧得黑乎乎的。翠儿哆嗦着腿来到自家门前，惊惶看到碎烂成一团的大门，那像是……被什么东西炸的，院子里的苹果树烧成了光杆儿。堂屋门户洞开，能烧的统统在烧，没了框的窗户里冒出滚滚的黑烟。

"娘，咋了？"有根抱着她的腿。

翠儿又瘫软在地，她没勇气踏入房门，不敢去猜想父母的命运。她想大哭一场，但有什么用呢？村子里空荡无人，除了悲凉的泥泞，便是毁灭的废墟。翠儿摸到湿漉漉的泥土，腻乎乎的，抬手看竟是血色，她这才发现坐在一汪看不出颜色的血痕上。她吓得跳起，流着泪拍打着。毛驴被她吓着，围着她喷着响鼻。有根却不觉得什么，只咿咿呀呀指着远处。翠儿看去，见村外的打谷场上浓烟低低地卷着，那烟黑里发红，不似麦秆和玉米秆那样带着青白。烟雾上乌鸦环绕，飘来奇怪的味道。她再低头，发现一条藏在泥土中的血迹长长地伸向那边，每家每户的门口都有这样的血痕，它们粗细歪斜地汇集一起，在村口汇成一条粗壮的红线，伸向冒烟的打谷场。翠儿又看了看她熟悉的家院，第一次觉得面目全非的可怕。家中的火炙烈起来，火苗席卷了青瓦，烧出啪啪的脆裂声。她知道娘家从此没了，希望也就从此没了。有根拉着她要去那边，翠儿犹疑片刻，就牵着驴去了。

火在堆里暗暗地烧着，那是垒成小山样已成焦炭的人堆。那些伸张的手臂，大张的嘴，痛苦凝固的表情，还有那可怕的味道。一个半岁的孩子被两只焦黑的手举出火堆，在半空烤成一条晶黄的腊肉。一个上半身尚完好的女子，胸腹以下都变作灰烬，翠儿看着她时，那灰烬崩塌了一下，胸腔里掉下黑红相间的一串。翠儿吓得赶忙走开，绕着人堆走了半圈。她找不到父母的人影，却认出一些熟悉的邻居，她再无勇气去找，扶着驴腿跪下了。刚一低头，胃里的东西便倾倒出来，直到什么都吐完了，她才意识到处境的危险。这定是鬼子们干的吧？他们为什么要这么干呢？为什么和板子村的鬼子不一样呢？可鬼子不见人影，也没有他们来过的痕迹，周围也没有如板子村那样的据点儿，这到底是怎么回事呢？

翠儿不知父母是否在那一堆焦炭里，她甚至不敢看那一大堆东西了，却也不敢走，还能去哪里呢？回板子村去？继续睡在鬼子的身边？还是顺着大路向前走，那边就是县城了。可县城又如何？这孤儿寡母去了，不也只有讨饭一条路？万一也是这副光景，有根可怎么办？

打谷场之外是无边的旷野，天空雾蒙蒙的。身后是死去的村庄，它们将很快变为瓦砾。有根蹲在驴旁拉了泡屎，臭味儿让翠儿流下泪来。她用土坷垃给他擦了，抱在怀里便心安起来，一个声音唤着她：为了这孩子，回去吧。

一串马蹄声远远传来，那蹄子打着铁掌，空中飘着奇怪的味道。翠儿慌忙抱起有根，见四匹大马从大路上拐下来直奔这里，那是四匹高大的马，上面是四个鬼子。翠儿大惊，抱起有根儿就跑。毛驴愣了片刻，跟在后面小颠儿着追。鬼子蹄声渐近，他们嘿嘿呦呦地叫着，还有一个在哈哈笑。两匹马狠蹿了几步，一下子就拦住了翠儿的去路，踏起的土迷了翠儿的眼。翠儿扭头又跑，只几步便撞在一条穿着马靴的腿上。头上一阵剧痛，像被什么东西砸了一下。再抬头，看见四匹马已经围成了井字，牢牢将她围在当中，面前这个握着带鞘的军刀，挤着一张令人厌恶的脸。这几个鬼子人矮马大，背着枪，挎着吓人的刀。一个鬼子拉住了毛驴的缰绳，系在马屁股的一个环上。正面的鬼子拉着马缰，傲慢地对翠儿说话。翠儿当然不懂，只能抱着孩子摇头。旁边的鬼子呵呵笑着，和其他人叽里咕噜，于是三个鬼子都嘎嘎地笑起来，唯独面前这个板着脸，像刚从棺材里爬出来似的。他对另外几人说了几句什么，他们就不笑了，面前这鬼子拉过马头，从翠儿身边走过。两个鬼子像是不情愿地抽出了刀，慢慢向翠儿逼过来。拉着驴的鬼子一动不动地看着那一堆冒着青烟的尸体。

翠儿猛然明白，鬼子要杀人了。为什么已经不重要，这两个逼近的鬼子眼里已经带了杀气，细长的刀已经慢慢举起。但她再也迈不开腿，只能蜷在地上抱着懵懂的有根，将他按在自己的身下。

"糖，糖。"有根对着鬼子伸出了手。

"完了，就这么完了……"翠儿抱着有根，心里滑过绝望，却一下子轻松起来。父母死了，老旦八成也没了，就随他们去吧。她见有根大睁着眼，便伸出手捂住了。翠儿觉得心跳停了，呼吸止了，她看着身边一尺见方的黄土，闻到死亡浓重的腥气。

又是枪声，噼啪如燃起的鞭炮，翠儿听到由远及近的嗖嗖声，面前两个鬼子噗噗地冒出血花，连他们的马都被子弹打得满是窟窿。翠儿周围这三个鬼子都栽下马去了，那个板着脸的着了急，可他没跑，抽出军刀冲着子弹飞来的方向冲去了。不远处的小山坡上站起十几个人，看不出是什么军队，他们拎着一条条大枪指着最后的鬼子。鬼子纵马上了山坡，喊得和杀猪一样。那帮人里有个拿手枪的，抬手一枪打去，鬼子一个倒栽葱跌下去，在山坡上打了两个滚便不动了。那些人站在坡顶四处张望，好一会儿才走向了翠儿。翠儿依然心惊肉跳，敢杀鬼子的人，又穿得不像国军，那定是土匪了。

"干甚呢？你是这村儿的？"揣手枪那人戴着顶瓜皮帽，他在马上还背着手，像被捆起来似的。

"这是俺娘家。"翠儿忙道，"俺是板子村的人，男人被抓兵打鬼子去了，村子让大水冲了，回来这里，也成这个样了……"翠儿急匆匆说了境遇，他们救了她，这自然是救星。翠儿说得自己哽咽起来。她知道向救星们的哭诉是一种感谢，虽然他们并不为所动。

戴瓜皮帽的看了几眼周围，舔了舔嘴说："鬼子把这全村人都杀了，你从哪来，还是回哪去吧。"

"鬼子为啥要杀人？为啥全杀了？俺们板子村鬼子就不这样……"翠儿哭起来，但仍站不起。一个壮汉托着她的胳膊，翠儿轻飘飘地就站住了。

"鬼子么……哪有个准儿？南京城他们杀了几十万人呢，长江都被死人堵住了……"瓜皮帽虎着褐黄的眼睛盯着她，"我们晚到一点儿，鬼子就朝你和孩子下手了，他们定是以为杀漏了两个。"

"杀之前没准还糟蹋一下……"旁边伸过一张难看的脸，上面有一颗兔子屎般大的痣。

"嗯，也说不定，鬼子好这口儿。"这人推走了那张脸。

"倒不黑，和白面似的。"瓜皮帽身后的人说。

"杀了她吧，要不咱容易暴露。"又一个人说。他纵了一下马，挤到了瓜皮帽身边。这张脸更吓人，一道刀疤从额头斜下嘴唇，斜劈了一张本不难看的脸。

瓜皮帽看了刀疤一眼，揪着马缰似在犹豫。可刀疤噌地抽出刀来，像鬼子那样冲翠儿去了。那刀看着并不锋利，上面有锈，也有砍坏的崩齿，但它仍吓坏了翠儿，让她再度抱紧了有根。这次算是完了，可她想不明白，怎么鬼子要杀她，救星也要杀她呢？

"算了，她家里毁了，娘家没了，肚子里还有一个，她不会说的。"瓜皮帽掏出烟锅子来抽。

"那可备不住，刘四营的臭老五全家七八口子都被鬼子杀了，他还屁颠颠地当了汉奸呢。"刀疤脸自顾自举起了刀。

"糖，糖。"有根又伸出了手。

听到他们这吓人的话，翠儿拉住有根大哭起来，双腿再不争气，扑通便坐下了。她不知这是多少次坐下了，但她没办法。

"别哭！当心惊来鬼子！"刀疤脸狠狠地用刀指着她的头。翠儿哪经得起这个，哭得便更凶了。

"跟我们走吧？我们杀了鬼子，他们不会罢休的。"瓜皮帽终于决定了，"你一个人也活不下去。"

"带她干啥？费咱的粮食。"刀疤脸抬起刀诧异道。

"费不了几颗……带走。"瓜皮帽抽了几下烟锅，又指着地上的两匹马说，"卸点儿肉走。"

"你们是国军还是……土匪？"翠儿擦着泪说。她不知哪里来了力气，一下子站起来。今天真是见了鬼。

"都不是……走吧，骑上驴，少废点儿话。"瓜皮帽破天荒对她微笑了下，一把就扭过了马头。鬼子的东西让他们捡了个干净，人都脱得赤条条的，枪眼里儿还在流血，兜裆布上血迹斑斑。

"扔进那个堆吧，让他们也烧一烧，鬼子肉紧，烧得旺……"刀疤脸说。

四个光溜溜的鬼子扔进了燃烧的尸堆，他们扑哧陷了进去，像老鼠陷进了麦垛。那火苗猛地腾跃起来，青色的光泻出来，爆着噼啪的火星。翠儿见状又想大哭，却被人催着上了驴，驴缰握在前面一人手里。

驴步子顶风一颠，她便哭不出来了。这些人挎着枪，骑着马，背大刀的都长得凶神恶煞。但他们穿得都和叫花子一样，刀疤脸两只鞋都不一样。他们牵了鬼子的两匹马，砍下了八条带肉的马腿，又割了些大块的肉，一坨坨捆上了马。一切收拾停当，瓜皮帽提醒他们把马腿上的血擦了，用土盖了地上的血，就向西边去了。

一个下兜齿告诉翠儿，他们是抗日游击队，算是国民政府的，但和老旦去参加的部队又不一样，抓老旦走的部队是国民党的部队，他们游击队却是共产党的。这共产党和国民党的关系么，一句两句也说不清楚，反正鬼子来之前打打杀杀的，鬼子来了之后就抱一块儿收拾鬼子了。戴瓜皮帽的人叫李二狗，是游击队的队长。

"板子村我知道，村口有条河，还有个出名的先生。"下兜齿说。

"我们村被大水冲了。"翠儿说，"那个先生是袁白先生，是个神人哩，他说我们那儿冲得还不算厉害。"

"哪儿都比你们厉害呢，姚家店乡、玉米房儿乡、刘四合乡，几十个村子冲个干干净净，一个活人都没有。"下兜齿说，"这还是我知道的，不知道的，没准几十个乡县，几百个村子都有，这人啊，死海了去了。"

"咋就扒开口子了呢？袁白先生说定是咱自己扒开的。"翠儿又问。

"嗯，老头眼亮，是国民党扒开的，以为能挡了鬼子，鸡巴玩意儿，哪管百姓的死活哟……"下兜齿摸了摸满是汗的脑门。他长了一个锁头般方正的鼻子，嘴唇厚得和瓦片儿似的，一根粗脖子上筋肉凸爆，上面有奇怪的伤痕。

"你知道俺男人他们在哪儿不？"这问题翠儿憋了好久，都是打鬼子的，总该知道些吧？

"妹子，他们的部队都向西南撤退了，你说的那些日子，应该是在小马河一带，那里打了几天几夜……"下兜齿收住了话，"这场仗不是一天两天的事，也许是多少年的事，妹子你要心里有谱，把这孩子养好。"

"俺的命咋就这么苦……"翠儿又想哭。

"妹子，往宽了想，你的命算好的了……"下兜齿感慨起来，"说不定哪天，你男人还回来了呢……"说罢下兜齿嗫了一下马，奔着队伍的前头跑去。

"这还算好的了？"翠儿喃喃自语。有根在她怀里呼呼大睡，她便觉得下兜齿说得有理了。

十几匹马加快了速度，翠儿也让毛驴走快了些。远方的山坡上有个小小的人，手里挥舞着一条红布。阴霾里钻出闪亮的阳光，照在那光秃秃的山坡上。那条红布分外耀眼，火苗一样跳跃着，这情景似曾相识，干完活的老旦就曾挥着红腰带在田垄上蹦，翠儿被这抹亲切的红感动着，心里又升起新的希望了。

"到家喽，吃肉喽……"大伙兴奋地叫着。李二狗勒住马，对着落后的翠儿招了招手，他们就纵马奔向那个山坡了。

"娘，那儿有糖吃吗？"有根乐呵呵地看着翠儿，翠儿眼睛一酸，拍了拍驴屁股，毛驴欢快地跟着跑去。

这地方叫李家窑，是夹在几个小山包里的小村子。村子也是没几个人的村子，大多数是游击队和四周村子跑来的。据下兜齿说，这个村男的都被抓去打鬼子，老人和孩子饿死不少，剩下一堆呼天不应的愁苦女人。游击队来了后救了她们。他们带来粮食和牲口，也带来精壮的希望，白天男人们出去找食找事找鬼子，女人们就在村里料理吃喝，据他说这李家窑游击队带回个女人还是头一次。

"为啥开始要杀了俺？"翠儿禁不住问。

"乡亲们不可靠，鬼子给块干粮就能卖了我们，出过事儿。"下兜齿认真地说，"你运气好，留在那儿死定了。"

"俺要喝水。"有根对他娘说。

"过一会儿就有水了。"下兜齿拍了他一下，"娃几岁了？"

"三岁多了。"翠儿说。

"肚子里还有一个？"

"两个多月了。"

"唉，我的孩子要是不死，也和你大小子这么高了……"下兜齿又摸了摸有根的脸，宽大的下巴晃了晃。

说是游击队，也就三十多号人，二十多匹马，十几支长枪短枪，烂得和生锈的锄头似的。据说还有一门宝贝般的小炮，却没炮弹，唯一的一炮打鬼子车队时瞄高了，炸死山坡上一只野羊。翠儿惊讶这游击队的寒酸，他们逮啥穿啥，大热天有人穿个棉袄，也有人把鬼子的军服反过来穿，还有的干脆就是一条灰床单儿，中间挖个洞套在头上，麻绳腰上一勒就上了马。要是不拿枪，这帮叫花子还不抵板子村的后生气派。翠儿原以为这定是个宏伟的山寨，山门威武，卫兵林立，里面有吃喝不完的鸡鸭鱼肉。可进去了才知道这地方的破败。村子没有像样的地方，村口的狗瘦得站不住。迎接他们的人面露菜色，仿佛一个屁便能崩倒。一张烂桌子上放着十多个破碗，里面只有凉水招待，还不够喝，因为没那么大的桶，只能倒干净再抱到井边打一次水。给李二狗的是一杯热茶，这就是至高的礼遇了。他坐在凳子上吹着浮叶，擦着汗水，一边喝一边看着翠儿。摘下帽子的脑袋丑陋不堪，几绺毛像横爬的南瓜藤盘旋着绕去脑后。翠儿被他盯得发毛，却不由笑了一下。

迎接的人欢呼着，马腿和马肉让他们流下口水。他们挠着头摸着脸，和队员们寒暄着，隔蹭着，体贴地问长问短，但眼睛都和脚下那些狗一样盯着马腿和马肉。刀疤脸儿背着两条马腿，咋咋呼呼地赶着他们，说这是拎着脑袋弄回来的，要听李队长安排怎么吃。

翠儿抱着有根下了驴，对几个瞪着她的人挤着笑。一个没牙的老头问了问有根的岁数，就闭嘴再不理她了。下兜齿说你也别理他们，李队长会有安排。

李二狗喝了茶就往里走，走了几步回头喂喂地唤她。翠儿忙抱着孩子跟过去。

"孩子饿了吧？"李二狗说。

来到一个塌去半拉的房子里，里面有一张烂桌子、几张高低不一的板凳，李二狗把枪挂去墙上，摘了瓜皮帽，又露出略微秃顶的头。他摸了摸头，看了眼纸糊的窗外，坐下从身上掏着，先是烟，然后是火柴，然后……真是一些糖果，翠儿被这糖果弄笑了，可见他最后掏出一支小手枪，拉来拉去地看着，便又绷起了脸。

"孩子放炕上，先坐下吧。"他头也不抬地说。

翠儿照做了。他放下枪，走到窗前喊着："刘嫂，刘嫂！"

片刻，进来个糙汉般的女人，眼睛黄得像要流油，她战战兢兢地看着李二狗。

"把这孩子拿去喂一下，稀粥什么的，上次带回来的羊奶还有吗？"

"还有点儿，上午也煮了些豆馅儿，这时候能吃了。"女人的声音还不如长相，像咬着块土坷垃一样。

"哦？那也弄来点给我们吃，你带孩子去吧，再弄两大盆水。"李二狗淡淡说道，"让伙房做一条马腿，乡亲们牙都馋掉了，今晚给大家开开腥。"

刘嫂乐呵呵地应了，低头去抱孩子。翠儿忙站起来说："我去喂吧，我去喂吧，他要喝水。"

"没事，你给她，她会上心的。"李二狗敲着桌面，半截烟熏了眼，边揉边看着她。这话像是安慰，一掂量更像命令。翠儿松开了手，刘嫂伸出粗壮的胳膊，熟练地抱起似睡非睡的有根，说："放心，肯定给你喂饱了，你瞧这小脏脸，真耐看呢。"

刘嫂抱走了傻乎乎的有根，翠儿忐忑不安，站在门口看着她出了门，像魂也被抱走了。这事儿似乎哪里不对，却没法说出口，肚子咕咕乱叫，困意浮上额头，没了孩子的负荷，仿佛一下子便垮了。她意识到这是真正的可怜，是没有任何条件可讲的寄人篱下，说什么不说什么你都不重要，能给你口饭吃，能让有根吃饱一顿，比任何想法都重要。

"坐下吧？鬼子都见过了，帮你喂孩子你还怕？"李二狗一只脚跷上凳子，敞开了胸口，"这儿条件一般，还时不时要转移，一切只能将就。"

翠儿点了下头，心里泛起新的紧张。门又开了，四个女人端着两个大木盆进来，装了满满的水，一盆还是热的。还有一个女人放了些衣服在炕上。她们掩门出去，屋里又安静起来，盆里的水微微漾着，映着李二狗一张歪曲的脸。

"我先去有点事儿，你吃了饭，和孩子都洗洗吧，然后睡个踏实觉，其它事明天再说。"李二狗拿起手枪，又戴上了帽子，帽子一戴人就精神了，像年轻了七八岁似的，那腰杆和脸孔也威严起来。他出了门，背着手出了院子，哼着一段翠儿熟悉的豫剧。

刘嫂抱回了吃饱喝足的有根，还给翠儿带了一小碟豆馅、两个馍和一碟葱花炒蛋。翠儿不争气地流下了泪。刘嫂陪着她坐下，用一块湿布擦了翠儿的手，抱过睡着的有根。翠儿满含感激吃完了馍和菜，觉得要向这好心的大姐说声谢谢。

"谢谢刘嫂……"她说。

"不用谢，谢啥？再说了，都是李队长吩咐的……"刘嫂晃着有根，看着他红润的脸。翠儿突然想起下兜齿的话，这里的女人多没了孩子，刘嫂看有根的表情让她担心起来。

"还是我抱吧，猪崽子似的……"翠儿抱过了有根，为了不显尴尬，她忙又问，"李队长是哪里人？"

"李队长，呦，那可是个厉害的人……"刘嫂说完，突然冷了脸，看着桌上的空盘子发呆。但翠儿没听懂这驴唇不对马嘴的回答，想再问，刘嫂却起了身。

"你洗一下吧，孩子也洗洗，瞧你们脏的，这些天定是折腾坏了……我先去了。"

说罢她收拾了盘碗，低着头出了门。翠儿还想说声谢谢，却看着那背影害怕起来。

翠儿放下有根，出门看了看。黄昏的门口没人，路口也没人，村里飘来肉汤的味儿，狗都在那边汪汪叫，想必村民多围在那里口水横流。翠儿退回来，从里面插了门，先给有根扒光洗了，扔到炕上去睡。再脱去自己满是泥土的衣服，痛快地洗了个干净。她在盆里不敢久坐，心中总有莫名的忐忑。擦干出来四处张望，这才明白刘嫂留下那些衣服的缘由。内衣还好，上衣和裤子不男不女，但穿上还挺合身。她再把自己的和有根的衣服全洗了，挂在院子里一根绳上。她摸着湿漉漉的头发，看了看晴朗的夜空，衣服明早就会干了，今天这一切和做梦似的，明天该怎么办呢？

翠儿给有根盖好被子，觉得从里到外疲惫不堪，每一根骨头都抬不起来，眼皮像碾子一样碾过眼球，她挣扎了几下，每一次都看向那让她紧张的门口。门口什么都没有，村子静得和板子村的夜晚一样。风吹进有缝的窗户，翠儿再没有力气忐忑不安，沉沉地睡去了。

梦里的板子村依旧温暖，梦里的炕头仍然宽阔，梦里的老旦依然不知疲倦，每一次都将她塞得满满的。她怕吵醒了熟睡的有根，咬着被角低低呜咽。她想提醒老旦肚子里真的还有一个，别把孩子鼓捣坏了。可她不舍得这醉入骨髓的快乐，它比恐惧更能令自己一片空白。她渐渐睁开了眼，眼前幻变着五颜六色和一些说不清缘由的闪光。她感到老旦猛地加快了，于是又闭上了眼。可闭上眼却更明亮，她看见无边的麦田上，太阳正发出紫色的光芒。一声长长的吆喝在原野喊着，云彩飞一样掠过，她飞上了云端，听到雨雾嘶嘶作响。她变成了雨水和风，淋漓在干渴的大地，吹拂在光秃的山峦。她还是忍不住地叫起来，世界一下子被这叫声击碎了，也将她的梦击碎了，她猛然又睁开了眼。

身上的人流下火烫的汗，剧烈的喘息像低低的雷鸣。他将她紧紧地压在下面，捏在手里，戳在里面，他稀疏的头发拂着她汗津津的脸，浓重的烟味浸透了夜晚的凉意。她感到一只老鼠在里面突突乱跳，吐出火热的口水，她发觉自己的双臂紧紧抱着他，压得自己都喘不过气。

翠儿眼前一黑，像掉进了冬天的菜窖。她想掀开身上的人，却连手指都动弹不得，她唯一的气力能用于流泪，她只眨了下眼，就觉得什么都流了出来，像流干了这辈子所有的泪。

"哭个啥？能活着比啥不好？"翠儿听出了这个声音。

"俺肚子里有孩子。"翠儿哭着。

"出来还早着呢，你身子壮实，惊不了。"他蠕动着。

"愿意你就留下来帮我们做事，不愿意你明天就走。"李二狗直起身来，翠儿感到身上空了，下面也空了，整个人在炕上都空了。她扭头看着有根。他睡在平坦的炕角，翠儿看不到他的脸，只看到一只张开的小手伸在月光里，像他刚出生时那样。有根的上面挂着李二狗的手枪袋子，它在墙上拉出吓人的影子。但翠儿并未因此害怕，她如今觉得没什么可怕的了。她也知道自己在梦里被那快感击碎，身体成了她最痛恨的敌人。她任凭它在羞愧和失落中冷去，等着汗水流下干硬的土炕，等着喘个不停的李二狗平息呼吸，等着……也许什么也没有等，这是个无依无靠、无家可归、无期无盼的夜晚，再发生什么，又有什么不同呢？

李二狗坐起身来，在炕头点燃烟锅。那背影不如老旦宽阔，却和他一样结实。翠儿不由得去看刚才在她里面的东西，它却藏在阴影里寻觅不着。她又为自己的眼羞愧着，就把头扭向另一边，李二狗的瓜皮帽和衣服挂在墙上，黑乎乎地像挂着个人。烟雾在炕上飘着，味道呛人，却有些亲切。翠儿伸手去摸自己的衣服，但手能及之处都没有，于是她抬头看，炕上也没有，它们不知道被扔去哪里。她知道自己赤条条躺在炕上，但毫无办法，而且她在这世界除了有根和肚子里的孩子，已经是赤条条的了。

"你好看，我不要你，别人也要。"李二狗说。

"你们是啥党？"翠儿哆嗦着问。

"共产党。"

"啥意思？"

"就是好人。"李二狗说完在炕头磕了烟锅放去一边。他顺了顺头发，看了看翠儿，又看了看有根，就像一块大石头样爬了过来。翠儿惊慌起来，可她一动都不敢动。她感到李二狗又硬硬地起来，在那里上上下下地拱着。翠儿咬着牙关，却咬不住那里，那个东西像条热乎乎的蛇，三拱两拱又火辣辣地进去了。

"别想你男人了，不想他，你就能活下去了。"李二狗严严实实地盖住了她。翠儿侧过脸去看着有根，见那只小手缩进了黑暗里，心中叹了口气。

醒来时已是中午，房屋里空荡荡的，炕头的有根不知去处。翠儿惊叫一声弹起来，衣服不知何时到了身边，她忙穿好要出门去找，却见刘嫂抱着有根进了门。

"呦，妹子醒了？看你睡得那么好，就没叫你了。孩子自己下了地出了门，想是又饿了，俺就带他去吃了点东西。"刘嫂将有根抱给翠儿，翠儿仍然有些惊惧，上上下下看着孩子。有根哼哼哈哈地笑着，嘴角还有稀粥的嘎巴。

"谢谢刘嫂，俺真是累坏了。"

"那可不，这些天定是没睡个好觉，昨晚又折腾一宿。"刘嫂带着坏笑拍了她一把，拍得翠儿出了一背的冷汗。是啊，昨晚都做了什么？她的脸燃烧起来，不知怎么应对这句话。

"妹子别多想，李队长睡过了，就有照应了。"刘嫂带着奇怪的口吻说，"你也是个苦命的，但比俺还强点，俺连孩子都没了……"刘嫂说着便捂了嘴，眼睛汪汪地湿了起来，翠儿不知如何是好，只抓着她的胳膊轻轻晃着。

"算啦，说这些干啥？妹子你饿了吧？跟我来，去吃点儿东西，今天没准还有活儿干，对了你叫个啥？"刘嫂终没让眼泪流下来，且略带提防地看了她一眼。

外边传来马嘶声，刘嫂快步奔出了门。翠儿也跟着去了，十几匹马正哗啦啦地经过门口，他们又背着枪挎着刀，叫花子一样奔村外去了。李二狗骑在中间，胯下换了鬼子的那匹大马，经过时他低头看了她一眼，像看个不曾谋面的陌生人。那顶瓜皮帽似乎打了油，弄得脑门都亮晃晃的。刀疤脸紧随其后，端着吓死人不偿命的脸孔。下兜齿骑在最后，他对着翠儿微笑了下，颇夸张地喝着瘦弱的骡子奋步疾追。这支骡马游击队飞一样蹿出了李家窑。翠儿见女人和老人们都在向他们挥手告别，像送老旦那时一样。她不知道要在这里待上多久，也不知道是否该像其他人那样盼着他们回来。

"他们去干啥了？"翠儿问手搭凉棚的刘嫂。

"还不是去干鬼子？现在又有汉奸了……"刘嫂放下手说，"每次都少几个，俺刚来的时候还有八十多个呢。"

"他们都是哪来的？"

"哪来的都有，就是李家窑的没有。一个个都是没家没业没老婆的光棍子，都是些不要命的，也都是些不要脸的……"刘嫂看了看翠儿，似乎还有话说，却留住了，"走吧，咱没事去收拾收拾伙房，他们回来都是饿坏的……"

刘嫂是三十里外嫁到下马坊村的人，翠儿听了她的故事，就觉得下兜齿说得没错。她的男人和两个孩子、公公婆婆、老爹老娘，一半死于洪水，一半死于鬼子，自己饿剩下小半条命，被这村儿的哨兵发现，一碗稀粥算是救了。半夜也是被人睡过几次，也不知谁是哪一个，反正都硬邦邦没完没了的。她倒也不忌讳，这狗日子让人什么念想都没了，这么着能活下去，没准还能再生个儿子，是儿子就行，管他是谁的。

刘嫂说这些事时异常平淡，就像说着别人的故事。她一边说一边淘米，对翠儿说的好鬼子丝毫不信，说那只是兽心还没起，起来后定是奸杀得人畜不留。刘嫂也笃定认为翠儿的老旦必死无疑，理由是李家窑的男人们就是如此。他们走了一周后，尸体被李二狗的游击队发现，说几十号人被两条绳子捆了手脚，成串躺在地上，几辆卡车将他们轧得头爆屎流的。鬼子对抗日的兵毫不留情，游击队的后生们也一样，捉住的必是一顿毒打，打不出什么便喂了狗。

"翠儿，这才刚开个头，你要心里有数。"刘嫂皱着眉看她，像怕她不信似的。

李二狗带人走后，村里只剩七八个拿枪的，他们吃饱喝足，一多半到各自的山头上放哨，剩下的看着一个大院子，那里放着粮食和肉，还有那门没了炮弹的小钢炮。女人们在村里走来走去，说着各自的辛酸史；老人们和板子村的一样痴呆，只要有太阳他们就有微笑。翠儿明白这是极平常的一天，她昨晚的经历也不是千古奇冤。从刘嫂那张脸看得出，这事再自然不过，它毫不出奇，它理所应当，它甚至天经地义，自己要觉得委屈了才是莫名其妙。

翠儿坐在陌生的院子里，看着窗户里那间依然陌生的房子，想着昨晚那个陌生的炕上那个陌生的男人。可她想着想着却流下泪来，翠儿听见自己撕心裂肺地哭。

她不记得这样哭过，她有默默地流泪，有低低地啜泣，可这一次哭得要死的心都有，死都不会比这哭更难受。她已不怕吵醒屋里的有根，不怕那些女人知道她昨夜的羞耻，她只想让这冰冷的世道知道她最后的绝望。她泪眼模糊地看着天空，曾经亲切的蓝天白云变得如此阴森可怖，亮晃晃的太阳也模糊起来。落满眼泪的地面刮过干呼呼的风，她听见风里全是"不活了"这三个字。天空还是那样的天空，大地还是这样的大地，怎么就不让人活了呢？

游击队是半夜回到李家窑的。村里的狗汪汪叫着，十几匹马急匆匆钻进村里。炕上的翠儿被马蹄声惊醒，一激灵坐起来。她不由得捂着前胸，看向插好的房门。不知因何，她暗自数着有多少匹马跑过，显然少了很多。她没法再睡，不知在怕什么，一晚上都在犹豫要不要拔掉门闩，可一直等到有根醒过来，也没人走近这院子。

晨光洒进了窗，推开门，鸡群在院里啄来啄去，空中有翠儿熟悉的味道。她拉开门走出去，见路上有两行隐隐的血迹。一个游击队员拎着枪飞奔过去，脸上结满黑红的血痂。翠儿循着血迹走去，她不需要壮胆，她想走去这血迹的源头，或是终点，那都是她的起点。

血迹一直伸到一个院子里。门虚掩着，翠儿正要推进去，刘嫂却端着盆水跨出来。她的前襟沾满污血，眼袋上托着满是血丝的眼，那一盆水又黑又红。见她来了，刘嫂咦了一声，像是害怕一样朝后看了眼。她推出翠儿，略慌张地拉上门说："李二狗死了，被鬼子打死了。"

翠儿张着嘴愣了，不知该说啥，就看了眼那门槛，上面沾了好几道血。

"一共死了八个，抬回来三个。"刘嫂又说。

"李二狗呢？"翠儿望向门的缝隙。

"没抢回来，他被从马上打下来，几条狼狗咬碎了。"刘嫂拉着她走了几步，"他是队长，死了之后副队长就是队长，就是那个刀疤脸儿，可是他受了伤，十天半月好不了。"

"那，俺能干点啥？"翠儿淡淡地说。刘嫂擦了擦眼，眯着眼对她说："你有孩子呢……"

"不碍事，没爹的孩子长得快，给点吃喝，有根已经自个能对付了。"

"那就伙着大家做做饭，洗洗衣服，掰掰玉米棒子吧……其它就没啥事了，除非男人们找你有事，也就真没啥事了。"

刘嫂后半句让翠儿一吓，却把她吓笑了："刘嫂，啥事……又怎大不了的？你说是不？"

"就是，你要心宽，没啥事大不了的，还有啥比孩子娘的好好活着事儿大？"刘嫂也笑了。

下兜齿说，李家窑游击队几十号人和另一支国民党剩下的游击队合起来，要打一个排的鬼子埋伏，可埋的炸药没炸，游击队一顿乱枪，打死几个鬼子，可鬼子一通枪打过去，就干掉他们十几个。两支游击队分开跑，鬼子见李二狗骑着东洋马，疯了一样追这边儿。李二狗被一枪打下马，追上来几只狼狗，把他活活撕烂了。游击队一路奔命，好歹逃了。几个头儿非死即伤，一时半会儿出不了村了。

翠儿对这些故事并不在意，这和她没甚关系。只是那个李二狗，她还没记下他的模样，就这么给狗吃了，这叫什么事儿呢？翠儿不知是该庆幸还是喟叹，如果他没死，会不会在半夜推开那扇门，会不会又爬上那宽阔的炕，会不会又火辣辣占据着她的夜晚？翠儿常乱七八糟地想，遗憾里觉到凄凉，也不知这样的事还会不会发生。

纵是有这么大的事，李家窑并无板子村那样的紧张，鬼子不来光顾，伪军也不见踪影，游击队藏在这儿休养生息。李家窑像藏在雪原的野兔，只要不动，仿佛就不被发现。翠儿有更大的猜想，是不是鬼子走了？还是国军败了？但这念头没转多久，李家窑闯来个熟人，是板子村的郭铁头。

郭铁头进村时像个乞丐，光着脚弯着腰，脑袋上污泥腌臜地粘了几层，一扭脖子便往下掉块儿。他浑身臭不可闻，背着个满是窟窿的麻袋。端枪的哨兵捏着鼻子。郭铁头一眼就认出了门口的翠儿，却没说话，翠儿在门口洗着一张破床单，并没注意这个叫花子。郭铁头被押进那间屋子，刀疤脸和下兜齿问了他很多问题，在同意他加入游击队后，告诉他这里还有个板子村的女人。翠儿也被叫进去，她认出了洗完脸的郭铁头，知道了板子村的情况，才知道刚才那个叫花子就是他。

板子村口的鬼子炮楼盖起来了，住着十几个鬼子和十几个伪军。他们在帮板子村重建家园，整治田地，却也提出更多的要求。郭铁头被村里人告密，鬼子知道了他的来历，装疯子没了前途。虽是半路逃回来的，却仍是国军，伪军带着鬼子冲进他家，刺刀挑了他那鬼精算计的老娘。后院拉屎的郭铁头躲过子弹和狼狗，翻过山头，向南一夜狂奔三十里，再趟过十里宽的一截黄泛区，稀里糊涂到了李家窑。郭铁头又累又饿，躺在一个废砖窑里就睡。哨兵早就盯着他了，进去本要捆了，却被他臭出来，捂着鼻子进去再戳醒了他，捆成一团带回了村。

不再装疯的郭铁头眉宇端正，见了翠儿先是长叹一声。要不是刀疤脸拍了下桌子，他就要哭出来了。

"先说明白，鬼子到底有没有跟着你？"刀疤脸头上缠着绷带，一只胳膊还吊着，可两只眼还是那么瞪着，胳膊上的肉忽忽跳着。

"没有，那肯定没有，哪有跟着三四十里的？俺跑了五里地后面就没人了。"郭铁头点着头说。

"他是你们村儿的么？"刀疤脸问站着的翠儿。翠儿忙点头："是哩，是俺们村儿的，和俺男人一块被抓走，后来他跑回来了。"

"从国军手里跑一次，又从鬼子手里跑一次，你倒挺机灵啊？"刀疤脸斜着眼说。

"运气好，运气好……"郭铁头有些害怕，见刀疤脸不吭气，便指了翠儿一下说，"翠儿都知道，她都知道。"

"她知道以前的事儿，离开板子村后就不知道了，谁知道你是真的跑出来的，还是投了鬼子派过来的？"刀疤脸看了眼郭铁头身后的人，那人立刻抽出一把刀——那可是一把杀猪刀，他猛地将郭铁头的脑袋按在桌面上，杀猪刀在脖子上登时割出血来。翠儿吓得捂住了嘴，扭头就向外跑，却撞在一人怀里。那人扶住了她，摇了摇头，下兜齿都跟着脸在晃。

"真不是啊！大爷俺真是跑出来的啊，俺娘都被他们挑了啊。"郭铁头哇哇叫着，像弯过脖子要挨刀的鸡。

"你都跑了，怎么知道你娘被挑了？"拿杀猪刀的人说。

"俺听见她叫了呀，刺刀一下子死不了，她叫了好几声啊……大爷们别冤枉好人，俺这命苦的，最后还挨个奸细……"郭铁头就此哭出来，鼻涕眼泪糊了一桌子。

这帮人终归是在吓唬郭铁头，后来翠儿才知道，那个刀疤脸也顺带着吓唬了她。刀疤脸要树立在李家窑的威望，吓唬人是最好的办法。郭铁头关起来了，刀疤脸说外来的狗要圈几天才老实。他让翠儿坐下，详细地问了板子村的情况和她家的情况，翠儿一五一十讲了，连鬼子临走时和她说的话都讲了。刀疤脸抽了支烟，突然又问："李二狗睡过你了？"

翠儿脑袋一涨，脸定是通红了，她扭脸看向别处，肚子里升起难遏的愤怒。

"这东西，打鬼子冲前面，吃肉也不落后。"刀疤脸拍了下桌子说。众人哈哈大笑，下兜齿也笑了。翠儿觉得像被剥光了似的，这都是些什么人啊？这样的事他们怎么能这么张皇地讲出来？她从未见过这样的人，爹妈没说过，袁白先生也没讲过，戏里也没听过，就是村里的老流氓也没这么说过。她想着想着就要哭，忙悄悄咬了下舌头。哭个屁？这多大的事儿？不就是睡了一下么？

"睡了，不咋地……"翠儿抬着下巴说。众人皆愣，一个个木了脸。刀疤脸冷冷地看着她，哼了一下站起身，瘸着腿走了几步说："妹子，干这拎着脑袋的营生，丝毫马虎不得，来这儿留着的，男的再有冤，也要关一下，女的再可怜，也要睡一下。关一下睡一下，就是自己人了……"

翠儿低下眼帘，屋子里静悄悄的，她隐约听见郭铁头在猪圈里的喊叫，便想起在夜里流下的泪。

下兜齿送她回去，还在院子里坐了会儿。这看着是个实诚人，说自己只是个扛枪跑腿收拾残局的，连正式的游击队员都不算，他以前在县城干搓澡营生，李二狗喜欢让他搓澡。李二狗成了游击队长，他在城里搓澡也搓不成了，干脆也进了队伍。他开过枪，却没打着过谁，他每次都帮着扒衣服埋人，他说鬼子平时肯定都喜欢搓澡，一个个白净着呢，倒是伪军脏兮兮的，他们的衣服都没人想要。

下兜齿叫李好安，虽然姓李，也不是李家窑人，一提到他家，李好安就东拉西扯，一会说是彭家湾附近，一会说是苟家营老山，再仔细问，他就说反正离这儿不远。翠儿就问李好安进这游击队到底有什么好处？李好安挠着头琢磨半天，说真没啥好处，平常能吃个饱饭，但每次出去都把脑袋别在裤腰上，一次倒霉就回不来。李家窑游击队本有两个共产党带着，后来行动时都被鬼子杀了。李二狗这预备党员就成了头儿，可他还没找到上级组织，预备还没正式，就又死了。刀疤脸是游击队打伪军的车队，打跑了伪军发现车上捆着个土匪，算是捡回来的。刀疤脸连党是啥样还不知道，也不想找啥党组织，可现在活着的游击队里就他枪法最好，就他杀人最多，不服也不行。大家现在都和没头苍蝇似的，不知道以后该咋办。党支部据说就在这方圆百里，可这大水一冲，鬼子再一盖炮楼子，这党支部能不能活都不晓得。

"别看李家窑现在清清静静的，鬼子可不傻，先占着重要的地方，比如你们板子村，都占全了一拉网，李家窑插翅难飞。"李好安叹了口气，抬头看了看天，"哎呦，得换岗了，人手不够了，大家得轮着来……有时候啊，我倒真盼着共产党能收了咱，听说他们有板有眼的，不是咱这么胡闹的。"

李好安去了，刘嫂来了。

"那个郭铁头是你们村儿的？怎地扔猪圈里了？"

"刀疤脸说这是考验他呢。"翠儿说。

"刀疤脸儿？哦，是刀哥，他是个狠角色，却不好女人，你别怕。"刘嫂不以为然道。

"俺不是怕这个……"翠儿说了就后悔。

"啥也别怕，就是鬼子来了，咱也啥都不耽误。"

"鬼子吓人，可这队伍也不含糊，俺就是怕真把鬼子招来，将咱当成匪窝，那还不一锅端了？"

"那你就跑回板子村呗？你们村儿的鬼子不是挺好的么？"

"不反他，就是好的。"

"那就别反他呗？"

"可俺男人是去当国军了。"

"那不是被抓的么？"

"郭铁头也是被抓的呢……"

"他不是跑回来了么？你男人不是没回来么？那就要说明白，不能瞒着……"

"自古以来啊，战乱时期都是乱砍乱杀的，一旦战事明朗，当朝的也要靠着百姓过活，他们要吃粮食，要收税，要用人干活，也要睡女人，那也就不杀人了。"刘嫂的口气有点像袁白先生，说的却完全不是一回事儿。翠儿知道自己听不进去，就找个理由去了。有根在院子里玩着一窝蚂蚁，说它们的头长得都像爹一样。

三天后，郭铁头出了猪圈，蛮强壮的家伙饿成了皮包骨，一出来就说要加入游击队。刀哥说得也干脆："先跟着去杀个人……"

刀哥来找翠儿，问她要不要也加入。翠儿将两只胖手摆得要折了，说这事可干不了。刀哥罕见地耐心，说不让你杀人，你只要回去待着就好，有什么消息告诉我们就成了。翠儿还是不依，说要被发现了，鬼子照样一刀砍了头。

"你要是不应，就再也别离开李家窑了……"刀哥又黑了脸，见她发着愣又说，"而且，我不保证你和孩子的安全……"刀哥说完站起来，走了两步回头，淡淡地说，"我们八路可是说一不二的……"

然后就去了，他和李二狗离去时一样没有关门，只是多留下一份李二狗走时没有的不寒而栗。

上次带回来的马肉很快吃完，刘嫂说粮食也不多了。游击队半个月没出去找事干，在村里待不住了。刀哥的伤好了大半，每天在院里和队员们开会，翠儿送饭的时候听见一嘴，他们要出去干一票了。

那两晚翠儿格外紧张，她不知又有什么人会钻进来，刘嫂说队员们出去之前各找各的女人去睡，翠儿不知道会轮到谁。她想了十几种拒绝的办法，却发现没有一种是可靠的。他们掌握着你的食物，也就掌握着你的命。你可以走，走了便是不要命了。翠儿几次咬牙想走回板子村去，却发现没这样的气魄和力气了，是真的折腾不起了。就算是回去了，能比这里好吗？

两夜无事，游击队不知何时走的，悄无声息走得一个不剩，连郭铁头也带走了，看家护院的也走了。女人们不由慌张，凑到厨房的大院里，或站着或坐着，不管认不认识的，一人一嘴地聊。

"没啥的，以前也有过。"一个老女人说，她看着抱着孩子的翠儿，眼光里带着冷意。

"这次走得悄咪咪的，有没有睡你们？"一个小个子年轻女人说。众人接二连三地摇头，翠儿干脆头也没摇。

"是好奇怪，也没吩咐我们做饭，历来都要准备的。"刘嫂吸着凉气说。

"他们要不回来，咱可就饿死了，还有多少粮食？"一个喜欢把脸蛋弄红的女人问。

"鬼晓得？粮食能让咱知道？"刘嫂没好气地说。

"你是厨房里走动的，咋会不知道？"这女人不依不饶。

"你也每天让他们睡的，你知道他们去干啥？"刘嫂瞧都不瞧她，"厨房里只留了几天的粮食，其它的俺不知道在哪。"

"他们要是不回来，咱咋办？咱新种的麦子还要俩月，也不知道能不能长成，眼下虫子太多，菜种多少死多少，眼见着有个苗就被吃了。"一个粗壮的女人说。

"这些不用你说，大伙不是不晓得。"刘嫂不耐烦地说，"等一等呗，吃完了粮食他们要是不回来，咱就到别处去。一个个都是跑来的，再跑一次又咋的？"刘嫂满不在乎道，说完看了翠儿一眼，翠儿忙点了下头。刘嫂眼里尽是刚毅，翠儿觉得自己运气挺好。她不知道常去刘嫂房里的男人是谁，却知道刘嫂对这人毫不在乎。或许这是对的呢。

粮食吃完的时候，游击队又悄悄回来了。他们照例是在夜里进了村，马上驮着一袋袋的粮食和物件儿，拴着两只打晕的猪，马蹄子上包着厚厚的布，奇怪的是人一个没少，还带回来几个……女人。翠儿一早和刘嫂等人张罗着饭，看着一袋袋的粮食颇感高兴，但看着一个个岁数不大的女人都红肿着眼，又不知是怎么回事。

"他们肯定出去打劫了，都是良家妇女。"刘嫂说。

"他们不是打鬼子么？"翠儿惊讶道。

"鬼子惹不起，他们就逮谁打谁，不知是哪个村儿被他们祸害了。"刘嫂揪了翠儿一把，"别管这些，做饭吧，这和咱没关系，他们弄来这么多新女子，也就不祸害咱了。"

刀哥等人要杀猪，刘嫂李嫂张嫂王嫂的都在各自准备，翠儿默默地帮着洗刀，到了院子里，见那猪戴着两个手铐按在木板上，游击队员们开着玩笑。

"刀哥，这可是大户家配种的公猪，杀了怪可惜的。"

"那留着和你配？"刀哥不屑地跷着脚，"有一口吃一口，哪那么多废话？谁杀过猪？赶紧上。"

"哎呀，这人杀过不少，鬼子也杀汉奸也杀土匪也杀，可是猪还真没杀过。怎有点瘆得慌呢？"一个队员摸着下巴说。

"拉倒吧，你杀过几个，那也是趁乱开枪打的，你有拿着刀抹人的时候？屎没准都吓出来。"另一个队员推开他，走到猪前，猛然抬脚踹了一下。

"干啥呢，干啥呢？你要杀就杀，踹猪头干啥？"李好安捏着烟卷说。

"杀猪？有点脏手，不吉利，谁想杀谁来。"这队员说罢退回原处，做作地拿起枪看着。他的表演被所有人看穿，大家都失去了嘲笑他的兴趣。

"不杀猪？怎吃肉？"刀哥冷笑了下，"李二狗带队，就带出你们这帮玩儿嘴活的龟孙儿？"

众人无言，刀哥站起，从腰中抽出一柄刀，那不是匕首，翠儿认得是鬼子的刺刀。

"俺来……"翠儿撩了下头发，拎着刀慢慢走去，莫名其妙的欲望催使她作了这决定，她也不知要得到什么，肯定不是为了吃肉，也不是为了参加游击队，但翠儿仍忍不住走向了这只猪，像是要杀掉什么，从而开始什么。那一刀下去，既是和过去的恐惧一刀两断，也是和未来拔刀亮剑，她要结束这屈辱的苟活，杀死那夜里的恐惧，她的日子已经必须杀出血路，她再不想和这些猪一样任人宰割。

于是她故伎重演，就像在成亲的时刻。她曾无数次看着父亲杀猪，他杀出了家里豁大的院子和漂亮的砖房，杀出了她全部的嫁妆和村中的威望，却杀不掉这从天而降的厄运。翠儿摘下腰间的毛巾，擦了擦还在滴水的刀，学着父亲对刀刃吹了口气，据说这样能让刀锋更加锋利。其他队员或傻或笑，也有倒吸冷气看着刀哥的，刘嫂等女人挤在门口大张着嘴，像眼睁睁看着她要杀人一样。刀哥没说话，开始微笑，鬼子的刺刀在他手上轻巧旋转，闪着寒森森的光。

翠儿平静地走向猪，熟练地将毛巾遮住就要瞪裂的猪眼，在猪脖子上只轻轻一探，毫不犹豫地捅下了刀。一入一压一挑，出刀，那刀上并未沾回多少血，猪脖子上却噗地喷出来一片血雾，然后便滚滚流出，热腾腾扑起地上的尘土。

"愣什么？拿盆接血啊！"刀哥对几个队员喊道。那几人立刻跑过去，端起盆接着似乎涌流不完的猪血，他们脸上溅满了血点儿，几个人互相看着，哈哈大笑起来。

"妹子，够爽快，爷们儿们服你啦！"

"妹子，以后咱捉来的鬼子都给你杀！"

"翠儿，看不出啊，天生的刀客！"

刀哥将刺刀扎进桌面，啪啪地鼓起掌，大家也毫不吝啬掌声，门口的女人们似笑似怨，牙都要吸掉了，她们看着翠儿的眼神颇为诡异，但翠儿才不在乎。她放下刀，退向一边，对刀哥轻言细语："没个啥，俺爹从小教的。"

"猪心给翠儿吃！"刀哥指着流干了血的猪说。

游击队员们在院子里庆功，喝着大碗的酒，吃着大块的肉，说着在那个村里的豪壮的事，夸着翠儿那技惊四座的一刀。她自是吃到了猪心，但只吃了一点，便识相地让了。乡亲们也吃到了肉，这新杀的猪让很多人吃落了泪。翠儿也有一阵子没吃到猪肉了，第一块吃下去，嘴里美到了心里，心里美到了梦里，刀哥说她随时可以吃肉，可以和游击队员一样。翠儿拿了块上好的五花肉，给有根香香地做了，看着孩子狼吞虎咽地干掉了几块红烧肉，翠儿觉得浑身是劲。她也没忘叫过刘嫂一起吃，刘嫂推托不已，只是一遍遍赞着她，却没那么多知心话可说了。

捉来的女子都关在一个房子里，大嫂们给她们送了饭。有不吃的，也有吃了很多的。刘嫂说一开始都这样，慢慢就都吃了。人的肚子是最大的敌人，鬼子啦，土匪啦，都不是它的对手。翠儿听罢，看看刀哥他们院子里的火光，便觉得她说的是谁了。

郭铁头也和他们一起庆祝，刀哥还向他敬了酒，郭铁头立刻还敬了三杯，翠儿端着两盘菜进去时，郭铁头刚喝完第三杯。这家伙喝得满脸通红，脑门上流着大粒儿的汗。见翠儿来了，半醉的郭铁头挥着手高兴地喊道："翠儿，我今天杀了两个汉奸！"

翠儿听得一愣，众人本都呵呵笑着，一下子都收敛了，院子里只剩火把的啪啪声和郭铁头的牛喘。翠儿不知该怎么回答，干脆装没听见，放下盘子就要走。

"翠儿，想明白了没？你是个有见识的，别的女子我还不说呢。"刀哥在身后说，"有了郭铁头，你也就不是一个人了，出了这个院的，都是外人，你掂量一下吧。"

"俺……干不来这个呢。"翠儿低着头说。

"有啥不能干的，睡都能睡了，还有啥不能干？"刀哥嘿嘿笑着说，"要么是八路，要么是汉奸，你可要想清楚。"

翠儿背后一凉，看见李好安对她悄悄点头。翠儿明白再不答应，这条命或就没了。可她真张不开这嘴，这都叫什么事儿啊？郭铁头似乎酒醒了些，走过来递给翠儿半碗酒，歪着头笑嘻嘻地看着她。翠儿抖着手举起了碗，心在肚子里一横，几口便喝下去了。

"好，今晚就你们俩睡了！"刀哥猛地拍了下桌子。

那一晚，翠儿什么都不怕了。

郭铁头果然进了屋子，窸窸窣窣脱了衣服，还上了炕，上了炕还往上爬。翠儿早就等着他这一下，见他光溜溜的上来了，一把抱了个满怀，将手中一根纳鞋锥子顶在了他的脖根儿上。黑暗里的翠儿瞪着小眼，胸脯上汗水汹涌。她冷冷地用锥子刺着他，直到他下面由硬变软，最后变得不知哪里去了。

　　"翠儿，你啥意思？"郭铁头的声音很慌。

　　"就是这意思，你要是动我，一锥子要你命。"翠儿轻轻说。

　　"咋别人就能动？"郭铁头疼得流汗了。

　　"俺肚子里有三个月的孩子，你要动俺就和你拼命。"

　　"晦气……"郭铁头叹道。

　　"你晚上可以来，爱咋睡咋睡，可碰我你就是死。"

　　"那我还来啥？"郭铁头要挣开，翠儿却不让，胳膊绕住了他的脖子。

　　"外人怎么祸害我都忍了，你要是祸害我，大家一起死，想想你的娘，别出了村儿就变了牲口。"翠儿主意已定，说得毫无余地，"俺回去之前你每天来，别人就不打俺的主意。"

　　"那俺可以不来，有的是女人睡，不缺你一个。"郭铁头硬挺着道。

　　"八路可以当，畜生不能做，你不来护着我，咱就是两条路。"翠儿心知肚明，今天不说好，以后再也没法谈。

　　"成，你把锥子拿开。俺一片好心，还被你当驴肝肺了。"他向后退去，却被翠儿拉住了。

　　"这是咱俩的事儿，你啥时候捅漏了，咱啥时候一起完蛋，你孤家寡人混蛋一个，俺可有两个儿子，俺啥都豁得出……"翠儿不知为何变得这么狠绝，她的每一寸都锋利起来。身上趴着个光腚的男人，她竟也血冷如冰，能说出这么狠的话。她突然不怕这黑暗了，也不怕明天了，只要你足够坚锐，没什么扎不漏的。

　　郭铁头翻去了一边，呼呼地喘着气，翠儿也不理他，翻过身子看着有根。这孩子就是觉好，他要想睡，天塌下来都不醒。

"俺娘就那么被扎死了，俺听见刺刀进去了，像镰头砍进米缸。"郭铁头像自言自语。

"她让俺装疯卖傻，以为能活下一命，谁知道却被村里人卖了，八成是山西子，要么就是谢老栓的女人，要么就是郭石头，都是欠杀的……俺娘为俺算计，却把自个的命送了。"

"就去了那么一下儿，鬼子也要杀？"

"鬼子知道啥？都是汉奸撺掇的……昨天我们去了东马坡村儿，村子不大，却出了十几个伪军和汉奸……我们悄悄摸进去，捉了几个回村儿的汉奸，还是大户呢。后来见这村有东西，刀哥就决定趁机捞一把，该杀的不该杀的，都杀了。好看的女人都拉回来了。俺被逼着杀了两个，一个用枪打的，一个用石头砸的——怕浪费弹药，两个人踩着，俺举起一块大石头，往那个汉奸他爹脑袋上砸，一次砸不烂，举起来再砸，咔嚓就碎了，西瓜那样碎了一地，石头上黏糊糊的……俺开始以为下不去手，最后都不相信是自个儿砸的。那人被翻过来，俺看见那张碎脸，才知道……他是俺杀的。翠儿，俺杀了人了，什么八路，什么游击队，就是杀人呐……"

翠儿静静听着，觉得背后一根看不见的钢锥子正在扎来，她激灵了一下，正要应一句。郭铁头又说："翠儿，板子村你还能回去，俺可是回不去了，你要是能回去，帮俺看看老娘埋哪儿了，埋了没有？要是埋了，就帮俺给她烧点纸……"郭铁头哽咽了，"你的话俺记得了，翠儿，俺听你的……昨天的事儿，俺干完了才觉得亏心，汉奸家和咱家一样，也都是想活下去。"

"不说了，你也不容易，俺准备回板子村去，到时候咱互相照应着吧。"翠儿说。

"俺觉得啊，老旦死不了，谁死了他都死不了……"郭铁头又说。

"算了，别说了，俺就当他死了，还好受点儿……"听郭铁头提到老旦，翠儿心头便一阵慌张，慌得心都酸起来。

"翠儿，你真的要干八路？"郭铁头直起身来。

游击队扮作土匪洗劫了东马坡村儿——翠儿觉得这不是冒充，这伙假八路干的就是这营生。捞回来的东西够吃一阵子，新带来的女人也能新鲜地睡一阵。李家窑风平浪静。

翠儿拿定了主意，和郭铁头也默契得很。他每天都来翠儿这边睡，有时穿着睡，有时光着睡，但再也没热乎乎往过爬。李家窑人都以为她和郭铁头滚到了一起，如此反倒没了闲话，也没了他人惦记。只是苦了这个郭铁头，白天没得日，晚上装着日，看着别人天天有的日，他憋得满床打滚，一个劲催着翠儿，你怎还不滚？

这天，翠儿找到在院里喝茶的刀哥，说要按他的想法回板子村去。刀哥笑着说，既然你说过了，和村里的鬼子也好汉奸也好，都有那么点面子，回去之后就留心点，多和他们接触，弄明白他们多少人，多少枪，什么时候在，什么时候不在，睡觉的时候几个岗哨，不睡的时候都干什么，只要是关于他们的，能记多少就记多少。反正你出出进进的也方便，别说你家人都死了，就说他们都在彭家湾。琢磨他们一阵子，咱就找时间端了他们。

"端了他们，咱就成了地道的八路了。"刀哥给她倒了杯茶，又说，"李队长在的时候，八路就让咱端一个大的，说是先立功，后入队，李队长的预备党员才能转正。可他就是不干，还是胆子不够，干八路哪能看三看四的……唉，蛋不小胆子却这么小。"

"几个月前板子村有人打枪，打死个鬼子，是咱们干的么？"翠儿问。

"那个不是，那是国民党的游击队干的。"刀哥道，"他们和我们不是一条心……"

翠儿默默听着。

"郭铁头算是铁了心跟我们，不能回板子村了。你要是想回去，咱就先说好，向前向后都要掰饬清楚……然后你可以先回去。"刀哥喝了口水又说，"郭铁头早晚也是一定回去的，你要是能和伪军说明白，他回去也不是难事儿。再说了，你们都睡一块了，你八成也会惦记他的。"

"干了这事儿，俺有啥好处？"翠儿不想废话，问道。

刀哥一愣，像不相信这话能被她问出来："打鬼子能有啥好处？就是解气呗。"

"那不成，俺要点钱，家里都被大水冲了，啥都没了，俺要粮食和钱。"翠儿别过头说。

"成，就给你点儿，炮楼子里有的是。"

"先给点儿，要不俺回了板子村啥也没有，待都待不住。"翠儿觉得话有些硬了，"刀哥你要体谅俺孤儿寡母的，俺肚子里还有一个小的呢。"

刀哥惊讶侧身，站起身走了几步，回头说："让郭铁头别再动你了。"

翠儿还骑着她的小驴，它吃喝了这一个月，又肥壮起来，耳朵都快竖起来了。翠儿和刘嫂道了别，也没和他人再招呼，骑着毛驴就出了村子，走出好远她回头看，见刘嫂还冲她挥着手，眼里就有些酸。山坡上有两个哨兵，一个是下兜齿的李好安。他让翠儿一路小心，大家早晚还能见面。李好安拿出几块糖给有根，说是从鬼子那儿抢来的。翠儿真心谢了他，让他自己保重。

翠儿一路都在想事，直想到饿了，就吃几口，喂饱胖了一大圈的有根。三个多月了，回家的路又葱绿起来，干涸的黄土上长出新的草木，这些天的两场雨不大不小，板子村的大槐树定然枝繁叶茂了。归路远没有来时的凄惨和茫然，翠儿甚至带着喜悦，兜里沉甸甸的一包银元是一切的希望，或还能买下十几亩没了人家的土地。她没料到希望来得这么快，运气一下子变得这么好，只要板子村和鬼子仍然相安无事，那不就是好日子么？

路上经过娘家上帮子村。翠儿在远处犹豫了一会儿，在想要不要进去看一眼。村庄和父母已成灰烬，或许早被风和雨水冲散了。她横下心继续前行，这个村庄已经死去，只能长出横斜的荒草，而板子村还有人在，仍可以长出新的以后。她终于不再悲伤，知道自己什么都挨得过。

离板子村不远的路口竖起一个奇怪的方筒，上面细下面粗，筒子上插着鬼子的旗。筒子边盖了一溜砖房，崭新的红砖亮得扎眼。砖房旁边的路口仍然是铁丝网，只不过连了长长的铁架子，两边还堆着麻袋窝。板子村村口有几堆老高的土丘，那定是村里挖出来的。田地旁边也有高高的土垄，两台翠儿没见过的机器哇哇叫着，正在往土垄上推着，看样子要把这些土丘推出一座土山了。村口站着蹲着不少人，有的一眼便看出是等活儿干，还有的推着车挑着担，卖着馒头咸菜包子席子种子凳子筷子碗子等破七碎八的东西，几个挑着孩子苦拉着脸的，那就是来卖孩子的。他们都站在离筒子一百多步之外，扎着堆儿静静看着板子村。村口站岗的维持会的兵换了戴帽子的衣服，有一个一眼便认出了翠儿。这令她意外，她根本不记得这张脸，当他嘿嘿笑起来，她看到那两颗明晃晃的金牙，便想起离家的那个早晨。

"是你呀大兄弟，俺都差点忘了你呢，是换了衣服么？"翠儿下了驴说。

"瞧你这记性，换了身衣服就不记得了？"金牙兵笑着，却没拉开铁丝网，"妹子，看来娘家不错呢，都吃胖了呦？这大包小包的，真带了不少呢。"

翠儿拉着驴到前面，掏出两盒烟来——这是刀哥特意给的，这一刻她发现这个刀哥远没有看上去那么坏，就算是坏，也暂时没坏到她的身上，他似乎知道她早晚是他们的一员似的。翠儿递过烟说："俺爹妈都在彭家湾呢，这是俺从那儿带来的烟，大哥一看你就是抽烟的，一嘴牙黄得都把金牙比下去了。"

金牙兵有些不好意思，但还是接过去了，他分给另一个兵一包，将脸伸出铁丝网说："妹子，上个月村里饿死几个，会不会有你家的？"

翠儿吸了口凉气道："没有，俺家村儿里没人了。"

"那就好，饿死的都是老的，粮食不够，就先紧着给小的吃了。咱这里还算好的，我听说有的村儿都吃孩子了……"

翠儿咽了口唾沫，看着正在修葺的村子和路口那些小贩，有点不相信，这哪像一个饿死人的村？

"好在日本人运来了粮食，每家每户分了，这一片儿算是救了命，也有些大户放了粮，国民政府指不上了。要没这些粮食，不知道要出啥事儿，庄稼人有口饭，比什么都踏实……你们那个先生，那个袁白先生，饿得都给自己准备棺材了。田中太君运来的粮食一开始还不吃，饿晕了被直接灌进去，醒来了就抠嗓子眼儿吐，田中太君差点毙了他……可太君喜欢文化人，看他是个老举人，又是全村的长老，郭石头见了他都恨不得磕头，就容了他。却告诉他，你要不吃，全村人就断粮。老先生立刻就吃了，那一晚听说喝了十碗粥……"金牙兵又说。

　　"鬼子为啥对咱这么好？"翠儿轻轻道，"俺看到好多地方不是这样。"

　　"因为咱这里重要，他们要人帮忙吧。"金牙兵也说得轻轻的，"回来了当心点，有啥事儿耳朵竖起来点儿，平常老老实实的就行。"

　　"俺家还没修吧？他们帮俺修不？"翠儿看着那个筒子说。

　　"工不够，也都是逃难的混碗饭吃的，你不在肯定没人帮你修，既然回来了，就和保长说一下，不是难事儿。"

　　"你们会一直在这儿不？那以后可仰仗你了……"翠儿假惺惺道。

　　"也别这么说，俺家离这里也就百十里地，都是老乡，互相照应呗。那天……就是你走的那天，那个放你走的三井副队长，后来还问起过你回来没有。"

　　"哦，俺记得他，人挺好的。"翠儿忙记住这名字。

　　"嗯，他人还是不错的，就是别让他恨上你，你只要不惹他，没事的。"金牙兵抽完了烟，指着一个本子说，"要登记一下，你叫啥，从哪回来的，啥时候。"

　　"俺不会写字儿。"翠儿摆手道。

　　"自个儿名字总会吧？不会也没关系，按个手印儿。"

　　翠儿在两张纸上按了手印儿，金牙兵拧着一个刻着日期的章，在她的签名后都按了日子，撕下一张给了她："下次出来带着，要不出不去……"翠儿忙揣好了，见他这么认真，又问："大兄弟你家是哪儿的？刚才听走了。"

"哦，俺家是东马坡村儿的，在西南边儿。"金牙兵说完走出来，和另一个兵挪开了铁丝网。

翠儿的手抖了一下，点了点头，牵着驴进去了。村路挖出一道半尺多深的沟，一直伸到村里，翠儿听见一群男人的吆喝声，见墙上站着一个挥小旗子的，一根根的细圆木斜斜地排在房顶上，几个人搭着梯子扶着看着，最后一根终于对齐了缝，就嘿呦一声榫进主梁的槽里，众人的欢呼声里，鞭炮响起来了。

看到这一幕，翠儿想起娘家正房搭建的时候，花了一个时辰才放好那根滚圆的大梁。板子村是穷地方，如今竟没一间房是这么盖的，都是高低土坯墙搭着一溜一扎宽的木条子，上面铺上鬼子送来的油毡，油毡上铺草垫子，然后再一层毛毡，最后铺上扎在一起的干草、麦秆、玉米秆和破棉布什么的，压上一些扁平的石头。瓦是有钱人家才用的，板子村如今一片儿都看不见。翠儿见好多家都打出了新草屋，用刀哥给的钱盖瓦房的念头便打消了。郭铁头终归是惹人眼热才被告发的，这嫉妒比鬼子的刺刀还要可怕，可不能炫耀。刀哥交代的事也要隐秘着做，带回大包小包已是欠考虑，和金牙兵说的也有些过多，这不是回家，这更像是一次冒险，装一个家破人亡的可怜人更符合这个目的。

乡亲们认出了翠儿，一个个打着招呼。山西女人大老远就招着手："翠儿，俺就知道你会回来的。"

翠儿一个个招呼了，拉着驴走向自己的家院，她惊喜地发现堂屋竟然搭上了房顶，窗户也补好了，院子里的土也挖运干净，除了几堵院墙还是破的，竟可以住人了。

"袁白先生说你会回来的，就让人帮你弄好了……"谢老栓的女人说。

"翠儿当然会回来，还用得着先生说，俺还说让人把你的院子也收拾了，那帮干活的人都是些认钱不认脸的，修好了屋子就跑别人家去了，俺还说给他们几个小钱留下，可他们才不稀罕，说有的是大洋的活儿。这都什么事儿？什么时候打短工的这么神气，比那些老麦客还要牛气呢。"山西女人喋喋不休。翠儿心知她都在扯淡，自不点破，隔着墙头看了看她家，房子院子都恢复一新，窗棂还没上漆，窗户纸已经贴上了。

"各家各户都分了米，够吃小半个月的，你的那份儿在袁白先生那儿，翠儿，娘家还好不？"山西女人拉着她的手问。

"哦，还好，还好……"翠儿不知该如何回答。她走快几步，甩开她的手进了院子。

院子里的土挖掉不少，剩下的都踩实了，虽然没原来清爽，踩上去松松软软的，但毕竟已是能站能坐的院子。桂花树枝叶轻摆，活得自是滋润，树下的蚂蚁窝不知踪影，它们算得到刮风下雨，却算不出黄河决堤。房屋的老土坯晒干了，下面楔入了加固用的木锥子。屋里的土她早就清理过，进去便闻到新草和油毡的味道，抬头看到久违的房顶，像吃了颗定心丸一样。

有根在院子里蹦了会儿，在树下执着地扒着蚂蚁窝，翠儿找到一把扫帚，扫着满是土的碾盘。扫了几下就觉得错了，这算什么紧要事儿？她忙抱着孩子出了门儿，寻到坐在太阳下的袁白先生。三月不见，先生像老了十年，一张脸受气包似的。袁白先生手搭着凉棚，见是她就笑了。

"回来了呦，还胖了呦。"

翠儿呵呵笑着，笑着笑着就想哭，她想把真话告诉他，这是她在村里唯一信得过的人。但她还是忍住了，别给老爷子心里添堵了。他一个宁死不吃鬼子食儿的倔老头，又能帮你什么呢？再好的宽慰，抵不过半碗填肚子的稀粥，不如一方遮风挡雨的房顶，一面干干净净的土炕。

"先生却瘦了，但气色还好呢。"翠儿拿出一包茶叶递给老头说，"这是给你带的好茶，说是毛尖儿，俺不懂，就拿了。"

"嗯，是好茶呢。"袁白先生闻了一下说，"娘家还好？"

翠儿嘟着嘴，假话在舌尖打颤，先生淡淡地看着她，像是知道她要说什么。"娘家没了，爹妈也没了，俺在别的村儿避了避，先生，俺不想让人知道俺就是孤儿寡母了，俺不想让人可怜……"翠儿咬着嘴唇，忍着涌上来的泪。

"娃啊，宽心点儿，带好有根和肚子里那个，老旦会回来的。"老头看着远处的筒子说。

"先生咋知道俺有了？"翠儿惊道。

"你走过来的时候俺就看出来了，俺脑袋糊涂，眼神儿还好使哩。"袁白先生笑起来，"你气色甚好，眼睑明亮，这也都是妊娠之色，回来就待住了，板子村往后八成饿不死人了。"

"听山西子说饿死了十几个……"翠儿坐下了。

"都是些老不中用的，死了就死了，我做的主，只许小吃大，不许大吃小，粮食都让给年轻女人和孩子了，有她们村子就在。我也想饿死算了，被她们弄活了。"袁白先生说得随意，翠儿却听得浑身冰凉。

"先生可不能走……先生，既然你知道了，就给我这肚里的孩子再起个名儿吧？有根是你起的呢。"翠儿推过有根，孩子是个懂事的，扑进袁白先生怀里，一下下摸着他的白胡茬。

"早就给你想好了，既然有了根，如今就只剩个盼，就叫谢有盼吧。"

"是个小子？"翠儿惊喜道。

"嗯，是个小子。"袁白先生不假思索道。

第二个果然是儿子。翠儿那天正在村口挑着给孩子做衣服的花布，肚子里像开了锅，叫了一会儿，下面就和开了闸一样。翠儿走不回家，觉得自己像颗裂缝的鸡蛋，正流出黏黏的橙黄，她扶着炮楼边的一棵树就倒了。村口只有卖布的卖梨的卖鞋的卖烧饼的，他们都哇啦啦喊着，但没人敢走向炮楼子这儿。伪军们看见了，金牙兵几步跑来，知道她要生了，便让另一个兵去村里唤接生婆。树坑里流下殷红的血，翠儿开始号叫。几个鬼子被吵了午觉，穿着背心出了炮楼。翠儿大惊，想爬着回家，却哪里动得了。小贩们不敢来，金牙兵也不敢碰，村里人还得过一阵才来，来也不敢来几个人。翠儿知道这下完蛋了，早不生晚不生，偏偏这时候。

几个鬼子走过来，看着翠儿的情形，咕噜噜彼此说了几句，翠儿认得最高的那个是田中一龟。他看了看情况，似乎也认出了翠儿，对金牙兵板着脸说了几句，金牙兵哈伊点头，唤来几个伪军。

"太君说了，就近到炮楼里面生，把接生婆给你叫来了，那里阴凉背人。"他们不由分说抬起了翠儿，连汤带血地抬进那黑乎乎的炮楼，放在木头楼梯上。几个鬼子哇哇叫着，翠儿身边跑过拿枪的家伙，一个平头鬼子瞪着栗子颜色的眼低头看她，嘴咧得能塞进个小窝瓜。接生婆就是谢老栓的老婆，她并非精于此道，只因是板子村手最小的女人。谢老栓的女人脚不沾地被一个伪军拎进炮楼，她哆嗦着挽起袖子，要扒去翠儿的裤子，见一群鬼子环视在旁，便犹豫着下不去手。

"赶紧的，谁爱看谁看！"翠儿抬头大叫，这孩子撕裂着她，势如破竹样顶着她。田中说了几句，他们就扭过身去了，还有说有笑的，似乎在打着赌。谢老栓的女人麻利地干起来。"这小子倔，腿和鸡鸡先出来了。"她在下面拧来拧去，塞了又拔，像揪着赖架的老丝瓜。翠儿疼得嗷嗷的，说你赶紧把这小子弄出来，俺恨不得抽他两巴掌。谢老栓的女人说那你要使劲啊，就是拉屎你也要使劲儿，别说生个鸡鸡娃子了。她环顾左右，说看有啥给她咬的，她使不上劲呢。

"玉米棒子，玉米棒子，那玩意儿好使。"汉奸刘不知何时钻进来，撸着袖子像要帮着接生一样。

金牙兵跪在翠儿头前，将一只干玉米棒子卡进她牙口里。翠儿啊哼一声，棒子咔嚓就断了，一个鬼子看见了，往她嘴里又塞了个东西，翠儿咬进去，知道是圆圆的木头，眼睛斜瞟，才看到还有个铁疙瘩。可这下有劲头使了，一口气立刻奔着丹田去了，她听见扑哧一声，觉得五脏六腑都喷出去了，偌大个人只剩一副汗津津的皮囊。谢老栓的女人啊呀一声，又剪又擦地忙活一番后，托起一个肥嘟嘟的孩子，见他没动静，谢老栓的女人翻烙饼一样将他翻了个儿，一巴掌扇在腚上，有盼呜啦一声大哭起来，将鬼子们都震得回了头。他们低头看着有盼，一半欢呼起来。

"太君们刚才打赌，赌带把儿的都赢了。"金牙兵找来条毛巾包起了孩子，翠儿靠在楼梯边上抱过儿子，见他哭得响亮，小腿儿乱蹬，这十个月的苦一下子没了。她看着周围，这是什么样的一群啊！鬼子、汉奸刘、伪军、板子村的接生婆，不远处还蹲着一只大狼狗，它耷拉着舌头，莫名其妙看着炮楼里的人，比她还要不知所措。鬼子们嘻嘻哈哈逗着她的孩子，汉奸刘端来一盆温水，几个伪军乖乖地站在一边笑着，谢老栓的女人洗着有盼儿，一个幼儿说着车轱辘话："你看太君多好，你看太君多好……"

翠儿恍惚起来，此情此景定是梦里一番混乱，那些可怕的事儿从未发生。她甚至怀疑郭铁头的娘是不是被鬼子刺刀捅死的，村民们验证了事实，说那老太太身上三个窟窿，都是穿个透心儿凉。翠儿无法将对她微笑的鬼子们和杀害郭铁头他娘的鬼子们合二为一，但她理解了这个矛盾，就像理解自己身上的矛盾一样。

"你命好，这孩子来得不易。"汉奸刘站在一旁，笑呵呵地说，"你傻呀，还不谢谢田中太君？"

翠儿回过神来，见鬼子们一张张陌生的笑脸，田中仍是板着脸，低头说："生了，生了……"

这半年里，板子村起死回生，村庄去了污泥和尸骨，心头便去了阴郁。新的土坯房一个个盖好，一切又美好起来。村子还是那村子，但一切又仿佛不同。带子河还了曾经颜色，仍然不深不浅地流着。河里多了长腿的小鱼，吐着蚕豆样的水泡。庄稼地重垦之后肥力陡增。种下去的玉米像竹笋那样噌噌猛蹿；埋下去的菜种还没落雨便满地乱爬，南瓜结出了葫芦样子，花生结出挤满老头儿的长条，西瓜藤抢着架子，要和丝瓜一较高低，大杏长成了桃子模样，半夜里噗噗砸进土中；就连村里的野狗都换了性子，一身赖毛泛起油光，丧家的眼时常望月，它们挤在村口的大槐树下，含着舌头一声不吭，尾巴轻巧地扫着落叶。

翠儿最怕的游击队一直没来，郭铁头也不见踪影。刀哥说的计划风一样没了，亦没有他们的任何消息。刚回来的日子夜夜难眠，村口的狗叫，窗棂的抖动，都像是他们的到来。翠儿宽心地想，他们或许都被鬼子杀了吧？她虽然憎恨鬼子，但仍希望如此，如此，痛苦便成了秘密，而她会忘掉这些秘密。

没了男人的村子像不长果子的大树，再旺盛也没有收获的可能。女人们受够了回忆和想念，开始聊起村口的伪军和炮楼里的鬼子。有人说金牙兵长得挺俊，有人说有个长鸡胸的鬼子仪表堂堂，还有人说每逢周一在村口卖西瓜的小伙子有一口比瓷碗还白的牙。但说归说，没人敢动这可怕的心思。田中一龟据说对下面极严，一个伪军偷了村里一只没人养的走地鸡，竟被他当着众伪军抽了鞭子。传言说他以前是个唱戏的，有一副闷如老牛的嗓子，也有人说他有不大的双胞胎女儿，刚生出来半个月就到了中国。

炮楼时常也杀气腾腾，他们排着队伍早出晚归，偶尔也进村翻来翻去。炮楼上的探照灯总是惨白的光，夜里靠近的一只野狗被打成了烂肉。鬼子像勤快的毛驴，抢了公鸡的活儿，不管刮风下雨都按时折腾，一大早就光膀子蹦蹦跳跳，绕着磨盘样的炮楼跑个不停。伪军也得陪着，在后面哭丧着脸。村民们远远看着，开始新鲜，渐渐乏味，最终失了兴趣。只有山西女人倔强地坐在村口观望，在风里摸着她老黄瓜似的脸。谢老栓的女人说她想男人想得裆都烧起来，袁白先生说她也是个苦命孩子。翠儿什么也没说，她常听到山西女人在夜里的哭泣。那时翠儿觉得，几个月烂梦般的经历，是她必然要经历的磨练，那仍是老天的恩赐，就像曾决堤的黄河，给板子村带来死亡和绝望，也带来如今异样的生机。

袁白先生从那以后再不出村子一步，只关在屋里院里写写念念。鬼子前来搜查，全村只有他敢插着门闩。田中一龟似乎对他忌惮，或是敬重，还带着礼物登门一次，据说是求字去了。袁白先生装聋作哑，手抖得像打摆子的老绵羊。田中黑着脸去了，但出门还是鞠了躬。鳖怪知道惹不起，想哈着腰一直送到村口，被随田中同去的鬼子一脚端在脸上，翻了三个跟头才止住。

转眼棒子也熟了，粗如小号的碗口。田中一龟带着鬼子和伪军，在一个傍晚为板子村掰下棒子。亩产是去年的两倍，乡亲们在地垄上敬起菩萨。鬼子们看来也不少是庄稼汉子，咔嚓咔嚓掰得熟练，全村几十亩地的玉米堆满了谷场。鬼子给板子村定了新规矩，按人头分够全年的粮食，其它的按价全部收缴，那价格比国民政府略低一成，却没人觉得委屈，大家心知肚明，鬼子和伪军出的人力可没算钱，有人说百里之外几个村庄颗粒无收，更觉这一炮楼鬼子的不易。不知谁在炮楼下摆了香案，供起大桃和馒头，老人向鬼子伸出大拇指，挂着翠儿不曾见过的笑容。

这里和融一片，外面一无所知。村民们接受了这幸福的事实，觉得杀人的鬼子只是抓壮丁的国民政府散布的谣言。说一千道一万，吃在嘴里才是真的，暖在身上才是真的，炮楼凶狠，但也只是条看门大狗，曾有的匪盗没了踪影，来年的丰收还将继续，这样，有什么不好吗？

有盼长得和棒子一样结实，四岁的有根蹿得比桌子还高。翠儿用了一年半的时间让房子和院落焕然一新，让屋里现出老家的光彩，小黑猫拐来只可爱的白母猫，屋檐下住下一窝黑色的燕子。媒婆们开始在这里走串，冬小麦开始泛黄，女人们开始泛骚，一切都像是要顺理成章，就像鬼子来之前那样。谢老栓的老婆又开始偷别人家的鸡蛋，全村奶子最大的谢小兰又招惹了几个不要脸的老鳏夫，山西女人和伪保长郭石头有些不清不楚，这一出出村里习以为常的事，便在这不易的休养生息里再现了。

田中一龟留了胡子，金牙兵多了颗金牙，炮楼上多了一挺机枪，太君的大狼狗染了怪病，它发出驴一样的叫声，喜欢吃下自己新鲜的屎。在鬼子打死它的那一天，村里发生了奇怪的事。

伪保长郭石头的年轻老婆去玉米地里拉屎，被几个黑影拖入更深的地方，他们轮流玩弄这可怜的女人，嘴里塞了颗绿色的西红柿，从她下面两个窟窿夯进数不清的干透的玉米棒子。找到的女人仰面赤裸，白眼上翻，肚子拱起老高，几乎胀裂的肚皮上写着：汉奸的下场。五十八岁的郭石头彻底疯了。这本是个老实人，四十多岁才有这外村买来的媳妇。保长不是什么羡煞人的肥差，是十几个老家伙扔棒骨扔出来的倒霉鬼。郭石头抬着尸体去找太君，蹲在炮楼下哭成一团。田中一龟绕着尸体走了三圈儿，让人擦去肚皮上的字，让汉奸刘叫出了全村人。村民们吓得挤在一起不敢作声，翠儿躲在后面心跳如鼓。她不知是不是李家窑的游击队干的，这是信号吗？为何不和自己联系？为何用这么惨兮兮的路子?

十天后两个人押到了板子村炮楼下，伪军埋下两根粗壮的木头，两个人都扒光了绑在上面，他们的胳膊都被拧断，悬空吊在木架子上，田中又让汉奸刘叫出了村民，告诉他们这就是杀人的凶手。那两人满脸是血，听说他们啥也没说。翠儿不想去辨认他们，半个月也不曾出村。他们在木头上晒成了肉干儿，长满黄色的蛆虫，他们的肚子烂出肠子的时候，伪军浇上汽油将他们烧成了黑炭。黑乎乎的人影吓坏了翠儿，她想起上帮子村儿的打谷场，想起那深埋昔日的仇恨。她隐约感觉这只是个开始，残酷的事情还将在这大地上继续发生。田中的眼在那一刻冒出凶狠，金牙兵的眼从那天开始变得蜡黄，唯独那个汉奸刘没事儿人一样，整天甩着袖子腆着肚子，乐呵呵地窜来窜去。袁白先生说鬼就是鬼，装成人也还是鬼。翠儿那天为老先生煮了一碗年糕送去，老汉狼吞虎咽吃了，抹着嘴，擦着脑门的汗问翠儿：玉米地里那些恶人你认识吗？

翠儿不知老头是怎么看出来的，忙说不认得，嗫嚅片刻又说也没敢去认。袁白先生点了点头，说他们还会来的，下一次八成是换个样子。鳖怪抱着有盼蹲在屋角，说他们干啥不祸害郭石头，而要祸害他老婆？郭石头是汉奸，他老婆又不是。袁白先生叹了口气，说就连郭石头，其实也算不得汉奸，被逼着干这么个营生。鬼子炮楼上机枪架着，总要有人做，不做就祸不旋踵，家破人亡。老汉我清高自保，是不怕死的一套，但对这家这村这国，又有何益？名节害死人，主义下人头满地，可百姓却要吃饭，却要生养。

翠儿听得懵懂，见鳖怪抱着有盼出去了，就告诉了老汉娘家的事。她说这事的时候平静如常，稳当得连自己都害怕。袁白先生却不意外，说早就听说了，这么恶的消息哪封得住？大家也都知道了，但都装作不知道。两个村儿的鬼子不一样，这不出奇，河东的猪喜欢吃菜，河西的猪喜欢吃屎，但扔在野外几年，也都长出獠牙变成吃肉的野猪。咱板子村的人别高兴得太早，翠儿，死在桩子上那两个，未必是玉米地里的凶手呢……

翠儿心中忐忑，不知李家窑的事有无传到此地，她便问如今这战局怎样。袁白先生摇头不知，说想来必不会好，否则鬼子会修炮楼？他们是要长待在此。翠儿又问那老旦他们岂不是都被打死了？袁白先生又摇了摇头，说他们败退归败退，中国之大，哪那么容易被消灭。

"老先生，咱村的庄稼是咋回事，长得邪乎呢？"翠儿帮老汉收碗抹桌，换了话题，她后悔问这个问题。

"人太邪乎，天地也就邪乎。东边大旱，南边大涝，西边蝗灾，方圆三百里内怪事咄咄，咱这里还算好，只是这庄稼都疯了魔，像回光返照似的。老汉学问浅陋，还搞不明白这是咋球回事。夜夜问天，无奈天相杂乱，金火倒行逆施，老汉也是看不懂啊。"袁白先生背着手走了几步。"那个田中一龟，你要当心。"他回过半张脸说。

翠儿嗯了一下，泛起一层冷汗。

回到家中，有根坐在门口啃着小半个馒头。翠儿说谁让你开的门？有根往里一指，是表叔呀。翠儿大惊，见院子里坐着个矮小的男子，光着脚板，戴着一顶挡不住太阳的破草帽，他一笑下巴就抻出老长，将上半拉都合进去了。

"表妹，你还好吧？"下兜齿李好安站起说。

翠儿脸色惨白，回身掩了门，再插了。做完这事，她猛然觉得多余，甚至危险，就又拔掉门闩，漏了点儿缝。犹豫了下，她让有根到屋里去倒水。"咋是你来了？"翠儿决定坐在碾子旁。躲得了初一躲不了十五，这就应验了，纵是过去了快两年，它还是来了。

"俺来最合适。俺是你上帮子村的表哥，叫刘小愣，以后你记住了。"他说。

"他早被烧死了呀……"翠儿惊慌了。她告诉过下兜齿表哥的名字，没想他竟用上了。

"鬼子哪知道都烧了谁？俺就是个在外逃脱的，你们村也没人见过俺，不怕。"李好安倒胸有成竹。

"你这是……来干啥？"翠儿紧张地望向屋里，她不相信他是一个人。

"就俺一个，妹子你别怕。"李好安掏出一个小烟锅，慢慢点了，

"刀哥死了，现在郭队长说了算。"

翠儿再一惊，这么一会儿，吓了几次了。

"郭铁头成了队长？"

"嗯，他现在是队长，几个月前还跟组织接上头了，是正式任命的。"李好安轻声说。

"刀哥咋死的？鬼子干的？"翠儿心惊胆战，木桩上的人是他吗？

"是被队伍处理的，他带人以除掉汉奸的名义打劫，还奸淫妇女，就在你们村儿。"下兜齿验证了这事实，"郭队长那时候是副队长，向组织汇报了这事儿，上面很生气，就任命了郭队长，让他带着命令处理了刀哥和另外几个……我们是夜里办的，那几个都捆了，没开枪，活埋的。"

翠儿右手摸着冰凉的碾子，左手端着杯热水，仍冷得毛骨悚然："那以后就是郭铁头说了算了？"

"是，他厉害，里外都有一手，人机灵，下手也到位，俺们都服。"李好安说完看了看门口，"他让俺给你捎话来，了解一下炮楼的情况，详细的情况，多少人，多少枪，多少伪军，多少鬼子，啥时候巡逻，啥时候起床，啥时候运来补给，总之他们干啥咱都要了解。"

"郭铁头……郭队长要动他们？"

"那不一定，他们和咱队伍其实关系不大，只是防着，李家窑东边那个鬼子营地才是威胁。咱不会贸然动鬼子，咱现在日子不好过，缺粮缺枪，也缺人。"

"咱队伍现在在哪？还在李家窑？"翠儿不自觉用了咱，觉得这下再也撇不清了。

"这不能说，也不好说，反正不在李家窑了。"李好安说完站起来，"送俺出一下村儿，以后还是我来找你，但最近不会。"他从一个旧面袋子里掏出几块咸肉和一袋鸡蛋，"这是郭队长一点意思，他家没了，当了队长也就回不来了，希望你有空在他院子里，给他娘烧个纸。"

他刚走，汉奸刘跟来了，大大咧咧说来讨杯水喝，但喝了水却没走，也坐在下兜齿刚坐过的凳子上东拉西扯。翠儿第一次和他面对面聊天，本是极讨厌他的，但有盼出生时，他用自己的毛巾包了孩子。板子村有这规矩，出这块布的人必是男性长辈，要么爹要么爷。汉奸刘三十五六的岁数，长了一张长茄子脸，和一对总像怕得罪人的小眼睛。汉奸刘有一口耀眼的好牙，这口整齐的牙要是啃饼，留的印子定也是漂亮的。翠儿不明白他进来做甚，便开着院门儿一句句应付。汉奸刘问一句就笑几声，可他问的问题都不好笑。翠儿知道不能得罪，回答之后也就笑几声。她得知汉奸刘是浙江来的，就问那边的情况。汉奸刘说那边已经是武汉新政府管着，不光那里，除了满洲国，全国的太君占领区都是武汉新政府管着，南京政府已经不灵了。

"这是啥意思？那鬼子呢？"翠儿问，见汉奸刘四周张望，就又改口说，"太君。"

汉奸刘皱着眉低声说："妹子，和满清入关一回事儿，咱汉人，这次又栽啦。你啥也别想了，就这么好好过吧。"

"你家人都在哪哩？"翠儿猜到他会这么说。

"都死在农村了。"

"太君杀的？哦……鬼子。"翠儿被这情形搞乱了。

"不是，都是当年赤匪干的……"汉奸刘并不在意。翠儿不懂，直摇头。

"赤匪就是共产党。"汉奸刘干脆地说，"他们在农村分田，把我家人都抓了捆在村头，村里人就把他们都杀了。我爹妈都是老实人，家里就是有那么十几亩地，有个大宅子，逢年过节都给乡亲们分粮食，成了他们说的土豪。"

"这和你为……太君做事有啥关系？"翠儿奇怪道。

"妹子你还是叫鬼子吧，听着顺溜儿。"汉奸刘搓着手呵呵笑了，"国民政府是窝囊废，一个个山头的勾心斗角，剿不了赤匪……日本人可以，他们不但能剿了赤匪，还能管好这国家。这中国就是个稀烂的地方，各自为政，权贵横行，老百姓过得猪狗不如，让日本人来整，一定比国民政府强……年轻时候我在满洲国，日本人管了之后，那个富啊，我还被学校送去过日本，那更真是开了眼界呢。"

"可是，鬼子杀咱的人啊，那是仇人啊。"翠儿摇头道。

"眼下是仇，过些年就不是了。国民政府反正也打不过他们，死光了也拼不过。我这么做，就是让他们能少杀点，等再过几十年，就是一家人了。"汉奸刘用一枝树枝在地上划着，划了个奇怪的形状，又用脚擦去了，"蒙古人当年把汉人都杀光了，满清也差不多，就是咱中国人自己杀，不也动不动就屠城？日本人，还算好的。"

翠儿又想起娘家的惨状。"俺没觉得好……"她说。

"你看咱板子村的鬼子，一个个都像人一样，对村里不错，还帮你生孩子，除了看得严点儿，没什么过分的事儿，要不是你男人去打鬼子，你恨得起来么？"汉奸刘在院子里走起来。

"可听说别的村被杀了好多，有的村子都杀光了……"翠儿手抖起来。

"这样的鬼子有，田中这样的鬼子也有，这么大个中国，一两百万鬼子洒进来，咱看运气。"汉奸刘坐在了碾盘上，"听说你男人是被国民政府抓走的，对吗？但我真没见过国民政府怎么抓过兵，可见你也是运气差，活在这年头，你一个活寡妇，带着两个孩子，别想那么多大的，国恨家仇，谁输谁赢，这些事儿你根本把弄不了，都是命，都是命……"

汉奸刘喋喋不休，翠儿早听得厌倦，她不自觉地问起炮楼的情况。汉奸刘在兴头上，竟说了个全乎，连鬼子之间的事儿都说了，说田中和本间宏是一个村的，本间宏总想杀人，田中却想和睦相处，两人关起门来常吵得面红耳赤。翠儿不明白这汉奸刘为啥和她说这么多，也怕招了怀疑，便给他添了水，又送了块刚收的咸肉，说了一簸箕客套话，让他多照应这可怜的母子三人。

"没事儿别招呼陌生人，村外来的……"汉奸刘说完就去了。虽像是随意的一句，翠儿却惊出一身淋漓大汗。山西女人在她家门口探出半个脸，酸酸的脸像喝了一瓶陈醋。

这之后又是半年，板子村小获丰收，听闻鬼子开始收拾游击队，炮楼上的探照灯多了一盏。立秋前后，山西女人嫁给了苦歪歪的郭石头，说嫁也不是，反正搬在一块儿睡了，开始悄悄的，后来嗷嗷的，然后是开着窗户哇哇的。保长郭石头的嘴角掉了个个儿，丧妻之痛换作续弦之喜。翠儿的右边没了人住，倒也清静。

游击队被打得像原野上的狐狸，影都寻不见。这空落落的寂静亦难挨熬，直让翠儿觉得下兜齿李好安是梦里来的，要么是托了鬼。有根长高一大截，说话已经十分利索，却沉默寡言，总蹲在门口好奇观望，看看东边看看西边，要么就看着啥也没有的天；有盼一站起来就满地乱跑，他哥一没看住便跑出村口，在炮楼子下拉了泡屎。好在鬼子的大狼狗立刻就趁热吃了，鬼子竟无发觉，这是汉奸刘后来告诉翠儿的。他说唯一可能看见的是那个鸭梨鬼子，他就是想杀人的本间宏，炮楼的副队长。

炮楼戳起来的第二个冬天，带子河还没有上冻，翠儿将两个娃裹得小熊一样，想带他们到村口买几个热乎乎的芝麻烧饼。炮楼挂着冰霜，远看像亮晶晶的冰棍。上面的太阳旗像冻住了。伪军们缩着脖子站岗，鬼子戴着翻毛的皮帽，撅着下巴守在炮楼下。翠儿指了指卖烧饼的，伪军便拉开了围栏。村里没多少人，想必鬼子都认过来了。更多的伪军和鬼子在炮楼前列队，田中一龟和本间宏都骑上了大马。村里的孩子多在栏杆后看着热闹，等着他们可能扔过来的糖果和花生，也可能有栗子。翠儿挑着平锅上热着的烧饼，听见汉奸刘的吆喝，伪军先走出了围栏。翠儿和两个娃啃着烧饼，见金牙兵在队伍里扭脸看她，龇在外面的金牙闪闪发亮。田中在马上端坐，仍是戴着夏天的帽子，这不怕冻的家伙举着望远镜，木偶样半天不动，然后对鸭梨鬼子挥了下手。鸭梨鬼子凶巴巴吆喝了一下，十七八个鬼子排成两串跟着伪军去了。

按规矩，他们走了，今天村民不可以离开。翠儿付了钱，有根儿和有盼儿吃得满嘴芝麻，舔着手指头，村里走出更多的人，蓦然看着队伍离去，谁也不知道他们要去哪里。她略感不祥，却说不出，只是觉得今天比平日要冷。

伪军队伍走出几十步，一团火光在里面炸开。队伍哗地倒了散了，人声惨叫，战马嘶鸣，鬼子们一个个蹲下端起了枪，他们对着周围的原野，但原野上空无一人。翠儿也震倒在地，抱过两个吓坏的孩子。伪军们拖着几个往回退，田中拔出了枪，在马上高喊着。汉奸刘声音颤抖着："都撤回来，太君说了都撤回来！"

　　最后被拉回来的是金牙兵，他松松垮垮，在地上拖出宽厚的血迹，碎得烂乎乎的脸皮掀肉裂，嘴巴和眼睛连在一起，舌头挂在鼻子上，两颗金牙已不知去处。他似乎还活着，翠儿清楚地看见一串泪流下他裂开的眼角。

第四章

冬天的围困

　　和共军打了一番阵地拉锯战，兵力和装备都有优势的国军占到些便宜。共军被三个方向进攻的国军在南坪集一线击溃，跑得稀里哗啦，枪支弹药和马车扔得到处都是。国军乘胜推进，不加休整便冲过去。老旦带着全营连夜开拔，跟着大部队渡过了浍河。二子跳过了岸就在共军尸体上找东西，找半天啥也没有，只有一些奇怪的纸，找会认字儿的人看了，说那是他们的入党申请书和决心书，有的还是用血写的。二子没扔，说正好没了擦屁股纸。

　　过了河却不对劲，跑得比兔子还快的共军主力——那个破衣烂衫的第四纵队，并不是真撤退，而是藏在浍河对岸，与其他共军部队合在一处，布下了个三面伏击的圈。国军第18军主力前脚刚跳上岸，重武器还没拉上来，共军的冲锋号就响了。这叫背水一战啊！老旦可听袁白先生说过。可这背水一战和袁白先生说的不一样，因为国军像是……打不赢啊？仓促迎战，大部队很快就陷入混乱。老旦和弟兄们刚过了河，见前面的弟兄呼啦啦往后涌，踩扁了一个拦路的少校。老旦忙让弟兄们后队变前队，先跑回去再说。共军的冲锋他可是领教过，那帮家伙不把你弄死在河里才不拉倒。老旦猫腰狂奔，共军的炮火封锁着浮桥，老旦等人刚跑过去，浮桥就被共军的苏式大炮炸断了。弟兄们噼里啪啦掉进河里，穿着那么厚的棉袄，好多人秤砣一样就不见了。老旦看着心焦，毁在桥上的那个团可是打过缅甸的铁军，就这么乱七八糟地完蛋球了。

回不来的部队少说也万把人，他们在河对岸顶了一宿，枪声密一阵儿疏一阵儿，终于没了动静。听说共军对俘虏不错，也没准投降了。炮火一晚上在对轰，不停在河两岸绽开，老旦看见共军在玩命铺桥，都是木船和木板凑出的便宜货，全不像国军的美国货。他们刚铺好了半根歪歪扭扭的，一颗榴弹炮砸过去，连人带桥就没了。大河里死尸累累，门板块块，但共军不在乎，一锅饺子水煮个没完，没过多久又扛着小船和门板下了水。

共军办法鄙陋，但处处都能过河。为了不被共军突破，14军一早奉命沿着浍河向南收缩，抢占铁路线和村庄连成堡垒。一路上，不知打哪儿来的共军在打冷枪放冷炮，只闻枪声，不见人影。国军飞机像夜里找不到茅房的外村人，绕半天没目标，憋急了就找个地儿随便儿拉。这大规模的轰炸成了装样子，几个没人的村子倒是炸平了。还有更扯淡的，一支掩护14军侧翼的山东野战部队过于紧张，竟把从北面增援来的第10军前卫部队当成了共军，交叉火力网一阵乱打，弄死上百个守过衡阳的老兵。第10军火了，来了个反冲锋，又弄死对方一片。共军像偷摸新娘子屁股的哄秧子，趁火打劫冲上来，他们倒都以为是兄弟部队，一下子全被冲垮了。14军刚补好的防线开裆裤一样漏了风，整整三公里成了无人地带。于是命令有变，全军边打边跑，都他娘的赶去宿县以南的双堆集。

这一路跑得狼狈，第14军在拂晓到了双堆集，开始建立新的防御阵地。老旦的营负责防守五百米长的一截，两边是107师39团和45团的装甲部队，命令是死守，顶住正面共军的冲锋，粘滞共军的主攻力量，给装甲部队反冲锋提供条件，伺机做迂回包围。老旦一边骂娘一边服从，说这就是找一只耗子去钓猫，等猫咬耗子正过瘾的时候再放两条狼狗去咬猫……还废什么话？咱就是那只耗子。

战士们困累得浑身抽筋，仍脱光膀子大干，挖战壕、埋地雷、拉铁丝网、布置机枪和迫击炮，忙得饭都没得吃。一上午全干了这个，吃罐头的时候团部传来消息，就地防守，等候命令。小道消息说：第七兵团的弟兄被共军合围了。

这消息虽然吓人，弟兄们只呲了一声。"龟孙儿！球毛！共军围七兵团？拿什么围？一群土狗围一群野狼？当年鬼子围我们，飞机大炮坦克骑兵一样不缺，咱还在武汉顶了五个月呢！七兵团都是在南边儿活吃过鬼子肉的牲口兵，谁啃得动？"二子吃下一大块牛肉，舔着匕首说。

"不太一样吧？"老旦欲言又止，"要他们球毛不是，东北怎么回事儿？"老旦担忧地看了眼阵地前面，天又要黑了。

吃饱喝足，除了哨兵，大多扎堆抽着烟。浙江老孙把藏在怀里的老酒拿出来给老旦喝，说这可是二十年窖藏的，万一共军打来颗子弹把酒壶打漏了，可就没机会喝了。老旦笑着拿过来喝掉一半，酒是好酒，就是带了火药味儿。

"老哥，咱守的是个逼口子，共军的球下不了别处，等咱被日塌了，39团和45团就上去拣现成的果子吃，凭啥咱们团总这么倒霉？"老孙蹲在地上看着老旦。这是个不怕死的老兵，和鬼子仇大了。日本投降后第二天，他弄死过日本人的一家五口，连三个月的孩子都没放过。他的营长拼死保了他，揪来个汉奸顶雷毙了，再把他换到老旦的营，这才搪塞过去。

"逼口子就是给人日的，他日你还爽呢，莫怕，你又不是没被人日过。"老旦踢了他一下，背着手走开。心虽然沉沉的，老旦却并不抱怨，别管什么仗，子弹找不找你是你的造化，和你在哪儿关系不大。没见那个稀里糊涂的第10军前卫营么？那是多安全的地方？偏偏吃了自己人的枪子，这是走夜路挨了雷劈啊。

别管是东北来的还是湖北来的，是山西来的还是江西来的，口音不同的共军都能玩命儿。他们纪律严明，思想统一，喇叭一吹，前面是阎王殿也敢往里冲。而且他们有经验，可不是一帮……农民。他们的运动战和游击战的运用不逊国军，正面大兵团作战也不逊色。迅速地集中优势兵力，捉住个落单的国军部队往死里打是他们的招牌菜。跑得还快，在国军扑来增援之前哗啦就散了，啥都不要就散了。你要是敢追，那苦头可不小，地雷不说，还有游击队和小分队一路骚扰，在你的腰上、腿上、屁股上不停地扎刀，最后八成啥也追不上，还被冷枪冷炮地雷陷阱放倒一片。第七兵团的机械化兵团先是追人，然后被追，在两百平方公里的范围里转了个圈，就是逃不出共军几个纵队若即若离的腿脚。第七兵团总是弄不明白共军主力到底在哪儿，眼巴巴看着一个团一个旅一个师地被割掉。如此折腾几天，人跑肚马拉稀，坦克都要抽筋了。共军玩够了捉迷藏，嗷嗷叫着扑来个大冲锋，十万国军就地打成了稀巴烂，牛哄哄的党国精英黄司令好像也殉了国。

天气太好，阵地准备充足，共军想是今天不会来了。老旦命令休息。战士们抖落泥土，拧了烟屁，纷纷找地儿躺倒，猪一样地打着鼾。老旦摘下满是汗碱的帽子，叫过刚拉完屎的二子，两人找了个土窝儿坐下，老旦从包里掏出两瓶啤酒，笑呵呵递给二子一个。

"这好货你都有，哪来的？"二子惊喜道。他俩在重庆喝惯了这东西，来徐蚌战场之后就没沾过了。

老旦咬开一瓶，仰脖喝了几口，满足地擦了嘴："留得真不容易，跑这么远俺都不舍得扔，二子，你说这离咱村儿还有多远？"

"俺又看不懂地图，这是啥地方不晓得，但这天气，这土，这树，像咱那儿了。"

"你看咱路过的一些黄泛区的村子都好起来了，咱村儿要是被冲了，八成也就好起来了。"

"那要看造化了，只要没被鬼子杀了，俺看有戏。"二子打了个嗝，斩钉截铁地说，"这一仗打完了，俺就回去当村长。"

"你当村长？俺干球啥？"老旦伸过瓶子砸他的头。二子笑着躲开道："你当你的官呗？打完了共军，没准还要去东北剿匪。"

"俺才不干这事儿，给多少钱也不干，咱俩活到今天，几辈子的命都搭进去了，还是回家舒坦。"老旦瞪着二子又说，"俺当村长，你当保长！"

"让俺给你放哨？别做梦了，俺给你放了八年哨了，鞍前马后地伺候着，这次可得倒过来。"二子喝完了啤酒，随手丢出了战壕。

"营长，团部派来了新兵，让咱接收一下。"夏千走过来说。

"多少人？哪来的？"

"三十多个，和你俩一样，都是抓来的呗。"夏千呵呵一笑，看了眼二子。

"你个球，埋汰俺俩，找揍么你？"二子扑过去掐夏千的脖子，夏千呵呵地躲着。一队小兵从他身后走来，到老旦身前站住了。

"都立正！听营长训话！"夏千嗓子吓人，新兵们哆嗦着挺直了。老旦坐在原地，喝掉最后一点酒，酒瓶子塞给二子，慢慢站起身来。看着这些脸色苍白的新兵，他想起十年前的自己，只是他们更加年轻，有几个看着也就十五六岁，瘦得柴火杆子似的，刀都举不起来，这能干什么？他慢慢从队伍前走过，故作严肃地看着他们。这是必要的，一个严肃的、令士兵害怕的军官能给他们安全感，这是杨铁筲当年告诉他的。新兵们恐惧而不安，有的低着头眼泪汪汪。这果然都是抓来的，不来就烧你的家，毁你的地，这已成前线国军的常规手段。两军交锋的交叉地带，方法更是残酷，你不当这边的兵，保不定会被枪毙呢，不枪毙也剁半只手，反正不能让你干了共军。

军纪大不如前，虽然兵强马壮，肥壮得流油，却不如打鬼子时那般严格，不知是人懈怠了，还是被美国人的烟酒弄废了。鬼子投降后，一多半的国军东进接受鬼子移交城防，有规矩的，也有无恶不作的，老孙在的营将几十个日本人扔在粪坑里淹死，女人扒光了也扔进去。那个老孙不哼不哈进了人家里，叫一个出来就弄死一个，连婴儿都不放过。上面兴师问罪，他还一脸委屈，对日本人不该这样么？这有什么错？许他们日我家女人，杀我家父母，就不许我还回去？

老旦也差点日了一个，那光屁股的日本女人都拉到他眼前了，老旦都把硬邦邦的鸡巴掏出来了，可这女人却夹着腿说起中国话，流着泪声声求饶，求他饶过屋里的两个孩子。老旦良心膨胀，那玩意便萎缩了，他咬牙收起那吓人的东西，却不甘心，便在日本女人屁股上抽了一巴掌。穿上裤子的老旦让二子护住了她全家，谁也不许再动。她的日本男人已经被弟兄们踩烂了脑袋，她们都是可怜人。二子撅着东西说俺还没弄，老旦说下次换个人再弄，反正这个不行，可从那次以后二子便没了这机会，一直到今天。

可百姓们不这么想，老旦带人前脚刚走，红了眼的流氓们一哄而上，那日本女人估计不被打死也被日死了。武汉人太恨鬼子，他们毫不吝啬残忍的报复，斧头剁，菜刀砍，绳子勒，汽油烧，那是鬼子的噩梦呢。要不是宪兵部队清城戒严，将日本人围在笼子里保护起来，一个也别想活着离开。老旦还听说不少中国女人因为和日本人混在一起，也被杀了不少日了不少。山东兵郑钧杀了两个日本百姓，日了个鬼子婆娘，这婆娘竟也刚烈，一头扎河里淹死了。老旦咬牙将他交给了旅部，当典型被处枪决。郑钧挨枪时眼都不眨，只对行刑队的弟兄说："俺早就死了很多年了……"

团里还枪毙了几个兵，都是毫不可惜的新兵二百五，还没学会打仗，却先学会了奸淫。各营各连天天开会训导，听着蒋委员长的指示，算是刹住了这股邪气。但疯狂的百姓管不住，他们并不把"以德报怨"的话当回事。投降的鬼子兵营里动不动就被烧起一把火，或是扔进一颗手榴弹，惹得鬼子把竹棍削尖了剖腹自杀。战士们也合着伙胡作非为，吃酒饭不结账，玩女人不给钱，掌柜的敢说话就一个耳光扇将过去。二子这兔崽子干了不少这等坏事，但他从不沾女人，到今天还是个雏儿呢，多少次机会都阴差阳错，有的插不进，好容易能插进宪兵就来了，弄得都有了心病，鸡巴都不会硬了。

"俺早晚要搞个日本娘们，先奸后杀！"二子这话说了无数遍，可当弟兄们让他干的时候，他要么说女人太胖，要么说女人太瘦，胖瘦都合适他又说味道不好，情绪不对，躺在下面这女人的眼神活像老旦家里的毛驴。老旦知道他心里有病，也不勉强。二子也是战斗英雄了，等回了板子村，有的是女人稀罕他，横竖治了他这病。

"多大了？"老旦问一个小兵。这孩子的脸白得和姑娘似的，风再大一点就吹破了。这样的新兵见过不少，大多活不过几个月。老旦早就不再心疼这些娇嫩的炮灰，他无法形容这感觉，直到一个有文化的参谋告诉他，这叫麻木。

"十六了……"小兵是南方口音。

"啥时候来的？"老旦歪下头。

"七十五天了。"小兵不敢抬头。

"咋记得这清楚哩？"老旦笑了。

"自打来了，天天记着。"新兵怯怯地看了他一眼。

"家是哪儿的？"夏千叉着腰问。

"淮阴的！"

"淮阴在哪旮旯儿哩？多大地界儿？"二子问。

"我家在苏北，韩信你晓得不？淮阴侯。"小兵抬起稚气的脸，眼睛像绵羊似的。

"淮阴猴？公猴还是母猴？"二子认真道。

"啥公猴母猴，咋这个也不知道！没听过戏——萧何月下追韩信？那是个大将军！"夏千一把推开了二子。

"你家里还有啥人？兄弟姊妹几个？"老旦问起惯常的问题，小兵怎么回答根本不重要，问这些是让他们放松下来。

"哦，报告长官，家里还有娘和一个弟弟，我家五个弟兄，四个都在咱队伍里。"

"都在咱们14军？"

"嗯，应该在110师。"

"那还好，离得还不远，几个兄弟可以互相照应，说不定哪天还能一起回家呢！"夏千羡慕地说。老旦看了眼夏千，知道他在扯淡，别说一个集团军，就是在两个团之间，那也是生死天涯。

"你叫个啥？"老旦问出最后的问题。

"报告长官，我叫杨北万！"小兵兴奋答道。

"呦？你这名字好大口气，那你几个兄弟叫啥？"二子抱着胳膊，对他一抬下巴。

"大哥杨东万，二哥杨西万，三哥杨南万，我是杨北万。"

"那你那弟弟叫个啥？"老旦也笑起来。

"他叫杨中万！"

战壕里笑倒一片。小兵杨北万这一家活宝，爹妈还真生出五个。笑过之后，众人更多羡慕。家里人丁齐全的，这一壕沟里还有几个？老旦拍了拍杨北万的头，替他扶正了帽子。

"开过枪么？"老旦又问。

"还没，路上有战斗……大家都打，我没敢……"杨北万红了脸，摸着他的枪。这是个和五根子一样的鸡鸡娃，身板虽然不瘦，却同样弱不禁风，他额前的一绺碎碎的刘海儿垂下军帽，肮脏杂乱，几乎盖住了一双恐惧的眼，而现在那眼瞳里多是羞怯和慌张，柔弱的嘴唇翕张着。

"那不稀奇，俺当年也没敢……"老旦又对夏千说，"教教大家。让他们别害怕。"

夏千应了声，就让新兵们向前走了，杨北万感激地看着老旦，老旦对他点了点头。他揪住要走的夏千又说："把这个杨北万交给我，当我的勤务兵。"

傍晚时分，月亮从大地升起。两公里外出现共军密密麻麻的身影，一面面红旗裹着月色飘舞。他们没有进攻，忙不迭挖起了战壕，扬起的砂土像低沉的暮霭，里面翻飞着雪亮的锹铲。老旦估摸着他们怎么也要挖上一宿，这是共军的拿手菜，据说是打鬼子时候养下的毛病，只是纳闷国军的炮兵和飞机为啥闲着，这么好的机会，还不扔几串儿下去？

旁边战壕的两个营长来了。老刘打过野人山，老白打过南京城。自打到了这儿，一个多月仨人竟没见过面，老旦还以为他们死了。

"共军真他妈操蛋，穿着咱们的衣服溜过来一支部队，直接把18军一个旅部给废了，半晚上工夫就钻过来几个师。"老刘一脸横肉，脸上有块鬼子咬出的疤痕。咬他的鬼子被他以牙还牙，脑袋都差点被他咬下来，他后来想起鬼子的一只耳朵咽进了肚子，吐了三天还不想吃饭。

"这算个啥？这种事俺也干过，当年就是扮成鬼子钻过去，废了他们一个机场。"老旦不以为然。

"他们的枪炮都是哪来的？以前连支老套筒都是宝贝，现在个个都是冲锋枪，大炮也不比咱们少，还有他妈的坦克呢？"老白一只眼里塞了个琥珀，那是被鬼子手雷炸的。他在南京被俘，被鬼子拉到江边和几千个弟兄一起枪毙，子弹打飞了这只眼，鬼子以为他死了，他飘在尸体之间流下去，被一家老百姓救起来。鬼子投降后，老白捉了几个鬼子兵，一把匕首剜掉了每个鬼子一只眼。接受处罚时他满不在乎，留他们一条命，老子已经是天大的恩了。

"你没听说俄国人么？他们的头叫斯大林，是共军的干爹。俄国人在东北剿了关东军，鬼子的武器弹药都给了共军，还有俄国人运不回去的坦克大炮，他们觉得是累赘，给了共军可全是宝贝。"老刘平伸出一只手，像上面端着块元宝。

"别的都不论，共军打仗有一手，俺前天奉命毙了一些，里面有和咱一样的老兵，可不是吃素的。"老旦又掏出了烟锅。

"要不是共军自己搞过肃反，他们那些老兵老将的都在的话，咱这场仗八成就输了。"老刘说。

"你觉得如今咱就一定赢么？"老白问。

"不赢咋办？那咱们咋回家？"老旦说完站起身来。老刘和老白也站起来，阵地重要，他们都该走了。

共军挖到半夜，月亮也到了半空，变作小小的一个瓷盘子。他们扔下铁锹拎起破枪，喇叭也不吹就开始了进攻。二子吹响了哨子，战士们趴进了射击位，正睡觉的老旦从洞里钻出来，戴上钢盔，吐了口唾沫，在支架望远镜上看了几眼，回头说："叫重炮。"

身后是脸白如纸的杨北万，愣着没动，老旦拍了他的脸一下说："去那个洞找背电话的，说我的命令，要重炮！共军上来了。"

14军炮兵和装甲部队天下闻名，鬼子的板垣师团在昆仑关吃过它的大亏。老旦最喜欢的就是这大炮的声音，两人都搬不动的炮弹带着啸声飞过战壕上空，像滚动的天雷，每朵炸开都是冲天的地火。共军人仰马翻，轻飘如鞭炮炸飞的蚂蚱。大地上棉絮飘飘，月空里清朗无云。国军的飞机编队懒洋洋地来了，有的慢悠悠地帮炮兵校正火力，有的分散开来低空轰炸扫射。老旦和弟兄们站在壕边，看着这惨烈的场面。冲来的共军被打掉了大半，剩下的仍然大喊着扑过来。老旦摇了摇头，这批共军只是炮灰，是来试探火力的。二子哗啦拉开了机枪，阵地上的几十挺机枪都做好了准备。那可怕的枪栓声让老旦揪心，在这样的火力网下，没有人能过得来。

最后一个共军倒下的时候，月亮钻进了云里，乌云翻滚着倾盖了战场。老旦对战壕里喊道："弟兄们都准备好，真格的就要来啦！"

话音刚落，共军的炮火到了，炸飞了雷区和铁丝网后向前延伸，大家进了坑道躲着。共军的炮落点精准，一轮齐射都打在一个区域内。老旦听得出，机枪阵地差不多完蛋了。钻出来时，战壕果然成了大沟，碉堡烂得七零八落。几个没来得及进入坑道的战士四分五裂，身子在老旦脚下，脑袋却在战壕那端。一颗臭弹吓坏了杨北万，它斜斜插在壕边，冒着烟滋滋地响。老旦瞪着这东西，见杨北万魂飞魄散，结实地踢了他一脚。老旦双手拔出了这玩意，没有弹头，是小鬼子留下的废品。妈逼的龟孙儿，废弹你们也打过来，吓死人不偿命是么？

纵是挨了一脚，杨北万仍趴在那儿抖若筛糠，老旦指挥着战士们进入阵地，吩咐完之后才拎起了他。

"别怕，跟着俺。"老旦说罢走向壕边，杨北万犹豫着跟上，随着他在战壕边露出了头。老旦举起望远镜看了看，将它递给杨北万："看一看，过来的都是人，你一枪就能打死一个。"

杨北万战战兢兢地举起望远镜，抖着嘴唇看着。战士们开始射击，跑得快的共军一个个倒下。共军的冲锋和鬼子大不一样。鬼子发出的声音像从肚子里憋出来的，穿过东洋人细哑的喉咙，变成野兽般的尖声怪叫，像深夜村口叫春的野猫。共军更像戏里排好的齐声吆喝，调子统一，还挺好听，整个原野都响彻了，让你搞不清楚他们到底多少人。他们速度极快，稍不留神，他们的刺刀就会碰到你的鼻子。

照明弹赶走了黑暗，夜空亮如白昼，大地上黄土飞扬。火光冲天，雪亮的烟云在照明弹的照耀中幻变着。子弹和炮弹拖着流光，在烟雾里钻出恐怖的图案。光影之间，上千个圆滚滚的黑影腰扎麻绳，踩起漫天的黄土飞奔向前，排山倒海样卷过来。国军密集的炮火掀起黑色的烟尘，毁灭着这群狂奔的人。弹雨穿过这些躯体，发出扑扑的声音。老旦对这猛烈的火力颇感意外，真没见过国军这么强大的打击力量，飞机逛窑子般大摇大摆地欺负着冲锋的共军，它们飞得如此之低，轮子都要碰上共军的头了。

阵地的轻重机枪怒射着，冲锋枪也没闲着，还有一些美国人教出来的狙击手不紧不慢地一枪一个。夏千指挥着两辆装甲车上的重机枪，打出"通通"的小炮声响。可在如此密的火力下，仍有大批共军冲到雷区之前，他们用手榴弹炸开雷区和铁丝网，猫着腰往过挤。机枪立刻从几个方向封住这几个口子，他们也倒下了。老旦看着一层层摞起的共军尸体摇头，他还一枪没放呢。可正想喘口气，共军又一轮炮火来了，第三波冲锋在刺耳的号声中开始，炮火之后，步兵和骑兵混编的队伍呼啸而来，头一拨趴在地上的呼啦又站起来，诈尸般抖擞精神，又加入了新的冲锋。

训导团的长官曾一再强调，和共军打阵地战，最好的方法是保持距离，避免他们楔入防线。当年鬼子可不是这么打的，共军没有空军，火炮数量不够，他们就只能玩命和你缩短距离，跑到你肚子里，你还能冲着自己来一枪？保持好距离，国军的优势才好发挥。因此国军的防御阵地多是环形的多重式阶梯突出防御，火力点分布平均，机枪位高度机动，重炮和迫击炮、枪榴弹能形成梯次火力覆盖。共军这次碰了钉子，显然是低估了14军的战斗力，以为冲过炮火和机枪就万事大吉了，真是想得美，进了新房就能上炕了？庄稼人手段多着呢。

杨北万一直趴在壕边看着，开始还没啥动静，后来这小子笑了，然后跳了，见共军一个个躺下了，他还嗨呦呦地叫了，老旦打了他一巴掌，他连感觉都没有。

见共军疲软了，死得没劲头了，阵地两翼后方的国军装甲团开始反冲锋——果然是摘桃子去的。共军慌了手脚，撒开两腿撤退。他们的炮火开始轰击国军的冲锋部队。杨北万见这边哗啦啦冲上去，也要跳出战壕，被老旦一脚踹了下去。

"干甚呢你？想死你就去！"

"旦哥，冲不冲？没准就冲出去了。"二子抱着机枪站在壕边儿，一脸喜色地问。这小子定是杀了不少，眼都红了。

"冲你妈逼！都下来！"老旦对蠢蠢欲动者指示着，"没有命令，不要乱动！"

"旦哥咱得日回去呀！共军逼口子开了，不日白不日啊！"老孙也红了眼，身上背满了弹药。

老旦不再理他们，掀开布钻进了洞里。

共军退了，两个装甲营的反击没占到什么便宜，被共军打了埋伏。共军的防坦克壕简单有效，隔着老远，他们不知用什么发射装置扔过沉甸甸的炸药包，想立功的一个副团长成了烤肉，半个营的坦克装甲车丢个干净。老旦心知肚明，国军就是突围，也绝不会在14军这个方向，一定是对着河流进攻，对共军而言，那就是背水一战。

一切从头来过，修战壕，挖散兵坑，布置火力点，修缮铁丝网，埋地雷，伪装工事，照看伤员。老旦早就熟得门儿清。这次战斗没有肉搏，真他娘的走运。战士没什么牺牲。如果仗就这么打，共军是没有什么机会的，围着14军就像一群狼围住了一群野猪，谁咬谁还不一定呢，你们有运输队，国军还有空降兵。被围的国军部队仍然战斗力高涨，冲出去只是早晚的事儿。

天刚黑下来，北面又响起了炮声，三十多架飞机排着漂亮的阵形从头上飞过——那边果然在突围了。上面也来了电话，原地警戒，都别睡觉，110师在突围，要守好这个侧翼。

北面炮火连天，弟兄们都紧张地看着。老旦突然想起个问题，到了中原这么久，为什么国军总是突围，突完了再突，却总是在共军的围困之中？共军人也没国军多，为啥还总喜欢包围？围又围不住，搞得大家都不好活，干吗不面对面死搞一下拉倒，要么就谈，他和鬼子服部还能谈呢，都是中国人说话就那么费劲？非得几百万人在这儿杀得血流成河？

枪炮声彻夜不停，黎明才消停下来。老旦这边的部队始终没有接到出发跟进的命令，取而代之的消息是：加固工事，死守阵地，以待援兵。

二子打探回来了消息：几个师只有110师冲过去了，其他几个师都被挡住。共军的抵抗非常顽强，110师冲过去就被共军封住口子，不知去向，在战场上销声匿迹。空军也没找着他们，军部估计110师全军覆没了。

听闻噩耗，小兵杨北万大哭起来，说他两个哥就在110师。众人面无表情，老旦嫌他烦，让二子带他出去走走。老旦看着地图，心想真是邪门儿，这几个师都是军团里响当当的硬骨头部队，坦克装甲车加飞机掩护还突不出去，这共军是碾盘做的么？

"围死了，围死了！"老旦在地图上画了个圈，知道是这样了。他丧气地扔了笔，坐在弹药箱上发着呆。十年来不知打过多少仗，被鬼子围了多少次，那是家常便饭呢。可现在的国军腰粗腿壮，该有的都有，居然被汽车都没几辆的共军围成"死守阵地，以待援兵"的乌龟样，怎不让人丧气？

一个月后，情况毫无改善，老旦开始心灰意冷。几次突围的努力之后，集团军像困在气球里的苍蝇，怎么都飞不出去，只能等着援军。南边成天打个不停，炮火炸得可邪乎了，可就是不见一支友军能凑过来。真他娘的见了鬼，共军还有那么多部队打援？也竟能把当年派他们去炸机场的李延年将军之主力部队挡在这短短的四十里外？

胶着的战况令他想家，整整十年，家里音讯全无，翠儿咋过来的？四年前的大饥荒饿死不知多少，去年中原又有蝗灾，听说又饿死了上百万人，板子村可得幸免？这场内战会烧到板子村么？一定会的呢，半个中国都在打，河南怎跑得掉？老旦揪心地痛楚着，恨不得长上翅膀飞回去，哪怕只看到已成废墟的家，心里有个着落。洞外白光遍闪，炮声撼动着世界，月亮在云后忽隐忽现。老旦看到风卷云动，黄土在夜空盘旋，可怕的冬天已经来临，不能速战速决，就看谁扛得住冻了。想到此，老旦顿觉冷意，抓过一个翻毛大衣披上，再抬头时，月亮又鬼祟地钻出来，圆得像十五的元宵，白得像女人的屁股。

夜里的战壕冷入骨髓，很久没经历过这样的冷，只依稀记得小时候那个冷年，院子里有两尺厚的大雪，他爹一开门，那雪就涌进了屋里，几乎就上了炕呢。老旦缩着脖子打着颤，两腿麻得发痛，他想再点一锅烟，可一想到那根烟嘴的冰冷便作了罢，别刚放进嘴里就被它粘去一层皮。他喝掉杯里的水，直勾勾地望着惨兮兮的月亮，心想与其这么冻着，还不如两边天天打着，至少炮火能让大家暖和一些。

肃杀的战场被星月照得通亮，老旦听见风吹麦田的声响，那定是共军又在挖洞了，这么冷的天，亏他们还能挖得动，一到晚上就吆喝震天，弄得和土行孙似的。他们丝毫不把近在咫尺的国军放在眼里。你打炮他也不管，你要是冲锋，他们扔下铁锹拿起枪就和你干，反正不退。这挖沟的劲头比新郎倌还足，飞机炸大炮轰也制不住，偌大个平原被他们挖成了蜘蛛网，没准有一天醒来，共军就能隔着战壕给你递烟抽了。

老旦咬牙站起，可以看见共军那上下翻飞的小铁锹反射出点点光芒。被围的这些天，共军从来没有停止打击，就是不冲锋也会半夜给你几炮。总之不让你安生，睡觉也得竖起一只耳朵。在边缘的接触地带，为一个屁大点儿的村子，他们也会没完没了地轮番进攻，虽然死伤惨重，却一步步把国军的防线向后挤压，就这么一尺一米地往前拱，直拱得国军收缩到双堆集这块巴掌大的区域，他们再用战壕一圈圈围了，就在那儿没日没夜地唱歌了。

昨日，西边攻来一支奇怪的共军，一个个人高马大，根本不把烂命当回事，背着炸药一个接一个往上撞。饶是老刘和他的弟兄们打过野人山，也被这帮真正的野人打得撒腿就跑。碉堡里的弟兄多是狠角色，被围了也能咬牙闷着干的，但共军这打法让这坚不可摧的东西成了活棺材。里面的弟兄们眼睁睁看着几个炸药包在外面冒起青烟，只能互相拍拍，嘴里的烟轮着抽一口，就一起上路了。老旦想到这儿心疼起来，老刘和老白都阵亡了，好兄弟夏千为了救杨北万也受了重伤，一会要再去看看他。

一阵臭气搅乱了老旦的思绪，二子正蹲在上风头拉屎，他蒙着军大衣，只露出白花花半个屁股。老旦忙点上一支烟，背过脸去喘气。因缺乏蔬菜和水，二子嘿呦半天也没整出什么货。壕里有弟兄开骂，可离开战壕万万不敢。前天左边那道壕的一个弟兄半夜内急，爬到外边刚脱下裤子，共军的狙击手就敲掉了他半个脑袋，人和屎已经冻在一起了。

"嘿……国民党……反动派……灰个疱们……听得见俄么？"一个大破锣嗓子从共军那边喊过来，这奇怪的口音在夜空里异常清晰，紧接着天上打起一颗照明弹。老旦惊得一个激灵，忙看着二子。这小子系着裤腰带在那儿骂人："哪个兔崽子诈尸？把老子的屎吓回去了。"

"国民党的灰个疱们，你们别困觉啊，要敢闭眼俄们就过来！过来往你们裤裆里鸡巴上放个手榴弹。"他扯着喉咙喊，还有一帮人在哄笑。

"喊你娘了个逼呀！有种你过来！俄专打你裤裆里的鸡巴货！"这边有战士回应了，居然也是个山那边的，口音差不多！

"俄白天又不是没过来，俄过来的时候你个疱在哪哩？跑得影儿都没有……明天别让俄撞见你，让你死得翘翘的，不过看在老乡分上，俄就留你个全尸！"共军战士牙尖嘴利，隔这么老远老旦都能感到他那张轻蔑的嘴。听这话，白天冲锋的时候有他的份呢。

"你个灰个疱长了几根儿球？你今天再过来试试？就你妈知道挖沟！有种你把你个猪头给爷探出来！让爷看看你长个球相？"这边的战士有点急了。

"老乡你个疱哪里的？"共军战士的口气变了。

"你管球爷哪儿的呢？反正离你个灰个疱肯定不远！"这边的战士有点不屑。

"过俄们这边来吧！这边咱们老乡多，好多就是你们那边过来的。爷们家那边已经解放了，给国民党扛枪卖命，你还图个球啊？你们的一个师都到爷们这边来了，你个愣球还不知道哩！"共军战士得意地说。

这真让老旦心惊肉跳，110师莫非整个儿投降改姓了"共"？龟孙儿的，还要害得后面两个师的弟兄送命！黄司令也真是个愣球，怎么派了这么个师打头阵？难怪整一个满员的110师连个鬼影都不见，原来都换成了共军的服装。莫非打援的部队就是他们？真是乱了套，这是他娘的咋回事？老旦站起身来找着掷弹手，不能让这个共军再嚷嚷了。三个掷弹手听得愣神，领了老旦的命令，刚往枪上放了枪榴弹，却听到那共军唱了起来。

> 妹妹你莫挂记俄耶
> 哥哥俄在天边
> 天边俄心念着你呀
> 亲亲你的脸蛋
> 妹妹你莫要泪流呦
> 哥哥俄会回来
> 等俄回来迎了你呀
> 夜夜在炕上游
> ……

这土味十足的嗓子沙哑低沉，却横盖着这片原野。掷弹手们看着老旦，就等他一声令下。可这家伙只唱不说了，那声音飘飘忽忽，像在走着唱似的。这边的弟兄闭了嘴。死般寂静的战场被这歌声带来些遥远的生气，尽管这把声子那么难听。

老旦摆了摆手。他深一脚浅一脚地巡视壕里，看着战士们的脸。战士们大多缩成团围抱在一起，很多张脸上冻出千奇百怪的疮。弟兄们望着他，有人对他微笑，而也有很多笑都笑不出，只能点一下头。杨北万裹着一块破毯子，抱着夏千的胳膊。那颗手榴弹本来会要了杨北万的命，他被掉在裤裆里冒烟的铁疙瘩吓得屎尿迸流，夏千一个箭步掏出来，烫手般扔了出去，可它在半空里炸了，夏千当时就不省人事，弹片伤了肺部，一只眼也被削没了，他一咳嗽就吐血，老旦看见他的时候他已经吐了一地的血。两个医务官都被打死了，战士们胡乱帮他止了血，再没更好的法子了，人也运不出去，那弹片定还在体内，随着咳嗽一下下扎着他。

杨北万熟睡着，双手仍抱着夏千。夏千直直地靠在壕边儿，大嘴微张，双手交叉在肮脏的袖管中。他仰望着天空，一只眼瞪得溜圆，满是伤痕和冻疮的脸上挂着两道冰，一行是泪，一行是血。老旦摸了下他的额头，他死去多时了。酸楚涌上心尖，冰凉从手掌传入心里。老旦难过地背过脸去。稍顷又回头，伸手去合夏千那只圆睁的眼，却合不上，泪水已经把它冻成冰块了。

老旦摇醒了杨北万，指了指死去的夏千，这孩子立刻大哭起来，死命摇着他的救命恩人，抱着他的脑袋大声喊着。战士们纷纷围了过来。杨北万的哭喊声和共军战士的歌声混在一起，让老旦愤怒起来。

"掷弹手，给爷敲了他！"老旦对那三个战士喊道。

三支枪榴弹发射了，它们准确地落在歌声的源头，那共军尖叫了一嗓子，定是炸得不轻。然后是一串咒骂，一串迫击炮轰过来，在不远处先后炸开，不知打中了哪个倒霉鬼。

几个战士拉开了哭得死去活来的杨北万，抱起夏千向存尸处走去。死去的人，不管是战士还是军官，老兵还是新兵，都剥得赤条条，带鱼一样码堆在一起。刀子一样的寒风将他们很快冻成了冰棍子，到明年春天才会腐烂。老旦真不忍心他们衣不蔽体，但有啥法子呢？很多活人还挨着冻。

回到原位坐下，老旦抽出烟锅，在火上烤了烤才放进嘴里，不一会儿，酸楚随着浓烟在身体里弥漫，他默默流泪，这一哭不可收拾，低低的哽咽呛着寒风和烟草，让他涕泪横流，双肩乱颤。因怕战士们看到，他索性把头藏到大衣领子里，让眼泪肆意流下面颊。

日军投降后，老旦和夏千看着一支坐在地上的鬼子部队，夏千时不时还踢上两脚。一个鬼子猛地从后面抱住了老旦，老旦分明闻到手榴弹冒出的烟，吓出一身冷汗，可怎么也挣不脱这鬼子的双臂。夏千抡开强壮的胳膊，喀嚓一下拧断了鬼子的脖子，再将绑着手榴弹的死鬼子推进了鬼子堆里。七八个鬼子当场炸死。夏千拎着枪，在哀号的鬼子头上一人一枪。他吓坏了鬼子，也吓坏了老旦。

夏千那天说，离家最近的时候只有百十里地了。从陪都东进受降，从重庆到长沙，从长沙到南昌，从南昌到武汉，他的家越来越近，近到已经听见了鄂北的家乡话。可是部队突然受令，受降工作就地移交，暂让鬼子维持当地治安，大部队即刻向安徽进发，随军夺取中原要害之地。命令下来，夏千愁容惨淡，再没提过回家的事。

炮弹从头顶呼啸而过，国军的炮来了，地又掀动起来，共军真不知如何生受。战士们早厌了欣赏炮兵的杰作，只一个个蹲在壕里，和老旦一样想着各自的心事……

半个时辰的炮把天炸亮了。老旦揉了揉膝盖，直起身子望去。共军费了大半宿工夫挖出来的战壕成了大坑，铁锹和尸体到处都是。可共军收拾着尸体又开始挖了，连这边的冷枪都不在意。冻得坚实如铁的平原被炮火犁过，反而好挖多了。几袋烟的工夫，共军的脑瓜顶子又消失在地平线下，巨大的红旗在招摇。共军高挑起几个大喇叭，有个细嫩的女娃声音在高叫着，七八天了也不换换样，总是那么几句。

"你们就挖吧，把地鬼挖出来拉倒！"老旦愤愤地填上烟袋锅子，火柴却划不着，正恼火时，二子伸过一支美国打火机，啪嗒就给他点上了。

"不守着地儿，过来溜舔啥？"老旦故作恼怒道。

"你还看不出共军的意思？他们不把咱饿个半死冻个半死，才不会冲了呢，这叫以逸待劳，依我看啊，共军怎么也还要个七八天才会再进攻。"二子揉着发胀的肚子，像洞悉了共军的作战计划。

"连屎都拉不出来，你还能想出什么看法。"老旦不屑地看着他。

"哎旦哥，你听共军这播音的小娘们怎么样？这金嗓子和毛毛虫似的，真是松到骨头里去了。要是有这么个媳妇儿在炕头上揉着，就冲这声音，那这辈子也值了。"

"屁，这婆娘没准长得和老鸹似的，光听声儿就想娶回家，那你娶个家雀算了。"

"那不会，指定不会，咱要是反攻，俺就把她捉了先奸后杀，嗯……杀了怪可惜的。"二子歪着头听那声音，突然弯下腰向远处跑去，"不行了，被她把屎喊出来了，来了，来了。"

老旦哭笑不得，这小子就是能说，胆小不说，真给他个天仙似的女子干，看一眼八成就泄了。

后面一阵骚乱，蹲在壕里的战士们纷纷爬起来，给快步而来的几个人让路敬礼。打头的是个少校，獐头鼠目，瘦骨嶙峋，军帽下的头发有半尺长，活像鸡棚里被捉的黄鼠狼。此人个子不大，却穿着一件拖地的军大衣，肩章出溜到胳膊上。滑稽的墨镜下冷酷的歪嘴喷着白汽。这嘴咧得有些过分，说明来者不善。他身后的宪兵押着两个人。二人被反剪捆绑了个结实，佝偻着腰杆。老旦一眼认出，一个是河南新兵周虎子，一个是四川老兵马贵，都是3连的。二人神色慌张，脸上有拳打的青痕。

少校蹩到老旦身前，揉了揉冻得发麻的脸颊，端起架子仰头问老旦。

"你负责？"

"是！长官，俺是营长老旦。"老旦敬了一个礼。

少校听到这名字扑哧笑了。这不太严肃，他低头搪过一串咳嗽。

"这两个是你的兵吧？"

"是俺们3连的兵！"

"你看怎么办？他们扮成民夫想混出去，还大包小包的。原本该就地正法，但是现在这种情况越来越多，我认为有必要到前线来给诸位提个醒！"此人语气阴险，像极了豫剧里面的白脸，眼睛躲在墨镜后面，不知是黑是黄。老旦不明白他要干什么，却知这两个兵死定了。看着马贵和周虎子两张死人般的脸，老旦束手无策。

"长官，都怪俺管教不严！刚才炮打得太凶，也没有注意个啥……"

"今天跑两个，明天跑两个，后天连你也跑啦！这仗还怎么打？你们这儿压力本来就大，阵地守不住，集团军就完蛋了，咱们完蛋了，整个徐蚌战场也就完蛋了……就算不说那么大，后面那几千个伤兵弟兄怎么办？共军在这儿捅开了口子，丢脑袋的是你不是我！你自己想清楚！"少校义正辞严地说着，冷冷地看着老旦。

"营长，是俺想家了，俺对不住你和连长！俺拉着马贵儿哥走的，处分俺一个就行了！"周虎子哭得语无伦次。

"旦哥，是我不懂事，是我没管住自个儿！虎子还是娃子，让我戴罪立功吧，死了我都没个意见，娃子他就别处分了！"老兵马贵儿倒是满不在乎。

"戴罪立功？你说得好轻巧！抛开军纪不说，这阵地上都是你的弟兄，你跑了，他们呢？国军不需要你这种人立功！"少校脸色陡变，每个字都像咬出来的。

"长官，现在战壕里缺人，这娃子又是新兵，看在弟兄们坚守这么长时间的分上，饶了吧！俺一定严加管教，让团部处分俺吧！"尽管于事无补，老旦还是苦苦相求。

"说的是啊，人都跑了你还怎么守？军法是什么？你是老兵，打鬼子的时候啥样你不是不知道吧？"少校终于摊牌了。

"去你妈了个逼！别跟老子在这里装蒜，你要把老子怎么样？"马贵脾气火爆，不顾一切地发作了。

少校看他半晌，说："好，我再让你装一次硬！把枪拿过来！"少校指着宪兵。

"日你妈的，你给俺闭嘴！"老旦冲上去，冲马贵抢了两个耳光。马贵的脸抽得抖索起来，低下了头。

"长官，能不能看俺的面子，这次先记上？下次再有这事，俺亲手料理了他！"老旦躬下身对少校说。

"下次？要是还有下次，就不是你料理他，而是团部料理你了！"

少校拿过宪兵递来的冲锋枪挂在二人的脖子上。二人松了绑，宪兵给他们戴上了钢盔。少校站定了，掏出手枪，拉开枪栓指着他们，冷冷地说："上去，往共军那面走……"

"长官……"老旦站在他的枪口前，口气更软了，"算了吧……"

"军法无情，闪开吧。"少校用枪拨开了他，"弹夹里没有子弹，你们要是敢跑敢扔枪，这边就开火……不是成天想着过去么？算是个机会。"

这办法如此恶毒，战士们怒起来，拉完屎的二子忽地抄起枪，骂骂咧咧地就要动粗，连杨北万都站出来，噌地抽出刺刀。老旦压着怒火一摆手，又挡住少校的枪，摘下帽子，咬着牙慢慢说："长官，俺和这帮弟兄们出生入死，大家守在这里，人死了一小半，阵地可一寸都没丢。这帮弟兄们没有功劳也有苦劳，马贵儿和虎子只是冻迷糊了，犯点子错误就要枪毙，团部就不怕寒了战士们的心？大伙儿没吃没喝没子弹，出去拉泡屎都会挨枪子，偶尔有些个想家熬不住的，就不能看在这帮弟兄的情分上饶他们一回？"老旦语气虽平，额头却青筋暴起，涨红的脸使他的伤疤显得格外狰狞。

"俺知道每条沟里都有这事，这不是啥稀奇事！团部要就是想宰他们，就先宰了俺再说！"老旦终于忍不住，梗着脖子发了狠。

战士们听了他这话，再不含糊，凶巴巴地围住那几个宪兵，有人手里拎着枪，只等连长一声令下。

少校吃了一惊，却不慌。那几个宪兵腿肚子都软了。少校掏出烟来自己抽，看着四周的士兵们。

"干什么？造反？来吧，冲我来。"这声音阴阴的，"看得出你也是老兵，这不是咱打鬼子那时候了，老弟，这个战场决定你我的命，打赢了咱就是人，打不赢咱连狗都不是，你怜惜这两个逃兵，到最后咱们败了，可没人怜惜你。"少校吐着烟圈说，"207团的团长和两个营长昨天被枪毙了，知道为什么吗？"

老旦摇了摇头。

"他们手下几个兵跑过去，又跑回来给共军捎话。上面知道了这事。虽然他们没有投降，但一样要枪毙。你这两个要是跑回来，你的脑袋能保住？"少校抽完了烟，见二子瞪他，就将烟头拧在二子的钢盔上。二子一鼻子灰，却不敢言。

"营长，别为我们背黑锅，我的命贱得像土坷垃，死了没个啥！弟兄们别这样啊，不划算，不划算啊！长官，我们去就是了！"虎子见双方剑拔弩张，禁不住哭着跪下了。老旦明白少校说的，却挪不开脚步。少校见他如此，从上衣口袋里拿出一张纸，一抖打开，举到老旦面前。

"俺不认字，写的啥？"老旦心虚起来，脸红成了柿子。

"你不认得字，也不认得团部的红章？看清楚了，就地处决，立即执行！明白了么？"

少校哗地收起纸，歪着嘴对老旦说："你让我拿哪只眼瞧你呀？谁没干过鬼子，谁没见过血？我在马来半岛吃过鬼子的肉，喝过猴子的血，挨过毒蛇和蚂蟥，要不是眼神不好，你以为我会来跟你干这个？"

少校猛地摘下了墨镜，那张冷酷的脸上，一只眼已经没了黑色，竟是惨白的一团，而另一只带着暴怒，恶狠狠地瞪着老旦。

"咱们这一仗不能输，输不起了呀！"少校猛然大叫起来，"不整肃军纪，终归一败涂地。咱们不缺枪不缺炮，也不缺吃喝和弹药，咱们就是缺当年打鬼子的那股劲儿！我们拼命从日本人手里夺回来的江山，死了几百万弟兄保住的中华民国，你就忍心给共产党夺了去？"独眼少校猛地抬枪，硬硬顶住老旦的脑门。战士们被他吓着了，没人敢举起枪来。

"执行命令，让他们往前走……"少校阴阴地说。

老旦看着那只独眼，心里叹了一声，看了看马贵和周虎子。他们哆哆嗦嗦地走上战壕，周虎子哭成了一团烂泥，被马贵搀着才能前行。马贵对着几个宪兵啐了一口，说道：

"营长，弟兄们，爷们儿上路了！虎子，别给咱弟兄们丢脸！哭你妈了个逼啊！"

二人挂着枪缓缓向前走去。几个宪兵举起了枪。老旦心如刀绞，也只能强压悲愤看他们远去，急出满身的大汗。

空旷的两军阵地之间，两个孤零零的国军士兵走向共军的阵地。两边的士兵都瞪大眼睛看着他们，死寂的战场上只听见两人沉重的脚步声。两人走过一片片冻僵的死尸，饶是马贵身经百战，那腿也在打哆嗦了。老旦听到了共军噼里啪啦的枪栓声。

共军那边打来一枪，又脆又长的声儿。马贵应声晃了两晃，却没有倒，他猛地一推虎子，回过身来，面朝国军阵地大喊：

"虎子往前跑，快跑！王八羔子们，往你大爷身上招呼！"

虎子扔下枪和头盔，举起双手撒脚向共军阵地跑去。

宪兵们开枪了。一串子弹蛇一样在地上爬着，又猛地跳起，咬在马贵宽阔的身体上，崩出片片血雾。马贵挣扎着，口中喷着黏糊糊的血，他伸开双臂，接着更多的子弹。几支冲锋枪将他打得跳起来，老兵马贵发出长长的号叫，明明要仰倒，却发狠地扑向前，沉沉地倒在地上。

虎子眼看就跑到共军阵地了。老旦旁边砰的一声响起，飞奔的虎子一个激灵，飞出了几米扑倒在地上，就再不动弹了。老旦看到少校的枪口冒着白烟，登时血往上涌，他一把夺过枪，照着那颗头一拳打去。少校摔倒在沟里，碎镜片划破了脸颊。他却没恼，抹了把血站了起来。宪兵们慌张地对老旦举枪。战士们大骂着围过来，二子一手压下宪兵的枪口，锋利的刺刀横亘在他的脖子上。一个弟兄站在壕边儿，哗啦端起了机枪。宪兵们见状脸色煞白，有一个扔掉了枪，举起了双手。

少校慢慢爬起来，指着宪兵说："把枪捡起来，你是军人，丢命也不能缴枪！"

宪兵捡起了枪，少校捡起眼镜，看了一眼扔掉了。他瞪着老旦，那只独眼被血染红，老旦以为他还有狠话，绷着脸等着，只听他慢慢地说："我的任务完成了，剩下的，看你的了……"

揍了独眼少校，老旦怒火骤降，少校这话竟令他惭愧起来。"都把枪放下！"他对大家说。

少校吐了一口血沫，掏出块手帕擦着血，他拍了拍老旦的肩膀。

"你要有种，就守好你的阵地。"

少校带人去了。老旦松了口气，走到壕边拿望远镜望去。马贵和虎子还在那儿，方才还鲜活，此刻已成僵尸。地上起了风，卷起昏黄的土沫，如锥似钉般落在他们身上，几只黑了吧叽的大鸟在上空高低盘旋，像悬在半空沉甸甸的炮弹……

不知过了多久，阳光亮晃晃地升起来，照亮双方的阵地。老旦惊讶地看到，共军又向前硌蹭了三四十米，虎子倒下的地方离他们不过几步之遥。那里立起来一面崭新的红旗，像刚从血里泡出来一样。共军在齐声合唱，过不多久喇叭也开始喊了，还是那个将二子喊出屎来的婆娘。

弟兄们排着队领稀粥和压缩饼干，每人还能分到一根冻得钢筋般的胡萝卜。老旦不想和弟兄们废话，还会有人逃跑，甚至投降，说了也白说，人的肚皮比脑子清醒。他自己都不知该咋办，独眼少校的话并非全无道理，部队如今只缺那股劲儿，可为什么这股劲儿就没了呢？这又是怎么回事呢？共军一天天往前推，国军一天天往后退，天气一宿比一宿冷，谁个心里不慌哪？谁都知道共军的总攻就要开始，而国军的援军连个鸟影儿都没有。飞机扔下的补给不够塞牙缝，鸡窝里撒了些干瘪的草籽儿，顶个球用呢？已经有人为了一件棉衣或是两瓶罐头开枪杀人。昨晚上二子还说，东边又有一个营跑到共军那边去了，还是两个营长带的头……

起风了。只一夜之间，大地就变了颜色，钢刀一样的北风在平原上肆虐，带着呼啸横扫战场。风声如雷，黄沙如铁，人连魂都吹掉了。白毛风夹裹着细硬的黄土粒，抽打着天地间的活物。老旦早早提醒了弟兄们，让他们找到一切能御寒的东西挨着。壕沟里，冰粒弹片般撞击着钢盔和武器；掠过炮口的风发出恐怖的尖啸，刺得人心头发瘆。眼睛是不敢睁开的，壕里生的火，连同烧水的锅和柴火棍子，都不知道被卷去了哪里。几匹受惊的战马发疯般狂奔在阵地之间，凄厉的嘶鸣盖住马蹄声。没人敢去拽它们，生怕连同这些发疯的畜生一起吹死在大风里。战士们唯一能做的就是蜷缩在壕沟里，将自己裹得像个蚕茧，只留一对鼻孔出气。他们紧紧拢在一起，磨叨着菩萨的保佑，祈盼这要命的大风早点过去。共军的喇叭顽强地喊着，那女人的声音在风里犹如鬼叫，老旦就是堵上耳朵，她仍能尖利地钻进来。二子和他挤在一起，已不再提对这女人的先奸后杀，只盼着她能早一些闭上鸟嘴。

夜半时分，风是小过去了，但这天气已折腾得滴水成冰。月亮钻出灰云，风圈儿若隐若现。战士们刚把脑袋露出棉袄来，吸一口冰冷新鲜的空气，铜钱大的雪片便漫天而落。老旦冻得牙齿格格作响，但他仍在壕沟里巡视着受伤和得病的战士，就这么仔细着，半晚上又冻死了几个身子弱的。

回来的时候，耳朵钻心地疼，老旦用手去捏，发现冻得快成冰块了。他慌忙找个棉帽子戴上，想逃进有火盆的指挥所。进去之前他习惯地去看共军那边的情况，刚冒出头去，一阵快风卷着黄土就砸在脸上，痛如冰扎，眼睛迷得火辣辣的，干腥的沙土呛得他剧烈咳嗽着，脏兮兮的手不敢去揉，嗓子又喊不出，只好一头扎在地上，一边咳嗽一边忍受着眼睛的剧痛，就这么着煎熬了一阵，差点背过气去。

憋得满脸通红的老旦被士兵们扶起来。广东老兵武白升给他灌了一口米酒，掏出块脏了吧叽的棉布给他擦眼，又掀起他的眼皮呼呼地吹。老旦大口地喘着粗气，两眼红得像是喝了老刀子酒的醉汉，慢慢才回过神来。武白升满脸冻疮，一只耳朵冻得大了两圈，特大号的酒糟鼻子上烂出鲜红的口子。见他没事了，武白升爆着焦黄的牙咧着嘴笑。老旦狠狠地说："日他妈的！这是啥鬼天气！"

二子带着杨北万走来，见他在这窝着有些奇怪。

"旦哥，你咋啦？不是被那女人喊迷糊了吧？"二子开玩笑道。

杨北万的脸冻出一堆疙瘩，见老旦面如死灰，像两阵间回来的诈尸，忙将自己身上的一个大毯子给老旦披上，他扭脸对武白升说："促狭鬼！你看什么看？把酒全拿来，眯着干鸡毛啊？没见营长快成冰棍子了？头长得像个广东鳖壳，怎就招子这么不好使？"

老旦颇为讶异，这才几天工夫？这恨不得回老娘怀里吃奶的屁娃子就变得这般痞气，学会这么些南腔北调的脏话，这帮兄弟真教了他些好货！

武白升被这娃子抢白，高颧骨上泛起一片红，他傻呵呵掏出了酒壶。杨北万劈手夺过，晃了晃，拧开盖子给了老旦。老旦也不客气，咕咚咚猛灌几口，已是热了不少。他递回给心疼得跺脚的武白升，学着杨北万的口气啐道："促狭鬼，这酒跟泔水差球不多，还不如鬼子的，你还跟王母娘娘尿似的藏着掖着！还给你个球的！"

"老哥，你不知啦！这可是上好的石湾米酒，是我拿三包压缩饼干跟7连的同乡大哥换来的，好不容易的啦！"

武白升一脸委屈，说的倒是实话。此时连喝口水都成问题，更别说这些稀有物。离这儿最近的水井冻成了冰疙瘩，打水要排队。前几天一个重伤员半夜爬进去了，弄得井里满是脓血。这家伙冻得浑身溃烂草垫子上等死。谁也不知他怎么有力气半夜爬了一里地，死也要喝口水，真难为了他。

　　后半夜雪越下越大，雪片子一摞摞砸下来，映照得天儿早早地亮了。开始还觉稀罕的南方兵，看到愁眉苦脸的北方兵鄙夷的眼神，也不敢大声说笑了。战场中间有几匹死了主人的战马，低着头找着能吃的东西。无人敢冒挨枪子的风险去拉它们回来，也无人射杀它们，要是几只畜生跑回来，那是多少斤肉啊！

　　共军估计也冻得够呛，壕也不挖了，歌也不唱了，喇叭成了一个大冰块，压折了木头杆儿。共军有人吆喝着，想招呼这几匹马过去。国军弟兄听见了，自不能让这帮穷棒子捡了便宜，好几个赶过马的"和乐架、和乐架"地勾着它们。可它们并不买账，两边看看，只蹬着蹄子在雪地里瞎刨。有两匹看着不饿，一黑一白慢慢走近，绕着圈喷着鼻儿磨头蹭背，黑的闻着白的腚沟子，白的舔着黑的翘屁股。老旦咿呀一声，眼睛陡然发亮，这两个畜生来了劲儿，莫不要在这冰天雪地的阵地之间，在几千人的注目之下日弄了？

　　两边都看见了，纷纷探出头来看这畜生的壮举。开始还举着枪，一会儿便放下了。老旦举着烟锅子走上壕边，共军那边也走上来一个挂望远镜的。老旦冲那边挥了挥手，那边也对他挥了挥手。默契达成，双方战士的脑袋全冒出来了。伤兵们见众人欢呼雀跃，也支着拐挣起来看。南腔北调的喊声响起，口哨和吆喝响彻战场。战士们挥着衣服和帽子，兴奋得像自己要上炕似的，这帮家伙久不开口，什么难听的话都有。

　　"对了，对了就这样！把两腿儿搭上去，妈啦个巴子！你搭它的腰干鸡毛呀？从他妈的后面上啊！"

　　"出来了！出来了，我日你妈的，比爆破筒还粗还长啊。"

　　"错啦，错啦！不是那儿！我操！真是狗日的一个笨鳖，大眼小眼都搞不清楚！"

　　"你当这畜生和你似的？把你晾在这儿干，你个球连鸡巴眼儿在哪儿都找不着！"

　　"嘿呦，好长啊，比旦哥的还长啊……"二子举着望远镜喊。战壕里哄堂大笑，老旦一把将他推了下去。

一黑一白的两匹大马跳舞似的转着圈，费事地想媾在一起。它们在几千双眼睛下耳鬓厮磨，蹭来蹭去，你撅他挺，却总是不得要领。母的准备好了，公的姿势不对，公的准备好了，母的却会错了意。公马急得嗷嗷长嘶，四蹄乱蹬。母马烦得一个劲咬它的腚，它们每一次不成功的努力都让两边的士兵们发出长长的惋惜声。

　　"丢类老母，不懂就让共军教你们做啦！"

　　"国民党的愣球，上来帮帮你兄弟啊，要不然成不了事儿啊，咱们保证不开枪！谁开枪就是它们做下的！"

　　杨北万看得眼里放光，也大声地掺和着："没人帮不成，没人帮不成！得有人托着那玩意往里杵，否则进不去的！"

　　老旦微笑着拍拍杨北万的头，笑着说："愣娃子，看不出你个球还挺在行哩！谁教你的？"

　　"俺大哥经常帮人干这个，你得用手抓着马球往里塞！"杨北万做了个塞的动作。

　　两边的战壕生气勃勃，欢声雷动。没人愿意开枪破坏这难得的快活，大家都恨不得上去帮一把。老旦看得神清气爽，在黄家冲这事可没少干，下面不知怎地就起来了。扭脸看去，战士们大多紧夹着裤裆双眼放光。二子看着看着癫狂起来，嗷嗷叫着跳上战壕，冲着共军做出交配的姿势，老旦赶紧一把拽了下来，再嬉笑着一手掏去，竟然是硬邦邦的。

　　"嘿呦，原来你好这个，上啊，俺帮你谈判去。"

　　二子哎呦一声，笑呵呵地蹦回了壕沟。

　　大地盖上了厚厚的白。两只畜生辛苦一场，最终徒劳。没有看到高潮的诞生，国共都颇为扫兴，纷纷咒骂这球事都不会整弄的畜生。公马硬撅着炮筒子小半个时辰，长长的马鞭冻成长冰凌子了，杵不进去，缩不回来，薄薄的冰碴让它进退两难，马腿上当啷一撞，疼得个嘶嘶乱叫。母马翘臀以待这老半天也没过上瘾，想必一口热井也冻住了，看上去极是烦躁，撩起后蹄就给了那笨相公一脚。两边哄堂大笑，战士们肚子都笑疼了。

士兵们丧气地揉着直不隆通的命根子，准备各回各窝。一阵飞机的马达声传来，共军那边立刻呲哩哇啦地炸了锅——飞机自然是国军的，他们有母鸡就不错。国军战士倒没有兴高采烈，空军那两把刷子谁都知道，这大雪天的别帮倒忙就好。可这是一架肥嘟嘟的运输机，从后方缓慢地低空飞来，绕了半圈后打开屁门，扔下几个挂着降落伞的长桶。国军立刻欢呼起来，里面少不了美国的牛肉罐头和压缩饼干，没准还会有一些酒，这个大桶能装不少哩。

"没准还有烟丝呢。"老旦幸福地想。

共军想必羡慕又鄙夷地看着，定是痒得挠心。可没多久，国军开始骂娘了。降落的桶被风吹过了国军的阵地，慢悠悠地朝着这边飞来，饶是国军战士操了老天爷的娘，它们仍是向共军飞去。共军红旗乱舞，兴高采烈地叫着，小喇叭吹得和鸡叫一样。国军弟兄们用最难听、最恶毒的脏话骂着那飞机，二子都恨不得拉过机枪把那狗日的飞行员敲了。

风没了，一丝都没了。几个大桶空中顿了一下，直直地撞在地上，哗啦就碎了，把还在那儿干着急的两匹马吓了一大跳，跳着脚分头跑去。它们落在两阵之间，不前不后，降落伞软软地瘫在地上，再也动不得分毫。

这下可好，两边的士兵们又一起跳着大骂了，像被破鞋涮了的两个光棍。摔碎的桶壳里露出绿油油的罐头，炸弹一样袭击着每个人的胃，那真是口水直流。老旦跺着脚骂娘，自是毫无办法，要是有坦克在就好了，开过去捆上能拉回来，可那玩意儿已经冻在地上了，引擎都冻裂了。看着气急败坏的战士们，老旦不安起来。共军战士还在大骂，国军战士却突然安静了。他们眼睛冒火，直勾勾望向前方，哼哧哼哧地喘着。共军见状也住了嘴，时间像是冻在空气里，战场猛然间鸦雀无声。

"我操他妈的，来几个人跟我抢回来！弟兄们掩护啊！"

2营那边跳出个不要命的，他疯了一样大叫，枪也不拿就冲出去。十几个亡命徒跟着他冲上了战壕。老旦这边也跑去了几个，他知道阻不住，冲着壕里大吼一声：

"愣个球？掩护啊！武白升！赶紧把小钢炮给俺支起来打！"

战士们回过神来，各类枪支开了火。三连的迫击炮也轰起来。枪炮声中，十几个弟兄疯一般跑去，拖起一溜雪烟。共军立刻还击，子弹溅起老高的雪片子，几个人冒着血扑倒，呼就陷进去了。共军却没这么狠，只将弹雨倾泻过来。几个国军弟兄抬起大桶往回搬，还有几个抱起一堆散落的罐头，猫着腰就往回窜。共军这下不干了，机枪追着他们的屁股跑，迫击炮弹也飞了过来。有个弟兄被炮弹砸个正着，红光一闪就不见了，他身边的两个兵也没能幸免，满天飞的都是罐头。好几百斤的铁桶拖累着那四个弟兄，他们成了活靶子，子弹在铁桶和人身上崩得碎屑四飞，活着的两个趴在地上，一点一点地推动铁桶向前滚，身后的雪地留下长长的血痕……

对射又白热化了。重炮和各类轻武器放出了手段，战壕里又多了批死去的弟兄。共军的炮火如此猛烈，弹药似乎远比这边充足，大炮的数量也增加了，那就是援军到了。为了不让国军抢回这点可怜巴巴的食物，共军竟宁可浪费那么多炮弹。他们就是要等着国军饿晕了冻傻了，不战自败了，才会一股脑再冲上来。

去抢东西的弟兄一个也没回得来，最后那个背靠在铁桶上，打开个罐头狼吞虎咽，他胸前的窟窿冒着血，吃掉一个罐头后他低了头，捧着罐头盒再也不动。老旦想起他是个湖北的兵，一家人都是饿死的。那些尸体很快盖在白雪之下，坐着死去的战士成了冰人。嘶鸣还在，两匹马却不知去向，阵地之间苍茫无物，像什么都没发生一样。

第五章

黄家冲的不速之客

　　三个月后，玉兰的肚子风平浪静，并无突兀，只是仍不敢四处走动，也不敢胡吃海塞。麻子妹让她宁可床上吃成个猪，懒成个猴，也不能撇着腿四处乱窜。徐玉兰的火爆脾气受了治，发不得怨不得，为了孩子，只能乖得猫一样。小色匪常来探望，打耳光容易动胎气，老旦终于看见小色匪左右对称的脸。玉兰的肚子比江山重要，老旦自是细心照顾，别的不会，面条烙饼葱花炒蛋的倒还拿手。他盼着玉兰能生个七八斤的大胖小子，说不定还长得挺像有根。

　　看着床上的玉兰，老旦会常想起胖乎乎的翠儿，想起满院乱跑、开始问怪问题的有根。他打心里念着他们，那是心里的两根针，想起来就扎得疼；又是心中的两棵草，想一次便长一截。黄老倌子弄来的报纸常有河南的消息，听说有了大饥荒，饿死了很多人，又有了大瘟疫，病死的也不少；鬼子还杀了人，照片上不少烧毁的村庄和成堆的尸体。黄泛区惨状千里，地图上覆盖了板子村。老旦看着一张模糊的照片，那是个被大水冲垮的村子，黄汤仍有半米之高，只剩一半的土墙上趴着饿死的野狗。黄老倌子仔细看着地图，告诉他这儿离板子村不过百里。

　　老旦心凉如冰，心都像泡在了黄汤子里。好在还有酒，好在还有玉兰。老旦会在天气好的时候去找二子，扭过天文望远镜看着家的方向。望远镜里只有望不到边的青山，偶尔会看见匆忙飞过的鸟。新的希望挤着旧的悲伤，老旦努力让自己每天都笑，老人常说，喜欢笑的人，运气会好。

长沙城回来的黄瑞刚和二伢子被关在山寨里，虽然吃好喝好，鞭子抽出的伤却化了脓，怎么也要养半个月。二人倒也不急着回去，身上的伤更不在乎。黄瑞刚屡次探着老旦的口风，撩拨他的心气儿，老旦统统装糊涂。他佩服这两个一心想成就军人荣誉的小弟兄，却也不上这个当，这时候被他们拽回去有点冤，很多该做的事，自有该去做的人，这么被轿子抬了去，八成又是九死一生。

老旦这天光膀子擀着面条，想给玉兰做一碗不带辣椒的炸酱面。山寨的牛角哨突然响了。老旦扔下擀面杖，也不顾一身面粉，抓起长枪短枪就跳出了门。这是紧急号，除非有外敌入侵，它是断不会吹的。

弟兄们蹬蹬地跑过山路，一个个像灵巧的山猫，大家衣衫不整却披挂满身，这还是突击连的好习惯。今天无事，想必多在睡懒觉，只是不见朱铜头。老旦欣慰地唤着他们，知道就算光着屁股，他们依然有很强的战斗力。几个匪头正带人训练，此刻也鬼魅一般从山林跳出来。众人都跑到山寨中间的防卫工事里，这是黄老倌子前些年修筑的工事，看着并不起眼，其实坚固有效。它是一串地道连通的碉堡，三个封闭的碉堡密布着居高临下的射击孔，两个敞篷的用于放置迫击炮。五个碉堡都是青石条加泥土麻包两层垒就，用铁条箍成笼子一样，再围了密密的爬山虎，远看和山丘毫无二致。山寨大门和进山寨的道路、吊桥都在这碉堡群的火力覆盖之下。三挺机枪和两门迫击炮，再加上三十多支步枪，除非敌人拉来山炮，否则一个也进不来。

黄老倌子果然在这儿，正用望远镜看着山门。射击孔站满了匪兵，迫击炮手正在调整射击诸元。老旦暗自佩服，这帮匪兵的警觉和快速并不亚于他们几个，黄老倌子早就将他们训得精熟。见老旦来了，黄老倌子递给他望远镜，指着下面说："来了找事儿的……"

老旦看去，见山门的塔楼和工事里站满了匪兵，门外停着十几匹骡马，马上的人一个个五大三粗，有的背着刀枪。二当家黄贵在山门上和他们说着什么。老旦再看山路远处，雾蒙蒙的什么都看不到。

"是什么人？"老旦问。

"不清楚，反正不是湖南的。"黄老倌子道，"带枪的都穿皮靴，周围几个山寨没这号人。"

二当家和身边的匪兵说了几句，匪兵下了塔楼，飞快地跑上了碉堡工事。

"他们是共产党，要和老倌子谈点事儿。"匪兵对黄老倌子说。

"娘了个逼的，和我谈点事儿？他们忘了杀我兄弟的事儿？也忘了我砍了他们几个人的头？"黄老倌子低头想了想，"这帮叫花子想干吗？要跟老子谈事情，还背着枪？"黄老倌子哼了一声。

"他们说远道而来，一路山寨多，枪都是用来防身的，如信不过，放下就好。"匪兵又说。

"他们的头儿是中原口音，还有个女的。"

众匪都看着黄老倌子。老汉犹豫了下说："放人进来，升寨堂。"

"不缴械？"老旦忙道。

"这么几个人，还有个女娃，都背着机枪又如何？有你在，他们能动了我？"黄老倌子冲老旦不屑地笑了下。老旦却没笑，让二子等带人到寨堂里布置暗枪，两支枪死盯住一个，有人敢摸枪就放倒。

"你倒松心，他们万一带了手雷呢？"老旦在黄老倌子身后嘟囔。

"别让玉兰知道。"老汉回头低声说。老旦会意，心里咯噔一下。

寨堂里匪兵齐整，刀枪林立，当家的都按座次坐了。寨堂四周有暗藏的射击位，上面还挂着藤编的吊箱，里面装着二子埋伏的匪兵。大薛的狙击步枪可以看到任意角度，此时正指着来人的头目。老旦坐在黄老倌子左手边，手枪顶上了火。他听说过这些怎么打也打不完的共产党，伤兵医院的弟兄也有和他们交过手的，说这是一群没法讲理的暴徒，贼能吃苦，也贼能拼命，国军几十万愣是围不住，但要是鬼子不来，这帮叫花子就被蒋委员长收拾在蛮荒之地了。他们被打得都成野人了，一路逃着还喊北上抗日，妈妈的陕西甘肃的哪有鬼子？鬼子全面侵华之后，蒋委员长把几百万军队都堵到东边去了，实在没精力收拾他们，就咬牙接受了他们的条件，将他们剩下的人收编了。

共产党怎会从这儿冒出来？不是都跑了么？北上了么？这些人和土匪并无二样，他们枪支各异，贼眉鼠眼，有的缠着头巾，有的戴着眼镜，脖子上满是泥垢，裤裆里臊气哄哄。只有前面的两个不太一样，一个戴着奇怪的军帽，双肩端得绷直，脸上带着大户的微笑，走路有些像……划船，一只脚或略有残疾；一个身材顺溜，面庞清秀，梳着甩甩的辫子。老旦一下被这张脸吓着了，他以为定是认错了人。可这女人也被老旦吓着了，双手捂住了漂亮的小嘴。她是阿凤。

黄老倌子叉腿腆肚，在大木椅子上摆足了架势，正要给这不速之客一个下马威，突见老旦和这女人对上眼儿了，二人都和木鸡一个样了，好不奇怪。老旦傻傻地张着嘴，女人呆呆地缩着脖，前来的十几个人愣住了神。寨堂静悄悄的，人们都在心里惊愕，却不知为什么。众人都在等着他们俩说点啥，黄老倌子恼火地捶了下椅子靠手，后面那只哪壶不开提哪壶的大鹦鹉定是会错了意，哇啦先来了一嗓子：

"杀他个片甲不留！"

大鹦鹉中气十足，喊得杀气腾腾，带着黄老倌子那恶狠狠的味道，在这寂静的寨堂喊起来，真是凭空吓死个人。老旦被它吓得一哆嗦，阿凤被它吓得朝后倒，共产党们被这一声大吼吓得都去摸枪，满寨堂的匪兵们登时把枪栓拉得哗哗响。一触即发的关口，半空响起二子一声驴吼：

"都别动手，这女人是旦哥的老相好！"

全场哄然，百十双惊奇的眼齐刷刷瞪向老旦，像看到一条酱板鸭开口说了话。共产党们也看着他，打头那个跛子本来还微笑着，可此时眼神里已带足敌意。黄老倌子嘿嘿地叼起烟壶，略带不屑地看着他，看样子是不想先说话了。老旦一张脸臊成了红辣椒，嘟囔着嘴说不出话，他看了眼吊箱里伸出头鬼笑的二子，恨不得一枪敲下这独眼儿兔崽子。

场面太过尴尬，满寨堂的土匪和共产党都在等老旦开口。尴尬比危险还可怕，老旦忍得了炮轰枪打，却忍不了这要命的目光，这比抽筋还要难受。他慢慢站起来，脸上堆出半哭半笑的怪样。

"阿凤？怎的是你？怎到了……这儿？"

阿凤的脸先是红，又是白，如今却要绿了。她紧张地哎呦了一下，笑道："老旦大哥，真没想到在这儿遇到你，还以为你……牺牲了。"阿凤说到这儿，似乎已经觉得太多，就指着身边那张变青的脸说，"这是我们省委的肖专员，我们都是从湘潭那边来的。"

"既是熟人，又是远来的，请坐吧。"黄老倌子大手一摆，算是饶过了老旦。十几个匪兵立刻搬来一排座位，众人依次坐下，人们有意无意地坐满了十几张凳子，唯独离老旦最近的这个空着，阿凤犹豫了下，慢慢坐下了。老旦心跳如鼓，他看着阿凤那并未变化的侧影和俏丽的脸庞，嗅到她那独特的亲切味道，脑子里已是一团糟。二子不知啥时候溜了下来，自己搬了凳子坐在阿凤后面，伸嘴便低声说："阿凤，看见你真是太好嘞！旦哥那一阵儿要想死你啦。"

老旦悄悄踢他的脚。阿凤扭过脸来，神态一派自然："是啊，我也很高兴啊……嗯，咱待会再聊，先说……正事儿。"

老旦本想跟一句，听她这么说，生生咽回去了。那个肖专员已入了戏，腰板坐得绷直，对着黄老倌子一拱手道："黄老太爷，久仰大名，今天冒昧前来拜山门，多谢老爷子接纳。"

"还以为你们是来寻仇的，八年前我杀了你们的人，竟忘了么？"黄老倌子捻着胡子说。

"此一时彼一时，国民党和共产党也曾经刀枪相间，如今不也合作了么？"肖专员随口答道。老旦见他言语稳重，目光镇定，心说此人有种——不是阿凤的男人吧？

"那倒也不是，我才杀了你们几个？你们自己人搞肃反，万把人都杀了，老汉真看不懂。"黄老倌子尖牙利嘴，上来就揭他们的伤疤。老旦对此略有耳闻，却了解不多。

"一个人的成长，难免犯错误，一个党的成长过程便更多变数。黄老太爷不也是和自己部队闹了生分才自立为王的么？呵呵，还好，我们通过那些事，都成熟了。"肖专员轻描淡写地搪塞过去，还不忘埋汰了一下黄老倌子。

"既是拜山门，带枪做什么？"黄老倌子面无表情，抽起了他的水烟壶。

"我们从湘西来，到这边着实不熟，一路山寨林立，不敢不防备一下。"肖专员声音洪亮，样子不卑不亢，老旦听不出他的口音，只看得出这是个老兵。

"嗯，贵军我略有所闻，也见识过，你们从湘潭来，那徐家堡的事儿是你们干的么？"黄老倌子冷着脸说。

"那是以前了，是老根据地的一个工作组搞土地革命，当时是有点过火。时值非常时期，国民党搞白色恐怖，不知杀了我们多少同志，黄老太爷想必也知道湘潭一带我们很多同志都被抓捕杀害，逃进山里的也被各山寨杀个干净，徐家堡也杀了我们的同志，这您也没忘吧？"肖专员始终微笑着，他这话再明白不过，大家半斤八两，那些宿怨，还是谁也别说谁了。

"那时是有你们的队伍从旁边过，往北跑，周围十几个山寨是放了不少冷枪，有一些是把你们当土匪了……后来贵军就神龙见首不见尾，我还以为真的北上抗日去了。如今翻山越岭地来了，还这么客气，倒让老汉我稀奇了。算了，以前的事不说了，诸位舟车劳顿，有失远迎。只是这么周折，还问到底有何贵干？"黄老倌子语气和缓，仪态威武，老旦甚觉罕见，此时才清楚看到黄老倌子十足稳当的一面，平常那天不怕地不怕的山大王样，或许是带着刻意呢。

"老爷子客气了，自国共联合抗日以来，全国上下一心，共抵外辱。我们作为省党委一部，主要负责湖南当地的抗日动员和宣传支援工作，这次前来，是得知黄家冲兵精马壮，颇有气候，老爷子也曾为戎马军旅，因此特意前来，看是否能商议共同抗日一事。"肖专员端着茶说。

"你们从湘西来，日本人在长沙，你们抗什么日？"黄老倌子歪着头问。

"全面抗战，不分前后，唯有全面动员，方能最终胜利。我军自改编为国民革命军之后，八路军和新四军都在抗战前线与日寇奋战，而敌占领区更有我们大量的地下力量。"

"八路军？哦，略有耳闻，山西忻口是你们打的？"黄老倌子眯着眼问。

"哦，倒不全是……"肖专员舔了下嘴唇，"忻口战役主要是阎锡山的晋绥军、国民党的中央军和我们的八路军合力完成的。"他端起了茶杯。

"我在晋绥军的朋友可不是这么说的哦……"黄老倌子仰进椅子，逗着昏昏欲睡的大鹦鹉。

"黄老太爷，你愿意抗日吗？"阿凤突然说了话。肖专员的话被她堵回去，略带不快地看她，看了半眼就看向老旦，对老旦微笑着。老旦忙还去一笑，可刚把笑挤出来，肖专员却扭过了脸。

"呦？女娃子倒是直来直去呢，可和老旦不像呢……"黄老倌子呵呵笑着，见老旦嘟着嘴摸脑袋，又一脸坏笑地说，"这些天可奇了怪，长沙城有国民党来找我抗日，你们共产党翻山越岭地也来要我抗日，最近这是怎么了？都被鬼子逼急了呦？老旦，你说你们玩命杀了那么多，不是吹牛吧？"

"黄老太爷，老旦大哥和鬼子厮杀一路，我曾见过他们的壮烈。如今虽然留在这清静之地，不问世事，可老爷子这话刺耳，怕是要寒了他的心呢。"阿凤淡淡说着，脸上挂着老旦未曾见过的神态。但比神态更令他吃惊的，是阿凤说出的这番颇有心机的话。既说明了交往，又反驳了黄老倌子，还捎带着损了老旦，轻轻几句话绵里藏针，斗方山竹屋里那个柔弱女子，如何历练成这副母猴精模样？

果然，黄老倌子看了老旦一眼，眼神里包罗万象。老旦知他多心，也知道他说那话全是在试探对方，无挤对自己的意思。这阿凤面儿上小精明，却没端量出这层意思。老旦决定保持沉默，黄老倌子是什么见识？岂是一般人玩儿得转的？

黄老倌子不看阿凤了，只看着肖专员出神："大家凑一起不容易，就别兜圈子了。"

肖专员端着茶杯愣了下，慢慢放下，看了看略带失意的阿凤，说："黄老先生是明眼人，我就直言了。我们有一支北边派来的地方工作组同志，来湖南指导抗日支援工作，该有七八十人吧，下周要路过湘中这二百七十里路，途经包括黄家冲在内的大小十二个山寨。虽说现在全民抗日，但湘楚内地，历来自成体系，乡情复杂，民风彪悍，我们怕同志们有闪失，特来向黄老太爷求助，希望你号令或者知会其他山寨，保障他们安全通过。黄老太爷在湘中威望不二，如能相助，我们必将重重答谢。"

　　"鬼子在长沙呢，既是支援抗日，为何要去湘西？"黄老倌子并不买账。

　　"抗日是持久战，持久战就要有持久的规划，正面战场是战斗，敌后战场也是战斗。莫非黄老太爷觉得国民政府的部队能就此挡住日寇，或是打败了日寇？鬼子来势汹汹，湘楚似乎势在必得，不提前做好长期全民抗日准备，就会一败而再败。我们在敌后发展抗日武装，从正规军到独立团，从县大队到区小队，从民兵连到儿童团，村连着村，县通着县，都有我们的抗日武装，这个黄老太爷可能就知道得不多了。"肖专员说得兴起，还夸张地摆了摆手。老旦听他似乎在贬低国军的大战场，一下子便反感起来。鸡巴毛要和胡子较劲，你够得着么？和这样信口胡勒的人混在一起，难怪阿凤变了些样。

　　看着阿凤的侧影，老旦猛然狐疑起来。中华之大，他到黄家冲完全是一场身不由己的颠沛，竟能在这里遇到一个此生绝不可能再见到的人，这得要多少巧合机缘？松石岭辞别前的那一晚，人非决绝之时，怎会有那样的交融？一度隔夜思念，寸香似在鼻息，而恍然间近在咫尺，却又觉如此生分。老天爷你个鸡巴操的，既有乱点人间的本事，怎就不让俺见见翠儿和有根呢？

　　老旦胡思乱想，黄老倌子和肖专员的对话便错耳而过。他很久没陷入这样的遐想，世界嗡嗡地空荡起来，偌大的寨厅仿佛只剩下他和阿凤，凳子上两个陌生的人。一束光打在她的头顶，她的头发依然闪亮，她的耳廓还是那般柔圆，柔软的双肩似乎多了些……撑着的味道，而她那张动人的脸却隐在光影之外，像永不会再微笑着转过来。老旦在黑暗中掐指算着，这一晃，二人竟分别快三年了。

"老旦……老旦……老鸡巴蛋！"

黄老倌子的叫声如刀闪过。老旦眼前颤了下，见黄老倌子皱眉看他，肖专员低头喝着茶，阿凤扭过半张脸，一只眼瞅了他一下，飞快地闪了。

"老倌子啥事……啥事儿？"老旦慌乱着。

"我问你的意思呢？肖专员都说明白了，你是三当家，先表个态。"黄老倌子说。

老旦被问得懵懂，不知这老爷子葫芦里卖什么药。二子凑到他耳边低语："刚才这肖专员说了两个事，一个是让老爷子保障共产党过路的安全；一个是建议咱山寨弄共产党那一套，变成他们的队伍，俺看这帮人没安好心，你别瞎说……"

老旦点了点头，舔了舔嘴唇说："如果是为抗日，该帮咱就帮了，其他的事可以以后再说，就像肖专员讲的，抗战这事儿长着呢，咱们的日子也长着呢，不急的。"

黄老倌子点了点头，对肖专员说："我们三当家的可是和鬼子死干过几场大战的，在这事儿上，我听他的。其他的事儿是不急，如今全民抗日，劲儿往一处使，我们山寨就不急着站山头选红黑了，咱们来日方长呗。"

老旦松了口气，见阿凤慢慢扭过了头，一双杏眼似颦非颦，凝神里带着嗔怨，温柔中含着冰凉，这是老旦没见过的她的眼神，让他那颗心扑通跳了一下。

既已达成意思，肖专员致了谢，说他们还要赶路。黄老倌子客气地留饭留酒，他们仍执意要饿着肚子走。老旦想路上和阿凤聊那么几句，却再没这样的机会，就算走在一起，说的也是无干的事，或是虚头巴脑的客气。走出山寨门时，肖专员热情地和老旦握手，脸上笑得开花，手却软得如凉面条一样。阿凤也和他握了手，那手不冷不热，手心的汗水不知是她的还是他的。阿凤说了句后会有期，他说了句一路保重。阿凤走了一步又转回来，微笑着说："忘了告诉你，杨铁筠上尉还活着，他在我们的新四军那边。"

老旦大惊，又大喜，想多问几句，却听她说："我们还会见面的，今天没法细说了。"说完她就去了，这一行人匆匆上了各自的马。他们纵马拐过路口的时候，老旦看见阿凤轻轻回了下头，便消失在山岭之中了。

"他们不是去抗日的……"黄老倌子背手转身，走向他的山寨。

"那他们来干啥？"老旦诧异道。

"他们要趁机发展力量。这个肖专员算是个人物，山寨以后八成还会和他打交道的。"黄老倌子拍了下老旦又说，"你和这女娃子到头了，好好疼玉兰吧。"

"这娘们儿变了，好好的一根脆黄瓜长成丝瓜了。"二子在后面说。

回到半山腰，玉兰竟站在门口，手里拎着他送的手枪。

"你敢和共产党勾搭，我先一枪毙了你！"玉兰挺着肚子，恶狠狠地说。

一周后，黄老倌子同意黄瑞刚和二伢子重返长沙，让二当家黄贵带三十匪兵一同前往。老旦惊讶黄老倌子的决定，但没有自告奋勇。二子说在山寨百无聊赖，要去长沙城找个日本娘们儿过过瘾。老旦劝了他一宿，好歹劝住了。

"你们都有了女人，过得一个比一个滋润，就俺一个每天瞅星星看月亮，饱汉不知饿汉饥，干脆我跟着共产党走算了，打土豪分田地，没准儿还能分个土豪的小老婆。"

任是神婆和周围的巫医治了多少次，二子那只眼还是彻底失明，但另一只似乎晶亮起来，隔着山头便说看到了两只田鼠在那儿交配。媒婆给他介绍了陆家冲的跛足女子，他关门不见，好容易憋了二十多年，还不要个全乎的黄花闺女？

黄老倌子率众送他们，二当家穿上了跟随黄老倌子打仗时的军装，上面还别着几个显赫的章。黄老倌子笑话他这身衣服别吓着鬼子，还以为你从阴曹地府里来的。麻子妹蠢蠢欲动，刚和黄老倌子说了半句，就被骂回去。

"不好好生你的崽子，看着你哥的坟头，去那里干什么？"

黄老倌子不知，麻子妹像是生不出那东西，梁七悄悄和老旦说过，不管怎么日弄，他都恨不得钻进去做个娃了，麻子妹就是不见动静。他们悄悄吃了神婆给的草药，甚至喝了菩萨座下的香灰，但胖乎乎的麻子妹就是长不出个肉疙瘩。老旦无计可施，不知是谁的问题，只让梁七继续勤奋鼓捣。他这些天心里长了草，天天等着阿凤等人回来，倒不是为了和她叽叽咕咕，而是要问明白杨铁筲在哪儿，他为什么就能活下来？

玉兰为这事和老旦冷了几天脸。为了消她的气，老旦好话说了一箩筐。黄老倌子也来劝，怒骂了乱传话的伺候女人。玉兰并不知道他们要路过，只知道共产党想拉山寨入伙。黄老倌子和老旦便也瞒着她。可黄老倌子和老旦说，共产党必将壮大起来，鬼子这么一搅和，不知道他们能长多大，对他们既要提防，也别撕破脸，以后的事儿还说不准。

玉兰有可怕的记忆。她钻进满是血的堂屋床下，看见爷爷和奶奶的脑袋在屋里乱滚，十几个人抢着房里的东西，他们的脚踢着两颗头。奶奶的头滚到床下，她咬牙抱在怀里。奶奶静静地看着她，像在安慰着她。她抱着奶奶的头等到了黄老倌子，坐车走的时候看到被鲜血染红的河岸和没了脑袋的一堆尸体。她知道父母就在那里，她发誓与他们不共戴天，第二天她便向老倌子说要学开枪，要学杀人。黄老倌子先是不允，见她半夜拿着一支步枪四处乱放，便同意了。

"我害怕红色……你看见我穿过红色么？我一看到红色就想起那一天，想起奶奶看我的那双眼。村里那些平常敦厚老实的人，一个个变作吃人的疯狗，他们受了蛊惑，杀了两家富户，三个月的孩子被包了粽子。黄老倌子那时还穿着军装，带着兵又杀了那些人，几个领头的赤匪都被他砍了脑袋。老旦啊，你要是我，这仇能忘么？"

老旦无言，只能扯开话题，让她想想出生的孩子，看看门前的兰花，夸夸他做的面条，听听他唱的豫剧。山寨的一切都有黄老倌子定夺，就少操些心吧。

玉兰很担心带兵远赴长沙的二当家和那些弟兄们，觉得要不是因这个孩子，才不会放过这杀鬼子的机会。老旦笑问她杀了多少人，玉兰先说八个，后说六个，过了几天又说其实那都不算是自己杀的，黄老倌子不让她手上沾血，她也不敢亲手杀人，举起枪来便看见血红的那一天。

一周之后，肖专员带着六十多人回来了。阿凤却不在，肖专员说她和一些同志们走了另一条路。老旦猜八成是这肖专员捣的鬼，却又说不出口。黄老倌子懒得搭理他们，只让老旦管一顿吃喝，发些腊肉，打发走了事。肖专员没空着手，带来两麻袋好茶叶和十几大包烟土。他笑着说，阿凤同志或许下个月还会过来，她想和你叙旧呢。

老旦摸不清肖专员的意思，更猜不到他和阿凤的关系，只能一概装了糊涂，说着如有事再来，有忙就帮的废话。肖专员走的时候拉着老旦的手，一直把他拉到山寨外面。"老旦兄弟，你要是能说服黄老倌子，带全山寨加入我们的队伍，你要什么条件尽管提。"他像是卖关子一样等了半晌，才又说，"阿凤也是这意思……"

老旦哼着哈着：再说吧再说吧。傍晚时分大家便挥手告别。二子又着腰站在他背后，说这肖专员八成和阿凤有一腿，我眼神不好，却闻得出味儿。阿凤这是故意躲着你，人家定是打听明白了，就算不怕你要流氓，还怕玉兰要她的命呢。

老旦为此闷闷不乐，却装作满不在乎。他给玉兰做了饭，问她还有什么吩咐，玉兰让他去了，说要好好睡一觉。老旦就去二子的山坡练起大刀，从下午一直练到月亮升起，在月光下舞得闪闪发亮。二子坐在门槛上抽烟，静静地看着他汗流满身。

"你说杨连长怎么可能活下来？腿少了半条，又挨了几枪，还掉在湖里，就是有几条命也死了。"二子在黑影里说。

"阿凤说他活着，那就是活着。要是板子村人知道咱俩活着，不也是个不信？一村三十多个，偏偏就活下你们俩？"老旦抢着大刀转了两圈，一刀劈向半山的明月，硬硬地收了刀，肩膀隐隐作痛，那是砍不着东西的难受。

"二子，等孩子出来，咱回去吧？"老旦将刀一掷，大刀噌地插入二子眼前的土地。二子看了看，利索地拔出来说："俺就知道你不安分，鸡巴长，事儿也不短，俺反正孤家寡人，每天听你们出双入对、哼哧哎呦的，俺恨不得狙击枪一枪一个敲了你们……俺早就想走了，只要你能说服了玉兰守你的活寡，你走俺就跟着……喂？你小子不是要去找阿凤吧？"

老旦在二子旁边坐下，拿过二子刚点着的烟锅："俺找她不是为她，俺要问明白杨铁筲在哪儿，要不这心里有点不踏实。"

"少扯吧你？知道了你又咋着？你还把弟兄们都揪回去？再成立个突击连？俺跟你回部队可以，再去干这玩命的买卖，俺可不去。"二子抢回来烟锅，叭叭地抽了两口，又递回给他。

"你没听阿凤说么？杨铁筲在共产党那边儿，她没说明白，是加入了他们还是怎的？要是真加入了，也不出奇，你看阿凤他们不是挺好的么？他们也用不着上赶着和鬼子玩命去，只悄悄摆弄自个的日子，抢山头扩地盘儿的，俺看不透，想听听杨上尉的意见。"老旦抽了两口，大拇指按了按烟灰，又塞给了二子。二子接过去却没抽，只瞪着月亮发愣。

"平常看你们一个个逍遥自在的，可俺总觉得啊，留在这儿，咱早晚是死。"

二子说罢，对着月亮吐出一个浓厚的烟圈儿。它翻卷着飞去，像要吃了那多半个月亮似的，可只飞了一半就来了阵风，忽地就吹走了它。老旦身上一冷，见二子侧着脸看那月亮，那只又瞎又斜的眼正好看着自己，像战场上死人的瞳仁。

玉茗蹭蹭地跑来，老远就喊起来："老旦，玉兰出山了。"

老旦大惊，忙问仔细。玉茗说一支几十人的匪兵也不见了，他们傍晚悄悄出了山寨，几个守寨的说她有黄老倌子的命令，竟被她诓过去。老旦忙去找黄老倌子，老汉惊得眉毛都竖起来，也不知道这事。玉兰竟敢带兵私自出寨，而且怀着几个月的孩子？

"速带你的弟兄出发，走这条路奔陆家冲方向追，她一定带兵去伏牛岭埋伏了，她要堵在前面干掉这些共产党。"黄老倌子指着地图上一处说，"这丫头，肚子里还有孩子……"黄老倌子叹了口气，摸了摸脑袋说，"我应该猜到的，我应该猜到的……快去，能拦着就拦着。"

"要是他们已经打起来呢？"老旦问。

黄老倌子猛地回头，颇严厉地看着他："那你就把那帮人全给我宰了！"

老旦吸了口凉气，没说什么就退出去了。出来时他听见神婆在半山腰嗷嗷地叫："流血了，流血了，贪心的阎王张嘴了……"

老旦带着六弟兄快马出了山寨，在月光下的山路举火飞奔，这几乎是玩命儿，黢黑的大山道路险峻，更别说只有火把和月光照亮。玉兰带兵走了两个时辰，且绕的是远路，为了孩子，她必不会骑马太快。老旦带着黄老倌子的令牌，夹着马跑在最前，照这快慢，一个半时辰能追上。老旦等人拿出这几年练就的骑术，也真是豁出去了。

"再快点儿！"老旦对后面大喊。

"要是他们已经打起来怎么办？共产党还以为咱们是去增援的，会朝咱开枪的。"二子紧随着他，对他大喊着。

"那就只能帮玉兰。"老旦毫不犹豫道。

"要是阿凤在呢……"二子嘟囔着说。老旦听见了，但愿她不在，他想。

他们果然交了手，前方山谷里枪声响亮，亮光噼啪，玉兰竟带来了机枪和手榴弹。老旦听得出她占了上风。他掏出手枪拉开了火儿，狠拍汗流浃背的大骡子。七匹马顶着火把，飞钻进伏牛岭。山路上死尸横陈，骡马死了一地，一群人躲在几块大石头后对着山坡射击。老旦知道没得拦了，他扔掉火把掏出双枪，纵马冲了过去准备开火。他突然看见阿凤就在石头后面，见他举着枪冲过来，惊得面白如纸。她披散着头发，抱着肖政委流血的脑袋。老旦猛地收了枪，一把勒住了骡子。骡子嘶叫起来，两边都看到了他们。

老旦插回双枪，接过二子递来的火把："黄老倌子有令，停火！都停火！"

弟兄们一起对着山坡大喊，唯有大薛端着机枪盯着石头后的人。山上的都认得老旦这声音，枪声停了。

"黄老倌子有令，徐当家的擅自带兵离寨行动，违反寨规。俺是三当家老旦，都听我的命令，全体下山，随我返回山寨！"

"老旦，你给老娘闪开！"

老旦喘了口气，玉兰看来还好，他没动，亦不知如何劝她，匪兵们自会劝她，谁敢违抗黄老倌子的命令呢？

一声枪响，子弹打在老旦的骡子前。大骡子吓得蹿起来。"你滚开，我会向老倌子请罪！"玉兰说完又是一枪，击中老旦的火把，火把咔哧一声断了，爆燃的火星烫了他的脸，很疼。

"你再胡闹，就把俺先打死在这儿！"老旦咬牙吼着。弟兄们见他发了狠，纵马到他身边，密密地站成一排。

"你是要救他们，还是救那个臭娘们儿？"玉兰仍举着枪，声音带了哭腔。

老旦脸一红，悄悄看了眼阿凤。火光下她脸色惨白，满眼悲戚，和他离开松石岭时那样。忍了片刻，老旦掏出枪来，对天放了一响，大喊道："众兵下山，听候命令！"

山坡窸窸窣窣站起黑影。有人向下走着。"老旦，你不闪开，我就真打死你！我谁都能容，就是容不得这些没人性的畜生！"玉兰说完，仿佛哎呦了一下。诧异间，小色匪已连滚带爬跑下来，揪着老旦的马缰说："三当家的，你快上去，徐奶奶她……不妙！"

老旦牙齿一颤，冷汗涌满全身，完了。他扭头对二子说："送他们出伏牛岭，别有闪失。"他又看了眼躲在石头后的阿凤，肚子里叹了口气，知道此生缘分已尽，从此再无交合。他跳下骡子，随小色匪奔向黑乎乎的山坡。

第六章
神婆之死

孩子掉在老旦手里，热乎乎地抖着，是个儿子，他不相信这是个死去的生命。他不敢去看，不敢撒手，更不敢给声嘶力竭的玉兰看上一眼。山路响起马蹄声，阿凤和她的同志们举着火把正在远去。玉兰在痛苦中陷入昏厥。小色匪摘了片大大的叶子，裹了老旦手里的孩子，再拿过一块干净的布包了。老旦冲他点了头，他和几个小匪消失在黑暗里，他们会把他埋在竹林之中。

老旦摸着玉兰的脸，泪水沾满了手。众匪呆立山坡，风吹进葱郁的树林。

"做个担架抬着她，走吧。"老旦擦了泪，抱起玉兰向山下走去。他至死也没有忘记这一天，他知道这颠沛的生命里有着你躲不开推不掉的疼痛，不管你躲在哪儿，就是钻进铜墙铁壁的房子，它总能找到你，在你最软的心上插一刀。

黄老倌子闭眼听完老旦的话，过了好久还没睁开，咬着牙说："每个人都有债，或是钱债，或是命债，或是情债。玉兰命苦，你多照顾她吧。"老汉睁开眼，死瞪着老旦半天，说，"你的命也好不到哪去，别想三想四了，那些共产党，老子早晚要他们的命。"

老旦低头不语，心里流下酸涩的泪。神婆在山上已经唱了两天两夜，谁也不知她唱的什么。玉兰失血过多，中了凉气，烧得神志不清。她躺在满是艾草的床上，枕边放着新摘的兰花，屋里吊满金黄的橘灯。麻子妹坐在她身边，给她换着手巾，擦着汗水，输着透亮的葡萄糖。

"玉兰是好妹子，你别伤了她的心。"麻子妹轻轻地说，"她身子的病不碍事，心里的病就看你了。"

黄家冲归复平静，这件事无人再提。玉兰的身体果然好起来，但性情却脆落下去，除了对老旦的在乎仍那么饱满，对其他的事再提不起浓厚的兴趣，腰间不再挂枪，鬓角不再插花，眉宇之间不再有那股辣人的英气，床上和老旦的扭绞也不再旁若无人地大叫。老旦知她让她，照顾得手心里捧着一样，只是他不敢再让玉兰怀上孩子，至少这一年不敢。玉兰也心有余悸，每到那一刻就推着他，久而久之，老旦都有了负担。

二子又推了媒婆选来的几个妹子，理由千奇百怪。黄家冲人彻底没了辙。二子倒也坦然，照样在小屋里外独自过活。天文望远镜被他玩出了学问，他告诉老旦星星在天上是怎么动的，告诉他月亮只有一面对着人间，他说太阳上有些奇怪的芝麻，他还看到夜空里一些飞来飞去的大大小小的光点，它们排着串儿，绕着圈，飞得比流星还快，一眨眼就奔向了天上那把勺子。神仙婆说那是奎星收的童男童女，要将他们带去北斗重生，二子却觉得是鬼子弄来的新式武器。

长沙战事激烈，消息令人担忧不已。黄老倌子说这已经是鬼子第三次攻打长沙，这一次打得这么猛，非但占了长沙，还一直打到了株洲。战线似乎岌岌可危。国民政府第九战区调了几十万人打鬼子的十万人，怎么就打不动呢？老汉不明白，老旦便给他说可能的原因。黄老倌子不信这个邪，鬼子也是肉长的，一颗子弹照样要了命，湘北不比中原，河流山岭多的是，这天恨不得冻死个人，鬼子是一群岛上来的乡巴佬，还比咱们更熟悉地形，更能受得了冻？抛开这些，鬼子都跑到这么远了，不信他们的补给跟得上，除非你们河南老家的人全当了汉奸。

话虽这么说，黄老倌子常向老旦询问日军的战法、武器的配备、打仗的习惯，以及编制的分类。老旦将知道的全部倒出，说了参与的几次战斗和战役情况，又说了和鬼子服部在斗方山的一番遭遇，以及在伤兵医院打鬼子的一次壮举。黄老倌子摸着光秃的脑袋，摇了摇头说："这怎么打得过？他们是喜欢打仗的，拿送命当回家的。"

黄老倌子很担心二伢子和二当家一行，他们走了七八个月，竟一个人都没回来，也没消息，派去打听的人被挡在株洲之南，说再往北看全是一片焦土，烈焰烧得半个天都是黑的，南边挤满了逃难的人，冰雨里尸首狼藉。老百姓都说国军顶不住了，鬼子的飞机大炮太厉害，上去一支部队就打烂了，每天只能把战场烧得锅底一样黑来迷糊鬼子飞机。

老旦也颇为担忧，长沙一战如果落败，整个湖南可就完了，黄家冲纵在山里，早晚也是被鬼子剿灭的命。斗方山逃出来的他知道鬼子的厉害。黄老倌子亦深以为然，让他悄悄地提高匪兵的训练强度，大量购买黑市上的武器弹药，储备能带着走的干制肉食，定制能在山上跑的铁轮子马车，储备夜里行军使用的松油和火把。老旦一一照办，为了让老汉心里踏实，他建议让陈玉茗和梁七到长沙那边再去一趟，定能打听回可靠的消息，问到黄家冲人的音讯。

"行，配好马，让他们明天就走。"黄老倌子拍了下腿，又和他说，"走，去看看神婆子，别看这老娘们儿神叨叨的，很多事儿她都说得准。"

一进门臭气熏天，听闻这神婆吃喝拉撒全在一间屋里。床上躺着一只巨大的长毛老狗，据说已经三十多岁了，牙都掉光了，只能吃些稀的。老狗见了老倌子，耷拉着舌头晃了晃头，望着厨房呜呜哼着。屋里熏得黑漆漆的，破烂的火盆已没了炭。厨房里的神婆叮叮咣咣，说了声："来啦？"就端出一个盘子，托着个锡做的酒壶和两个不搭调的瓷茶杯，"知道你们要来，上月便调了这酒，刚才热的，通筋活血，健骨培根，喝了之后三天不软。"

一阵子没见，神婆的两个太阳穴鼓出栗子大的包，眼睛变作兔子般红。二人吃了一惊，忙问缘由。神婆往凳子上一盘腿儿，说两个犄角似的包不痛不痒，眼睛恐是吃了马蜂的毒窜了火。她在用马蜂毒、何首乌、红杆菜和天麻配着一种药，吃下去刀砍不痛。老旦惊讶，说这不是麻药么？神婆摇头，说你那是暂时的麻药，这个可是吃后三天才去药效，你们打仗用得上。

老旦一惊，和黄老倌子面面相觑。"莫非，这一仗躲不过去了？"黄老倌子道。

"想躲自然能躲，但是你不想躲呢？"神婆抽着水烟袋，一只手搓着脚上的泥巴。老旦又看了眼黄老倌子，老汉阴阴地看着神婆，端起了她倒的酒。

"二当家他们走了半年多，没有消息。"

"他还好，我听得见。"神婆闭着眼说，"但好多人死了，去的一半人死了。"

"长沙这一仗会赢么？"黄老倌子凑近了她。

"输赢不重要，和你还没关系。"神婆眼抬起来看着老旦，"和他有关系。"

老旦一愣，被她看出了毛。还没等他问话，神婆又扭脸儿对黄老倌子说："他带着棒槌来，骑着棒槌走，玉兰的心系在他的棒槌上，黄家冲也就要跟着走，快了，快了，老倌子，二当家的就要回来了。"

"他们啥时候回来？"老旦忙问。

"这就回来了。"神婆眼也不抬，"喝了这酒，武夫百毒不侵。"

黄老倌子拿起酒喝了，老旦也喝了。这酒腥臭热辣，一溜火线走下肝肠，老旦顿觉目眩神游，心跳加速，拿杯的手都抖起来。

"酒只有这一壶，刚够你们俩喝，女人喝没用，再来一杯。"神婆说罢又倒上了，这两杯便是一斤的量。黄老倌子二话不说喝了，老旦自不敢怯，咬牙灌了进去。这一杯再下去，热汗涌出毛孔，鼻息嗅到奇异的花香，眼前像点了熊胆，陡然晶亮起来，再看端杯的手，已经稳如老树的枝了。

"你的病要找人看看吗？璐颖她说不定懂得。"黄老倌子放下杯，擦着汗说。

"我这不是病，是命数里一劫，古语有云：鬓生丘谷月半亏，眼含赤火嚏如雷。索命无常过路酒，三更夜里倒满杯。老倌子，过了大寒，我就要走了。"

神婆拔掉发簪，披开一头银花花的脏发，指着山口的方向说："二当家的就要回来了，你们去迎一下吧。"

黄老倌子呆呆地站起身，看着蜷在凳子上的神婆。老旦被她说得周身发颤，也起身道："老神仙还有何嘱咐？"

"多备黄芩、石灰和艾草，拉屎病要来了……"神婆说完，将头发捯饬到前面，严严实实盖了脸，躲在后面又开始念着谁也不懂的咒语。

二当家的果然回来了，老旦和黄老倌子刚走到山口，就看见一队人马远远走来，他们疲惫不堪，衣衫破败，骡马少去很多，大多驮着伤员。还跟着几辆大车，上面躺满了人。二当家黄贵坐在马上，腰上缠着满是血污的绷带。老旦略微数了一下，果然只剩一半。二伢子看似是个全乎的，纵马先跑了过来。

老旦忙叫过碉堡边的一个小匪头，让他吹响牛角，三长两短，弟兄们和麻子妹便齐齐来到山下帮忙。黄贵被搀下马来，咬着牙走到黄老倌子面前，那一张原本黑红的脸没了血色，眼里还挂着一些泪。老旦从没见这人流过泪。

"老倌子，人我带回来了。黄家冲人击毙日寇49名，击伤50多人，活捉3人，咱们战死16名，回来11人，失踪两个，老倌子，长沙打赢了。"

黄贵说罢，给黄老倌子敬了军礼，手放下时，老旦见他神魂便散了，一口长气吐出来，登时仰倒。众人忙上去扶。麻子妹翻了黄贵的眼皮，又掀开纱布看了他的伤，对老旦轻轻摇了摇头。黄瑞刚扑到黄贵身前喊着爹，一些小匪已是哭起来。黄老倌子却岿然不动，忍着泪说：

"抬二当家的上山，厚葬！"

二伢子说，他们参加了防御长沙城中和城南的几场战斗，打得异常艰苦，所在的一个团几乎打光。匪兵人数虽少，战斗力却得到长官们高度认可，也因此执行着极艰难的任务。二当家的带众人与鬼子肉搏，他一人砍死四五个，肚子也被刺刀捅了个窟窿，伤了肝脾。他知道熬不住，拒绝在后方医院等死，执意回来，死也要埋在黄家冲。战死的弟兄们都烧了灰，拉在一辆大车上。部队给的上千块大洋奖励都在路上散给了苦难的百姓，回来时竟不名一文。

黄家冲的老婆子们都出来了，将归来的匪众脱得精光，在红彤的火盆边儿一个个为他们洗澡擦身。这是黄家冲古老的仪式，历经世事的老女人一个个擦洗浴血归来的勇士，既是敬意，又是体贴。无人觉得尴尬，老旦等弟兄不是黄家冲人，岳阳归来便没有这礼遇。伤员都集中在麻子妹设置的大房子里，麻子妹忙活了一天，每个伤员都洗了伤口，用崭新的绷带包扎，葡萄糖和消炎药液都是从各种黑市上高价买回来的。伤员大多无碍，只是有两个没办法，一个被弹片钻进脑袋，一个钻进肺部，只能看他们的造化。老旦特意提醒她注意神婆说的拉屎病。麻子妹听了一惊，却说不大可能，神婆说的这病八成是霍乱，但它没有那么长的潜伏期，更不大会在冬天蔓延，如果在战区感染，走不到这里就死了。但她仍不敢怠慢，让老旦派人看守病房，除了治病的不得出入，旁边要挖深坑放进石灰，山寨的水源也要重点保护。老旦一一记下，让二子等人赶紧去办。

"挣了那么多大洋，怎地就散了？"二子颇为心疼，却由衷佩服，黄老倌子对二当家此举也颇为赞叹，这是给黄家冲攒足了脸面，岂是那些钱换得来的？黄老倌子慷慨抚恤了战死匪兵的家人，活着回来的也一样。黄贵等战死匪众之墓建在麻子团长之侧，一样的大小形状。入坟仪式庄重而简洁，黄老举人念了一段铿锵悲戚的祭文，二当家黄贵裹满浆白的棉布，左手玉牌上刻着"归来"，右手铁牌上刻着"归去"，身边放着他最喜欢的德国驳壳枪，嘴里含着一颗银制的子弹，他在阴间将带着同墓的弟兄们见鬼杀鬼，见贼杀贼。黄老倌子带着大家在他们坟前酒满烈酒，那酒香一月不退，雨天里依然浓郁，人间大开杀戒，阴间大醉一场，老旦不由感慨，真要哪天这么死了，也值了。

二伢子拉开老旦，告诉他一个极惊讶的消息：在守长沙城南之战里，他们结识了一帮国军弟兄，是74军一个被打烂的团，这三百多人的残余部队在城南苦战一周，打退了一千多鬼子的进攻，二伢子增援他们后，一个乞丐样子的营长拎了瓶白酒来感谢他们，他叫王立疆。大家三聊两聊就提到了麻子团长高昱，然后就提到了老旦。

老旦咿呀一声，觉得好是凑巧，这家伙竟也跑到了湖南。他忙问王立疆等人的去向，得知他们去澧水附近向74军军部报到去了，长沙会战后不少部队打乱了套，74军全在那边重新整编。

"他说现在是丧家之犬，一个团就剩那么百十号人，等像个样子了再来找你，或者你去找他。"二伢子掏出一块怀表递到老旦眼前，"喏，他让我带给你的。"

老旦稀罕地拿过，爱惜地摸着，纯铜的壳子，晶亮的水晶表壳，里面一根儿细针轻快地走着，还有一条银花花的链子，滑过手里凉飕飕的。翻过来，见后面刻着一些字，一个不认得，却认得上面的年份：1927。

"王团长说这是从一个鬼子将军那里缴获的，但不是日本表，是俄国表，这是他身上最值钱的东西呢。"

"毛驴上玉嚼子，真糟蹋这好东西。"二子伸过手来抢，老旦装作端人，道："毛驴还没见戴眼罩的呢。"老旦收起表，歪着头哼唧着说："无功不受禄，这么贵的礼，这家伙打着主意呢。"

二伢子说长沙一战，鬼子先赢后输，都打到株洲了，却被第九战区打了个凶狠的反包围，一通厮杀丢盔卸甲，反正打回出发时的状态了。他们扔下几万具尸体、数不清的武器弹药，一年半载够呛能发动新的战役。而且日本鬼子对美国发动了战争，漂洋过海去打美国人和英国人，中国有点儿顾不过来了。

"那咱能打回去不？"老旦天真地问。

"打回去？屁！"黄老倌子不屑道，"自古异族入侵，你见过十年就打回去的么？元朝最短，还九十年亡国呢。国民政府拼得差不多了，估摸着算了下，几百万部队，几百个连以上军官填进去了，怎么往回打？让你老旦去打？"

"俺哪成？往东往西都不知道，那不是还有老倌子你么？你一出山，鬼子还不望风而逃？"老旦笑着搓着大手。

"鬼子分兵去打他人，又违了远交近攻的道理，自是兵家大忌。

但他们不是傻子，不会打这没准备的仗，要么是逼的，要么是选的。美国是个腿粗的，可不像民国这么好打，报纸上说他们在珍珠港偷袭了美国一个舰队，那就和你们村里人被人半夜悄悄爬了炕头一样，美国人再好吃懒做，也要拿着菜刀和你拼命的……老旦我问你，你要是陷进这么一种状态，左边要打，右边也要打，左边厉害，右边稀松，你会怎么办？"黄老倌子一改平日状态，冒出杨铁筠似的问题。

"哦？这个，咋说呢，咱定是个稀松的了。俺要是鬼子啊，就先把稀松的弄死，然后集中精力和厉害的玩命，袁白先生说当年秦始皇就是这么干的。"老旦点着头说。

"谁说这货球长见识短？这是大见识呢！"黄老倌子一拍桌子，哈哈大笑起来。

"这……老倌子，你觉得鬼子还会继续打？和咱往死里打？"二子在一旁瞪大了眼，他可不想听到这消息。

"打还是不打，其实鬼子说了不算，而是老蒋说了算。鬼子最好的办法是一边打一边劝，和老蒋谈个停战协定。但我看老蒋这意思，才不想当南宋那没用的皇帝，最近这几仗，尤其是长沙，国军其实打得真不赖呢。美国人给老蒋的援助远远不够，这下子老蒋腰杆硬了，要啥美国人都得给了。"

"那敢情好……"老旦愣愣地说。

"鬼子和英美宣战，贪心不足蛇吞象，这下有得瞧了。"黄老倌子瞅着老旦说，"去搬两坛酒来……"

老旦从陆家冲那边得知，共产党在湘潭那边活动频繁，却不是打鬼子，而是忙着进村儿发展力量。老旦总想悄悄去看一看，顺便找到阿凤打听杨铁筠的消息——对天发誓他真是这么想的，他没想和阿凤再弄点啥。可玉兰敏感如叶子上的露水，一点动静便滚来滚去。老旦终打消了这念头，欠了玉兰很多，好像不是自己的错，却也逃不了干系。

这个冬天异常阴冷，老旦和二子冻得叫天不应，屋里放了两个火盆，仍暖不了冻僵的四肢。二子自制了棉裤，棉被中间掏了个洞，罩在身上麻绳一勒，每天狗熊一样躲在屋里，却还是冻病了。老旦心疼这兄弟，找上玉茗等兄弟，叮叮咣咣硬是敲出一个铁炉子，裹出几根烟囱。看着烟囱里冒出浓浓的烟，火炉子烧得通红一片，二子烤得浑身冒汗，又喝了玉兰给烧的姜汤，眼见着来了精神，在火炉上烤着兔子和野鸡。大伙围着炉子羡慕不已，小酒喝得热乎乎的，干脆继续发狠，一人做一个。玉茗画了图纸，一帮北方汉子标准化做出了十几个炉子，挨家挨户地送。黄家冲第一次在冬天冒出滚滚的青烟，黄老倌子热得屋里待不住，说房子里像走了水，鼻子都烤出血来，他光着膀子坐在院子里出汗，央求着老旦将这要命的玩意儿弄走，老旦便搬去了神婆屋里。神婆笑着纳了，她太阳穴的鼓包已经长成小馒头大小，一颗头圆得黄老倌子也似。神婆摸着老旦的手，挠着他满是老茧的手心，淡淡地看着他说：

"珍惜这儿的好日子，你再也没有了……"

有了将黄老倌子烧出房子的经验，老旦给自家做了个不大不小的。玉兰喜欢这东西，每天在屋里只穿着小褂，给老旦烤着香喷喷的红薯。许是炉子的火热，竟烤出了玉兰久违的热情，她又开始骑上他折腾，说起火辣辣的情话，让老旦在她身体里停留和浇灌，她说如果再有个孩子，就在这屋里住到他来到人世，天塌下来也不出去了。

回来的伤员们渐渐好转，于是二伢子和黄瑞刚又走了，这次是悄悄的，但得到了黄老倌子的许可。那是两个志在四方的青年，胸怀抱负，拦不住。老旦让他们打听王立疆的消息，有什么话就传回来。

大寒那一天，神婆死了。老家伙端坐在老旦送给她的火炉子上，下面塞足了柴火和灯油，将自己烧成一摊碎烂的灰渣。她的房子烧得片草不剩，屋外放了只圆滚的铁桶，里面有一张画符和一张字条。画符上涂满了血，字条上写着：

烧我成灰，人皆分饮，活者自活，死者心安。

老旦看着这纸条摸不着头脑，那天一个伤情刚好的小匪上吐下泻，一宿便休克而死。麻子妹进了屋便跳出来，让老旦派人围了屋子，小匪的家人立刻隔离。

"霍乱，果然是霍乱。"麻子妹不知它是怎么发生的，却告诉黄老倌子和老旦它的危害。黄老倌子听得头皮发麻，这才想起神婆曾和他说过这一档事儿，老旦也明白了神婆的画符和纸条是啥意思。黄老倌子立刻下令封山，各家各户不得走串，画符贴在山门上，又用炉子将神婆烧成一捻便散的骨灰。老旦将养伤兵的大房子腾出来，戴着口罩和手套带着兵挨户检查。尽管如此，这拉屎病还是传染开来，又一群人倒了下去。麻子妹纵是使尽了手段，老旦也让他们喝了神婆的骨灰，却仍是死了一些。当神婆的骨灰都被人喝下肚时，山门口的画符不翼而飞，黄家冲落下纷飞的大雪，将苍山翠岭染得雪白一片。从那天起，病倒的人将好起来，也再没有人倒下。黄老倌子念这老神婆的恩德，便将她也葬在老风水地的山坡，里面埋了她一双鞋和烧得黑黑的发簪。全黄家冲人都去祭奠，老旦琢磨不透这样的力量，却敬畏这眼睁睁的事实。神婆和他说的最后那句话似乎颇有深意，如她骨灰的味道那样可怕。老旦将这话藏进心里，又挤出一丝久违的恐惧。拉屎病来得快去得快，只给黄家冲带来短暂的悲伤和紧张，那还有什么能将他拖出这"神仙样"的日子呢？

入夏的一天夜晚，老旦刚抱着玉兰滚到床上，准备撒下憋了半月的种子，二子咚咚地砸起了门。他说天上的月亮被狗吃了，赶紧上山和他一起放炮。老旦大不乐意，说你去放你的，俺自有的放。二子不依不饶，说村里老人都讲过，天狗来了要将它赶跑，否则吃庄稼吃小孩。玉兰听着害怕，就拉着老旦起来，他们一同上了二子的山坡，见月亮就要被吃得不剩。这里已经跑来无数的村民，拿着盆抱着锅的，排着队看着二子的望远镜。二子大咧咧地呵斥，让他们别看坏了。小匪们拿出鞭炮开始燃放，村民们敲起锅盆喊着各式的谚语。黄老倌子也披着棉袄走来，见鞭炮无力，掏出枪来就是几下。匪众们受了鼓舞，纷纷乱枪齐鸣，一颗颗子弹拖着流光，射向只剩一个光圈的满月亮。

"月神，给我一个孩子吧。"玉兰缩在老旦怀里，瞅着天上那吓人的东西轻轻说。

"咱一会儿就种一个去。"

"要两个，一对儿的。"玉兰笑道。

"那就仁拉倒，俺听说过一窝三个的，和老头花生似的。"老旦暗中摸了下玉兰的肚子，柔软温暖，却微微地发着颤。

"你让我生几个都乐意，名字我都起好了。"

"叫个啥？"老旦惊讶道。

"不管男女，往下排着叫大旦咪、二旦咪、三旦咪、四旦咪……"

"这叫啥名儿啊？家里一窝子旦了，最后来个炸弹咪，旦就旦了，还咪啥？"老旦哭笑不得。

"好听呢，我就觉得这样好听，一窝旦才好，我一叫你们吃饭，就喊'我家的旦儿们，都吃饭来喽'。这多利索？"玉兰摸着他的腰，凉凉的手钻进他厚厚的棉袄。老旦咬牙忍了，可那只手不老实，还要往裆里钻，老旦忙鼓起肚皮卡住了它。

"这么多人，你这匪婆色胆包天呢。"老旦鬼祟看着四周，见众人都看着天上的月亮，就掰下嘴来，满满地亲在玉兰的嘴上。

"出来了，出来了，狗跑了，狗跑了……"山坡上欢呼着，枪声再度剧烈起来，黄老倌子哈哈大笑，二子鬼一样尖啸着。不知谁抬来了黄家冲的老土炮，炮口对着月亮足足地喷了一下，火光照耀着夜空，炮声在大山里回荡。而老旦全心地在黑影里亲着玉兰，他的月亮在她的脸上，她的太阳在他的心里，老旦明白了神婆说的"珍惜"二字，今晚他将奋力地继续耕耘。

第七章
不杀人，就不是鬼子了

地雷炸死了两个伪军，有人说是八路干的。翠儿对这事心存怀疑，八路不就是郭铁头郭队长么？怎么就不和自己打个招呼？地雷显然是头天晚上埋的，那玩意又不认人，万一那天先出去的是村里人呢？不也炸个稀烂？

田中一龟封锁了板子村，一家家关在门里。听说别的村儿都是拉到村口吓唬，又是狼狗又是刺刀的，可这个田中却不是，他带着汉奸刘、两个鬼子和三个伪军，大白天一家家敲门，鞠躬作揖还带着礼物。进了屋他还上炕，两条长腿盘起来，就像要产卵的螳螂。伪军站在院里守着，连口水都不敢喝。炕上的田中一点也不凶巴巴的，他还笑呵呵着呢。他只是耐心地问问题，一个个不紧不慢地问。汉奸刘也翻译得明白，大多是你们听到了什么，你们见到了什么，这几天你做了什么，你们怀疑什么，你们需要什么，你们对皇军和皇协军还有什么意见？等等。村民们开始吓得要尿炕，生怕鬼子将他们掐死在炕上，可听了一阵便去了紧张，一五一十地和他唠着。田中等人还在谢白举老汉家里吃了饭，付了钱。那钱吃这十顿饭也够了。谢白举捧着钱不敢要，田中却坚持留下，鞠着躬出了门儿。

到翠儿这儿已是下午。翠儿早听见他们在左邻右舍进进出出，心狂跳了一个上午。她甚至想过逃跑，但这怎么可能？带着有根还能翻山越岭，又多了个拉脚的有盼，跑得脱才怪。翠儿抱着有盼坐在院子里，反复想着鬼子可能问的问题。汉奸刘那天走的时候说了很奇怪的话，会不会鬼子也知道了？她被这念头吓得手抖，但很快又推翻了。如果这样，鬼子早把她绑到村口的木桩上了。田中看着慈眉善目，杀人可也不眨眼，还有那个……叫什么宏的，郭傻子和他爹就是他打死的。翠儿默默演练着这可怕的问答，看着紧闭的门口，她知道这才是真正的考验，这一关必须过。

　　于是她坦然地吃了饭，喂了孩子和毛驴。鸡窝里又有了几只下蛋的母鸡，小黑猫长成大黑猫，趴在鸡笼子上逗着一个光屁股小鸡。这时候田中来了，照例轻轻敲门。敲也是汉奸刘在敲，推门儿却是田中。他穿戴整齐，腰里挂着弯刀，笑呵呵地将锃亮的皮靴迈进门槛，后面跟着累秃噜嘴了的汉奸刘。翠儿自是笑着欢迎，热情地让他们进了屋子。屋子早就打扫干净，还准备了几个凳子。可田中不想坐凳子，问翠儿能否脱鞋上炕？翠儿一愣，忙说可以。田中费力地脱了皮靴，小心地放在炕边儿，又摘下碍事的军刀递给旁边的那个什么宏，在炕上盘起了大长腿。他的袜子白得吓人，就像喜鹊的白肚子。他对坐在桌子对面的翠儿躬了头，又喝了她准备的白开水，才开始说起来。

　　"孩子……都好吧？"这家伙又学会新的中国话了。翠儿忙说是，多亏太君照顾，地里长的东西还算够吃。田中摸着有根的头，又拍拍他的脸，又问你的表哥曾经来过是吗？翠儿心里咯噔一下，却见汉奸刘面不改色看着她，知道出卖者不是此人，定逃不出舌头半尺长的左邻右舍，尤以山西女人为大。

　　"是呢，他是来过，是我在娘家的亲表哥。"翠儿收了笑，这时候笑肯定是错的。

　　"他还住在你的娘家么？在什么村子？"田中问，汉奸刘翻译得一字不多，一字不少。

　　"俺娘家……已经没了，想是遭了匪盗，俺上次去，村子的人死光了，都在打谷场上烧了，俺不知道这个大表哥还活着，他后来找过来，俺才知道他还活着，现在他住哪儿俺还真不知道，听说也是四处瞎住。"翠儿说着低下了头，逼着眼睛里泛上泪水。

"哦……"田中仰起头，又嘟着嘴点了点头。这一句自不用翻译。他或不知道这事儿？翠儿不敢抬眼看他。

"听说你丈夫是被国民政府抓走当兵是吗？还打死了他们的人？"田中摘了帽子，也换了话题。又是一条被村民出卖的消息，这帮该杀的，翠儿生气地想。

"是，俺男人死活不去，反抗时不留神杀了他们一个兵，要被几个大兵砍头，全村人都恨不得跪下了才饶了他，让他戴罪立功，然后就抓走了，走了就再没回来，呀，这一晃就快三年了……"翠儿的泪扑拉就掉下来，她对这眼泪心生疑惑，不知是控制的结果，还是引得牵了情肠，但不管如何，她都对这说来就来的眼泪感到惊讶。

"如果你听到了什么，看到了什么，想到了什么，就告诉我们，我们会保护你。你的丈夫是被迫的，我们也很同情他。如果你有他的消息，可以告诉他，家里很好，希望他平安归来。"田中又变得和善起来。

"回不来了，肯定死了，俺听人说了。"翠儿夸张地哀叹道。

"听谁说了？"田中立刻问。翠儿心里一惊，后悔多说了那半句话。田中幽幽地看着他，眼皮一眨不眨，翠儿突然明白他就在等着她露出马脚，后面说错任何一句话，都可能祸不旋踵。

"还不是听那个跑路的郭铁头说的？拉走的后生就跑回来他一个，他说其他人的车被……炸了，一个活的没有，俺开始还不信，咋就能活他一个？后来他装傻，就什么都不说了。"

"你觉得他有问题么？"田中问。

"装傻这事儿，是有问题，心不虚装傻干啥？"翠儿不屑道。

"村口的事你知道吧？"

"当然知道，俺就在那儿附近，都吓傻了。"

"村里谁最有可能有问题？"田中还是那表情，不喜不怒却咄咄逼人。

"啥问题？"翠儿装傻。

"可能和埋地雷这事有关。"

"这……俺咋晓得？"翠儿摸着有盼的头发。

"如果必须让你说一个，你觉得该说谁？"田中架起了胳膊，那样子你不说他就不会走了。

这是可怕的问题，翠儿心里根本没这个人。"俺觉得不是村里的，定是外面来的。"她转移矛盾。

"时间掐得那么好，没有内应做不了。"田中不上当，立刻否定了她。

"那，俺想想……"翠儿低头，她必须想一个名字，不说一个，就可能被怀疑。"可能像是……郭石头。"她不知为何说出这个名字，但她实在想不出别的名字，嘴被逼着张开时，这个名字先跑出来了。

"怎么会是他呢？他的老婆刚被人杀害了。"田中纳闷道，但他很愿意听这理由。

"那或是真的，土匪那是盯上他了，害了他老婆，本是逼着他和土匪合作，他老婆肚子上不是写了字儿么，那是冲他来的，后来没准又吓唬了他，再不合作就杀他，他怕死，也就从了，郭石头不是个硬气人儿呢。"翠儿猛然找到了理由，这理由逻辑严密，既出人意料，又顺理成章，田中一副恍然大悟的样，他指了指汉奸刘，汉奸刘忙在一个本子上写着记着。

田中低下头来咽着唾沫："谢谢你和我说这些。"

"您客气啥，这不是应该的么？"翠儿见他戴上了帽子，忙蹭下了炕。

"一切都会好起来的……"田中还是那句老话，这话他说得好熟了。翠儿至今不知他是客套还是真的，她宁愿相信这是客套，否则真是见了鬼。

"能不能……带我……去见袁白先生……一下？"田中穿好了靴子挂好了刀，在院子里对翠儿说。翠儿又是一慌，这叫什么事儿啊？他怕吃闭门羹，拉着自己垫背，乡亲们怎么看自己？她犹豫着，纠结着，墙头的黑猫睁了下眼，又眯上了，风吹着它晶亮的毛，尾巴一摆摆的。

她想找个堂皇的理由说不去，却觉得身后有人捅了一下。她知道是汉奸刘。这一下意味十足，话到嘴边便让她改了主意。"行啊，老爷子八成还没吃饭呢。"

"那就前面带路吧……"汉奸刘笑着一让，田中也一让。翠儿让有根看着有盼，迈着小步子便走出了门。这一天真够折磨人，刚才蒙混过关，就要去惹袁白先生。那老头子是个横不吝，鬼子的好处一概不要，田中去向他求过字，竟也被拒了。今天再去，老头会不会门都不开？可这是找死啊，田中真是气了，一把火烧了他又怎地？

深秋已至，晚饭还没到，天色就暗下来。说话就到了。袁白先生坐在门口掰着棒子，鳖怪在一旁生着火。见他们来了，老先生毫不慌张，仍坐在马扎子里掰着。田中让几个伪军远远站着，他和本间宏以及汉奸刘跟着翠儿到了老头面前。

"先生，田中太君说要来看看你。"翠儿想了一路这开场白。

"先生……好，打搅了。"田中对袁白鞠了一躬。

"行，进屋吧。"老汉倒还客气，对着屋门指了下。鳖怪立刻跳进去，麻利地擦了几个凳子。

"最后来看我，太君抓着八路奸细了么？"老爷子精得鬼一样，上来就开门见山。汉奸刘瞪了他一眼，仍是翻译了。

田中淡淡一笑，说："老先生多虑了，只是和大家聊聊天。还不能确定是谁埋的地雷，但不管是谁，都是对板子村村民不负责任的，如果我们没有出去那么早，踩上地雷的或许就是村里的乡亲。"田中说得恳切，这话还没法驳，翠儿挺佩服这家伙，她此时意识到这个田中是个文化人，而且对中国很是了解。

袁白先生坐下了，大家便都坐在他对面。翠儿见少一张凳子，就站在袁白先生身旁。袁白先生看了她一眼，不屑地指了指汉奸刘说："你，凳子让开！翠儿过去坐。"

汉奸刘一张大脸登时红透了，田中却不觉得怎样，也对他说了句，汉奸刘就弓着腰离开了。翠儿小心地坐了，心想这老家伙真是硬得和驴蹄子似的。

"今天不是来求字的吧？我这手还没好，写出来就和龟爬似的。"袁白先生抬起右手，骂人不带脏字儿。汉奸刘当然不敢直着译，不知译了句什么，田中欠身说："最近我都在练字，想写几个请老先生指教。"

"呦？好啊。"袁白先生往条案前一让。田中摘了佩刀，又递给本间宏，他走去摆着笔墨纸砚的桌前，挑了一张不大不小的纸，拿笔蘸了墨，摆足了架势写了四个字。翠儿只认得第一个是"一"，最后一个是"水"，正纳闷间，袁白先生已经念出来了。

"一衣带水，呵呵。"袁白先生看了几眼，侧着头说，"你这字见功夫，练了几年了？"

"八年了，多谢先生夸奖。"田中又是鞠躬。

"虽然见功夫，走笔纯熟，每个字都见精彩，全篇却带着邪气。你这笔锋里刀劈斧剁，横挑竖抹，看着挥洒恣意，却无不寸寸强遏，全没这字里含义的宽广心胸。日本后生，你的字就和你们的武功一样，日本战士一个个英勇无惧，热血报国，却不知妄起战争，屠杀无辜，再强大的武力和精神都难有善报，这就亏了一份阴德；你们滥用武力，更不能降服中华的文化，炒鸡蛋非要放酱油，弄得锅气腌臜，火气撩人，那味道怎对？不是这个吃法……你们进得来，出不去，占得了，管不住，每杀一人，每夺一城，就多一份罪孽和负担。日本娃，你这字里还有一股落寞之气，每到收笔就像叹气一样甩着袖子，飞白飞得多了，累了，伤了，飞出了泪呀，这忧愁之怀，倒令老汉对你有三分敬意……是啊，远在他乡，水土不服，炮楼子看似威武，里面又是如何的冰凉？"袁白先生侃侃而言，见汉奸刘冒着汗犹豫，严厉道，"翻！一个字别漏了。"

汉奸刘擦了下汗，咬着牙翻译过去。田中的脸先是红，然后白，继而黑，最后又红了。翠儿看着可怜，他就和拉屎拉不出一样难受。她又为袁白先生捏一把汗，这么一大段狠话，给谁谁受得了啊？

旁边的本间宏不干了，恶狠狠地低吼了一声，"噌"地拔出刀来。袁白先生却不怕，拿起笔在田中的字下面写着，全当这挥刀的鬼子不存在一样。田中喝止了本间宏，对老汉又是一鞠，道："先生……说的……道理，在下……领教了。"

袁白先生也不理他，认真写下了四个字，翠儿认得一个是"血"，一个是"河"。袁白先生的字和田中的一样大小，一样字体，却着实比田中的……好看很多，翠儿说不出道道，只觉得这四个字看着踏实。

"血流成河……这，老先生，你是真不要命了么？"汉奸刘在一旁低声道。袁白先生又是呵呵一笑，让田中来看。田中伏案看字，汗从鬓角流下，他缓缓闭上了眼，似乎还叹了口气。

"先生……果然……好字。"田中说。他又对着汉奸刘说了一串，汉奸刘翻译说："太君说您的字很好，但是太……悲观了，两国交战，流血难免，将来还是会好的，大中华的统一也是在秦灭六国的流血中建立的……尽管如此，他还是希望把这幅字要过去挂屋子里，问您同不同意？"

"拿去吧，他爱挂不挂，和我没关系，口服未必心服，摘了刀我当他是人，挂上刀还当他是鬼。"袁白说完在字上落了款，印章也按了，轻轻卷了给了汉奸刘。

田中最后一次鞠了躬，挂上军刀走了。翠儿不知该不该送，汉奸刘悄悄对他摆了摆手，她就停在袁白先生门口了。田中他们几个默默走向村外，头也不回。鳖怪再也不敢送这帮家伙，上次挨了一脚，半个月鸡巴都疼。翠儿远看着他们走进黑暗里，觉得田中一龟定是装了一肚子气，他会甘休吗？

"翠儿你来。"袁白先生轻轻唤她。

"鬼子今天村里绕了一圈，是要找个人杀了。"袁白先生喝了口水说。

"啥？没看出来啊？"翠儿大惊。

"田中一龟这么挨家挨户走一圈，看似宽柔，实则狠毒，他让村民相互猜忌，彼此害怕，从而相互出卖，最后还将杀掉这个人的理由归结为村民指正，你信不信？"袁白先生说得干脆，似乎早就笃定了此事。翠儿便想到田中逼问她那个名字的情形，果然有袁白先生说的这层味道。

"果真如此，这个人很坏呢。"翠儿说。

"这是计谋，倒不能简单说坏，村口的地雷炸死了他们的人，他要服众，必须要有个处理，但他找不到这人，又不能认输，便玩一出离间计，最后借刀杀人。此人未来难测，就和他们国家似的，本是个读书人，心路偏了，又提心吊胆地活着，说不定哪天就变成了鬼。"

翠儿也这么看，娘家的惨状使她笃信鬼子的残暴，这个田中只是还没到这步田地。

"给他写了那几个字儿，他若能有启发，知道收敛，不以血还血，便是万幸了，要不板子村必然灾祸不断，他们炮楼子也没好日子过。"袁白先生叹了口气，歪着头又说，"这埋地雷的人也真是，他们就真的不怕炸了老百姓？好汉做事好汉当，杀了鬼子，你倒是留个名啊？这些人茅坑里扔了石头，跑得干干净净，逼着鬼子杀老百姓么，也不是甚东西！"

翠儿又和袁白先生说了会儿话，想着两个孩子会饿得嗷嗷叫，就去了。村里依然无人走动，像害怕鬼子藏在街角。他们早早地掐灭油灯，不声不响地躲在黑暗的屋里。连阿猫阿狗也像吃了迷魂散，竟没一个叫的。炮楼的探照灯有规律地转着，村口的弹坑不知是否填平，金牙兵只是个炸死的伪军，鬼子不会拿他当回事，村民也不会拿他当回事，炸死他的人可能还嫌他脚快。翠儿替这个人感到难过，他的死真的轻得鸡毛一样，她竟连他的名字都不知道。

但也就这样了，这就是如今岁月，每个死亡都事出有因，走哪条路都可能踩上地雷。翠儿觉得要加倍竖起耳朵，该来的就要来了。

吃饱喝足，有盼睡了，有根和她坐在院里，闻着桂花弥漫在夜里的香。桂树比老旦走的时候高出很多，都压了屋檐了。微风吹来，桂花瓣碎碎落下，落在光滑的碾子上。

"娘，俺跟爹长得像不？"有根托着下巴说。

"像……又不像，眼睛像，个子像，你爸可没你这么白净，你和根葱似的，他黑得茄子似的。"翠儿也托起下巴，眼前浮起老旦的样子。

"俺一点儿也不记得他。"

"娘也快忘了……"翠儿喃喃地说。

"咱去找他吧？"有根站起蹦了过来，吓了翠儿一跳。

"傻根子，你爹在哪儿都不知道，这世界这么大，去哪里找？你爹俺知道，本事不大，却是个顾家的，他要是能回来，一定就能回来，他舍得了俺，可舍不得你们呢。"翠儿摸着孩子的头，说得自己酸楚起来。

"他要再不回来，俺可就长大了，长大了俺就去找他，给你把他找回来。"有根原地蹦着高。

翠儿被他逗笑了，拍着他的屁股说："成，你长大了就去找他，怎么也要长得比娘高是不？"

村路有人跑来，不是一个，是一串有规律的跑步声，翠儿登时听出那是鬼子的大头鞋。她的脸登时白了，不知道要发生什么，她本能地抱起有根进了屋，掩了门，上了炕，隔着窗户望着院门儿。火光从门缝闪过，十几个人跑过去了。郭家那边儿很快吵闹起来，砸门的声音，打人的声响，还有鬼子与伪军的呵斥。他们很快抓了什么人走，似乎就拖在地上往回拉。一个声音拖过了门口，翠儿听出那就是郭石头。这倒霉的郭石头。

郭石头绑在木桩子上了。

一大早伪军便进了村，让人们穿上衣服跑出了门。郭石头光着膀子被吊起老高，上半拉已被鞭子抽成稀烂，胸前的皮肉吓人地翻起，血流进松垮的裤子。那裤子也秃噜下来，露出细溜一串短球软蛋，沾满血污。他的脚丫子离地约摸三寸，十个脚趾头都被铁锤砸成了烂枣，碎骨颤巍巍地挂在脚尖儿。郭石头的脑袋一点也不像石头，要么凹陷，要么突出，平坦之处便血痕密布，牙口里汪满了血，牙齿不翼而飞。他旁边站着几个表情肃穆的伪军，再往后才是面无表情的鬼子。另外一个桩上挂着一块木牌，贴了张纸，写着郭石头被吊在这儿的罪状。

村民们远远看着，离着几十步远呢。见郭石头被打烂成这个样子，没人敢走近了看那张纸。大家叽叽喳喳说着，有惊讶，有惋惜，有可怜，有怀疑。大家都问这一个问题：为什么是郭石头呢？他怎么可能是放地雷的八路呢？

见大家都躲瘟疫似的躲着，汉奸刘远远地走来了。众人扭头要跑，他就大喊一声："都站住，都过来看，要不拿枪进屋轰你们去！"

这下便没人跑了，几个男的带了头，小心翼翼走了几步，众人才相跟着去了。但一走又太近了，近得伪军还得拿枪往后推。大家都看到了那块木板上的字，认识的少，汉奸刘就解释着：

"根据多户村民举报和皇军仔细的调查，现查明郭石头就是藏在板子村的奸细，就是他向恶意伤害我板子村安全的土匪提供情报，炸死炸伤我皇协维新会士兵。郭石头身为本村保长，身受政府银钱，不与板子村上下一心，不向皇军和维新会报告情况，受土匪威逼利诱而投降，成了板子村可耻的叛徒，成了破坏大东亚共荣的罪人……"

后面的就不消说了，果然是郭石头如何交代罪行的内容。翠儿见村民们相互瞥着身边的人，验证了袁白先生的话。但她惊讶于这人竟是自己瞎说出来的郭石头。田中怎可能听自己一句话就做了这决定？莫非还有别人也指认了郭石头？如果将来有人指认自己呢？就像那些女人出卖她这假表哥上门儿一样。翠儿突然看见炮楼上站着个人，正是黑着脸的田中一龟。她对那张看似温和的脸害怕起来，觉得早晚有一天他会变成杀死娘家全村人的那种恶魔。

第八章
援赴常德

　　魔咒样的厄运始终折腾着玉兰的肚子，半年怀了两次，都不过一月便掉了，怎么小心也存不住，像被霜打的丝瓜。玉兰恨不得缝起来兜着，躺在床上不动，仍止不住孩子的掉落。神婆没了，其他山寨来的巫医束手无策。老旦使不上劲儿，帮不了忙，除了心疼别无他法。麻子妹猜是子宫受损，已经是习惯性流产，怀孩子基本无望。她不知从哪里搞来奇怪的套子，红着脸让老旦用上，说这就能免了玉兰妹子的苦。断绝了这希望，玉兰哭了一些日子，认了命，反倒心情好起来。老旦带来的巧巧和她很是厮密，眼见着也大了，名为干姐妹，处得真和女儿一样，多少算个慰藉。玉兰知道梦想的那一串叫"旦咪"的孩子一个也不会来，便珍惜起这缘分带来的丫头。多半年之后，老旦乖乖地用上了那奇怪的塑料套子，却勒得不会耍了，憋得没感觉了，弄得不清不楚的。这玩意的用处却一目了然，兜上二斤水都破不了，吹个气球都能飞好远。他过了好一阵才适应，知道这玩意儿来之不易，琢磨如何谢谢这有心的麻子妹。

　　黄家冲无风无浪，无灾无喜，周围的山寨各自衰落，收编的收编，内乱的内乱，唯独黄家冲香火不倒，神鬼不近。黄老倌子名声在外，却深居简出，大山里全是他或豪壮或可怕的传说，还有一个鸡巴比驴长的二当家的小故事。陆家冲被悄悄崛起的党家冲攻打，打不过了就派了三当家来求援。黄老倌子讨厌这陆家冲人稀泥软蛋的操行，却容不下党家冲人半匪半红的妖怪模样，这帮缺心眼的家伙受了赤匪蛊惑，山寨里插起红旗，大当家听说还入了共产党。那个方圆三百里首屈一指的流氓，每月都要睡一个黄花闺女的下三滥，竟打着革命的招牌出来现眼。黄老倌子让老旦带兵前去。老旦原本有负担，怕又是阿凤他们搞的事，问明白了才知是党家冲自去认爹，想借此狐假虎威趁机扩张。共产党穷得没人待见，湘潭那边不见起色，无来由撞来一个，忙不迭给他封了个官儿，两边八成还没打照面儿。

"赶紧灭了这帮东西，越快越好。"黄老倌子对老旦说。

久不用兵，枪都变沉了。二子等弟兄收拾武器，捣鼓了好几晚上，机枪里面长满了青苔，手榴弹上蹿出可爱的蘑菇，迫击炮麻雀做了窝。只有步枪个个完好，皆因大薛没事儿就挨个儿擦着用着。老旦挑了五十精兵，选了骡驴，披挂整齐准备出发。朱铜头的老婆就要生第二个，老旦令他留下。二子换了一个血红的眼罩，说他们不是喜欢红色么？俺让那些假赤匪看见就吓个半死。

二子这话启发了老旦，那就吓吓他们呗。老旦令黄家冲的铁匠们连夜打造了五十多面铁面具，全部染了红漆，一行人上驴戴上，吓得门口的小匪以为见了鬼。玉兰竖起了大拇指，说你们这黄家冲的红脸鬼兵吓也把共产党吓死了。她不再和老旦说共赴沙场的话，只让他手下留情少杀几个。老旦颇感欣慰，玉兰开始相信血债血偿，杀人多了，终归伤了自个的孩子。

陆家冲人带路直奔党家冲，黄老倌子让老旦围魏救赵，先把根儿拔了。党家冲三面环山，和黄家冲地势相仿，这山寨靠造贩烟土捞了不少钱，这两年弄得颇为粗壮。老旦在山顶用望远镜一看，就知道这是纯粹的土匪，钻进山里不好打，要是都在山寨里，就和捅个鸡窝差不多。山寨的防卫漏洞百出，工事建得一炮都扛不住。两个炮楼看着威武，却不想旁边山上能扔下手榴弹和炸药包，基本是个棺材。全山寨红旗飘飘，阵势吓人，但党家冲一百多人正在攻打陆家冲，里面定是个虚的。

老旦和陈玉茗研究了地形，在西南边选了一处死角，趁夜用绳索顺下去二子和陈玉茗等十几个人。大薛故伎重演，趴山顶上悄无声息地敲掉了几个炮楼和寨门上的卫兵，在这个神枪手的掩护下，二子带人去开了寨门，陈玉茗和海涛等制服了炮楼里的笨蛋。两挺机枪架在了炮楼上对着山寨。老旦让匪兵戴上面具，涌进了党家冲。二子端着机枪，摩拳擦掌准备大开杀戒，可土匪们还睡得呼呼的，一个都没出来。老旦哭笑不得。二子一直走进党家冲大当家的睡房里。党老大正搂着两个妮子睡，每个只十三四岁光景。老旦让人点了灯，将睡成一团泥的党老大堵了嘴麻袋装了。二子见两个漂亮妮子光着屁股躺成一串，看得眼都直了。老旦见他可怜，就带大伙出来，让这小子在里面解馋。十多分钟后二子叹着气出来，说这两小姑娘哭哭啼啼的，真下不去鸡巴。老旦说那你就带她们回去呗，直接当了老婆不好？二子却晓得大义，说如此咱就成了土匪，给黄老倌子脸上抹黑了。老旦说他装蒜，别看女子小，定早就都被要豁了，你是想要黄花闺女呢。

捣毁党家冲兵不血刃，五十精兵占领了山寨各处，党家冲的人吓得门不敢出。几十个留守的党家匪都捆好了扔进洞里。老旦让弟兄们将党家冲翻了个底儿朝天，值钱的全带走，能用的枪炮缴获，炮楼炸了，各种烟土和红旗一把火全烧了。老旦又派出一个小匪奔赴陆家冲送信，党家冲的人一听就该往回跑了。老旦让大伙吃饱穿暖，管住各自鸡巴，静静地等着党家冲的二当家和三当家带着匪兵回来。

等了两天，匪兵还没来，来了两个共产党，说和党家冲大当家的约好了来商量收编一事。二子按老旦的办法，捉住这俩抽了顿鞭子，扒光了再赶出山门。两个倒霉鬼光着屁股跑了，说你们党家冲如此背信弃义，涮我们玩，早晚来收拾你们。二子闻听就把这俩舌头割了，人回去就行了，多这两张嘴毫无用处。

党家冲的人疲惫归来，二当家和三当家叫不开门，气得鼻子冒火。老旦登上山门让他们放下武器。这二当家是个莽汉，拿枪就要打，几支狙击步枪打烂了他的脑袋，三当家扑通就跪了。

老旦带着党老大和战利品回了黄家冲，黄老倌子当着陆老大的面儿骂了党老大，说你再和那帮红了吧唧的东西勾搭就灭了你，再敢卖烟土也灭了你。党老大一口一个是，问要不要每年进贡？黄老倌子大方免了，说不卖烟土，你日子未必好过，过几年再说吧。党老大又说你们的人打了共产党，他们都以为是我干的，以后他们队伍来打我咋办？老旦在旁边说话了：有这事你就来找俺，烦不着老倌子。黄老倌子点头称是，让老旦退还了他们所有的武器和钱财。党老大感激涕零，大庭广众地问二子要不要那两个小丫头？一大屋子人看着二子，二子的脸红得和猴腚似的，说要想要早就要了，你个球积积德，给她们找人嫁了吧。

　　党家冲之战顺利结束。此时又到深秋，黄家冲战事损耗，武器陈旧，老旦提出带弟兄们去趟东边儿，在长沙找找二伢子和黄瑞刚，顺便从黑市上补充一些新的枪支弹药和药品回来。黄老倌子点头同意，问能不能带玉兰同去，鬼子小一年在长沙没啥动静，玉兰老憋在山里，人都蔫了。老旦正有此意，却不料黄老倌子先说出来。他忙告诉了玉兰和弟兄们，大家都很高兴。二子说这次可一定要从长沙找个妹子回来，必须是黄花闺女，憋了这么多年，干脆一次娶俩！

　　一年多没出门儿，也是身体不再硬气，玉兰在山路上有些犯晕，老旦便牵着她的驴二人并行，和她说着收拾党家冲的趣事。玉兰听着笑起来，说要是她在场，看见党老大睡着两个黄花闺女，一刀就割了他那玩意儿。

　　长沙已成焦土，比那个通城有过之无不及。玉兰惊讶于战争的可怕，看到大批的伤兵和难民，她还流了泪。在长沙城边儿上住了一天，陈玉茗和二子只一天就找到了人。二伢子当了排长，黄瑞刚给营长做了勤务兵，两个小子都养得精壮黑亮，军威已然彰显。

　　寒暄过后，老旦说明来意。黄瑞刚说你来得正好，当地是有这么一堆二道贩子，仗打得多厉害也不走，天天琢磨着怎么捞钱，大量的药物补给都屯在他们手里，本营正琢磨着把这帮人抓起来交给警察。二子一听高兴了，那不正好黑吃黑？党家冲吃了又吐了，这个可吃定了他。老旦说那不成，抓了他们，东西也是要给民国政府。黄瑞刚摸着头说，那倒……真不一定，营长说了，拔出萝卜带出泥，说不定会牵连带出驻防旅部或者团部长官的恶心事儿，打掉这么帮吸血鬼就算了，弄得越干净越好。

如此，老旦便动了这心，这和打土匪没甚区别，且还是做好事儿，取之不伤德行。老旦和二伢子、黄瑞刚商量周详，他们抓人，黄家冲趁火打劫，不杀人不放火，东西打包就走人，真个是计划周详。那帮二道贩子油惯了的，见一个连大头兵来了，忙揪着领头的两个送好处，还问是否又有武器要往外卖。带队的二伢子不由分说就绑了人，一屋子贩子打得满地乱爬，交代了仓库所在。

仓库就在屋后不远，黄瑞刚带穿着军装的老旦等人进去，大车小车搬了个干净，竟有二十多车的武器弹药、药物食品，还有美军、日军的各种装备，仓库里还藏着有三辆卡车。黄瑞刚交代给老旦就带人收兵。老旦笑得嘴都裂了，武器弹药和药品食物在卡车上装得满满的，剩下那些没用的装备和补给一把火烧了。离开后周围的百姓蜂拥而至，火里抢得一片木板儿都不剩。这倒也好，由此便成了百姓哄抢，再也找不出赃物去向。

老旦等人开着车来到住处，准备再买些用的东西就返回。黄瑞刚穿着便衣又来了，说审人审出了事儿，一个二道贩子说里面很有些武器弹药是74军一支部队出钱买的，因为上面答应的东西兑现困难，他们逼急了就买黑市上的。老旦说那和咱有啥关系？活该他们倒霉。黄瑞刚哑了哑嘴说："本来也是，但还是来和你说一声，买这批货的对口军官，是74军57师169团副团长王立疆，你的老朋友。"

这下老旦干瞪眼了，空欢喜一场，竟抢了兄弟的私货。老旦挠头想了片刻，背着手在屋里走了两圈，对黄瑞刚说："你帮俺问清楚，王立疆兄弟在啥地方？"

众人听说要拉着三大车东西去常德一趟，又可惜又高兴。老旦分了多半车东西给黄家冲，又买足了山寨过冬的东西。折腾这小半个月，玉兰身体不堪，老旦便让朱铜头和梁七开车先带她回去，他们把东西送到常德便回黄家冲。

"你不能不回来!"玉兰揪着他的耳朵喊。

从长沙奔西北方向,再过益阳走150里地,便到了有湘中粮仓之称的常德,一路畅通无阻,有部队拦截,知道他们是给进驻常德的57师运送武器弹药,便一路放行。车一进城老旦就觉不妙,百姓正在逃离,城墙上堆着沙包,成群的暗堡在修,火力点密得坟头一样,这里竟要打一场什么?

王立疆接南城门卫兵电话,得知老旦来了,高兴地迎出老远。师长逼着他筹备武器弹药,但74军装备部捉襟见肘,竟是一支步枪都给不了。倒也不是故意刁难,而是74军本就在上次战役打得弹尽粮绝,如今穷得军长王耀武都在卖家具,参谋部的官员还有穿两只不一样鞋的。57师师部筹集了一笔钱,却没地方去搞枪支弹药。王立疆和柴意新团长愁得没辙,就找了二道贩子,给了小一半定金,半个多月也没下文,他还以为半箱子大洋打了水漂,被二道贩子黑了,却不想老旦竟给运来了,连大洋都给运回来了。他得知经过,一下下拍着老旦的肩膀,说你就是我的活菩萨,我啥时候遇到坎儿,你必然来帮我过关,你这样的兵我该多抓几个,值啊!

"你知道最近的国际局势么?"王立疆给他和二子倒着茶。

老旦摇了摇头,又说:"啥叫国际局势?"

"就是……这么说吧,你知道日本鬼子现在不光是和咱中华民国打,还和美国英国打,对吗?"王立疆给自己也倒了一杯,坐下摘了帽子。老旦点了点头。

"日本和德国、意大利前几年成立了法西斯联盟,就是狼、狈和狐狸的关系,都不是好东西。咱们和美国、英国、法国等国家成立了反法西斯联盟,他们一伙,咱们一伙,明白不?"王立疆用茶杯分堆儿做着比方。老旦忙点头。

"现在这个法西斯联盟开始走背字儿了,意大利完了,独裁头子墨索里尼都下台了,日本鬼子的日子也不好过,美国人在太平洋上把他们打得很惨,把他们的舰队啦飞机啦打得快差不多了,你知道鬼子为啥这一年在中国没啥动静么？动不起！他们后院起火，家里天天被美国人扔炸弹呢。"王立疆往茶杯里扔了一块冰糖，咚地溅起水花。

"好事儿呀，那这常德……"老旦指着外边说。

"正要说到这儿……不管出于什么原因，可能是想隔断中国和东南亚的联系，也可能是想先解决第九战区，鬼子从9月份开始调兵频繁，一动就几万人。他们调兵，咱们就跟着动，大家摆开了准备开打，看来看去，常德很可能是战场之一呢。"

"来了就打呗，第九战区这么多部队，还怕他几万人？"二子不屑道。

"鬼子或许投入十几万人，而我们的部队太分散了，常德如果打起来，只有我们一个57师，缺人缺枪啊。"王立疆说罢叹了口气。

老旦低下头来，王立疆话里有话呢。二子也不吭气儿了。

"怀表用得还舒服吧？"王立疆问。老旦忙掏出来说："这么好的表，给俺这全不识数的，真是糟蹋了。"

"你个老旦啊，我还没见过比你更识数的呢，要是别人，会开车来这儿送东西？有这份情，也得有这份胆儿啊！"王立疆拍着老旦说。老旦被他说得不好意思，尴尬地扭来扭去，那一句话从肚子里执着地要冒出来，被他死死卡在牙关里。

"你们这次送来这车东西，雪中送炭啊，我可以睡个好觉了。"王立疆见气氛硬起来，问起老旦的日子。他们又说笑起来，本来还要再喝一场，但军令严格，王立疆忙得很，老旦等弟兄便开车重返长沙了。临走前王立疆又送来两包烟丝，告诉他如果这一仗打完还活着，一定去黄家冲看他们，去麻子团长高昱的墓前祭拜一下。

车出了城，一路无话，陈玉茗开车，老旦和二子各怀心事。两城之间已成荒野，远处似有鬼子的飞机高高盘旋。

"旦哥，你啥意思？"二子一只脚翘出车窗，扭脸问他。

"俺？没啥意思……"老旦嘟囔着说。陈玉茗在倒后镜里斜了他一眼，没说话。

"全乱了套，俺的妹子又没影儿了。"二子长叹一声，"你们都小日子过得好，哪知道俺心里的苦哟。"

"别瞎鸡巴嘞！弟兄们念想少，白菜萝卜的拿来就啃，你可好，非要吃个千年人参，都像你这么挑，白骨精都成老太婆了。"老旦没好气道。

二子沉默起来，收回了脚。老旦见他的独眼儿看着窗外，竟不知他在想什么，正要说句和容的话，却见二子一拉车门儿就跳了下去。

"二子！"老旦大惊。陈玉茗一脚踩死了刹车。老旦跳下车来，见二子已从地上爬起，摔得一头一脸的泥巴，眼罩也脱落在脖子上，他对着老旦大喊着："俺不回去了，俺不回去了……俺孤家寡人一个，在哪不是活？在哪不是死？在哪找不了个女子？黄家冲再好，那不是俺的家，那不是俺的家！那是你的家，是梁七的家，是海涛的家，是大薛的家，是玉茗的家，还是朱铜头的家，可那不是俺的家，俺没有家，俺没有家！"

二子呜呜地哭起来："俺用那个望远镜看咱的板子村……月亮都看得那么清楚，可就是看不到板子村，看不到老井，看不到俺娘的坟头……"

老旦呆呆地站着，二子的话挠心挠肺，让他眼中倏然酸楚起来。

"那你说咋着呀？你说了俺依你的。"老旦也喊起来。弟兄们都跳下了车，木愣地看着这兄弟二人。

"俺……不回去了，你们去吧……"二子说完，迈开腿就往回走。老旦追了几步，陈玉茗一把拉住了他。

"早打完早回家！"二子头也不回地喊道。

"随他去吧，咱先得回趟黄家冲。"陈玉茗说。

老旦的泪流下来，他忙擦了一把，看着二子甩着胳膊大步流星地走着，心头像走了块儿肉似的。

"二子你找王立疆安顿好，等俺回来找你！"老旦对他大喊着，也不知他听见没有。

回到长沙，他们将大车留下，换回寄存的骡驴，骑行回了黄家冲。

黄老倌子夸了老旦此举，说你这比二当家的一路散财更玩得狠，升你做这个二当家的真没错呢。

老旦马上去看玉兰。她回来就躺下了，烧得不重，却爬不起身。玉兰见他的烟锅旧了，用酒精给他摆弄得新的一样，大刀也擦得通体晶亮。她开始怀疑自己的身体已经随几次小产垮去了。老旦玩笑般告诉她板子村里的故事，上一代有个郭家的女人，绰号撇腿儿十三姑，一撇腿一个女子，她男人只想小子，一看没长鸡鸡，拿去便扔进了带子河。八年里这女人撇出了十二个女子，个个都是早产，个个都扔进了河里，最后一个终于长了把儿，就是这次没回来的二子，这撇腿儿十三姑就是郭二子的娘。

玉兰听得先笑后惊，这才发现二子没回来。老旦坐在床头，细说经过。玉兰沉默着缩进被子，只露着一张憔悴的脸。"你去吧，叔叔还在等你喝酒呢。"玉兰无力道。

黄老倌子却不在住处，老旦问了人，才知道他去了二子的山坡。老旦忙踩着湿滑的山路去找，远远就见黄老倌子趴在二子的大望远镜前面挤着一只眼，跟个大蛤蟆似的。

"神话里说月亮上有个广寒宫，里面住着个婊子叫嫦娥，给玉帝老儿跳过舞，没事儿就在月亮上唉声叹气。"黄老倌子抬起头来，"还有个叫吴刚的，除了砍柴啥也不会。老百姓哪，编故事都不会编，这都哪跟哪啊？"

老旦不知他要说什么，走上来只站在一旁，抬头一看，月亮竟是圆的，难怪山路雪亮。

"中国人的月亮是圆的，日本鬼子的月亮也是圆的，可大家都只觉得只有自己家的月亮是圆的，都觉得自己的家才是家。二子、玉兰、黄贵，还有老旦你，谁都没逃了这份长在骨头里的贱。"黄老倌子罕见地叹着气，拉住老旦的胳膊往山下走，"你没回来的时候，玉兰想家了。"

老旦哦了一声，和他走向黄老倌子的房子。那里又摆好了酒。陈玉茗直直地坐着，见他们来了忙站起来。黄老倌子拍了拍他的肩膀，让他坐下。老旦便知二子的事，黄老倌子定是从玉茗这儿知道了。

"在黄家冲有几年了？"黄老倌子问老旦。

"哦，三年多了。"老旦不假思索道。

"兄弟几个，除了你和二子，个个都生了一堆了。"黄老倌子给他们倒酒。

老旦双手摸着膝盖，红着脸说："俺还好，还好，就是委屈了二子……"

"委屈？屁！老子委不委屈？"黄老倌子指着下身瞪着眼说，"老子挨的这一枪到如今十二年了，就没碰过女人，不是不能搞，是受不得这份罪。人哪缺了哪短了，心里要有个数。肚子里每天憋着一把尺子量来量去，看见月亮就眼泪汪汪，最后也就缺了心眼儿。"黄老倌子和他们一碰，干了。

"谁比得了你老爷子？俺们这些乡巴佬，坐进了金銮殿也不忘啃蒜头，俺就是成了神仙，也活不到老爷子你这份上。"老旦恭敬说道。这倒是心里话，黄老倌子十多年不碰女人，竟毫无古怪，对村中女子关怀备至。哪个小匪打了老婆被他知道，少不了一顿臭骂耳光的。而此人心地又宽，天大的事儿在他这儿都是芝麻绿豆，自己的门从来不锁，也从不担心有人害他，没什么私财，山寨弄来的钱除了买东西修碉堡，大多用在了寨民身上。别的山寨穷得连头马都没有，一口猪百十口人分着吃，可黄家冲稻足粮丰，几乎天天有肉吃，顿顿有酒喝，家家的孩子都是白白胖胖。老旦着实觉得这是神仙日子，只不过是自己借来的，不是自己家的。和玉兰过得越好，心里越多一份藏不住的愧疚。

"中国人总怕背井离乡，离开家就失魂落魄。其实那井、那水、那方土地，又和你有甚关系？天地不灭，人皆过客，想得通可四海为家，想不通则画地为牢。我的傻兄弟们，喝酒吧。"黄老倌子又给二人倒上了。

黄老倌子一言，老旦颇为触动，但有些话听得懂，道理却学不来。玉茗举起杯说："老倌子，黄家冲这几年是我有生以来最舒坦的日子，这杯酒谢您了。"他说罢便饮了。

"一杯怎行？怎么也要三杯。"老旦在旁起哄。

"那你就得六杯……"黄老倌子狡黠起来。老旦心中叫苦，却不能不接，咬着牙喝了，天上的月亮便有些重影，他一下子就想二子了。

"老倌子……"老旦吐了酒气，抬头看着他，"俺自打当兵以来，一仗一仗的，看着都是为国，现回头想，多是为了弟兄，可是呢，打的仗越多，弟兄也越多，死的虽多，活的也不少，黄家冲这几年，俺还以为……就能这么着躲过去了，可这心里不是滋味儿，俺说不清楚，也睡不踏实，二子啊，是俺们板子村被抓出来那三十几个人里唯一活着的伴儿了……"

黄老倌子又开始抚摸他的肚皮，十月山风坚硬，他竟热成这个样子，心宽的人大多体热，老旦记得袁白先生说过这话。

"二子总觉得自个可怜，殊不知孤家寡人，倒是这乱世里最痛快的一种。老旦、玉茗，知道你们舍不得他，就去吧，黄家冲这家里，一切有我。"黄老倌子站起身来，咚咚咚走去了月亮边儿上。山风呼呼地吹起来，将云彩吹去了山的那头。老旦看见玉茗端着杯子眼睛湿了，刚想笑话他，就听见自己的泪落在酒杯里的声音。

"你是为了兄弟，还是为了回家？"天亮的时候，玉兰轻轻地问。得知老旦要去常德，她一夜只闭眼躺着。

老旦无言以对，无数个理由到了嘴边，都生生咽了回去。

"生不出孩子，终归是留不住你。"玉兰坐在床头，憋了一宿的眼泪哗啦啦地倾泻着。见她哭了，老旦倒有了话，忙抱住哄着劝着，说只要能和二子回来，他发誓以后去哪都带着她。

"要是回了你的板子村，你也带着我？"玉兰擦着泪说。

"带着，你肯走俺一定带着。"

"你老婆不扒了你的皮？"

"扒就扒呗，反正俺这身皮烂得差不多了，扒掉了长新的。"老旦顺利推进，他惊讶于玉兰如今脾气的顺滑，"翠儿是个识大体的，能容了俺，也能容了你。"

"你个死乡巴佬，还真把我做了小？就不怕我哪天蛮起来给你造了反？"玉兰掐着他的腿。

"要真有那么一天，你就是把炕翻个个儿，俺也受了……"老旦心里热起来，摸着玉兰滑腻的肩膀，溜长的胳膊，柔软的腰身，丝绸的小衣令她像水里的泥鳅。老旦觉得自己一节节地长起来，粗起来，跳起来，像要钻进稻田泥中的黄鳝，像绕着滑溜溜的竹子盘旋而上的蛇。早晨的玉兰像盛开的映山红，每一处都鲜艳湿润。他们去到熟悉的地方，听见春笋在泥下生长。她的尽头像种满蔬菜的园子，熟透的西瓜黄瓜丝瓜白瓜冒出甜甜的汁水，茄子柿子辣椒葫芦挂满绿色的架子。他在这五彩斑斓的花园里找着秘密，寻着泉水。他看见玉兰张开了红红的嘴儿，细长的舌头像卷心菜细嫩的芯儿。她胸前那熟透的樱桃似乎一舔就破，隆起的胸脯宛若要钻出地下的丰实的红薯。他想钻得更深，像一柄锋利的镐头刨动起来，每一下都刺进更深的泥土；他又像一具牛皮风箱，呼啦着扇红赤色的火焰。火苗舔着玉兰体内的老旦，那个东西才是自己吗？这个抱着玉兰的人呢？莫非只是风里的影儿？他的命运要么与它有关，要么与枪有关，他用它量着世界，听着风声，流着眼泪，承受着一切惊喜和恐惧。离了它，他什么都不是，他只是世间轻飘的蝼蚁，原野上无根的蒿草。汗水浇灌着土地，热情浇灌着女人，他知道自己曾流过的血也一定染红了什么，滋养了什么，令他在这样的日子里寝食难安，令这个身下的女人流出眼泪。

"你要是回不来，我就去找你。"玉兰紧紧夹着他，咬着他的耳朵说。

陈玉茗通知了另外几个弟兄。黄老倌子发了命令，调五十精兵归老旦节制，同赴常德。

老旦对黄老倌子的决定感到震惊，这五十人几乎是黄家冲的一半精锐，包括二当家从长沙带回来的，他们几乎各有绝活，能骑能射，能藏能忍，枪法既好，还懂部队的协同作战，这是各山寨闻之丧胆、几乎能够以一当十的匪兵。但这也是黄老倌子的家底儿，再训出这样有战斗力的匪兵不知要多少年。

男人们放下锄头和镰刀，穿上各自的作战短衣，皮扎绳捆，一个个精干孔武。匪兵和老旦的弟兄们全部配了毛驴，唯独老旦骑个大黑骡子，倒也突出。女人们流着泪为他们收拾披挂，擦去刀枪上的尘土，给他们带足烟丝和腊肉。老旦本以为黄家冲会有板子村一样的哭声，但是没有，一声都没有，战士们齐齐地在寨口列队，家人们便站在山坡遥望，他们静悄悄的，像送一群陌生的客人。

　　"嘿！我说这半个月这只眼一个劲地跳哪，原来是又要瞄着鬼子打了，每天在山上打兔子和野鸡，比他妈的打鬼子差远去了。"梁七高兴得直蹦，麻子妹在一旁系着什么。她坚持同去，至少算个军医，而且梁七离不了她，三天不在就会拉稀。老旦和梁七都拗不过她，只能带上。

　　大薛拎着枪一人上了毛驴，老婆和孩子都留在家里。他对老旦指了指半山腰，老旦望去，见朱铜头拎着大包小包跑了下来。

　　"铜头兄弟，改主意啦？"

　　"海涛你别埋汰我了，我算是瞎了眼了，娶了她算是倒了八辈子霉……"朱铜头气呼呼的，通红的脸上一个大巴掌印儿。

　　"铜头兄弟，你可别这么说，小甄跟你在这山沟子里生娃，也够意思了。这哭着喊着不也是怕你有事么？我家那位，嘿！连点反应都没有，说你愿意怎么着都行，全不当我是一回事儿，我这心里还气呢！"海涛帮朱铜头拿着包袱说。

　　"铜头，海涛说得是，再给你个后悔的机会。"老旦背着手笑眯眯的。

　　"我不去，谁给你们逗乐子呢？"朱铜头揪着缰往上爬，长了二十斤膘，腿都迈不上去。大薛纵驴过去在脖领子上一拎，将他拎上了驴背。大薛在一边咕噜咕噜地比划了半天，大家又都笑了，老旦明白他的意思。大薛说的是：带着他吧，多少能当麻袋包使。

　　他们一大早就在准备出发，可玉兰却一直没露面，老旦估计她躲在屋子里打扮，可半个时辰过去了，仍没见她出来。正要让人去找，却见她抱着个小笼子下来，后面跟着全副武装的小色匪。玉兰果然弄得妖精似的，带了花，抹了色，梳了发髻，蹬着崭新的红鞋。小笼子里是三只瘦巴巴的鸽子，玉兰说这玩意叫信鸽，是她让陆家冲二当家给搞来的，不管你在哪，有啥事，让人写个小纸条塞在小管里系在鸽子腿上，它就会一直飞到黄家冲，飞到屋前的另一个笼子里。老旦听着惊讶，心里却想早知道有这玩意，离开板子村就带它十几个了。

"小色匪跟着你。我给了他权力，你敢碰哪个女人，立刻枪毙。"玉兰用手指做枪，在老旦肚子上顶了一下。小色匪嘿嘿傻笑，满嘴的虎牙横挑竖撩。这是个才十八岁的好孩子，对玉兰忠心不二，他既是出气筒，也是垃圾桶，却是最重要的，玉兰说如果哪一天要和老旦办喜事，要让小色匪扮成陪娘，一直陪着她到洞房里。小色匪向玉兰敬了礼，屁颠儿地上了毛驴，老旦知道这一路只能将他捆在裤腰带上了。

太阳懒洋洋地翻过山头，亮晃晃地照耀着。这是罕见的晴天，黄家冲像要烧干的蒸笼，正在散着最后的雾气。满山的村民扶老携幼出来了，他们聚到山寨门两边的山坡上。女人们叽叽喳喳、三五成群地张望，男人们围着头巾，或站或蹲，水烟桶子哒吧哒嘬得山响，像开春时的乌鸦换着窝里的树枝。大伙愉快地等待着，老旦等五十七人奔赴常德，这简直是百年的壮举。黄家冲没少过流血和眼泪，也没少过层出的英雄。年过五旬的男人们都藏着各自的豪迈往事，或杀匪，或械斗，或与猛兽搏斗。岁月磨掉了身上的伤疤和老茧，却没有磨掉他们天生的悍气。冲里的老人常带着子嗣进山徒手抓蛇，捕猎野兽，走炭堆踩刀排。他们用各种方式提醒和鞭策着后人，告诉他们人心无畏则万物不畏。眼见着长大成材的后生们要远离乡里，续写黄家冲的传奇，他们毫不悲戚，心胸如正升起的太阳般炙热。

朝阳四射，山谷映得通红，仿佛染了色的新鲜棉絮漫着温暖。山坡上人声嘈杂，星星点点的烟袋锅子冒出青色的细烟。老人咳嗽着，娃子哭喊着，女人哄着孩子，男人们肆无忌惮地放着屁，被人群惊得回不了窝的鸟雀鸣叫着。这些声响在山谷中交织起来，使老旦突地想起板子村春播时的祭祀。神圣感油然而生，他觉得像要回家一样，可又不舍得，这客居多年的异乡，竟也如此留恋了。

黄家冲几乎出尽精挑细选的驴，这就是一支骑兵了。他们整齐地背着枪，左腰插着盒子炮，黄家冲特有的长刀和枪反插着。身后是鼓鼓的行囊，那是女人们一夜的心血。老旦一行七人戎装在身，刀枪一挂更是威武，磨得发毛的武装带一扎，满山坡的人都眼前一亮。就连朱铜头都招摇起来，小甄妹子连夜改了衣服尺寸，又宽又大，让他居然像半个将军。梁七悄悄告诉老旦，昨个后半夜铜头和小甄一炮干到天亮，他们家的两只驴饿得嗷嗷直叫……

骑兵排成两列出了寨门，黄老偣子带着五十多个老兵匪列在村口。老兵们全副武装，腰刀斜挎，列在两旁纹丝不动。黄老偣子居然破天荒地穿上了雪藏多年的中校军服，那衣服笔挺地贴在身上，显然经过村里裁缝的妙手。崭新的军帽不知哪弄来的，泛着油油的绿光，将一双犀利的虎目衬出不怒自威的神采。玉兰又披了一条红裘，白袜红鞋，发髻高高地挽着，像要出嫁的新娘子，只是腰上挎了吓人的双枪……她又开始这样了，她不管什么样老旦都喜欢，有一天她光着屁股挎着双枪，在他身上骑着马，放着枪，子弹穿过屋顶，击碎一块块瓦片，弹壳烫着老旦的前胸和脸庞，老旦被她的疯吓着了。他身后备着长长的条案，上面自是烈酒横陈，几排海碗满得要溢出来，旁边还有巨大一盆的辣椒，红艳艳地冒着尖儿。

老旦一摆手，陈玉茗吼起长长的号令，骑兵哗啦就站住了。老旦下了骡子，给黄老偣子敬了这几年最标准的军礼。老爷子神情恭肃地回敬了，转身接过玉兰递过来的一碗碗酒。老旦是第一碗。酒是热的，辣的，涩的，火一样的。老旦捧着它一饮而尽，大早晨喝这么一碗，浑身都像点着了。玉兰只看着他，对他从头到脚微笑着。黄老偣子给每个匪兵端了酒，看着他们喝得一滴不剩，那每一张脸都烧得红了。

"在家靠我，出门靠身边的弟兄！离开这黄家冲，天大的事任你们去折腾。战场上生死有命，回得来的，回不来的，都给我和你们的爹娘有个说法。黄家冲的男人没有孬种，只有威震八方、顶天立地的汉子！既然要走，要去打天下，就打个样子出来，不准在鬼子面前栽了威风，也不能在部队里栽了面子。喝了这酒，再吃下这辣椒子，记住生养你们这帮崽子的黄家冲的乡亲们！"

黄老倌子大手一挥，那盆辣椒便端过来。匪兵们抓起辣椒扔进嘴里大嚼，吃得真不含糊，一捧一捧地吃，咔嚓咔嚓地咬。老旦七人也早就历练出来，却仍不敢这个吃法。老旦只拿起盆底几根慢慢地嚼着，黄家冲人一碗辣椒可以就下半斤酒，吃饭可以没酒，却少不了辣椒。黄家冲夹沟里的辣椒细长香辣，在方圆百里都有名气。老旦见匪兵们将辣椒吃得一根不剩，一个个辣得涕泪横流，心里涌上同样的热，见玉兰始终盯着他看，忙打两个哈欠掩饰过去。

　　"有事儿就放鸽子，没事儿也放鸽子，反正我天天等着……"玉兰轻轻地说。

　　老旦点着头，绷着股奇怪的劲看着黄老倌子。

　　"上驴！"

　　陈玉茗下了令，众匪兵咬着牙吸着凉气，一个个翻身上驴。山坡上的乡亲们聚拢下来，向他们挥手告别。有人开始哭泣，也有人哈哈大笑着。林子远处有人清了清干涩的嗓子，高声颂道：

　　　　"操吴戈兮披犀甲，车错毂兮短兵接。
　　　　旌蔽日兮敌若云，矢交坠兮士争先。
　　　　凌余阵兮躐余行，左骖殪兮右刃伤。
　　　　霾两轮兮絷四马，援玉枹兮击鸣鼓。
　　　　天时怼兮威灵怒，严杀尽兮弃原野。
　　　　出不入兮往不反，平原忽兮路超远。
　　　　带长剑兮挟秦弓，首身离兮心不惩。
　　　　诚既勇兮又以武，终刚强兮不可凌。
　　　　身既死兮神以灵，子魂魄兮为鬼雄！
　　　　……"

　　老旦抬头望去，却只看见山巅那棵半截大树下一个瘦长的身影，在朝阳下披金戴甲，犹如一员天地之间的战将，那是了不起的黄老举人，是年轻时斩关夺旗双枪如神的黄老举人。老人的声音高亢凝重，撩云而上，在他庄重的颂别中，黄老倌子对着远去的马队敬着礼，山寨的钢炮崩然响起，如雷的炮声震得竹林抖瑟，大山动容，间或有山坡上的女人哭成一片的声音。匪兵们纵马前行，马蹄踢着火星，老旦回望黄家冲熟悉的清晨，想起了离开板子村的时候……

第九章

八千虎贲男儿血

　　为节省时间，避免在长沙北部遇到日军，老旦听从黄老倌子建议不去长沙，而是从邵阳急行军向北，沿山路直奔安化，一路诸多山寨尽皆放行，出枪出粮，只是驴队实在带不了那么多。再往前走，沿路的村庄和山寨都是空的，连狗都跑得干净。山民老远就能闻出不对劲，早就钻进湘西了。两日后将至桃源，为避免友军误伤，老旦派陈玉茗和梁七前行去常德寻二子和王立疆，告诉他们匪兵部队即将到达，准备从常德西南进入。

　　二人快马前去，不到一个时辰便跑了回来，陈玉茗的白驴被打断一只耳朵，血糊糊地耷拉着。

　　"有鬼子骑兵，一百多人！在往东北方向去。"陈玉茗大叫。

　　老旦一惊，忙展开地图。鬼子怎地到了这里？如此常德岂不三面受敌？国军的大部队呢？第三和第六战区那么多军团，怎地能让鬼子钻到这么深？常德是湖南乃至川贵的门户，丢了它这仗可不好打。

　　"莫非是偷袭的鬼子？常德方面是不是不知道？"海涛歪着头问。

　　"这不好说，咱对战场一无所知啊。"朱铜头倒是个眼亮的，"他们没追你们？"

"没有，可能看我们不像国军，打了几枪就往前跑了。"梁七背上还背着弓箭，鬼子定是将他们当作了猎户。

"一百多人能干什么？他们多快？"老旦看着地图，鬼子离他们不过十几里。

"全队颠步前进，不是急行军。"陈玉茗喝着水说。

"干脆，弄一下？"海涛做了个砍的样子，"别看鬼子多，咱们这帮人突袭的话，倒不见得吃亏。"

"吃不了亏，但也要死人……"老旦自己也手痒起来，这感觉好怪，就像好久没摸女人一样。可他不忍下这命令，这五十精兵个个金贵，不想扔在莫名其妙的事情上。

"弄呗，有啥不能弄的？"麻子妹在一边嘀咕。

"你懂个球？边儿去。"老旦气呼呼地说。

"二当家的，干个球的吧？你教了我们那么多，总得试试刀吧？"一个粗壮的匪兵凑过来说。这家伙叫黄瞎炮，枪法不济，但惯使双刀，他的刀比别人长出一号，马上砍人占尽优势。

"老旦哥，瞎炮说得对，干吧！我得把名声挣回来先！"黄一刀苦着个脸走过来。自打他被老旦木刀拿下，玉兰就让他杀猪去。还是老旦又将他从猪圈揪出来，略加实战调教，黄一刀仍是这五十多人里出众的刀手。

匪兵们围了过来，眼睛都喜得贼亮："老旦哥，都撅着腿儿送到鸡巴下了，还不操了他？"

"两年没杀人了，让咱们开开荤吧？"

"听说鬼子的马靴好，咱一人能弄两双呢。"

匪兵们来了劲，烟袋锅子就叼起来，还有吸着鼻烟嚼着辣椒的。老旦知道这帮家伙手痒难耐，也知道他们本事不凡。此去常德，虽有王立疆熟识，但匪兵不是正规军，不做点事儿，怕是要被74军的老兵们看不起。

"绕到鬼子前面有没有路？"老旦摸了摸他的大骡子，回头问陈玉茗。

一百多日军骑兵不徐不疾地前进，他们是护送13师团几个参谋官员到常德南部送达最新作战命令。也许正是因周围空荡不堪，既无国军兵力部署，也无土匪斗胆来犯，便选择这样轻松的方式，算着时间，还有半天便到了。

　　路上风光壮阔，湖南的大山不比日本，长成啥样的都有，这个像颗地雷，那个像支步枪，那个像个寿司，这个像个酒壶，远方那个头大身子小的像中国人笨重的手榴弹。一位来自北海道的中佐心情愉快，每天闷在参谋本部，在这阴郁的冬天都要长毛了，好容易有这样惬意的旅程，可不能亏了眼睛。

　　转过一个小山包，前面的路七扭八歪，大山里细得鸡肠子一样，两边是壁立的山崖，山峰上似云似雾，绕得像艺妓的纱裙。带路的少佐说这里叫山羊岭，翻过去就下山了。听到这好消息，士兵们欢呼起来，前路太窄，马队便列成一长串儿，头尾相连地慢慢前行。

　　前面白光一闪，传来奇怪的声音，战士们诧异看去，见一匹雪白的驴慢慢跑来，头上系着个红疙瘩一抖抖的，驴背上坐着个红脸的怪物，背插两柄奇怪的弯刀。他不哼不哈地冲过来，活像传说里山里的活鬼。当头的战士愣愣地看着眼前此景，竟一时忘了抬起枪口。

　　黄瞎炮临近鬼子，摘下挂在鞍上两个三角爬钩子扔去身后。他大喊一声，猛然加速，白驴久经训练，可有一副狗胆，直起耳朵奔着鬼子马队直通通撞去。鬼子来不及抬枪抽刀，只掏着手枪要打他，可这家伙扔出几包什么东西，半空里"扑扑"地爆了，红色的沫子顺风飘来，鬼子们的双眼登时如遭针刺——那是要命的辣椒面儿吧？可比日本国的芥末厉害多了！前面的鬼子睁不开眼，只知道毛驴和怪物冲过来了，忙避让着这可怕的家伙。黄瞎炮抽出双刀交叉架在身前，弯腰纵驴，从鬼子马队狭窄的缝隙里强钻过去。刀锋嗖嗖割着鬼子的腰腿，拖在地上的爬钩子噼里啪啦勾折了鬼子的马脚。鬼子情知上当，哇哇大叫，却拿这样的土匪打法毫无办法。一串人被割下了马，十几匹马被绊倒，连人带马栽下了山崖。后面的鬼子们终于抬起了枪，要给这不要命的家伙当头一枪，却听见山坡上枪声齐鸣，一个个战士的头便爆开了。带队的少佐刚抽出雪亮的军刀，准备将奔来的红面具一刀劈断，却觉得一个东西从左到右穿过了他的太阳穴，掉下悬崖前他伸手一抓，竟是支带羽毛的箭。

树林里嗷叫着跃出戴着同样可怕的红面具的家伙，他们投掷出一片削尖的柱子，扑哧哧刺穿了人马，两个鬼子被一根竹子串成了糖葫芦，惨叫着跌入山谷。一匹刺猬似的马惊跳着踩死两个，哼着倒在路上。暗处跳出来的人们个个凶狠，手起刀落，一个个劈下马上的鬼子，也有机灵的从马肚子下钻过，从那边拉着脚扔下了山。黄一刀身轻如燕，腾腾两步飞上马背，噌噌两刀，两个脑袋就飞到天上去了。

老旦站在半山坡，看着众匪兵对敌人的杀戮，觉得胜之不武。一个鬼子跳下马来，端着没上刺刀的步枪指着围向他的几个匪兵。匪兵们又着腰笑话着他，黄瞎炮骑着毛驴又跑回来，双刀上下翻飞，劈翻一个个顽抗的，最终撞向这个家伙，一驴头就撞飞了，鬼子惨叫着飞下去。终于有人向后逃跑，人和马仍完好无损，就在要跳过横在路上的死马时，大薛的子弹追上了他，打的却是马腿，人和马一头便栽进了山崖。鬼子的拼刺在山路上毫无优势，完全不是匪兵们的对手，大家也懒得和他们一对一，一哄而上地乱刀放倒。

打扫战场，老旦颇为得意，又找回奇袭斗方山第一战时的骄傲。匪兵毫发无损，还不过瘾，活的死的都扔下去了。一个军官样的死硬着，抱着一个书包要往下跳，却被几个匪兵踢来打去。陈玉茗觉得蹊跷，过去劈了那鬼子，拿过他怀里的书包翻着。

"旦哥，有用的东西。"他说。

麻子妹一直和梁七待在山坡上，看着他弯弓射箭。见打完了她就下来，两个受伤的鬼子哀号着，麻子妹走过去，跪在他们身边，掏着包里的东西，老旦见她要给鬼子打针，以为她大发慈悲。

"妹子，那是鬼子，有药别瞎用。"

麻子妹也不说话，换了个鬼子继续打，刚才挨针的鬼子叫起来，那声音比杀猪还惨，抽搐得像什么东西在咬他的内脏，挣了好一会儿才不动了。老旦这时才看到她那针管儿里黄澄澄的，就问她给鬼子打了什么。

"辣椒油……"麻子妹冷着脸上了马。老旦吸着冷气看着她，见另一个鬼子抽搐得满嘴白沫，眼珠子都抖出来了，咧着嘴摇了摇头。黄家冲的辣椒油进了血管，老旦宁可跳下山崖。

不一会儿，山路上打扫干净。匪兵们换了鬼子的枪，穿上鬼子的鞋，拿光鬼子的弹药和香烟，一个个石头样丢进山谷。活的马拴在后面拉着，老旦令即刻出发，天黑之前到达常德。陈玉茗和梁七照样去打前站。他们顺利找到了王立疆和二子。二子打扮得蛤蟆一样，穿着皮衣皮裤，戴着皮帽子和大墨镜，威风地开了辆三轮摩托来，一见老旦就骂："怎地才来？真要俺八抬大轿回去请你啊？"

五十六头毛驴和一头黑骡子组成的骑兵列队进城，除了老旦都戴着鲜红的铁面具，守卫部队看得目瞪口呆，以为哪个鬼城里发生了暴动。说是城池，这常德城更像一座坚硬的堡垒，城外坚壁清野，铁丝网和鹿蒺藜迷得老林子一样，水泥做的碉堡密密麻麻，下面是通连的交通壕。城门口的37毫米反坦克炮和7.62毫米重机枪都是俄国人的，轻机枪竟然是转盘弹夹。还有往城里面拉的115毫米俄式榴弹炮，城头的探照灯亮得和太阳似的，高射机枪也都是双排大口径。这配备令人咋舌，老旦没见过哪个师有这样的火力。可部队却没看见多少。城里车少马稀，没走的店家无精打采地卖着臭豆腐，穿着棉袄的老人在路边端着茶壶叼着烟袋，摆着一堆堆的龙门阵。每条街道都修了碉堡和麻袋工事，里面藏着崭新的平射炮。街两旁的墙上刷满标语，没错，这是74军57师，名震天下的虎贲之师。

听说老旦还带来了一支精干驴骑兵，路上还捎了鬼子一支骑兵，王立疆甚是惊喜。他说在这里闷出鸟来，等了几个月，鬼子就是不见人影，东面北面打得热火朝天，常德却声息全无。老旦说那还不好，没准外围阵地就把鬼子都干了。

"老旦，鬼子这次豁出去了，常德必是最后决战之地，你等着瞧。"王立疆拉着他进了城中心的中央银行，这里显然是最坚固的一处，石头房子本就结实，又加了麻袋包和水泥盖，牌子上挂着师指挥部的牌子。

"带你见一下团长和师长。"王立疆拉着他往里走。

"不能不能……"老旦忙摇手，"这么大的官儿，吓尿了，算了算了，俺是你抓来的，这次也是冲你来的，还听你的……"

王立疆可不依，拽着他往里走："那你就服从命令，还以为给你戴花儿哪？师长要问你遭遇敌军的事。"

57师的余程万师长又矮又瘦，既不威武，也不伟岸，只是干巴巴那么个小人儿，要不是穿着长官军服坐在那儿，老旦能把他认成个弹棉花的。旁边的柴意新团长则像个不背镰刀的麦客，黑壮得像刚干完了秋收。王立疆简单说了老旦的情况，余师长慢慢站起来，笑着对他伸出了手。

"用兵之时，能得你相助，甚宽慰，想我国军将士血战经年，牺牲百万，可得过青天白日勋章的仍寥寥无几，你的到来，是我57师的荣耀。"余师长说罢给他敬礼。老旦慌得扔了水杯，啪地回敬回去。

"余师长笑话了，俺是个逃兵，没出息的，按理应该被王团长枪毙的，如今回来，只是图个踏实，还望师长饶过……"老旦说得恳切，却搞不清自己是真是假，初衷是来找二子，弄着弄着变了味儿，黄老偌子哄抬了物价，匪兵们也想杀鬼子磨刀，最后成了雪中送炭，报效前线，又被余师长这么一抬举，成了绑在他们裤腰上的手雷，再没个逃脱的，这都怎么回事儿啊？

"立疆也是百战之身，轻易不夸人的，能对一个他抓来的弟兄赞不绝口，我们都等着看你这青天白日的勇士呢。"柴意新也给他敬了礼。

"柴团长也笑话了，任务是大家完成的，俺只是凑巧活下来，受这么一块章，心里有愧。"老旦回敬了礼。

"你是被王团长抓来的，部队欠你在先，你能受此荣誉，也是由他缘起，如此算是扯平了。"龙出云参谋主任在一旁笑着，这人宽肩乍背还鹰钩鼻，看上去更像师长。老旦心中不大乐意，这才扯平了？

师部众人略一看老旦等人缴获的东西，登时大吃一惊。龙出云问了老旦战斗经过，拿着材料便去了通讯处。

"这是鬼子13师团的一套作战计划，对咱们太有用了，竟被你们给撞见了，带材料的这个鬼子呢？"王立疆问。

"弄死扔山里去了。"老旦怔怔道。早知道，不如活着带回来。

"鬼子果然冲着这儿来了。老旦兄弟，57师只有八千人，且都已经按部就班守卫阵地，你带兵来了，还立了头功，师部本应嘉奖，但如今非常之时，我也只能口头承诺。"余师长话语温和，就像个教书的一样。

"师长哪里话？俺不是冲这个来的，57师名字响当当的，能抬举我们，那是荣幸。俺带的这些匪兵看着不成样，个个都是好手，请长官们分配任务吧。"老旦牙一咬，事已至此，上吧。

"已有序列就不动了，57师并不满员，常德城里还有些散兵游勇，都是长沙会战打烂下来的，你不妨收编一些，和你的五十个铁面鬼兵组成一个加强连，你虽为连长，但按上尉营级待遇，归柴团长负责，王副团长直接节制，再给你十天的训练时间，届时再看情况分配任务，如何？"余师长干脆地说。听着是商量，也就是命令了。老旦忙敬礼接受，这下又有的忙了。

"军饷管够，望大家鼎力支持。"余程万回敬道。

"师长……俺有个问题。"老旦犹豫道。

"哦？请讲。"

"为啥叫个'虎笨'，老虎哪有个笨的？"老旦绷着身子说。

众人都笑了，余程万微笑着对龙出云说："龙老弟，还得你来说。"

"老旦兄弟，虎贲的贲不是你说的那个笨，音一样，字却不同。'虎贲'一词来源于《书经》里的《牧誓上》，有说'武王有戎车三百辆，虎贲三千人。'这个虎贲说的是武王伐纣时最精英的护卫部队，有点像我们蒋委员长的宪兵部队，咱们57师在上高战役里打出了名气，从那以后便叫作'虎贲'57师了，这是我们74军里的最高荣誉称号。"

"是，多谢龙主任给俺点拨，老旦记住了，回去和弟兄们吹牛。"老旦笑嘻嘻举起了手。

换上崭新的上尉军服，老旦颇觉别扭。在黄家冲懒散多年，破衣烂衫随便穿，如今脖子被风纪扣勒得喘不过气，肚子上的皮带也有些紧，弄得屎都拉不出。但熟悉的军服味儿又让他亲切着，在一面破镜子前扭来扭去，将略微佝偻的腰杆挺直，觉得这身衣服真和自己有缘了。

"别照了，那么一张驴脸，再照镜子就憋碎了。"二子在一旁打着趣。他拒绝换装，迷上了皮衣皮裤，走哪都是这一身。老旦戴上帽子，心想这身皮想脱可难了。他想把几个显赫的军功章挂在胸前，掂量了下还是作罢，别为这点儿牛气心劲儿让鬼子选个头彩。

麻子妹一来就忙活起来，王立疆将她安排到一个谷仓改造的医务所里，忙得每天血糊糊的。她有久违的兴奋，和老旦说一看见满床缺胳膊少腿儿的就激动。老旦说那万一哪天你看见俺，可要多给一针麻药。

"瞎说啥哩你？你们都不许有事啊，别逞英雄，别领那么要命的任务。梁七你可给俺拽住了，护不好给你打一针辣椒油！"麻子妹塞给他两包烟，哼着鼻子去了。

征兵工作异常顺利，黄家冲的铁面鬼兵在街头一走，那故事就传开了，上赶着来报名的有一两百个，有的是散兵，有的是流浪匪，也有的是街头流氓，老旦决定全部收下，用训练水稻突击连的办法收拾他们。

陈玉茗做了副连长，二子、海涛、梁七分任排长，朱铜头也没闲着，主管全连伙食，大薛说不了话，挑了几个枪法好的凑了个狙击班，从团部要了几只瞄准镜。老旦列了个章程，让玉茗写下来，训练方式基本照搬水稻突击连。

"去搬一车砖头来用吧，明天就开始。"

鬼兵连的新兵颇有不少让人头疼的，站没站相坐没坐相，袒胸露肚军容不整，但没几天就一个个像起样子了。老旦和玉茗铆足了劲儿，将这个连练得哭爹喊娘，黄家冲来的匪兵们看热闹，骑着毛驴在一旁戳戳点点，老旦便让他们刷毛驴练刀法。如此很出成效，十天下来，站在那儿像个队伍了。黄家冲的匪兵和收编的新兵时常相互较劲，但基本上匪兵完胜。新兵们羡慕匪兵那吓人的面具，又没条件打造，便找了个画脸谱的老头，用纸壳子做了同样的面具，一样吓人，戴着还轻。老旦颇为赞赏，说真要和鬼子面对面的时候，这两百个假鬼没准能吓破鬼子的胆了。

朱铜头打仗不行，却在黄家冲自学成才练就一手好厨艺，湖南菜做得那个香辣，连匪兵都赞叹不已。老旦说他的炊事班顶半个连的战斗力，让朱铜头豁开了干，而且别光顾着自己，抽空给团部的长官和麻子妹送些好吃的去。

吃得香，干得就来劲。战士们训练卖力，再没有一个偷懒的。这些天帮助老百姓撤退迁移，连哄带骗地将营地周围的百姓们一户户送走，营地周围没了人烟的时候，北边轰隆隆的炮声便听到了。

"老旦，要和你说个实话……"王立疆咬着烟卷，夹着一摞地图来找他，"在常德外围，我们的几支主力部队都被打烂了。"

"啥意思，鬼子来了多少人？"老旦吃了一惊。

"还不清楚，按战报上说，鬼子13师团全动起来有十几万人，奔常德方向来的，至少有五万人。这几天师部才得到消息……29军、73军和我们74军的几个师，有的拼光了，有的打散了，反正指望不上了……"王立疆摊开地图，给老旦指着位置。

"这……怎么会……还有多少部队来常德和咱会合？"这是显然的问题，既然要在常德决战，再来个十万人是应该的。

"眼下看，只有咱们57师，其他的军团都被日军拦在外边……最近的也有七十公里……"王立疆在常德区域画了个圈。

"虎贲只有八千人，打五万鬼子……这怎么打？"老旦的脸都白了。

王立疆没吭气，看了看他说："援军一时半会儿到不了……鬼子有备而来，玩了一次咱老祖宗的围城打援和引蛇出洞，战区参谋部太轻敌了，怎么能把几个军都稀里糊涂填进去呢？竟吃了这么大的亏，不说了……明天师部召开动员大会，是什么态势，到时候就清楚了。"王立疆拍了拍他，"怎么，你怕了？"

老旦摇了摇头，又点点头，不知说什么好。他心惊不已，脑子里嗡嗡作响。以前和鬼子在阵地战交手，大多以多打少，深沟壁垒加人海战术，还被火力占优、战术先进、战斗力强的鬼子打得节节败退。如今八千人要顶住五万鬼子的进攻，城防再为坚固，弹药再为充足，又怎能挡得住？常德城四面漏风，东南西北不过五十里的地界儿，鬼子的火炮可以打到任何一个角落，灵巧的飞机可以拔掉任何一个火力点。老旦心底掠过一阵惊惧，竟然六神无主了。他点起烟锅来压一压怦怦乱跳的心，抬头看王立疆，也是一脸愁云。

"可这一仗，输不得……"王立疆轻轻捶着桌子，看着黑漆的窗外。不远处的营房里，战士们鼾声起伏。老旦不曾想如此竟陷入绝地，这应了神婆死之前那句话，老旦顿感周身的冰凉。

二子对战况也有了耳闻，半夜悄悄寻他，张口就问："跑不？"

这家伙一下子逗乐了老旦，老旦一下便释然起来，吓成个球了，还真能跑了？

鬼兵连穿戴齐整，骑着毛驴向中心广场列队出发。老旦骄傲地看着这支奇特的连队。他们身强体壮，脸上是不吝的自信。老旦颇感自信，这是他的鬼兵连，战斗力不输奔袭过来的鬼子。鬼兵连进入会场时，长官们对这支传说里的部队啧啧称奇。这帮土匪毫不局促，军容松散，有的还叼着烟袋锅子呢，可有经验的一看就知，这定是一群能打仗的家伙。

黄昏已至，会场周围火把熊熊，虎贲八千战士肃立当场。如今已是阴历十月，天气陡然转寒，冷风掠过，高高的旗杆发出"日日儿"的哨响。

"全体听令！立正！举枪！"高台上的号令官喊道。

全体战士哗的一声将钢枪举到身前，再放到身体的右侧，一个标准的立正。

"虎贲！"

"无敌！"

"虎贲！"

"万岁！"

八千战士齐声高喊，如千军万马呼啸而过，在广场上回荡着。老旦的鬼兵连不知道要喊这个，被震得缩起脖子。匪兵们的毛驴抖索着，传令兵的战马嘶鸣着，虎贲的战士们纹丝不动，步枪的刺刀闪闪发光。老旦骑着他的大骡子，对这支部队着实赞叹。余程万师长从容地走到台前，半旧的中将军服上缀着亮闪闪的勋章。他缓缓地扫视全场，敬了个礼，然后背过手去，稳稳站定。

"稍息！"他顿了顿，字字清晰地说：

"虎贲的弟兄们！今天我们开这个动员会，为的是迎接一场光荣的战役！这些天，想必大家都听到了常德周围的炮声，那是我军第六、第九战区的兄弟部队正在和鬼子的13师团十万精锐在浴血奋战。日本鬼子想得好啊，要用这一仗打下湖南，打下进攻大后方的门户，切断我们和东南亚的补给线。他们日夜不停地进攻，可谓不惜血本。我们74军的其他几个师已经打了快一个月，虽然很艰难，却让鬼子也血流成河。如今战局有变，鬼子钻过来个116师团，几万人马，想大摇大摆、轻轻松松地拿下常德，想放几响小炮、扔几颗炸弹就把常德这个粮仓给占了，他们算盘错了，这是休想！因为有虎贲在，因为有我们在！"

全场嘿了一声，那声音从八千人的丹田里来，踏实厚重，带着骄傲，也带着对来敌的不屑。

"弟兄们啊，常德虽小，但是战略意义极大，此一地得失，关乎战局胜负，事关我中华民族的抗战命运。这不是危言，常德如若失手，两个战区的防线就面临崩溃，整个湖南将完全沦陷，陪都可就岌岌可危啦……可以说常德亡则湘亡，湘亡则国破，国破则家亡！常德虽小，在地图上可谓弹丸之地，但我们精心准备了半年，有超出平常的火力配备，还有德山方向的友军配合，还有外围十几万大军的驰援，我们一定要将来犯之敌歼灭在常德城下。为了国家和民族，为了我们的亲人，大家一定要完成这神圣的使命，用热血和身躯去换取战争的胜利！现在，我命令你们，上到师部，下到伙夫，都要做好和日军浴血奋战的准备，准备拼到最后一人，最后一弹，最后一条战壕。虎贲与常德同在，常德与中华共存！"

余程万师长挥动右手，猛地向下劈去，仿佛斩断了敌人的千军万马。

"虎贲！无敌！虎贲！万岁！"战士们震天的呼喊冲破云霄，击碎了无边的黑夜……

当第一颗炮弹带着刺耳的哨音在指挥所旁边炸响的时候，老旦从头到脚都涌起寒意，竟下意识地要抱头蹲下。头皮紧绷绷的，五官扯得生疼，像浆洗过的麻布。下半身莫名其妙泛起呼之欲出的尿意。一个老匪兵正在不远处点烟，手稳当得如做针线活儿的女人。老旦羞愧得要去捂脸了。离开战场久了，那股不怕死的劲头打了折扣，那安定悠游的田园生活，在几颗炮弹里炸得无影无踪。他使劲捏了捏脑袋，扶扶军帽，弹掉落在肩头的土，偷偷地深吸了几口气，觉得血液又在周身涌动。熟悉的炸药味道和炮弹掀起的泥土气息撩动了他，排长们的吆喝声和战士们拉响枪栓的撞击声，让他渐渐找到久违的恐惧，而这恐惧比什么都真实，它让你心跳，让你紧张，让你激动，也让你慢慢忘了害怕。没过多久，一种仿佛从未离开的感觉包裹了他。黄家冲神仙般安闲的日子，是梦里的另一个人。他打开玉兰给的鸽子笼，放好玉茗给写的纸条，走出指挥所。天空已经飞满了烟尘，鬼子的飞机正在俯冲。他找了找黄家冲的方向，用力将鸽子抛向天空。

"一切都好，玉兰勿念。"

两架鬼子飞机肆无忌惮地从隐蔽的指挥所上空飞过，扫下密集的弹雨。子弹击中藏在后面的匪兵毛驴，血肉飞溅，它们倒下不少。老旦抬头看去，见到飞机上里瘦小的东洋人皮帽子下精悍的脸。想到鬼子飞行员夹着裤裆挤在窄小的飞机舱里，要像自己这般尿紧该咋办哩？老旦看着它走了神，自觉好笑，竟不知后面又飞来两架，犁地的弹雨席卷而来，旁边的二子猛地将他扑倒在地。几颗机枪子弹将指挥所打得乌烟瘴气，一张从百姓家搬来的八仙桌打成了碎块，电台也成了零件。老旦懵头懵脑地站起身来，钻进去看那鸽子笼，还好，鸽子吓得一个劲抖，但没伤着。

"失心疯的，想婆娘命也不要了，下次不救你了！"二子说罢，奔去两联机关枪打飞机去了。

老旦晃了晃头，暗自日了鬼子的娘。"鬼子要上来了！电话坏了，小色匪你去给玉茗带个话，第一次顶得硬一点，多扔点手榴弹，绝不让鬼子靠近，不能让他们尝到一点甜头！"老旦说罢，又叫过大薛，"到东南角的塔楼上去，别暴露招惹鬼子飞机，只狙击冲锋的鬼子军官和通讯兵。"

大薛点了头，带了三个人飞奔而去。老旦喘了口气，集中精力看着前方。望远镜里，鬼子进攻颇有章法，而且不是那种愣冲的，这是劲敌。但匪兵们让他放心，至少枪法和胆略是信得过的。王立疆给东门这边拨了多于编制两倍的迫击炮和重机枪，鬼子只要这么冲，贪不到便宜。

交战还没开始，不少战士便抬下来了，大多是死伤在炮火里的。老旦看见一个匪兵被炸飞了双腿，另一个脑袋烧成了焦煳的球，心知这战斗的残酷或将不亚于以前的任何一次。望向陈玉茗带队防守的一线阵地，鬼子的炮弹像鞭炮一样轮番炸响，阵地笼罩在混浊的烟尘之下，民房一间间化为废墟，水泥堡垒掀帽缺角，他偶尔会看到炸飞的人或者肢体，拖拉着鲜红的血飞过天空。一只拉伤员的毛驴被炸起来，打着滚碎裂了。老旦心里一紧，这担心令他不安，他决定到前面去。

刚才那一刹那的生死险境，令他紧绷绷的感觉烟消云散。回来了，俺老旦又回到自己熟悉的地方了……心跳已经慢了下来，周围炸响的火光都不能令他侧目，他镇定地走过交通壕，或只是为了显摆一下这镇定，他又叼起了烟锅。

"鬼子个头小，瞄准的时候低半个格……"老旦对几个匪兵说。

"还记得手榴弹咋扔不？咱练的是落地就炸，鬼子可喜欢捡手榴弹往回扔了。"几个匪兵在拧手榴弹帽子，他也帮着拧了一个。

"鬼子还没上来，你们戴啥面具哩？吓唬自个人？"老旦对几个蹲在壕里的匪兵说。

"这面具能挡子弹，老旦哥你看我这个。"匪兵指着面具，上面果然嵌进去一颗变形的子弹。

"真的嘞！"老旦故作在意。

"脸都要震碎了，可好过被打个窟窿啊。"

"那就大伙都戴上，鬼子反正要上来啦。"老旦边走边喊着，"你们几个就不用戴了，打迫击炮的把裆护好，别被后坐力顶了。"

南边也炮火连天，那是常德守军的退路德山方向，守卫的是66师的一个团。来攻打东门的鬼子定是从安乡渡过洞庭湖过来的。老旦不无担忧地看着德山，知道那里要是守不住，57师可就是孤军作战了。

陈玉茗戴上了钢盔，指挥着战士们进入阵地。见老旦来了，他忙递给他一顶钢盔。老旦摆了摆手，拿起望远镜看着。鬼子们猫着腰，在废墟之间闪躲逼近。但再往前几十米就是开阔地带，除了弹坑别无躲藏之处，路上的铁丝网会绊住他们，地雷会炸飞他们，老旦松了口气，又看了看不远处的塔楼，大薛想必已经在那儿了。

"迫击炮和平射炮准备，一个也别放走。"老旦放下了望远镜，操起小色匪递来的步枪，他对小色匪说，"你到后面去，团部有什么命令告诉我。"

小色匪犹豫着。陈玉茗又说："去吧，这儿有我呢。"

小色匪敬礼跑了，陈玉茗哗啦拉了枪栓，对老旦说："手真痒啊。"

"第一下让我来！"梁七站在壕边儿喊着，他弯弓搭箭，箭头上发着幽幽的绿光。老旦知道那箭头带了毒，八成是见血封喉的东西。迫击炮排却没有等他，通通地就放起来，炮弹准确地落在敌阵里，鬼子们炸翻不少，一下子冲得快起来。塔楼的大薛也没等他，老旦见冲在前面的一个军官脑门噗地漏了，知道是大薛。梁七骂咧咧地放了箭，那箭飘乎乎地飞去，好像不会落地一样，终于找到个拿着旗子的鬼子，颤巍巍正中胸口。

"开火吧！"陈玉茗命令道。匪兵们欢呼着噼啪射击，果真是弹无虚发，到了铁丝网的鬼子一个都站不住，两边的机枪阵地都是频点射，绞肉机一样撕扯着鬼子的队伍。任是鬼子喊得凶，冲得猛，竟连手榴弹投掷距离都到不了。

"鬼子，老子等了你们三年！"老旦恶狠狠骂道。

第一战颇为轻松地结束了，鬼子扔下百十具尸体撤退。但仅仅十分钟后，他们便又发动了冲锋，这次炮火准备更加猛烈，空军更加凶狠，冲锋队里还加入了装甲车。鬼兵连在炮火中伤亡显著，十多个战士牺牲了。鬼子的迫击炮和枪榴弹优势显著，他们接近了阵地。但也仅此而已，为了躲炮，陈玉茗指挥两个排机动作战，将鬼子放进战壕里打。鬼子果然被他们的鬼面具吓坏了，稀里糊涂成了刀下之鬼。但鬼子定是立了军令状，一天竟然五次冲锋，最后一次上来个联队长，举着刀直直地来了。老旦和二子带人顶到了一线，打了半天后，眼看着顶不住了，就在他要下令撤退时，突然看到几架国军的美式战斗机在天上绕着。玉茗呼叫了团部，团部呼叫了师部空指，空指叫了飞行员，三架P-40战斗机俯冲扫射，结结实实弄死一片鬼子，老旦眼睁睁看着那个联队长被打成了好几截，让梁七抽空把那小子的军刀捡回来使。

两天过去，鬼兵连虽然顶住了鬼子，但损失极大，半数战士伤亡，弹药出现紧张。战斗过频，战士们无法休息，就是不冲锋，鬼子的炮火也没停过。这很罕见。

常德的战况与王立疆预想的非常相似。外围的深沟壁垒已被鬼子突破，德山眼睁睁地失守。鬼子虽然长途奔袭而至，但是攻城的116师团并无参与途中战斗，是憋足了劲儿的，他们就是奔着常德来的。这支部队擅长攻城，战斗力和精神非常惊人，这老旦都看到了，他有些畏惧这样的对手。在他们不停歇的攻击下，城门外围阵地费了两个月工夫修起来的水泥碉堡和工事炸得七零八落，失去屏障的虎贲将遭受更大的伤亡。

"团部必须增援东门，鬼子疯了，再来一两次，俺守不住！"老旦对王立疆说。

王立疆通红着眼，看着墙上的地图，上面被红蓝笔画得一塌糊涂。他的参谋在一旁愁眉不展，通讯员被弹片崩瞎了一只眼，另一只可怜巴巴看着老旦。

"另两个门的状况和你差不多，北门更惨，营长和两个连长已经阵亡，团预备队已经上去了，现在只剩下通讯连可以调配。"王立疆回过身来，按着老旦坐下。

"柴团长说了，你再顶两天……"王立疆几乎咬着牙说。

"这么打，俺……顶不住。"老旦说的是实话，"城外堡垒没了，机枪阵地毁了，战壕几乎平了，鬼子有装甲车，我们的手榴弹不管用，炮兵也不支援……要是不往城里放，顶不住。"

"放进来怎么打？"王立疆问。

"俺的匪兵打阵地战没优势，打烂战能钻能砍，个个都是好手。"老旦对此颇有信心。

王立疆站起身来，走来走去，一张黑脸像在冒油。

"放！"他猛地回头说。

战役初始，远途而至的鬼子显然没把常德城里这支守军放在眼里，经过外围一个多月的战斗，日军摧枯拉朽般干掉了近五万国军部队。国军整个连、整个营，甚至整个旅被全歼或者俘虏，还打死了两个少将师长。鬼子们自然骄傲，觉得像长高了一截，长沙城的挫败忘到北海道，常德地图像一个可口的中国粽子，剥去它的皮咬上一口，美美地吞到肚里，像是再容易不过的事。打掉常德，这次战役便可告胜。它又是楔入国军防线的一柄尖刀，时刻能威胁国民政府的最终腹地，并将他们逼离和东南亚盟军的联系。眼看着这座两千年的古城就要成为皇军的战利品，第13军团的将士们怎不神气活现，士气高涨。

日军116师团第一支部队喝着清酒，哼着家乡的小调，挂着生红薯和手榴弹，悠闲地欣赏着涂家湖两边的景色，他们大大咧咧地跳下冲锋舟，朝湖里撒完最后一泡尿，威武地冲向常德城，不曾想到这枚粽子竟如此之硬，崩得满口牙都碎了。

德山既占，常德城已成围城之势，国军是内无粮草，外无援兵，雨点似的炮弹一个个拔掉了城里的防御工事，空军更是不放过任何一个角落。可就在这猛烈的炮火之下，这个57师依然顽强战斗，非但一步不撤，而且动不动就和冲上阵地的皇军同归于尽！好容易清掉了外围阵地突入城中——尤其是这个东门，坚守的国军士兵犹如鬼魅，他们戴着可怕的面具，在街角细巷里射来要命的子弹，从厨房和大树上砍下锋利的弯刀。还有弓箭、狙击手和燃烧瓶，这些无声无息的东西更令人恐惧。皇军好容易打下一栋楼房，还没坐下喝口水，窗户里就扔进躲不开的手榴弹，一群鬼吊着绳子跳进来，戴着血红的面具。这些鬼兵嗷嗷叫着滚着，放了手枪还用刀砍，他们砍去皇军战士的腿脚，剖开肚子，斩去头颅，用尖细的匕首挖去皇军战士的双眼。他们还装死，几个人血呼啦躺在那儿不动，皇军一个小队刚过去，他们马上活了，手枪弹无虚发，打的都是脑袋，等增援的小队赶到，他们便没了影。

这打法让日军极不适应，两天下来寸土未得，虽然进了门，却上不了炕，出还出不去。威武的装甲车卡在小巷里，对捆了炸药包跑来的蒙面毛驴毫无办法。日军一直赖以自豪的就是皇军士气，却在这穷街陋巷荡然无存。还有一些不戴面具的绑着十几颗手榴弹的冲来，把冒着烟的手榴弹往日军的头上敲。日军战士不懂逃跑，看着这可怕的敌人，只期望他们是来吓唬人的。于是，他们常在一起炸得四分五裂。没多久，这不要命的鬼子一想到前面更不要命的中国兵，想到那些杀人如麻的面具鬼兵，终于变得心惊胆战了。

东门打得有声有色，柴意新团长非常高兴，但也立刻抽走了协防在鬼兵连旁边的2连，东门北侧的城垣已被鬼子炸平了，必须加大防守力度。鬼兵连的事连师部余师长都听说了，给团部去了嘉奖令。王立疆来到他的指挥所了解情况，得知虽然将日军锁在城垣内一带，但代价依然巨大，战斗减员已达三分之二，最有战斗力的匪兵已经牺牲过半。

"鬼子知道吃了亏，把大炮推上来了，藏在房里，墙上挖个洞直瞄咱们，飞机开始扔燃烧弹，弟兄们房子里再待不住……迫击炮打光了，弹药和燃烧瓶也不够了。"老旦指着几个防守地点说，"匪兵再好使，也经不起这么折腾。"

"打得很好，很不容易了。"王立疆递给他一支烟，"各个门都要援军，不能死等了，我要出城去找他们，第10军就要到了……"

"太危险吧？"老旦惊讶道。

"没办法，常德打成这样，不找他们，他们都不知从哪儿进来，走错了道又被鬼子算计了。援军再不到，防线一旦崩溃，再给他们来个口袋，反倒成了自投罗网。"王立疆将烟盒捏成一个小球，仍在捏着，掐着，"全师阵亡过半，西门的鬼子已经冲进了十条街，170团的弟兄们天天都在肉搏。"

老旦想问一问能否撤退，见他眉头紧锁，咽回去了。

"让大家再坚守一个晚上！有什么困难？"王立疆问老旦和玉茗。

"炮兵哪？炮兵为什么不开炮？"陈玉茗一只耳朵流了血。

"全师还剩八门重炮，四门115毫米榴弹炮和四门76毫米野炮，可是炮弹不多了，只能在最紧要的关头用！"王立疆闷闷地说。

"那就再多给点手榴弹和子弹，汽油也要，只要有，就能挡住一天！"玉茗说。

"弹药没有了，你们只能从鬼子那里抢，还有药物和绷带，都没有了。"王立疆毫不掩饰眼下的困境，"一千多个伤兵，没有药和绷带，每天都是眼睁睁地牺牲啊……"

老旦和陈玉茗看了一眼，"那就给弟兄们做点好饭吧。"老旦说。

药物和绷带的确极度匮乏，麻子妹戴着钢盔来找老旦，说她的医疗所已经没有任何药物，洗绷带的水都没有，只能用酒精消毒的绑腿代替，而酒精即将告罄，战士们面临感染而死的危险。老旦愁得没辙，派出二子等人去鬼子身上捡，捡回来一些急救包，也是杯水车薪，而且又牺牲了一个弟兄。

"跑吧，这还怎么打？再守下去全完蛋，鬼子几万人打咱们这几千人，撒尿也淹死了，咱跑了不丢人。"二子跑来发牢骚，老旦知道他只是瞎说，给他塞好烟锅递了过去。

"你以为跑得了？东南西北都是鬼子，桃源和德山都被占了，你就是打出东门去，能游得过洞庭湖？"老旦喝了口水，又自言自语说，"常德拖住了几万鬼子，援军为何不来呢？这是多大的一盘菜啊。"

"你说啥？五万鬼子是菜？咱他娘的才是菜！"二子狠狠地说。

梁七在捡东西时，发现了鬼子一个前线医疗所，离他们的指挥所很近，虽然有几十个鬼子守在附近，但中间留出了缝，能钻过去。

"玉茗和海涛守好了这儿，二子、梁七、大薛，带上十个弟兄跟俺走。"老旦放下望远镜，拿起两支手枪。

"让朱铜头赶紧弄点儿酒肉来，等我们回来吃。"梁七又背上了弓箭。

"鬼子的医务所，里面会不会有鬼子女护士？"二子挠着脖子斜着眼问。

鬼子的伤亡一样惨重，医务所外满是腐烂的尸体。两个哨兵捂着鼻子不耐烦地溜达，被二子带人抹了脖子。医务室里几个戴着鬼子帽的白大褂忙活着，收拾着桌子上两个血呼啦的鬼子。老旦等人戴着面具闯进去，梁七一箭射倒了要拿枪的鬼子。几支枪分别指着几个医生护士，但这几个人只看了眼他们，仍继续给两个兵动手术。他们一句句说着什么，护士给医生递着钳子剪子和纱布。

老旦不管他们，满屋子找药和绷带，他们翻得叮叮咣咣，将能找到的都装进麻袋。二子走到女护士旁边，伸手去摸她汗津津的脸，女护士冒着汗躲开，二子再去摸，那男医生便吼起来，戴着口罩的声音依然凶狠。二子登时骂骂咧咧将手枪顶在他脑门上。几个匪兵却没这么磨叽，上去就是几刀，男的女的都砍翻在地，然后是救了一半的鬼子。一个匪兵呼啦撕开了他刚缝合的肚子，伸刀进去搅了搅，鬼子流下黏黑的血，不动了。

二子大骂那个匪兵，说好好一个日本娘们，先让我弄一下再杀啊？匪兵在面具后咧着嘴笑，二子就用手枪敲他的面具，当当地响。

老旦嫌他们啰唆，催着大家赶紧拿东西，瓶瓶罐罐全搬走，再一把火烧了这鬼地方。

匪兵掀开旁边一个帘子，吓了一跳，里面还躺着十几个伤兵，多是不能动弹的，凶巴巴的眼布满血丝，伤口在发臭，悲伤在流淌，老旦看见一个鬼子流着眼泪。

"你出去，这儿留给我……"二子抽出了刀。

老旦扭头走了，二子和几个匪兵进去，刀砍人身的声音令老旦浮出冷汗。老旦听见一颗颗人头当啷落地。鬼子们无人高叫，只有痛苦的呻吟。梁七握着弓箭看着那门口，眼里带着从未有过的惊惧。大薛却没觉得，不知哪里找了包鬼子的烟，正认真地点着抽。

二子等人出来了，像沐了一场血雨，一个个神情诡异。二子抓起一张床单擦着脸。"妈的，鬼子的脖子好硬。"他哆嗦着手插回了刀。

外面突然枪声大作，一个匪兵捂着冒血的脖子跳进来。"鬼子来了……"说完他倒地抽搐，步枪洞穿了这弟兄的脖子，没救了。老旦出门一看，来路已被卡死，几十个鬼子正举着火把蜂拥而来。

"快跑，往这边跑。"老旦带大家穿过帐篷，钻出医务所的后门，奔着鬼子的指挥所冲去，"看咱的运气，没准还砍个鬼子军官，二子机枪带路。"

老旦等人背着麻袋狂奔着，二子端着机枪冲在前面。一个高处站着的鬼子看见了他们，正要叫喊，梁七的毒箭先到了。他无声无息地栽了下来，掉进个满是血水的水洼。老旦等人一直冲到个亮灯的房子下，门口站着几个端枪的鬼子，他们刚抬起枪口，便被二子的机枪扫倒了。二子端着枪踹开门，老旦举着手枪跟着进去。一进去吓一跳，只见满屋的鬼子或站或坐，正围着一张桌子开会。二子叫声"龟孙儿乖乖"端枪就扫，老旦吓得头皮发麻，抬手胡乱打去。满屋鬼子炸了锅，倒下不少，剩下的纷纷掏枪还击。二子一梭子打完了，甩了颗手雷跳了出来。

"一屋鬼子，一屋都是鬼子！扔手榴弹进去！快！"老旦也退出来，打倒了两个冲出来的，这一屋子都是军官，八成在这儿开会，二子那机枪要是弹匣子满着就好了。大薛扔了手榴弹，但鬼子早已逃个干净，后面的又追来。众人夺路狂奔，边打边退。几个匪兵倒了，梁七没了箭，胳膊也负了伤。大薛打倒了几个跑得快的，让老旦等人先走，他带着两个匪兵守在一棵大树周围。鬼子忌惮这指脑门不打鼻子的神枪手，死了几个之后便慢下来。老旦抓过亮起的火把，对着自己的阵地晃了三下，猛地扔向天空。阵地那边登时枪声大作，陈玉茗带着人冲了过来。老旦等人扔光了手榴弹，前线的鬼子被两边火力夹着，心里先是虚了。二子高叫着弹雨下的大薛，用机枪掩护他撤退，另两个匪兵没那么好运气，都死在路上了。大薛抱起他们的麻袋，跌跌撞撞地跑了回来。

陈玉茗带人拦住鬼子，打起一场遭遇战。鬼子追来一群狠的，也是端着机枪往前冲，黑灯瞎火冲得快，眨眼就到了眼前，肉搏顿时开始。老旦没带刀，手枪子弹也打光了，抓起一根大木棍子挥起来，刚打晕了一个鬼子，旁边刀光一闪，老旦本能侧身，帽檐儿和一撮头发噌地没了。他吓得踉跄，脚下踩了尸体，仰面就倒了。一颗照明弹升上半空，老旦清楚地看到那个要一刀劈死自己的鬼子，那是他化成灰也认得出的一张脸。

"服部？是你？"老旦吐口而出，惊讶盖过了恐惧，像嘴里长出疼痛的獠牙，体内发现颗未取走的子弹。

"你？"服部大雄也颇觉惊讶，那刀在半空停了半秒，却仍是劈将下来。老旦被两个尸体卡住，动不得，拦不得，心里死灰翻腾，这就是命，终归死在斗方山这个狡猾的鬼子手里。

旁边抢来个奇怪的东西，打开了服部大雄的刀，那是梁七的铁弓，他挥着铁弓逼退了服部，回头大喊："旦哥快走，鬼子追上来了。"梁七两步逼退了服部，眨眼陷入了鬼子的包围。老旦从地上捡了把刀，爬起来要追过去，早被二子一把抓住。

"不能，太多了，鬼子太多了。"二子死命拽着他跑，不知哪一方的炮弹飞来，在双方肉搏的阵地上炸开。老旦踉跄跑向城门，后脑飞过颗颗子弹，他回头看去，城外已隐在黑暗之中，凄厉的拼杀声没了动静，只有亮闪的子弹飞来，但再没一个人回来。

朱铜头送来了一大锅冬笋腊肉，仍是热乎乎的，他默默盛给大家，众人没声息地吃下去。梁七脖子被子弹穿了，吃到嘴里却不能咽，再努力了一会，却死了，朱铜头便哭起来。

"梁七兄弟，怎就你吃不到呦？"朱铜头抱着头蹲下了。老旦等人也哭，老旦先擦了泪，拍了拍朱铜头说："别哭啦，菜凉了，去分给战壕里的弟兄们。"

朱铜头点头去了，他擦去了泪，走了没几步，老旦就听见他故作豪爽的声音："弟兄们，肉来啦，小子们馋死了吧？"

"走，咱俩去看看麻子妹。"老旦对二子说。二子叹了口气，说要劈死你的那个鬼子你认得？老旦说就是剁成肉酱也认得，就是他在斗方山截住的咱们。

　　老旦等人带着几麻袋药和急救包到了医务所，却发现它已经化为灰烬，周围血肉狼藉，一个尸体堆在那儿烧着。二子揪起一个只剩半截的守卫伤兵，他说鬼子半小时前钻过来一支连队，连伤兵带医生都杀了，都烧了。二子瞪着眼问他高医生呢？伤兵摇了摇头，吐了口血死去了。

　　老旦看着已成灰烬的医务所和那一大团烧焦的尸炭，除了悲伤和后悔，心里还多一股奇怪的滋味。同一时刻，梁七和麻子妹先后离去，这是宿命，还是巧合？日军是来报复，还是也有同样的想法？老旦为这结果无边地恐惧着，怕得眼泪都流不出。二子呆呆站在一旁，一个劲说："我就说让她别来，我就说让她别来，咱怎么和麻子团长交代啊？"

　　鬼子全线停火。这不是什么好事！老旦心不在焉开了团参谋会，说了部队的伤亡情况，便走回自己的新指挥所。它是个隐秘的磨房，昨天的指挥所已成瓦砾，挨着的两米多高的古城墙墩子打没了，大薛待过的塔楼炸飞了，战士们只能卧在曲溜拐弯的战壕里，平趴或躺。早在一个月前，这防御阵地还是沟壑纵横，快速运兵道还做了伪装，可这才几天，炸弹已将它们全部抹去，就像抹去那些鲜活的生命一样。

　　新架设起来的电话通了，电话那边传来欢快的笑声，战士们在那边低声喊叫着，感谢朱铜头的冬笋腊肉，还逼着他明天做一大锅牛肉汤。老旦略感安慰，编了一段团部来的问候传给他们。他突然想起王立疆去找援军一天半了，不知能否钻过那么密集的鬼子防线。

　　桌上点着一根细小的蜡烛，连油都流不下的那种，它只能照亮他交错的双手。他看见它们紧张地插来插去，看见那半截小拇指瑟瑟发抖。他突然感到万分的孤独，觉得自己的生命就像这根蜡烛一样，轻飘得毫无希望，一阵风或一滴雨就能灭了它。他用双手捧着那轻微的火苗，感受它微弱的温暖。鸽子在笼子里呜呜叫着，他拿出一只又放回去，他不知该和玉兰说什么。他抬起头，这屋子像坟墓一样安静，照明弹的光芒从糊得严实的窗户里漏进来，刺着他肿痛的眼。他闭上眼睛，摸着滚烫的脸，一下子恍惚了。

　　"翠儿，你们咋样了呦？"他听见自己喃喃地说。

第十章 🐼

汉奸刘

处死了郭石头，并没有让板子村风平浪静。没多久，两个鬼子和两个伪军在村子边巡逻时遭袭击，拖进玉米地里大卸八块。袭击者不知怎么躲过了探照灯，四袋肉湿乎乎扔在了炮楼门口。

于是村子被封锁了。不止板子村，周围四五个村子同时下了禁闭令，大批鬼子伪军满平原搜捕着。说不清楚来处和去处的人，大多被当场杀掉。据说田中在三十里外的西堤北村发现了一双日军士兵的鞋，村里男人便都杀掉了。虽然是那边儿鬼子下的手，翠儿总觉得这事儿有田中一份。

山西女人改嫁一年，和郭石头还没弄出种，这新男人便遭横死，她在村子里哭闹一番，似乎过了半旬才想明白是村民们的猜疑，立刻便闭了嘴。郭石头留下两个瘦巴巴的丫头和一个脏兮兮的老娘，山西女人乘了些家业，也不得不担起这个破败的家，只是这女人似乎从不觉得苦难算什么，几个月过去又开始穿红戴绿，嗓门和从前那样大起来。她坦然的样子令人佩服，像从没嫁给过郭石头一样。

田中没有再进村子一家家谈话，或许是觉得毫无用处。他实行了更严格的制度，谁家有访客到来必须登记并验明正身，否则便是通敌；村民如果离开板子村探亲访友也必须说明去处和会见人，并拿回那边村子的证明，否则便按通敌论处；村子晚7点后到早晨7点前，各家各户必须锁门，禁止村民的一切聚会和交往事宜，如有需要到村口受维持会监督进行，并接受内容登记，否则按密谋通敌论处。

通敌论处是啥意思？有村民问村口维持会的汉奸兵，那兵抬起手割了下脖子，牙齿间挤出"咔"的一声。大家喔了一声，吸着凉气去了。

"这不成了坐牢了么？"鳖怪小声地说，不知谁立刻打来一个嘴巴子，"笨鳖，你以为呢？"

限制令看似吓人，村民们大多不以为然，这鬼年头，除了要饿死的、要讨钱的，谁没事走来走去？不出去就不出去，街坊间有些啥事也不怕让鬼子知道。

"老坷垃，你们家的地缺肥不？"

"哦，还好呀，最近俺家的牲口拉得多。"

"俺家的也拉得不少，可是羊啊驴啊的拉的总是太稀，你家的牲口要是屁眼粗，能到俺家地上拉几下不？"

"啊呀那不容易哩，你到了俺家茅房，估计也拉不出来哩。"

"俺不是说俺，俺是说你家牲口。"

"俺也不是说你，俺说的也是你家牲口。"

"你让你家牲口到俺家地上拉几泡干肥，俺让俺家牲口到你家地上拉几泡稀肥，总之都是屎，你就帮一下呗。"

"那这一泡屎咋算钱儿哩？"

"一泡屎你还要算钱儿啊？你的眼被屎糊住了？"

"那你就自己去拉呗？驴不会拉屎，你还不会拉屎？"

"唉你个老坷垃，小时候俺在你家地里拉了多少屎，你可都忘了哩。"

"唉你个老臭三，你拉一泡屎偷一颗瓜，你以为俺都忘了？"

"算球啦，你吃屎去吧。"

"算球了，你也去吃屎吧。"

又一天。

"山西子，你借俺家的两个馍啥时候还？"

"两个馍？俺啥时候借过你两个馍？"

"啊呀你记性咋这差哩？两个月前在村口买麻糖，你说你中午晌不想做饭了，俺就说俺家有馍你拿两个去对付一下。"

"哦，想起来了。"

"那你啥时候还给俺？"

"拿是拿了，咋就成了借呢？"

"不是借是啥？那是两个馍啊？"

"可俺没说借啊？那去年你晚上到俺家，俺还给了你两头咸菜呢？那也是借？"

"那时候是那时候，那时候……皇军还没有来哩。"

"皇军来不来和借不借有啥关系，你个郭燕儿姐咋这糊涂哩？"

"那时候两头咸菜就是两头咸菜，可这时候两个馍不是两个馍。"

"你这话没道理，那皇军给咱修房送粮啥的，咱也是借？咋没见皇军来催着要呢？你要不和皇军再讲讲理，他们说要还，俺就先还了你两个馍。"

"那俺不要了。"

"要也好不要也好，你得讲个道理是不？咱不能瞎瞎着，要不你不舒坦俺也不舒坦，日子本来就不咋舒坦了，咱不能为两个馍就生分了是不？"

"俺反正不要了。"

田中一龟很快修改了限制令，村民们再到炮楼前面说这些屎屁尿驴猪狗的事情，一律按扰乱秩序论处。

翠儿没啥可说的，只是和两个孩子每天磨叨。袁白先生看了限制令，干脆一句话不说了。村子变得坟头一样寂静，一到夜里便鸦雀无声，各家的鸡鸭毛驴也像是学了乖，再不胡嚷乱叫的。翠儿听说田中带着兵又毁了一个村子，因为那里做了皇军禁止的鞭炮。一群做炮的男女被捆在一大片鞭炮上，在噼啪的爆燃中炸成了碎排骨。从那天起方圆百里便不许再放炮，甭管喜事还是丧事，顶多吹吹喇叭敲敲锣鼓。板子村没有喜事，因为没什么婚龄的男人；丧事倒有不少，老人们寡淡无趣，胃口差了，眼神差了，图景差了，命也就短了，还有一些恨自己不死的，想方设法离开这悄无声息的世界。山西子的婆婆吃了三斤麸子，喝了五大瓢水，撑爆了瘦成一张皮的肚子。郭侉子的八十岁老爹不知哪里找来根生锈的棺材钉，一锤头就钉进那颗顽强的心脏。还死了一个想立牌坊的寡妇，大家发现她光着屁股吐着白沫翻着白眼死在自家脏兮兮的炕头，一根粘满面疙瘩的小擀面杖捅在两腿之间，几乎齐根而没。有人说她是心病犯了，有人说她是捅烂了肠子，也有人说她是捅得……爽死了。

这些死去的人加重了村子的阴翳，也让炮楼更显阴森。汉奸刘的鬓角长出亮晃晃的白发，田中一龟的眉头拧出了可怕的皱纹。日子不再是日子，希望在被恐惧掩埋。乡亲们害怕鬼子，但更害怕那些暗处的人杀害鬼子。这害怕以翠儿为甚，她走不得躲不得，外面的事情也知道不得，唯一知道的是他们早晚会找到自己。她也曾给看不见的观音菩萨磕头，求她干脆弄死那些要来找她的人，弄死那些非要杀鬼子的家伙，能平平安安地把两个孩子带大了，你弄死谁俺都是愿意的。

炮楼前过的兵越来越多，有一次过了三天三夜，汽车马队和扛枪的兵，走弄得暴土扬长，夜里的灯光照亮了炮楼，村口的青草都踩得稀烂。往回走的也有，大多是受伤的人、缺胳膊少腿的人，好像还有死人。村民们远远地看着，沉默地看着，不知这样的日子还有多久。

父母的忌日又到了，翠儿下午撕了些黄纸，剪作纸钱模样，等着月亮升起来。鬼子看得严，就不到村口烧了，听说日本人没有给老人烧纸这一说。两个孩子照例早早睡了，两个家伙都和老旦那么拧不拉叽的，都说聪明孩子不睡，傻孩子不醒，这两个天一黑倒头就睡，鸡叫了也不醒。

翠儿等着月亮，它扭捏地藏在云后，等得翠儿的泪都要下来了，仍是天上茫茫的一团。烧个纸都不遂意，月亮不出，老人收不到钱，这是娘家人的传统。想到这儿，翠儿真想去烧了那炮楼，她不知多少次梦见燃烧的尸堆里挣扎的爹娘，想起那股可怕的味道。

背后凉了一下，一只带着土味儿的手捂住了她的嘴。翠儿惊得汗毛倒竖，觉得很快后背会插进一柄尖刀。她辛酸的眼一下子吓出了泪，正要拼死一哭，却见一个黑影走到身前，坐在碾子边儿的板凳上。月亮终于钻出来，她看到了那张熟悉的脸。

"翠儿，好久不见喽。"郭铁头说。

身后的人放开了手，也走到一边坐下，正是下兜齿李好安。

"吓死个人，干甚这是？"翠儿真的要吓死了，捂着胸口喘个不停。

"孩子睡好了？"郭铁头轻轻问。

"睡好了，小猪似的。"翠儿平静下来，知道这一天终于来了。来了也踏实了，她忙小心地问："走了远道儿吧，喝水不？"

郭铁头摆了摆手。"一两年没找你，不是忘了，而是怕连累你，鬼子看着松，查得可紧，怕你不留神漏了。"郭铁头的声音像碾子一样踏实，黝黑的脸像火烧过一样。

"俺晓得……"翠儿蔫蔫地说，"上一次……玉米地里，是咱做的么？"

郭铁头看着她，没回答。"进偏屋，关门，上炕。"郭铁头说罢就钻进去了。

李好安抬手一让，说："翠儿别怕，好事儿。"

"这是俺家，你让个啥？"翠儿没好气道。

郭铁头脱了鞋，在炕上盘了腿儿，翠儿也如此，她一下子想起郭铁头曾光着屁股趴在她身上的样，浑身一抖，没敢上去。

"上来上来，和你说事儿，不睡你。"郭铁头不耐烦地招着手。

翠儿战战兢兢上了炕，靠着墙坐了。李好安没有进屋，他就坐在门口，月亮照亮了他伸长的下巴。

"翠儿，你还记得你娘家上帮子村是谁干的么？"

"鬼子呗。"

"那你想报仇不？"郭铁头什么时候变成这样？怎么一句顶一句

的？

"想。"翠儿憋着舌头吐出这个字，这个字吓坏了她，于是又说，"可是……不敢……"

"鬼子在搞扫荡，这半年咱们乡又有三个村子被屠了，你知道不？"

"知道一个……"

"板子村是早晚的事……"郭铁头仰起头来。

翠儿咬住了嘴唇，指甲抠着僵硬的膝盖。"那，能咋办哩？"她相信郭铁头的话，这么下去，田中一龟不疯才怪。

"村里有个汉奸刘。"

"是。"

"告诉他，我们十天后要打这个炮楼，让他带你见田中。"郭铁头做了个开枪的姿势。

"啥？打炮楼？十天。"翠儿吓得不轻，"那告诉他们干啥？"

"你就说你在集市上听来的，听两个喝茶的陌生人悄悄说的。"

"那他告诉了鬼子咋办？俺不也脱不了干系？"

"如果没人来，消息就是假的，田中不会怀疑你，如果是真的，你是大功一件，田中对你会更放心。"郭铁头似早已胸有成竹。

"那俺说了，鬼子不就有了准备，你们不就干不成了？"翠儿两手一摊。

"这你别管，你再仔细听着，俺把你该说的再教一遍，你听仔细了……"郭铁头不由分说蹲到翠儿身前，将她该在集市上听到的内容说了个细，翠儿认真记了，像往脑子里装钉子那么难受。

"你肯定俺说了没事？"翠儿自不放心。

"能有啥事，你看上去是帮他们……"郭铁头退回了原处。

"那……干啥让俺帮他们呀？你们这是唱的哪一出啊？"翠儿急得流出汗来。

"翠儿，毛主席说了，抗日战争是持久战，是要动脑子的长期战争，尤其是咱敌后的抗日，你别问那么多了，做好这件事，你大功一件，俺就批准你为游击队员，明年就为你申请入党。"郭铁头道。

"俺……不想做那么深……"翠儿低着头，捏着盘疼的腿脚。

郭铁头半晌没说话，在黑暗里看着翠儿，他在怀里掏索着，一会儿拿出了一摞东西，轻轻放在桌子上，屋里很黑，但翠儿还是看清了那是一摞银元。

"翠儿，想想你爹妈，想想老旦，想想两个孩子，想想咱的板子村，这是你死我活的事儿，抹不开腿，别不开眼，你不做下去，真以为孩子能长大了？这村子能活下去？鬼子一天不走，这一天你就别想。"郭铁头穿鞋下了炕，又说，"你早就做得深了，从你和李二狗睡觉那天开始。"

翠儿心里一凉，眼前一黑，屋顶像塌下来一样。

"下来吧，看你准备烧纸，咱一起，俺也给俺娘烧点儿。"郭铁头走过来伸出手，搀起了翠儿的胳膊。

第二天，翠儿安顿好两个孩子，挎着篮子去赶集儿。集儿在板子村和蓝头村之间，本来初七小集儿，十五大集儿，鬼子来了之后就只剩十五一个不大不小的集儿，几个村子的人都在这里买卖家用。鬼子在出入口都布了岗哨，进去的有个赶集证，出来的必须交还，买了什么换了什么都要和把口的伪军说几句。

翠儿拿出几块法币，先去买了二尺布，再买了两斤鲜猪肉，一斤咸熏肉，半斤羊肉馅，一条小鲤鱼，一两大料，两根景家麻花和一小桶香油。她坐在一个摊子上吃了碗羊肉烩面，喝了一碗不翻汤。她故意坐在人多的地方慢慢吃，走的时候想了想，又去买了两包烟，篮子里装得半满，再给孩子买了些大京枣。正准备沉甸甸地往回走，山西女人冒了出来，她拉着翠儿去帮她看布，说要做一身秋天的新衣。翠儿拗不过这讨厌的女人，她更没推掉这十几分钟的理由，便跟着去了。

山西女人挑了块带兰花的青麻布，似乎上次来就讲好了价钱。翠儿一个劲说好，她就一个劲说不好，翠儿改挑毛病，她就说其实还行。翠儿干脆闭了嘴，她便问你要不要也做一件，并立即开始和卖布的讲起新价钱，两件一起做怎么也要便宜些。她逼着翠儿接下这了不起的便宜，翠儿想早完早了，干脆认了，乖乖掏出钱来。

回村的路冗长无趣，更多了山西女人无休止的嘴舌，她谢天谢地送走了自杀的婆婆，满心欢喜地等着媒婆的消息，她不能允许自己才二十五六就守活寡，和买衣服一样，她要拉着翠儿垫背。

"翠儿，俺看你今年就要找一个，找个踏踏实实的、舒舒服服的，俺觉得汉奸刘对你就挺有那个意思的……你别不承认，俺可都听见了。村子里那么多守活寡的，凭啥就往你院里去？一去就个把时辰？男人你还不晓得？看见你鸡巴硬了，垒墙头也挡不住，看见你要是不硬，你光着腚他也不稀罕。汉奸刘是个长远人，鬼子身边的，定是将来吃香的，鬼子才不要在这儿待一辈子，你看那个田中，老婆孩子啥的都没带来，那能待得住？那就是准备哪天回家的，可是他回去了咋办？总得有个人管着是不？那还能是咱村儿里人？定是这个汉奸刘啊。"

"你别这么瞎嚼说，你那么稀罕你去联系，俺拖着两个娃，吃不了这个香。"翠儿加快脚步，却被山西子拽得慢了。

"哎呀，刚不是说了吗？人家就稀罕你哩，俺用不着你操心，别看拽着老的小的，媒婆子勤快着呢，俺想挑一个蓝头村那边的，听说家里有一顷地、三头牛，门槛都是铜做的……可听说那人是个斜眼子，俺可不吃这个亏，应不下俺的条条，才不要给他暖被窝。"

山西子一路说个不停，翠儿心里装着事，有一句没一句地搭着她，路边的棒子地沙沙拉拉，像藏着郭铁头那样的人。翠儿至今想不明白他们是怎么绕过炮楼钻进村里，又来到她那个小小的院子，也不明白鬼子都疯成那个样子还是捉不住这些要命的人。她只知道从那天起，她开始生活在新的危机之中，像一个老钟表里那个摆来摆去的东西，你要么这头，要么那头，停在中间那钟就会死。而显然的是她只能摆到郭铁头的这一边，要是摆回去，八成是棒子地里那些碎烂的尸体。但往这头如果摆不好，又没准会变成村口桩子上抽烂的郭石头。如此她羡慕地看了眼喋喋不休的山西子，为这个女人始终没心没肺眼热着。

"你知道不？这大平原上慢慢地已经栽满了炮楼子了，这说明啥哩？这就是鬼子已经管了这个天下了。"山西子突然叹了口气，让翠儿从恍惚里抬起了头，见夕阳斜吊在板子村的炮楼子上，那红色的光芒盖着大地，连翠绿的庄稼都变了颜色。可这本该感动她的阳光并未令她温暖，只让她对那些照不到的地方更生恐惧。

汉奸刘正在和村口的兵说着什么，翠儿拽了一下山西子："你先去吧，俺和他唠咕唠咕。"

"呦翠儿你可真是个快性子的，这就撵上去啦？成，听你的，回头跟俺说一下啊……"

山西女人颠着步子去了，翠儿咬了咬牙，擤了紧巴巴的鼻子，再揉揉有些烫的脸，迈着不大不小的步子过去了。

汉奸刘看到了她，脸上挤出和善的笑，于是翠儿也笑起来。"刘大哥在这儿干啥哩？"她说。

"没干啥，等着吃饭呢。"汉奸刘说完看了眼她的筐，"买了不少东西呦？赶集去了吧？"

"是哩，无非买了吃的喝的，都是对付孩子的。"翠儿将筐放在一个桌子上，两个兵开始查看。

"心里还踏实吧？"汉奸刘背着手说。

"还……算踏实……"翠儿拿出了那包烟，也不避那两个兵，"大哥这个给你的，买了不少东西，剩了点儿碎钱，也不知烟好不好，别介意哩。"

汉奸刘哎呦了下，伸手接了。"老刀，是好烟。"说罢他打开了，给两个兵一人分了一支。两个兵胡乱翻了几下，接了烟，这事就算完了。

"刘大哥，你跟俺来走几步，有些城里消息想问问你。"翠儿拎起筐说。汉奸刘愣了下，随即摆了下手，他们就向村里走去。到了大槐树前，翠儿放下了筐，见四周无人，立刻快声说道："大哥，俺在集市上吃烩面，上厕所的时候听见有人说话，说过几天要打炮楼子。"翠儿尽量小声，可仍见汉奸刘的脸白成了纸。

"一个人问是不是都准备好了，另一个说三十多个人，二十多条枪，准备了炸药要在半夜炸这炮楼子。"

"翠儿别说了，先别说了。"汉奸刘耳边流下豆大的汗，他的眼珠子转得飞快，"你这话和别人说过没有？"

"没有，吓死俺也不敢跟别人讲，但不讲也是个吓死，就只能和你说。"翠儿纳闷着，真说起来，怎一点都不紧张了？

"现在不说了，不方便，晚一点儿，我到你家去……"汉奸刘鬼祟地看着周围。他这话把翠儿说愣了，但这显然不能拒绝，翠儿就说了句好。

"等你孩子都睡了，我就来。"汉奸刘说罢扭身要走，却又回过头说，"门儿别插了。"

汉奸刘的反应超出了翠儿的估算，而她没法子和别人商量，她还要对付早就隔着墙头等她回来的山西子。好容易打发了，再给两个儿子弄了饭，哄睡了，天色也晚了下来。她在院子里坐不住也站不住，摸了摸毛驴，将自己心里摸得也更毛了。她害怕郭铁头和李好安猛然又出现在这儿，他们神出鬼没的，这可备不住呢。

汉奸刘来了，悄无声息地来了。他穿着没声音的鞋，戴着圆边儿的帽子。他推开门，又反手轻轻掩了，动作轻得像贴窗户纸。翠儿忙站起来要说话，他冲她轻轻摆手："走，屋里，上炕说话。"

又是个这样的，翠儿泛起一阵恼火，自己炕头成了别人想上就上的地方了。汉奸刘才不管她想什么，径直拐进偏屋。翠儿提了口气，摸着冰凉的碾子定了神，进门，再关门，掀开帘子，只见汉奸刘在炕上警惕地看着窗外。

"说吧……"汉奸刘的声音和猫一样轻微。

汉奸刘耐心地听完她说的，又问了很多并不难回答的问题，他一缕缕地揪着稀松的头发，像在进行艰苦的思考。

"翠儿，这话……烂在肚子里，再别和任何人讲，讲出来，定是杀身之祸。"汉奸刘凑近了她说。

翠儿心里一紧，却不害怕："说的是呢，刘大哥，俺听你的。"

"出事之前，我不会再来找你，你也别找我，万事你装不知道，晓得不？"汉奸刘伸出手，拍了拍她的手背。

"晓得了……"翠儿点着头。

汉奸刘和来时候一样轻轻走了，他的来去都没惊起村里的狗。翠儿合上门，站在院里发着愣，他们都不把话说完，她不晓得要面对啥结果，她简直就是个被人愚弄的傻瓜蛋子，被人在炕头上蹿来蹿去，吓来吓去，这狗娘养的日子，怎地就如此憋屈？

翠儿掐着指头算日子，每天都像是一年。有根看出了他娘的心事，或许也听到了屋里的话语，便问翠儿能帮她作甚，翠儿就怕他问起这个，就让他哄好还穿着开裆裤的弟弟。

"娘，咱爹是不是在打鬼子？"有根猛然冒出这么一句，正走神的翠儿吓丢了魂，一把捂住了嘴。

"要命的娃，谁让你这么说的？"

"大小子们都这么说，说俺们的爹都是去打鬼子了。"有根想是知道利害，这一句便轻多了。

"知道啥都别说，只和娘说，你爹去干啥了，将来他回来了，让他告诉你。"翠儿摸着他的头顶，看着那和老旦一般的前额，心一下子就软了。

郭铁头说的那一天终于到了。夜半时分，村口传来刺耳的枪声，先是一下，两下，然后就吵成了一片，甚至还有爆炸的声响。子弹嗖嗖地飞过板子村的上空，掠过那些安静的院落。村子被它们吵醒，狗叫成一片，鸡鸭在笼子里扑棱，然后是孩子的哭声。板子村从没响过这么猛烈的枪炮声，火光都闪亮了带子河。等了半宿的翠儿绷着九个胆子攀上墙头看向村口，只能看见大槐树被枪弹的火光映出的轮廓。枪声似乎来自不同的方向，却都在村口交汇，翠儿看见一串子弹直直地飞向天上，像要飞到月亮上去似的。炮楼周围又爆起一片耀眼的火光，几颗亮得吓人的东西飞起来，慢悠悠在天上飘着，鬼子的机枪点豆子一样狠打了一阵，她好像听到鬼子的吆喝声，或者是那些人的吆喝声。枪声停了，那定是有一边胜了。翠儿跳下墙头，拔去门闩要出去，头已经伸出去，又犹豫着回来了，是的，着什么急呢？

村子里又静寂下去，像一个人都没有吵醒，天即便大亮，每家每户仍门窗紧闭。大家都在等着先出门的勇敢者。翠儿躲在屋里，耐心地等着，等着，等得孩子都已醒来，喝下她胡乱熬就的粥，仍听不见谁家的门发出吱呀，谁的脚步在村路里走动。略微有些声音，必是那些倍感奇怪的野狗，蠢得分不清石头和麦粒的母鸡。山西女人昨晚住在隔壁，她定是用了十分的忍力才没有爬上墙头和她说起此事，郭石头的死或让她再不敢这么做。翠儿坐在了院子里，这前所未有的黎明里的安静，让她更知道这战争的内里。郭石头不是死于鬼子的皮鞭和狼狗的牙齿，而是死于每个村民的猜疑和推脱，老人们说，羊群里总有一只被挤出群外，让绕着羊群窥伺的恶狼叼走。

今天，谁先走出家门，谁就是那只羊。

翠儿想明白了这事，黎明便不可怕了，总会有这么个蠢人的。她耐心地洗漱了，喝了粥，给自己煎了个蛋，吃了从集上买回来的最后一块熏卤肉，再拉了屎，喂了驴，喂了鸡，给有盼拿了尿布洗了，直弄到实在没有事情可消磨这寂静了，终于听见村道里走出个人来。这定是男人的脚步，一步步走得踏实，像每一步都算过尺寸和深浅，又像故意用力踩踏着什么，后面还跟着一个狗一样的碎步。翠儿对这脚步再熟悉不过，村民们也不会是聋子，大家都和她一样拉开了门，看着袁白先生穿着他踢死牛的千层布鞋，目不斜视地背着手走过，鳖怪在后面快步跟着，慌张地看着每家每户的门。

翠儿在那一刹感到的不是庆幸，而是羞愧。她忙穿上鞋走了出去，村路上走出和她一样心思的人，男的女的老的少的，他们将野狗挤向角落，他们在沉默中走在一起，他们咳嗽着，彼此点着头，但并不交谈，连眼神的交流都不要，他们只是簇拥在这个实际并不老的老者身后。这老先生走出来了，大家的担心便不是担心了，而村民们更不能让老头一个人走出去，这是板子村遮风挡雨的屋顶，可漏不得。

袁白先生并没有因村民的尾随而改变脚步，他都懒得去看他们呢。他踩着外八字的步子拐出东西向的村路，往南走了几步，大槐树便近在眼前。村民们发出咿呀的惊叹，一时吓停了脚步。大槐树一共有五支粗壮的分叉，四个奔东南西北，最大的一支直指天空，可这一支已断得垂落下来，茬口处碎烂不堪。它零碎的枝叶落了满地，像经过一场罕见的风暴。而再往前走，村民们就像羊一样聚拢起来，他们看见炮楼坚定地屹立在那里，鬼子的太阳旗仍在迎风飘扬，鬼子和伪军们整齐地排在炮楼下面，旁边的一间房屋冒着淡淡的青烟，它们面前有两匹高大的战马，上面坐着穿戴得一丝不苟的田中和手持战刀的本间宏。

田中看到了村民们，对他们招了招手。他的动作是和善的，并没有带挑战和怀疑的意思，但它仍阻止了村民，连袁白先生都停下来了。

汉奸刘不知从哪里跑出来，他低着头迈着碎步子，像一颗直着跑的瘦冬瓜。

"太君让大家都来看看，匪徒们都被打死了。"汉奸刘边跑边喊道。

翠儿紧张地向后缩着，突然碰到同样紧张的山西女人，她一把抓住了翠儿的胳膊，故意问着谁也不会回答她的问题："咋回事儿，这是咋回事儿？"

炮楼前面躺着一排人，约摸十七八个，还有两三个活的，自然捆在木桩子上，只是扒光了衣服，赤条条挂着血。炮楼子上弹痕处处，几个伪军或捆或扎着绷带，三十多个鬼子仿佛个个毫发无损。乡亲们按着汉奸刘的指示站住了，那些尸体糊满污血，脸却一个个擦得干净，他们穿着奇怪的衣服，有的和抓走老旦的人打扮一样。

不知是被挤得还是自愿的，翠儿竟站到了这些死人面前，她不敢抬头去看，只听见心在肚子里擂鼓般蹦着。木桩子上的三个人淡淡地看着村民，中间那个脸上带着轻蔑。这几个不看都不行，翠儿一个都不认得。旁边蹲着像要吃了他们的大狼狗，狗的舌头上挂着丝缕的血肉，随着舌头的抖动晃悠着。

"大家都来认一下，看有没有认识的？"汉奸刘指着尸体们说。

这当然是废话，那里躺着亲爹也没人敢认哪，翠儿一个个看着那些脸，真是没一个见过的，连李家窑的那些兵好像也没一个。她不由纳闷起来，瞅了瞅站在一旁的汉奸刘。汉奸刘和没事人一样，只盯着站在前面的袁白先生。

田中磕了一下马，叽里咕噜说了几句，汉奸刘躬着腰听完了，大声说："田中太君说了，匪徒昨夜想进攻板子村，洗劫各家各户，皇军和维持会友军奋力作战，全歼了这支骚扰本村一两年的匪徒，活捉了匪首等人，他们将送去法庭接受审判。从今日起，板子村限制令暂时取消，感谢全村各户对皇军和维持会的支持，大家继续和平的生活吧。"

汉奸刘还说了不少，翠儿已经听不进去，眼前的事让她云里雾里，汉奸刘的城府令她无法揣度，田中的话到底是真是假？这一切，只能等着神出鬼没的郭铁头来了才能明白。

"扯淡！"袁白先生重重说了一句，扭头就走。其他人却不敢动，大家都害怕地看着马上的田中一龟，却见他只微微一笑，那笑比本间宏始终攥着的军刀还冷。

第十一章

血战余生

停歇了一天，日军吃饱喝足，大炮飞机敢死队又开始了。他们扔来大量的炸弹和燃烧弹，开始有针对性地扔，然后是漫无目的地扔，但这瞎扔却是有效的，一个城熊熊地烧起来。虎贲将士们成了炭炉子里的红薯，往哪边儿去都是火。十月都要过了，这么大冷的天竟烤死个人。死在火焰里的战士自不在少数，老旦看着已成火海的东门，不用问也猜得出，活的死的在那儿的，八成都烧成灰了。

几乎烧成炭球儿的海涛从东门跑了回来，背着一个五官烧煳的匪兵，玉茗生起气来，问他的排呢。海涛摇了摇头。

"那你怎么回来了？命令是啥你忘了么？"玉茗竟毫不给脸。

"烧得待不住了，这时候鬼子也过不来，给我五个人，再给点弹药，我还打回去。"海涛的脑袋也烧秃噜了，一皱眉哗哗掉灰，"我看见鬼子组织了敢死队，头缠着布条子，都端着机枪，多给我们点手榴弹。"

老旦拍了拍陈玉茗，对小色匪点了点头，小色匪忙搬了一箱子弹和手榴弹给他，陈玉茗从预备队里叫了五个战士，海涛只喝了口水，对老旦敬了礼。

"我也去我也去……"朱铜头站出来了，钢盔戴不下，扣了个小号的锅。老旦笑了下，没拦着他。海涛拍了拍他的脸，给他身上挂满了手榴弹，大伙都知道他扔得准。老旦冲他们点了头，这七个人便出发了。

"还有多少兵？"老旦问小色匪。

"各排刚才统计，还剩三十九个。"小色匪立刻回答。

"黄家冲的兵还有多少？"

"二十三个。"

"留好，掰着用。"老旦说。

今天真是紧要关头，师部直接给各作战单位送来命令。鬼子正从四个方向同时进攻，两个方向都是敢死队，摆出了决战架势，虎贲已经被全线压进城里，四条防线上有一条被日军突破，鬼子涌进城中，全线便将崩溃，命令：死守每一条防线，哪怕战至最后一人、最后一弹，不许后撤一步，贪生者，杀无赦！胜利生还者，每人大洋五百块。

"余师长好财主，一人五百啊，搬都搬不动啊。"二子看着命令，眼珠子都要掉出来。

"还不如每人给五百颗子弹。"玉茗阴阴地说。

老旦给玉茗递了杯水，他不喝，老旦坚持，玉茗便接过去，一仰脖喝了："旦哥，守不住了。"

"也跑不了了。"二子扔下一纸命令，颇不满地插上一嘴。

"那咋的？投降？你个球的！"老旦恶狠狠瞪了他，"废话别说了……这是咱们最后的防线，你把机枪都安在这儿……"老旦指着一条壕沟说，"二子，你再去一下团部，就说东门太难，怕顶不住，今天必须给咱们几发重炮，关键时候，哪怕一发都好。"

二子点了头，闭了嘴，戴上摩托帽就去了。老旦喂了鸽子，让玉茗写了个纸条，装进鸽子腿上的小桶，轻轻一抛，鸽子在天上转了个圈，正要往西边飞，远处打来一枪，竟将它敲了下来，老旦暴跳如雷，妈个逼的鬼子，连个鸟也不给放？

老旦和陈玉茗带了七八个人来到东门的阵地。大火稍歇，墙砖烧成碎块，土坯烧成齑粉，前日还满地横斜的尸体灰飞烟灭。满眼是烧透的黑色，天空也是黑的，久不散去的烟雾黏黏地流动着，老旦猜那些战死的战士们就在天上飘着，恋恋不舍地在半空观战。常德是生是死，是输是赢，就要在这黑色的天空下呈现分晓。

东门阵地人影全无，老旦颇感惊讶，海涛七个这就没了？鬼子在远处集结，人堆里钻着绿色的装甲车。老旦正要喊海涛，却见前面地面上几个黑乎乎的东西动起来，褐色的瓦砾中伸出一只手冲他挥着。老旦登时明白，大家就在这里，在地面之下披着烧焦的伪装在等着鬼子。陈玉茗给老旦指了一下，朱铜头趴在不远处一个弹坑里，身上披了几条麻袋套子，坑里堆满了鬼子的手雷——这小子来这么一会儿就偷了死鬼子的东西。

瞎打一通迫击炮后，鬼子的三辆装甲车上来了，它们的履带卷起焦土下的黄土，混成说不清颜色的土浪。它们本来并排着，但走近之后废墟狭窄，便不得不排起了队。它们定以为这边已经烧成了烤肉，开得弯都不拐。第一辆嚣张地过了防卫战壕，第二辆紧随其后，第三辆却没那么好运，几个方向来的燃烧瓶让它变成了火球，扭来扭去撞在一头炸死在墙上的牛身上，牛肚子猪尿泡一样爆了，一肚子蛆和烂下水喷浇在上面，差点浇灭了火。老旦吸了口冷气，为那里面的鬼子恶心得要吐。果然，车里的鬼子哇哇叫着跳出来，一落地就挨了黑刀。前面过来那两个车愣着冲，机枪胡乱扫，一个掉进了盖着草席的坑，那坑挖得够黑，看着不大，却深不见底，它王八样肚皮朝天，鬼子只能等着慢慢饿死。最后一个显然慌了神，原地转着开火，等着后面的鬼子，可旁边的地里猛然站起一人，抡圆了一根铁棍砸在它的机枪上，装甲车里登时一阵惨叫，机枪炸了膛，鬼子们好受不了。这人又将铁棍死死插进履带，猴子样爬上去，拉开裤门就掏出鸡鸡。

"鬼子，喝你爷爷的尿嘿哦！"老旦这才认出是海涛，亏他这时候尿得出，那尿黄得和汽油一样，像划根火柴就能点着了。鬼子的敢死队钻出了烟雾，见了这一幕哇哇就冲，机枪在装甲车上打出啪啪的火星，海涛来不及系裤带就蹦下来。一片手雷飘乎乎飞去，前面的一大群鬼子炸得前仰后翻。可直到这时候，战士们仍没有开枪，子弹金贵，他们要放到眼前七八步才会开火。朱铜头是最来劲的一个，他扔的手雷几乎直着飞，非要砸着鬼子的脑门似的。这厮膀大腰圆臂力过人，旁边有个弟兄给他递手雷和手榴弹，那手雷飞得呼呼的、准准的，半空就炸，就这么一个夯货，端机枪冲来的鬼子就被炸死一半儿了。

"早知道斗方山就带着他，这兔崽子是人肉平射炮啊。"陈玉茗感叹道。

"铜头哥往左扔一点，还是那么远，嘿呦，你好像砸在小鬼子头上嘿！不对！铜头哥，这个我忘拉弦了，再来一个！"

朱铜头扔得性起，头顶着锅光了膀子，这打小练就的石头打狗的本领，和二子真有一拼。为了炸到躲在墙后面的鬼子，还扔出去两个高抛的，炸得鬼子嗷嗷叫。这不要命的敢死队也不是傻子，一听见那边一个杀猪一样的吆喝声响起，他们就赶紧挪窝了。

两挺藏在暗处的机枪开火了，老旦只见一个烂井盖子下突突冒气，却看不见机枪手，这帮家伙都成了土行孙。一大群鬼子被打死了，后面的仍看不到这挺机枪。四十米开外上来了第二拨，却没再扎红头绳。

"注意保持队形，不要都挤在一条线上，三个两个的到弹坑里去，注意去捡鬼子的武器弹药，水壶也要，手雷更要，朱铜头！你给我扔得悠着点，别光顾了过瘾！海涛你再敢上坦克车撒尿，俺先割了你的鸡鸡！"

老旦叫唤了一阵，弟兄们都应了，他们满地乱窜了会儿，就又藏得老旦看不着了。

"鬼子没有下去的意思啊！"陈玉茗说。

"那是！听说他们屁股后面有督战队呢。"老旦揪过大薛，指着一个当官的，"把这小子先敲了……"

大薛嗯了一下，蛇一样爬去个高处，披上麻袋找着人。

"鬼子真是急了，迫击炮也不打了？"老旦拉了下枪栓。

"先不要开火，等大薛敲了他们的头儿再打！"玉茗大声命令。

突然，两架飞机从半空的黑烟中钻出来，像要栽到地上似的。弹雨冰雹一样洒下，几个战士被扫中，血肉如炸开般四溅。蒙着麻袋的大薛躲了一下，托枪的左胳膊连着肩膀咔嚓断了，右腿也远远地飞去一边。老旦大惊，却见他没动，左肩冒着血，右臂仍按着步枪，片刻之后砰地射出去。当头的鬼子指挥官脑门中弹。一个战士忙扑过去扶他，拿出肮脏的旧绷带来要给他扎。大薛嗷嗷叫着，朱铜头在旁边坑里大喝一声：

"他让你们去打机枪，别管他！鬼子上来了！"

说罢，朱铜头就扔出一颗手榴弹。战士们全部开火，子弹齐刷刷地射向杀来的鬼子，海涛划拉来一支鬼子机枪，阵地上顷刻弹雨如蝗，血漫当空。陈玉茗捡回了大薛那半条腿，给他包好了，示意小色匪把他抬走。大薛不干，一条腿还踹了小色匪个跟头，他拍着步枪大喊：

"我不走！"

大家都听到了大薛的话，竟一时不开火了，这简直是见了鬼，没见过喉咙被子弹打飞了还能说话的人呢。朱铜头先是一怔，哈哈大笑起来："大薛！原来你装哑巴装了这么多年啊？你当年洞房的时候，我们都在窗户底下，一晚上也只听你哼哼过，今天断了条腿，把舌头找回啦？我替你谢谢小鬼子啦！王八羔子们！看家伙！"

大薛呵呵笑着，让小色匪往他嘴里塞了半根烟，将步枪塞回了右臂，对小色匪示意着。这机灵的小家伙立刻坐下，给大薛当起了枪架子。

阵地前的日军麻袋一样摞起来，可这吓不住后面的鬼子，他们跨跃过来，步枪上了刺刀。前面弹坑的匪兵打光了子弹，一个抢刀就上，可只砍翻了一个，就被三四支刺刀钉在地上；另一个机灵的蹦出去，操起散落的步枪抬手就是一下。一个鬼子脸上打出个拳头大的洞，一团东西飞出去糊了别人的脸；一个举刀的鬼子快速跑过，刀横削过，匪兵的头呼地升上了天。海涛勃然怒了，他骂着娘，操起机枪站起，将那鬼子打得蜂窝一般，他身旁的鬼子砸来一枪托，海涛一头便栽倒了。

"排长！"

几个战士高喊着冲出战壕要去救人，立刻被子弹击倒。两个鬼子像是受了命令，扛起海涛就往后跑。陈玉茗急了，又不敢开枪，他跳着脚要冲出去，老旦一把拽住了。

"阵地要紧！不能去！"

陈玉茗急出眼泪。大薛连放两枪也没打着——他伤太重了。眼看着海涛要被敌人捉了，老旦声嘶力竭地喊：

"朱铜头！"

朱铜头攥着两个手榴弹，吃惊地看着老旦。

"弟兄们！打死我……铜头，炸死我！"

海涛喊着，定是醒过来了。老旦死死瞪着朱铜头，陈玉茗跑过去，鼻子顶在朱铜头的脸上喊："扔手榴弹，快扔啊！"

玉茗泪如泉涌，在满是血痂的脸上冲出泪痕。朱铜头咧着嘴哭起来，他摇头后退，看着海涛的方向，抖着声音说："海涛，好兄弟啊，铜头帮你来了！"

他看准方向，奋力挨个扔出手榴弹。它们晃晃悠悠飞去，像秋天沉甸甸的喜鹊，先后落在海涛身旁，将他和两个鬼子炸倒在黑红的烟雾里。朱铜头撕肝裂胆地喊，他瘫软跪倒，肥硕的身体撞在地上。

炮火！六颗炮弹落在敌人之中，将他们炸得四散奔逃，老旦眼睁睁见个鬼子钻天猴儿一样拔地而起，在空中散成碎烂的肉，一面太阳旗纸片儿样旋转着，又风筝一样飘远了。二子此时带人赶到，老旦又泛起武汉江边的那股狰狞，他噌地拔出大刀，哇哇就向前冲了。可还有个受重伤的战士比他快，这家伙拿着两颗冒烟的手榴弹冲进鬼子堆里了。他也不管扎在身上的刺刀，用手榴弹砸碎了一颗头，炸躺下七八个鬼子。

老旦劈了两个鬼子，带着战士们追了一阵，忙退回来，捡回鬼子丢下的武器，乐呵呵跳回各自的弹坑。朱铜头仍缩在那儿哭成个泪人，紧紧抱着个烧成了焦炭的弟兄，那弟兄右手还死死地抓着半条腿……

"大薛！"陈玉茗扔下枪支，哭喊一声扑在地上……

死亡。

无处不在的死亡。

夜晚的常德城像即将熄灭的焚尸炉，只剩死亡的气息和发红的废墟。月亮吓跑了，星星炸没了，照明弹催魂一样照着这破败的死城。鬼子在唱歌，那不是庆祝胜利的歌，也凄凄惨惨带着哭腔的，也跟你没完没了的。他们也在崩溃的边缘，老旦听得出。

老旦坐在指挥所外，闭着眼，一腔灵魂回味和打量着这半月，失疯了么？坠魔了么？是遇到鬼绊头了么？怎地竟将这么多兄弟带入死亡的漩涡？应该吗？值得吗？壮烈吗？他们守寡的女人从此愁云惨淡，他们年幼的孩子记不住爹的模样，梁七和麻子妹连娃都没有，就这么着绝了……这是什么孽么？东躲西藏，千挑万选，最终走到这么一步死棋。

尸体的焦煳味熏了他，见鬼，他吐了唾沫，没打过仗的人会以为是谁在烤鸡屁股吃。这味道刺开他的眼，他想到几千名虎贲兄弟死在这小小的常德城里了，这就是他们的味道，黄家冲来的弟兄只是这里的一撮，还有鬼子的味道。常德城这抹绛红的血色已成悲壮，渗在砖墙之中、肌肤之下，老旦知道这辈子也忘不了。

二子一晚上在抽烟，天这么黑还戴着摩托镜，要蹿出个鬼子八成能被这大眼鬼吓死。他和陈玉茗埋了大薛，大薛死死攥着自己的腿，二子要给他分开，陈玉茗说算了，二子给了他一巴掌，两人不由分说打起来。朱铜头挡在中间劝，这两人又一起打他，朱铜头哭着让他们打，打着打着三人就抱头痛哭了。他们仨一把土一把泪地埋了大薛。他们还爬去找海涛的尸体，却找不到，找到的半拉人也不能肯定是他。

陈玉茗头发焦了，成了半个秃子，额头上烧起大串的泡，左眼肿成个茶鸡蛋，勉强睁开的右眼布满血丝。他很少哭，今天这场泪令他像老去十年。老旦知道他不单是为这几个弟兄，更是心疼黄家冲来的匪兵，他真是花了心血，好多人和他熟得互抽烟锅子，家里有点啥事都要拉他去喝酒。

老旦看着他们，心绞得疼起来。二子又点了一支烟，老旦便说："别抽了，嗓子都哑了。"二子看着烟，捻了捻扔进黑暗里。他突然站起来，原地转了几圈，猛然对老旦哇哇叫起来：

"俺一个人来就来了，俺孤家寡人一个，俺打不了跑得了，你干啥叫这么多弟兄来？好像都是俺带累的，俺不是这个意思，俺不用你们来找！你干啥这是？你让俺还咋活？"

二子旁若无人地大叫着，吓得几个兄弟手直哆嗦，鬼子的冷炮手听着声音就能把枪榴弹打过来。陈玉茗登时扑倒了他，几人蜂拥而上，捂嘴的拖腿的，老旦忙随大家离开这里，刚走出十几步远，两颗枪榴弹果然炸起来，朱铜头的锅嗡地飞起老高，转着飘出老远。

"干甚呢你？你想死自己死去，谁是为你回来的？俺们就不是个人？来了就来了，你想球这多干啥？再胡闹俺捆了你！"老旦扯掉了他的摩托镜，镜子里哗啦流了一地水，那是二子一只眼攒了一晚上的泪。

"炮兵没有了……炮弹打光了，给咱们的是最后几颗。俺傍晚去找他们，想给他们两包烟抽，才知道师部命令他们炸炮，炮兵弟兄们不愿意……炸炮的时候，他们十几个人和大炮抱在一起，全一起炸了……"二子摩挲着一颗子弹说。

"子弹也没了，师部的几个军需官今天上了阵，死了，鬼子再来的话，虎贲只能耍大刀、砸砖头了。"陈玉茗用块纱布沾着白酒，一下下擦着额头。

老旦静静听着，虎贲的壮烈……还哪里叫仗？就像村子里揣豆馅儿，红红的豆子和溜圆的大枣锅里一扔，没多久就是烂糊的一团。还有这个王立疆，说是去接应援军了，一走两天了，人呢？一半儿脸冲他来的，莫非他个龟孙儿先跑个球了？

"王立疆回来没？老旦的鸟都飞不出去，这人飞哪去了？"二子猛然抬头道，看他闭不上的嘴，显然还有半句没说，他竟和老旦想的一样。

"不能的，他不是这人……"老旦揉着脸，这话自己都不太信，"要真这样，这就是咱的命。"老旦摸着半截小指头，悄悄心酸起来。

那一天，翠儿用胖乎乎的手摆弄着他这根小指头，他们一起听着袁白先生给老旦捏的命数。

"旦儿啊！俺老汉说了，你且认真听……汝之命线起自太阴丘，而终于金星丘侧，其间多叉，遍布平原，既短且促。汝之命相纹乱沟深，经纬叉错，掌虽大而指纤，鏊虽深却苦短，五指虽齐却不能并拢，伸张又不能平直。世事无常，乾坤不测！后生哪！你原本是一生穷命，与富贵无缘，于风尘多难，高堂不能终其天年，子嗣不能脱胎换骨。天下虽大，容你之处寥寥，日月虽多，清净之音淡淡。你不惹事，事却找你，你不赴灾，灾又不断，大悲大难，祸不单行。旦儿啊！听俺老汉一句话，少生妄念，安生是福！一个地瓜一个窝，挪出去便是死地！即若有贵人相助，九死虽过得以一生，则可享一时之乐，可惜光阴不久，且乐极生悲也哉……"

老旦云里雾里，翠儿懵懵懂懂。袁白先生自是高论，只是太过高深，听都听不懂，更不知怎问这昔日的老秀才。二人却知道这老朽没什么好话，将原本备好的两个钱扔了一个给他，就溜了。如今回想起来，这话验证着他诸多经历，更仿佛在暗示更凄惨的未来。想到此，面对着一脸阴霾的二子，老旦心里怯怯地浮上无助，恨不得掏出肠子捂着眼，恶狠狠哭上一场。

参谋主任龙出云前来探望，一伙人锅底般漆黑，密密麻麻的小窟窿把呢子军服弄成了破烂的纱窗。他的副官告诉老旦，龙参谋几宿没睡，每天东南西北地走动着，一颗炮弹炸在米堆上，几个人登时变成这个样子，离得近的后背上镶进去一百多颗大米，正在医务所里一颗一颗地往外拔……

龙参谋转达了余程万师长的关照，带来一批大洋，也给驻守东门沙河至四铺街一线阵地的鬼兵连颁发了奖章。勋章显然多了，不打紧，一人戴上四五块，将来活着还能给兄弟家带回去。大洋竟有……五千块！老旦说了声谢，龙参谋建议平分给鬼兵连最后的二十一个人，每人两百多块。这白花花的硬货是种一辈子地也赚不回来的钱，二子的眼直了，一个晕死了半天的兵直起腰来，说了声乖乖，倒头便真死了。

"阵亡的将士呢？"老旦问。

龙参谋低头踌躇道："只能都记着，将来抗战胜利，再按大家的标准全部补齐。"

他这话没错，老旦也猜到了，但听着仍不舒服。

"听说你们捣了鬼子的一个医疗所？"龙参谋抬头问。

"是，龙参谋，部队缺药缺绷带，俺带人去的。"

"杀了鬼子的伤兵，还有医生？"龙出云又看着地面说。

"是，都杀了。"老旦站着说。

"以后不能这样，这太不人道了，这是违反日内瓦公约的，医护人员更不能肆意屠杀……"龙参谋仍没有看他。

"龙参谋，对鬼子还讲什么人道？咱们的弟兄死得那么惨，鬼子可曾讲过什么人道？"二子坐在那儿不干了。

"你站起来说话！成什么样子？"老旦忙呵斥他。

"咱们部队是有战斗纪律的……"龙参谋叹了口气。

"龙参谋……长官，鬼子是伤兵不假，可他们毕竟是鬼子，手上沾着咱们弟兄的血，照俺的意思，应该一把火烧了，俺砍了他们的头，还算便宜！"二子站起来说，这小子要揽责任，老旦忙堵住他的嘴。

"就你刀快？听长官怎么说……龙参谋，是俺的命令，以后不这样了。"老旦立正道。

"龙参谋，我们连后面的医务所也被鬼子捣毁了，几个医生和十几个伤兵，全被杀了……"陈玉茗也坐不住了。

龙出云皱了眉，站起来说："这事过去了，就当没发生过，我就一句话，咱们和鬼子不一样。"他给老旦等人敬礼，说，"东门拜托诸位兄弟了，再顶一两天，王团长去找援军，也该回来了……"

"龙参谋，咱们……不撤退？"老旦咬牙问道。

龙出云回过头来，在黑影里瞪着老旦的眼："虎贲从来没临阵脱逃过，这次也不会。"

龙出云带人去了，老旦等人站在原地给他敬礼。"完球了，咱全完球了。"二子丧气地放下了手。

战士们没听见二子的话，一个个别上了军功章，花花绿绿挂在身前。黄一刀少了条胳膊还要挂，小色匪帮他别上，黄一刀用手一个个弹着说："喜庆呢……"

"挺好看的，就是不知道能不能帮着挡颗子弹喽。"黄一刀拍着胸前嘿嘿笑着。

"那还用挡？鬼子看见黄大哥这么威武，子弹早绕着走了。"小色匪给自个儿也别上了，他又将大洋装进身上的兜，几百块竟也装了进去，他顽皮地跳了一下，卖铃铛般哗哗响。

"你不嫌累赘？这还咋打仗哩？"老旦拍着他的头。

"不累赘，就是死也当个财主。"小色匪呵呵笑着。

"拉球倒！老子自打当了兵，挣的百十块大洋毛都不剩，第2军还欠俺两百块……和一个青天白日，跟鬼子弄起来还能保得住？俺告诉你，贪财的都活不了！最后能挣个全尸，就是你小子造化！"二子捣了小色匪一拳，硌得拳头生疼。

老旦这晚睡着了，梦到板子村的翠儿和有根，梦到阿凤和玉兰。每个梦界限分明，从翠儿被娶进门到有根落地，从阿凤给他换药到抱着玉兰在床上打滚，它们历历在目。可太过短暂，短到还没有说上句话，还没嬉笑一阵，就被清晨的冷枪击碎了。

天竟然蓝汪汪的，还有丝缕的白云，是放了晴呢。老旦的眼受不了这明亮的蓝，赶紧别开头去。天空熟悉又陌生，板子村秋天雨后的天也这样，只是云高一些、厚一些、软一些。他伸直僵硬的胳膊，掏出怀表看了看，原来只睡了一个多时辰，咋梦见了那么多事呢？

清晨还有小雨，阵地上一片水雾，战士的枪泛着晶亮的光，老旦这才发现周身湿透。他拉出蔫萝卜似的命根放水，饶是尿意甚浓，却挤不出一滴，只火辣辣地疼胀。可二子凭啥哗啦啦地痛快？老旦恨恨地拴上裤带，想走去一边悄悄挤弄。陈玉茗以为他去巡视，忙起身跟上，老旦也不好推，二人就真的走向前沿了。

被炸平的战壕再度挖好，麻袋不够，趁鬼子的尸体还没臭，弟兄们拿来做了掩体。弹药已经全是鬼子的了，自己部队的枪都成了摆设。朱铜头用布擦着一堆手雷，像擦着他最喜欢的靴子。

"这玩意你擦个啥？扔出去的货。"老旦笑道。

"呦，旦哥你起来了……这玩意也有灵性，擦一下炸得就好，每个弹片儿都不糟蹋，要不都是鬼子的玩意儿，怕它们躲着小鬼子飞呢。"朱铜头站起身来，这厮不知在哪里洗了脸，竟白胖如刚来的时候。

"旦哥，刚才有两个举着旗子过来的，被我们敲掉了！"老匪黄瞎炮说。

"这样……不好吧？下次不要打！"老旦故作严厉。

"旦哥，有啥不能打的？咱们的弟兄死在哪儿有啥关系？反正是在咱中国的地界上，湖南的地头上。可小鬼子杀我们的人，死在我们这儿，还想大摇大摆地拉回去？我看不行！"黄瞎炮抠着脚丫子，一副满不在乎的样。

"别说了，不行就是不行，这是命令！"陈玉茗横起了眉毛。

"是！"黄瞎炮放下脚丫子，起身给他们敬了个礼。

朱铜头见老旦也红了脸，以为他生了气，给了黄瞎炮一下栗凿，见他撅嘴，就又拍拍他的肩膀间："咋的啦？鬼子杀少了不高兴？为这个生气？"

"不是啊，昨天我明明杀了四个鬼子，黄二愣他非说有一个是他杀的，我明明一刺刀扎在那鬼子肚子上，可二愣说他没死，又补了一枪才死，你说算谁的……旦哥正好在这儿，也给评个理。"黄瞎炮两手一摊，等着老旦的评判。

老旦被他问了个大眼瞪小眼，虎着脸说："啥个算你的算我的？又没有给你定任务，你计较个这干球啥？"

"旦哥！我和二愣的钱凑一块儿了，可是说好了的，谁杀得多，这钱就多给他一份，除非他壮烈了，刚才二愣在担架上还和我争哪！"

老旦恍悟，原来匪崽子们用杀鬼子在打赌，赌注还不小哩。

"二愣伤得重么？"

"皮肉伤，没伤到骨头也没伤到蛋！"

"那你就别和他争了，你要是嫌少了，把我的拿去，我巴不得你多杀几个哪！"陈玉茗笑了。

"陈哥你说啥呢？这是两码事嘛！你嫌我没受伤是不？看今天我给你负一个！"

黄瞎炮像真生气了，背过脸去将嘴撅得驴一样。陈玉茗便打圆场，笑呵呵地拿出一包烟塞给他。黄瞎炮立刻来了个变脸，一脸堆笑地说道："嘻嘻，陈哥你见怪了！其实都是开玩笑，二愣他还替我挡了一刺刀哪！大洋全给他我都不心疼，就是想骗你一盒烟抽……"

"奶奶的老土匪！肚子里这么多坏水，把烟还给我！"陈玉茗笑着去抢他手里的烟。

"陈哥这么小气，怎么带兵打仗啊？你好赖也是大官呦！弟兄们，长官打劫啦！"

黄瞎炮把烟撒给了战士们。老旦故作不屑地指着他，踏实极了。老兵啥时候心也不乱。

"旦哥，我有个想法，可以跟你说不？"小色匪说。

"有啥球不能说的？讲！"

"旦哥啊，这些个大洋是不好拿，俺揣了一晚上拉屎都差点站不起来，你说能不能大家都凑一块留着，万一我回不了黄家冲，你还能收了转给我爹妈？"小色匪说得认真，大伙听得仔细，这是个好办法呢。

老旦看着单瘦的小色匪，三年前这小子仿佛刚缝上开裆裤，每天被玉兰打耳光踢屁股，如今已经变成了坚强的战士，做好了"壮烈"的准备。这令他伤心起来。从冲里出来的时候，他曾发誓保护好这些黄家冲的好娃子们，可十多天下来，这些生龙活虎的身影已永久地消失了。也许再过一两天，连自己都没了。

"傻伢子，你自个儿把钱收好，等着这几仗下来攒得多了，鬼子也退了，咱们一起带回去，给你老娘买几头牛去！"老旦信口胡诌着，不自在地扭过了脸。

黄瞎炮眼睛眨巴着，说："我觉得不错呢，揣在身上确是不踏实，万一我壮烈在那边，鬼子说不定给掏了去！咱黄家冲的都拿出来放到一块……对！就放在这个铁盒子里，最后活着的别忘了把这箱子钱带走，可不能像二当家那样再给一路散了，你们看可成？"

大多数人表示同意，朱铜头迅速找来了个铁箱子，匪兵们的大洋哗啦啦扔进去，像丰收时倒进缸里的麦子。"咱再去向龙参谋要点儿，战死的弟兄也要，旦哥面子大，他不会不给的。"黄瞎炮肯定地点着头。

"有鬼子！"一个哨兵大喊道。战士们立刻归位，大洋胡乱地扔进箱子，朱铜头最后扔进去，严严实实关好了，放在地上一个低洼之处，上面盖了口破烂的锅。老旦忙走到壕边望去，却见匪兵们都看着那个箱子，像是看着刚娶进门的小媳妇俊俏的脸。

"两个鬼子，一个举着白旗……真不要命啊，还敢来？"黄瞎炮哗啦开了枪栓。

"别开枪，看看怎么回事。"老旦命令道，他拿过望远镜看去，只一眼就放下了，"服部大雄，是这兔崽子。"

"哪个服部？"陈玉茗不解。

"把咱挡在斗方山山口那个。"二子说。

"哦，想起来了，球毛硌蛋，冤家路窄啊。"陈玉茗抄起了枪。

"是呢，要不是二子救我，前两天在鬼子医务所外面，俺就被他一刀劈了。"老旦再拿起望远镜，确定服部是来谈判的。

"都别开枪，俺去听听他要干吗？"老旦戴上了帽子，"这兔崽子跟我们可仇大了。"

"我和你去。"陈玉茗放下枪，对战士们说，"都瞄着，看我举手才能打，谁敢瞎开枪，回来我扒了他的皮。"

服部大雄仍和多年前那样穿戴整齐，只是颌下多了些花白的胡子——他这年龄亦不该有这样的胡子。老旦和陈玉茗慢慢走去，那张脸在前方雾气里忽隐忽现。

可是，这回忆并没有勾起他的愤怒，如同第一次走向这个鬼子一样，服部仍和那一次见面时那么站着，手自然地垂在两边，手套仍然雪白——老旦不知为何这手套能那么白。他只是瘦削了些，脸色虽然灰暗，下巴却依旧高昂。他纹丝不动地等着老旦。老旦一路都在想要说什么，可还没有想好，服部却开了口，那一刻老旦有了错觉，觉得自己变成了杨铁筲。

"老朋友，你好。"服部的中文更好了，老旦对服部点了下头，先听他说。旁边那人也是熟脸儿，杀猪样的大络腮胡子，自是斗方山那个服部身边的。

"我以为你们还会开枪，看来我运气好。"服部看着老旦的身后。这家伙胆子真不小，他是不怕死呢，还是知道自己不会下令开枪？老旦很难猜。

"你是运气好，上午那两个挨枪时我不在。"老旦说。

服部并不在意，说："两个事情，第一个还是这件事，我希望能拿回我的士兵，帝国的战士们战死沙场，我要让他们的骨灰回家。"

"你可没让我的死弟兄回家。"老旦没好气道。

"你们没有提出这样的要求，事实上，死在斗方山那一仗的那些战士们，我都给予了厚葬，还立了墓碑，将来你会看到的。"服部大雄背起了手，他的高傲让老旦厌恶，可老旦就是撑不出这份威严，他知道有些东西是自己这个农民做不到的。

"死人俺不稀罕，你可弄走，拉个车来，别带枪……咱有来有往，俺们死在医务所那边的，你也送回来。"老旦也昂起了头。

"没问题，你们在医务所做的事和我们一支连队在你们医务所做的事，我都很遗憾，我处分了杀害你们医生和伤兵的人。"

"这鸡巴操的事儿别提了，俺也没觉得扯平了，还有啥？"老旦看了看服部的身后，那看不到的地方想必也有很多支枪指着他。

"和五年前一样，请投降吧，你们已经很英勇，再打下去必会全军覆没。"服部看着老旦的身后说。

"你哪次把俺们弄玩完儿了，今天？也不会！"老旦嘿嘿笑着，轻松地摇了摇头。

"这次不一样，我想你是清楚的，你们的援军来不了了，而我们马上要再次进攻，师团长给了最后的命令，常德城将片瓦不存。"服部低下了下巴，言语虽硬，眼光里带着奇怪的诚恳，"如果可以说服你们的师长最好，如果不行，可以单独撤出战场，我不奉劝你们加入我们，但能保证你们平安离开。"

这真是诱人的话。老旦低下眼皮，绷着的劲头像被一根针刺出了孔，丝丝地流着什么。千万个念头在心里滚着，碾着，撕扯着，要从这些小孔里钻将出来。他觉得脸在发烫，腿在发软，喉咙瞬间干渴，手心流出奇怪的冷汗。他咬牙抬起头，却不敢看向服部。

冷汗从手心扩散，不觉覆满了全身，不知什么令老旦又回头看去，一个战士都看不到，他们都藏在各自的角落等着玉茗挥起胳膊。玉茗始终盯着服部，右手神经质地微微抖动。老旦见他脚下那碎砖烂瓦里有一抹嫩绿的草，它倔强地钻出来，轻轻摆动，白色的花骨朵包着不知颜色的花朵。

"不行。"老旦轻轻地说。

服部挪动了一下，也看了看自己的后面，又回过头说："好吧，一会儿我们会来拉人，再之后，我们会进攻，彼此……保重吧。"

服部立正敬礼。老旦犹豫了一下，也举起了右手。陈玉茗诧异地看着老旦，他没有举手。

日军送来了四十二具尸体，拉回去两百多具，这些都只是找得到的，找不到的那些，大家心照不宣。

"龙参谋说援军很快就到，第10军已经靠过来了。"二子从上面回来说。

"晓得了。"老旦头也不回，他看着摞成一堆的战士们，将燃烧的火把扔了上去。浇了汽油的尸体腾地烧起来，炙热卷着每个人的脑门。老旦后退了几步，自言自语道："回家吧，弟兄们……"

弹尽粮绝，为国捐躯！

看着熊熊的火焰，这八个字闪电般掠过老旦的脑海，令他通体冰凉，腿脚打颤。不就是这样么？不就是这么一个结果么？从黄河边上辗转到这里，早晚不就是这么一个结果么？马烟锅去了，麻子团长去了，那么多弟兄都去了，自己有啥理由不去？他望着升起的太阳，听见鬼子那边传来吆喝的声音，那么喜人的太阳，终于要告别了，他想拿出最后那只鸽子放了，却觉得矫情，让玉兰留在那里，等着这只鸽子吧。他的嘴角咬出了血，他的眼角挂了泪花。

朱铜头和几个战士搬来了五箱子弹，老旦颇为诧异："咋回事儿？"

"城里的警察找的，他们半年前埋在地下两万发，头都打晕了，这帮笨蛋差点忘了。"朱铜头用刺刀咔嚓撬开一个，黄澄澄的子弹啊，看着比金条还要喜人。二子嗷地扑上去，抓了一把在嘴上亲着。

"乖乖，俺的亲乖乖哟。"

"快把咱的枪找来，这下有的使了，鬼子，有种的来吧！"黄瞎炮一把丢了三八大盖儿。

"装……装……装甲车！鬼子来啦，准备战斗……"黄瞎炮扯直了嗓子喊着。

能够战斗的不过四十多人了，旁边阵地上的残兵也到这里集中，他们的连长营长都没了。二子点上烟，拉下他的摩托镜，背靠着一排弹药箱托起了机枪，一副要大开杀戒的样儿。朱铜头像个卖手雷的，一个个摆整齐显摆着，他嘴里咬着一个手榴弹的屁股盖儿，早咬成了一块铁皮，在牙齿间磕磕碰碰，发出脆硬的响儿。小色匪用舌头舔着子弹，一颗颗地舔，他说这样子弹就带了黄家冲神婆的咒语，鬼子挨了将必死无疑。老旦去兜里掏烟，没了，烟丝也早断了，可他仍在身上摸来摸去，就摸到了那熟悉的梳子。一摸到这东西他便放松下来，像摸到了踏实的土地。他悄悄拿出来，摘了帽子。半个月没洗的头发已经黏成一片，梳子从里面艰难通过，头皮被拽得生疼。这疼比眼泪还要熟悉，马烟锅就是这样给他梳的。他用它梳过阿凤的秀发，梳过玉兰的鬓角，梳过好几个死去的战士的毛，梦里还梳过翠儿和有根。

"弟兄们，能和你们一起干鬼子，老旦三生有幸！"老旦揣起梳子，憋足了劲喊了一声。战士们惊讶着看他，一个个绽开了笑。黄瞎炮狗唤月亮那样嗷呜嗷呜地叫，黄一刀杀猪那样呀呀呀呀，小色匪学着林子里一种怪鸟的噶及噶及，二子却唱起了豫剧：

"俺一见俺的父王动真气，走上前来扯龙衣……"

唯独陈玉茗不哼不哈，不说不笑，只扔了帽子，掏出红色的铁面具挂在脸上，他身上别了好几支手枪和匕首，老旦知道，肉搏中他能以一敌三。

匪兵们见他如此，纷纷找出自个的面具挂了，壕沟里冒出二十多张红鬼脸儿。可有人没有，凑过来的其他连的更没有，黄瞎炮颇得意地用手指弹着面具："怎么着？眼热了？等俺死了你就拿去戴上……"

装甲车走到半路，喘着气停了，迫击炮和平射炮也没响起，更不见扎着红头绳的敢死队。将散的迷雾中人影绰绰，像梦里夜半谁的游魂。老旦终于看清了，战士们都张大了嘴面面相觑。前面一排是十几个踉踉跄跄的国军弟兄，他们反剪着双手走在前面，有人被两柄刺刀穿过双臂，几乎是挑着走。一个鬼子中队长傲慢地走在前面，小胡子撅得羊屎一样，却不是服部和他身边那个。这军官后面跟着几十个鬼子，再往后就看不到了。

"日你妈的小鬼子，有种自己上来！旦哥，这他妈的怎么办啊！"朱铜头攥着手雷无措起来。二子端着机枪傻了眼，对老旦喊："是王团长，前面的是王团长。"

老旦看到了，被顶在前面的人血流满面，那两道笔直刚毅的眉毛，宽大瘦削的身板儿，略带佝偻的长身，正是抓他和二子当兵的王立疆。

"是王团长！大家别开枪！"老旦命令道。他明白为何王立疆没有消息，为何服部说援军不会再来。

王立疆的两条胳膊上各透出一把刺刀，斜斜地挑向两边，脸上血污狼藉。两个矮小的鬼子躲在他身后向前推。老旦想叫大薛和神箭手梁七，却想起他们已经埋在地下，老旦很快晓得，除非投降，否则救不了他。

"旦哥，投弹距离要到了……"陈玉茗说。

"弟兄们！听好了！老子是虎贲169团副团长王立疆，你们都是老子的兵，给我听清楚了！开枪！向鬼子开枪，你们要是心慈手软下不了手，让鬼子夺了阵地，老子做鬼也扒了你们的皮！扒了皮还要枪毙你们！前面的指挥官是老旦吗？命令你的士兵开枪！这是命令！"

王立疆挣扎着大喊，其他战士也纷纷叫起来："弟兄们，听王团长的命令，他做鬼有我们陪着，你们放心！"

"开枪啊，这算个球？鬼子快不行了，硬了一晚上，别最后给爷们流在炕上！"

"求你们，开枪啊，把我后面这鬼子弄死，快点呀！"

鬼子军官一摆手，他们停了下来。鬼子们在刺刀上使劲，众人疼得住了嘴，却发出阵阵惨叫。

"弟兄们听着……鬼子快撑不住了，别看能诈唬，可他们也弹尽粮绝了，打东门的指挥官刚被撤了，他们没招了啊，咱们的援军正在包围他们，你们就等着中心开花吧……"

见王立疆仍在喊叫，一个鬼子猛地举起枪托砸他的头，王立疆一个趔趄，黏汪汪的血又流了一脸。陈玉茗见那鬼子露出半个身体，抬手就是一枪，子弹击穿了鬼子后背，又捎到后面一个的胳膊。鬼子军官大怒，闪电般抽出军刀，熟练地一刀挥出，一个挑在前面的战士登时人头落地。

王立疆见这弟兄的头滚过脚边，眉头一皱，又挺直了身体：

"弟兄们……从为国当兵起，老子就等着这一天……你们一定要坚守阵地，和虎贲等到最后的胜利！老旦，二子，你们俩给我听着，老子抓了你们来当兵，你们不冤！男子汉大丈夫，为大义生死一遭，夫复何求？替我向柴团长和余师长问个好……"他回头看着身边的弟兄们，"弟兄们，跟着我这一趟，辛苦你们啦，还认我这个副团长的，都跟老子上路吧！"

王立疆血面狰狞，哈哈大笑起来，继而是一声大吼。他猛地一拧身子，穿过胳膊的刺刀横着切了出去，鲜血划着半圆洒在地上。王立疆一声怪啸，冲着那近在咫尺的鬼子中队长一头撞去。鬼子军官忙挥起刀，哪里还来得及？被他结实地撞中面门，那一声脆响像掰断新熟的苞米，掰开熟透的西瓜，二人俱都脑浆迸裂了。其他战士也大叫着纷纷转身，或撞或咬，阵地前面惨叫连天，血雨横飞。

"杀！"

陈玉茗声嘶力竭下了令。老旦哇地哭了，拎着大刀就去了，他像着了火的奔牛，直通通就去了。战士们号嗨一片，吼声和子弹一起喷发。子弹穿过国军弟兄和鬼子们的身体，让他们纷纷倒伏了，鬼子扭头要跑，可屁股后面追来个举大刀的家伙，咔嚓咔嚓就砍他们的脑袋了。他身后还跟来几十个鬼一样的家伙，拿着各种奇怪的武器。一个大胖子头戴着一口锅，挥着两把大号的菜刀；一个独臂的鬼脸儿，怎么跟个猴子一样蹦来跳去？可他们都如此凶狠，满地的人头他们看也不看，机枪的扫射他们都不怕，他们疯了，傻了，哭了，他们是不想活了。

"冲，干脆冲到底！"老旦抓起一支步枪喊道。陈玉茗犹豫了下，见弟兄们全上来了，也操起一支步枪上了。二子端着机枪飞奔着，见鬼杀鬼，见人杀人；朱铜头揣起菜刀，手雷一颗颗精准地落在鬼子眼前；鬼子没料到这支残兵还敢反冲锋，坐在锅边吃牛肉的小队长刚把军刀举起来，就被飞奔而至的黄瞎炮横削一刀，嘴里的牛肉也砍作两半了。他们乱了阵脚，一帐篷的敢死队正在脱光膀子喝践行酒，二子的机枪已经扫了过去，帐篷被敢死队的血染得通红，好容易出来几个，一颗手雷就炸飞了；又一窝鬼子东瞄西打没了章法，看到拥来这一群不要命的国军，干脆一咬牙，子弹哗哗卸下，做出了拼刺刀的架势。

"谁他妈跟你拼！"

二子抬枪便扫，鬼子们横尸枕藉。黄瞎炮剁着个负伤鬼子的腿，他是故意砍腿呢。那鬼子眼见一条小腿被这支那兵剁下来，竟从其他同伴的尸体上拿过一颗手雷拉了，他举着手雷死死抱住黄瞎炮的腿。黄瞎炮纵是削掉了他的头，仍是挣开不得，黄二愣用刀去砍鬼子拿手雷的手，可刀早已经卷了刃儿，一下子竟没砍断。火光闪处，他们三个像一堆碎木头飞起来了。

"全杀了，一个不留！"老旦还要前冲，又被陈玉茗拦住了。

"就地防守，不能再冲了，咱不知底细！"陈玉茗拦住了众人，"快点布防，鬼子马上就会来反扑了。"

老旦知道他是对的。战士们纷纷跳进鬼子的工事，扭过机枪，寻找手雷，指着东门的城垣。

"打炮喽！鬼子的迫击炮！"小色匪指着天喊起来。

弟兄们纷纷埋头，可明明听见炮弹砸下来的哨音，却没爆炸声，再猫出半个脑袋看，只见身后弥漫起浓密的黄烟，低压压在阵地上蔓延着，腥辣辣的味道闻之欲吐，双眼更是像洒进了辣椒粉。

"是毒气弹！快点拿帽子蘸点水……"

老旦大惊失色，想命令大家撤退，可大家已被毒气弹远远隔在了鬼子的阵地上，烟雾中的几个战士只跑了几步就栽倒在地，咳嗽了几下不动了。

"冒失了，冒失了，这咋球办？"老旦没了主意。太小看了鬼子，他们什么招都会用的。鬼子在长沙就听说用过这东西，怎就忘了？小色匪强忍着呼吸用帽子把尿，可这当口怎撒得出？

"能撒的赶紧尿！尿不出就蘸点儿血，都散开……"老旦咬牙指挥着。

但这无济于事，暴露在鼻子外的眼睛和裸露的伤口泛起无法忍受的剧痛，眼皮下像是开了锅，眼泪哗哗地流了出来。有人拼命抓挠着双眼，直到它们血肉模糊。黄一刀一只手捂着脸，惨叫着向着鬼子那边跑去，一串子弹立刻打翻了他。他倒下的地方，上百个戴着防毒面具的鬼子端着枪上来了。

"旦哥！是时候了！"

黄烟里的陈玉茗慢吞吞站了起来，他扔掉了捂着口鼻的帽子，面具后流血的眼里凶光毕露。

"弟兄们哪！再去赚几个鬼子啊……"陈玉茗捡了支带刺刀的步枪，搀着老旦往前跑出烟雾，鬼子们近在眼前了。

"走吧走吧，就这么着了。"二子也跳出来。他揪起喘不过气的朱铜头，二人磕磕绊绊地跟上。战士们也强睁开糜烂的双眼，嘶哑着流血的喉咙，大喊着举起了刀。

老旦跑了一阵跌在地上，他说不清哪里的伤偷走了他的力气，腿脚无力，呼吸艰难，眼前重影一片。陈玉茗定是杀去了，哇呀哎呀叫得凶。老旦听见刀锋划过空中，听见刺刀没入人的身体。他终于睁开了眼，一下看到一颗戴着铁面具的脑袋滚到脚下，旁边一个匪兵摘了面具，把手榴弹凑在嘴边去咬那拉绳，一颗子弹兜着风打中了他的头，那头颅烟花一样爆开了，铁面具打着转飞到半空，重重地摔在地上。这定是颗开花弹，鲜血从他的脖子箭一般标向天空，撒下绚烂的雾。鬼子们也都戴着面具，防毒面具看着和树上的叫驴蛋似的（一种会叫的大虫子，类似蝈蝈，比蝈蝈大）。陈玉茗的刀咔嚓劈开一个鬼子面具，硬生生嵌在鬼子脑袋上。鬼子却不死，伸着手抓他，又够不着。朱铜头庞大的身躯跳起来，他那菜刀舞得风一样，嗖地就把鬼子头砍耷拉了。一个战士瞎了到处摸，抱着一个背朝他的鬼子，一把揪掉了防毒面具，啃棒子样找着鬼子脸上的零件，一个个往下咬着。周围的刺刀将他扎得活刺猬一样，可他仿佛浑然不知，最后啃在鬼子的喉咙上，铁闸般不动了……

老旦不知眼中流出的是泪还是血，肺里火烧火燎，几乎要疼晕过去。二子的胳膊上泛起鸡蛋般大的燎泡，闪着晶黄的光，可他不在乎，那刀法也不俗了，竟然敢一个拼三个呢；小色匪这兔崽子最是机灵，他躺在自己脚边装死，只用手枪一个个打着鬼子，打完了再换枪，被他弄死好几个还不知怎么回事呢。

看着越围越多的鬼子，直不起腰的老旦嘿嘿笑了，他等着一个鬼子来寻自己，可他们都瞎了眼，就是不来找这个站不起来的，老旦只能嘿呦嘿呦地叫，希望引起一个注意的，好容易跑来一个，还没等老旦举刀，他却跑过去了。妈了个逼的，哪有这么看不起人的？老子可是青天白日的！

毒气久久不散，大家终不是戴着防毒面具的鬼子对手，那二十多个冲来的战士纷纷倒伏，鬼子的刺刀在他们身上进进出出。死尸里站起来一个人，端着挺没有把子的机枪扫着，将十几个鬼子打得七歪八倒，但斜次里立刻冲过来一群，尺把长的刺刀扎穿了他。他盯着这一片鬼子，拉了胸前一串手雷，白烟里，陈玉茗那张血糊糊的脸冲老旦微笑着，他抓着刺刀向前狂奔，鬼子们扔了枪想跑，却被他用手枪一个个打死。火光在他的胸前一闪，毒气呼地飘散了，他和一群鬼子在这巨大的闪光里炸烂了……

二子总是最聪明的，这么玩命的肉搏时刻，他竟抢了一个防毒面具戴上，扑哧扑哧砍着鬼子。他身后是毒瞎了眼的朱铜头，眼眶里流着黑红的血，他将两柄菜刀转着圈瞎抢着，二子扔到身后的人都被他剁烂了。老旦挣了几步，脚蹚进地上的血泊，那血热乎乎的，哗啦啦的，像盛夏里家门口雨后的积水。几颗子弹从身边飞过，嗖嗖的尖叫声很是亲切，他辨得清每一颗飞来的方向和远近，以前怎么会害怕这可爱的声音呢？脚底下有个戴面具的弟兄只剩半拉身子，肠子泡在肮脏的血水中，可他还在挣扎着。老旦被他绊倒，他抚摸着这战士的面具，握住他残缺的手，抓过旁边一支手枪，顶着他的下巴打了一枪。

二子腰上挨了一刀，疼得站不起来。朱铜头被一个鬼子军官踩住了脑袋，一枪枪打在后背。鬼子像发狠一样慢慢打着，有个匪兵砸在他背上一枪托，他踉跄一下，连看都不看。一枪下去朱铜头就颤一下，后背喷泉样冒着血，那血像板子村老井翻水一样喷起老高。二子抢着双刀，跌跌撞撞摔到老旦面前，他摘了面具，对着就要晕过去的老旦说："你个球的，就你能有青天白日？"

老旦呵呵干笑，摸着他满是血的脖子，鬼子的腿从四方走来，挂着鲜血，踩着尸体，他们慢慢都摘了面具，老旦看了几个离得近的，长得还不错么？有点小白脸的意思。打死朱铜头那个军官也走来了，这个长得差些，和踩了高跷的鳖怪似的，可没有服部那个派头。这家伙揣起手枪，颇威严地抽出了腰间的刀。鬼子的刀就是好，砍了那么多弟兄，刀刃还这么亮锃锃的。看样子他要砍了最后这两个人呢。老旦哀叹一声，妈了个逼的，没让马烟锅砍在村口，却被鬼子砍在这儿了。

"啊呀呀呀呀！"

小色匪不知从哪里蹦出来，光着瘦巴巴的上身，铁面具上嵌着几颗子弹，他举着面破烂不堪的青天白日旗，跳着奇异的舞蹈，嘴里念念有词。那是黄家冲神婆在人之将死时跳的步子，能驱走病人床前的恶鬼。鬼子们被他弄得怔了，瞪着眼看他旁若无人地跳。黄一刀断了半条胳膊，拎着刀晃晃悠悠走过来，见小色匪如此，他也哎呀哎呀地挥舞着，和第一次与老旦拼刀那样，大刀一会儿上头，一会儿掏裆，舞得高兴了，这家伙原地来了个持刀空翻，却没站住，麻袋一样摔在瓦砾中，鬼子们哄堂大笑。

"二子，咱回家了。"老旦说。

"嗯，走吧。"二子和他靠背坐着，眼神带着无奈，他摘去满是血污的眼罩，"鬼子刀快，砍头不疼的……"

小色匪嘿呀呀地蹦着，血洼让他踩得和火堆一样四溅，那面旗子上溅满了血点儿，老旦第一次对这难看的图案感到喜欢。黄一刀爬不起来了，只跪在小色匪身后，将卷了刃的大刀横担在大腿上，用指头一下下给小色匪弹着调子，他身后一个鬼子端起步枪，顶在他后脑拉了下枪栓。

鬼子突然乱起来，枪声在他们身后响起，还有马蹄狂奔的声响。鬼子们纷纷朝后举枪，却见十几匹马飞奔而至，上面的人有的双枪并发，有的机枪乱扫，也有的步枪骑射，鬼子们竟来不及开枪就被撂倒在地。一匹漂亮的战马飞到眼前，马背上抢下一柄豁长的大刀，举着军刀上去的鬼子军官咔嚓被斜劈掉了脑袋和一边肩膀。此人收刀立马，一身黑衣斗篷飘逸，马背上发出雷一般的吼叫：

"都给老子杀光！"

"黄老倌子？"老旦如在梦里，二子却不吃惊，往后一指："你婆娘，你婆娘……"

老旦忙看，见烟尘里飞过一匹白马，身着黑衣的玉兰纵马夹鞍，双枪四射，高挽的发髻上插着蓝色的蝴蝶。马背上的匪兵们骁勇异常，消灭着还没恍过神的鬼子。这是黄家冲最后的精锐，黄老倌子竟然再度出山。

玉兰跳下马来，奔到老旦身边，扔下冒烟的双枪，爱惜地摸着他血糊的脸。

"死鬼，就知道你还活着！"玉兰说罢泣出声来。二子在旁边眼热，嘿嘿一笑道："俺在呢，俺在呢，俺还没死，他能死么？"

"快跟我们走，回黄家冲！"玉兰说罢就来拉他。

"不行，阵地，这里必须守住……"老旦忙说道，"快让老倌子回来，别冲锋，守着就好。"

不用他喊，黄老倌子拎着马头冲他来了。"你个老鸡巴旦，要不是玉兰耍横，老子能为你破这个例？"黄老倌子横着眼指着他。老旦再没力气说话，咬着牙说了最后一句。

"守住这儿，胜了再走。"

"你个死心眼儿的老鸡巴旦……"黄老倌子嘿了一声，"玉兰你带人守着这儿，老子好容易来了，可要好好杀一场，匪崽子们，鬼子又来了，跟老汉杀去呀！"

黄老倌子翻身上马，众匪兵不知哪里弄来这么多马，跟着他向前奔去。老旦恍惚地看见鬼子的几辆装甲车喷着气开来了，后面又是大堆的鬼子，只是这次没戴防毒面具。玉兰的脸挡住了他的视线。她的脸多美啊，即便沾了血污，蒙了硝烟，也还是那么好看，这张脸让他将身上的疼和肺里的烧都忘了，他看见玉兰那柔软的嘴动起来，它恶狠狠地说：

"你再不跟我回去，奶奶我现在就毙了你！"

第十二章
被共军俘虏

　　大雪在后半夜总算停了，停下来的还有共军的歌声。老旦将指挥所让给了伤员和病患，和二子挤在了战壕里。一早醒来，觉得睡在牛奶里似的，眼前只白茫一片，他揉了揉几乎冻住的眼皮，仍是白的，他吓了一跳，以为是医务兵说的青光眼，忙扭头看，战壕里雾蒙蒙的，炭火成灰，人声全无。他知道这是雪后的大雾，这狗日的坏天气没完没了，不知几时才能看见太阳。

　　天气依然脆冷，左右都看不出时辰。老旦很想再睡一会儿，但心里太不踏实，这么大的雾，是多好的进攻机会？他叹了口气，钻出硬如棺材的棉被。二子蹦跳着打回了些热粥，老旦抓着壕边的雪洗了洗脸，见战场上雪封千里，共军毫无声息，就和二子说："让大家都起来，检查武器。"

　　"大伙早就都起来了，一个个饿得睡不着了。"二子掰碎了两块饼干放进粥里。

　　"你说共军今天会进攻么？"老旦抓过枪说。

　　"今天？不会。你以为共军不冷啊？你看那喊喇叭的小妞都不说话了，肯定上下两张嘴都冻住了。"

老旦被他逗笑了，想抽一口烟，才想起烟丝早就光了。他往饭盒里又填了点雪，烧得热乎乎地喝了，浑身暖和起来，带着二子巡视着战壕。一挺重机枪冻满了冰霜，正拆做几块儿在火边烤着。老旦让他们立刻搞定，否则就把机枪塞到裤裆里暖和。

　　"重机枪不响，共军上来你冲他们撒尿么？鸡巴都冻成绿豆了，你能射多远？"老旦虎着脸说。二子戴着眼罩，不说话时就像个刽子手。战士们忙加快速度，大多都知道他是对的。老旦见战士们须发都是白的，钢盔像发了白霜的老冬瓜，知道他们又挨过一个几乎冻死的夜晚。他们想对自己微笑，却笑不出，只挤着一张张奇怪的带着血口子的脸，他们和自己一样，就要顶不住了。

　　"营长，咱什么时候突围？"冻掉一只耳朵的排长说。他两眼发黄，脸像开水泡过般肿着。"宁可战死，也不想这么冻死、饿死。"排长抖了下手里的枪，想站起来，挺了一下却坐下了。老旦看了看他的脚，脚裹在毛毯里，脓血流出脚趾缝，脚趾头已经发黑。"老营长，俺这双脚跑了半个中国，受过伤，被毒蛇咬过，都没烂，如今却眼看着保不住了，再这么下去，人就废了。"

　　老旦只能拍了拍他，看了眼二子。二子忙掏出半盒烟，一根根给大家发了。"就快了，就快了……"老旦知道他们不信，"要么咱们冲出去，要么他们打过来，一定快了……"

　　老旦继续前行，见尸堆又高了一截，因故意浇了水，冰雪将他们冻成一坨，头挨着脚，脚顶着头，冻成这个样，大炮都不一定炸得烂。老旦看着那些冰后的身躯和脸孔，想起在冬天的带子河看着冻在冰里的鱼。他见到一些熟悉的面孔后，心中竟害怕起来。自己要是挨了一枪，或是吃了一炮，便鲜血淋漓地码在这儿了，等着春暖花开，融化发臭，长满肥胖的蛆虫，烂成一堆分不清的东西。

　　老旦和二子一直走到战壕的尽头。说是尽头，也是相连的壕沟，只不过那边是老白的4营防区。老旦本想过去打个招呼，再要点烟丝，却见壕沟之间的通道堆满了麻袋，踹了一脚，竟是瓷实的土。

　　"什么意思？"老旦纳闷，他问附近的兵，"什么时候堵上的？"

"应该是昨晚上，睡着了……"士兵哆嗦着说。他的排长跑了过来，对这麻袋墙也很惊讶。二子几步跑上了战壕，猫着腰向那边望去，他愣愣地看着，嘴唇发着抖。

"旦哥，4营没人啦……"二子扭过脸，轻轻地喊着。老旦脑袋一晕，眼前黑起来，他也不顾敌人的狙击手，爬上去站着看。4营的战壕果然空无一人，在的都是死尸，武器也不见了。老旦没接到任何撤退的命令，再说往哪撤呢？后面就是他娘的旅部师部，督战队都把重机枪架上了。老旦浑身发麻，原地转了一圈，指着那个排长说："赶紧跑去团部汇报……二子，你去把2连和3连叫来……老白这个兔崽子，投敌了！"

老旦说罢，恶狠狠掏出了枪。

"旦哥……来不及了。"二子揪了一下他，他的脸比满世界的雪还白，他的手指着共军那边儿，老旦第一次见他的手抖成这样。老旦看向远处，雾正在退去，地平线上浮起密密麻麻的小点儿，两边望不到头，他们踩出一树麻雀那样的声响，飞快地跑过来了。

"共军进攻！准备战斗！"二子对着战壕大喊。

老旦觉得眼前一晃，地平线猛地全亮了，像地下藏着太阳。老旦一把搋下二子，边跑边对壕沟里拿着枪发愣的战士们喊着："共军开炮啦，钻到洞里去，都到洞里去！"

老旦飞快地奔跑着，将冻得发愣的弟兄们往洞里推。战场在震颤，地下像钻着一个怪物，要从战壕里钻出来。耳朵里响起可怕的声音，那是无数炮弹飞来的尖啸声。老旦揪下一个双耳被炸聋的重机枪手，看见阵地前猛然立起几百米长的一道火墙，它们填满了天地之间，炮声在这火墙里碰撞，这就是最后的决战了。老旦和二子躲着炮火，钻进自己的洞里，一摇电话，果然已经断了。飞来的炮弹是老旦没见过的数量，他知道这条沟守不住了，自己的命估计也保不住了。

"旦哥，咱完了。"二子站在门口，一只眼看着他，眼神就像诀别。

老旦也看着二子，正要说点什么，就听见一枚巨大的炮弹砸过来，那撕裂的声音不偏不倚，像一只庞大的坦克直直飞来。它落地了，老旦震飞在土墙上，听见这颗炸弹钻进土里吱吱地叫，旋转着向洞里钻。老旦只听见自己唤了声二子，爆炸就掀翻了洞，四周漆黑一片，老旦的头四处乱碰，像皮球一样在里面滚着，温热的土覆盖了他，塞满了满是血的半张的嘴。晕过去之前，老旦听见弟兄们哭爹喊娘，再有经验的老兵，在这般灭绝的炮火里也形同蝼蚁，入地无门。

天黑了么？春天也来了么？老旦听见一个声音在问，听了半天才知道这声音来自心里。他看见泥土里种子发芽，看见蚯蚓在洞里爬过，感到泉水流过耳边。他正在沉下，身下是漆黑的未知。但他并不害怕，只觉得罕有的放松，放松得都想尿了。若是阴曹，如此也好，记忆浮起，在眼前要闪电般掠过，老旦晃着头终止了它，留着吧，留着吧，再也不想看到了。他张开双臂，就想这么沉下去。

什么东西拽住了他，他沉一下，那力量拽一下。他要和这力量抗衡，却觉得它不可抵挡。他觉得被拎起来，半空里晃荡着，上下左右分不清了。胃里也翻滚着，痛苦都涌向喉咙。他强忍着，就要忍不住时，他猛然被那力量揪出了黑暗。炮弹又在耳边炸起，他吸进一大口满是血腥和硝烟的空气，睁眼便看到自己瀑布一样的呕吐。

"旦哥，快走，守不住啦！"二子放开揪着他的手，他的眼罩不翼而飞，那只塌缩的眼塞满淤血和污泥。

老旦吐干净了，也清醒了。他扑到战壕边看去，漫山遍野的共军离阵地不过几百步了。他又看着两边，战壕不成样子，他干脆爬上壕边儿两边望去，战壕烂得没法收拾，机枪阵地和堡垒消失殆尽。弟兄们或爬或坐，收拾着满地被炸碎的人。完好的尸体没几个，冒着青烟的泥土红黑相间，半掩着数不清的残肢断臂。以往炮击过后，总有人发出痛苦的号叫，可这回他们只剩奄奄一息。老旦知道任何命令都没用了，这支走了半个中国的老兵营迎来了它最后的末日，那些坚强的身躯，要么冻作冰块，要么碎成了肉渣。

"旦哥快下来，快下来，共军上来了。"二子从土里揪出一支轻机枪，扔掉抓着它的半只手，抖着土找射击位。老旦慢慢走下来，把周身摸了个遍，真邪乎，竟没受伤。他扶起一个歪在壕里的战士，鼻子眼的全乱了，一张脸只有血糊糊的一张嘴张合着，便放弃了。二子摆弄着机枪，见他并无命令，只慢悠悠看着弟兄们，便愣在那儿了。

共军踩得麻嗖嗖的，他们黑压压地过来了。这次很奇怪，共军竟没有嚷嚷，可能觉得在这样的炮火之后，没必要喊了吧？老旦迈过一堆尸体的碎块和一个大弹坑。这一个排的战士被炮弹直接命中，呈放射状炸得乱七八糟，一根烂肠子缠着两个脖子，另一个肚子里钻着别人的头。壕边一辆破汽车炸飞到几丈之外，肚皮朝天，仅剩的一个轮子冒着烟转着。

几个没受伤的弟兄拎着枪看着他，等着命令，也像等着告别。老旦自顾自地走着，帮一个炸掉双腿的弟兄抚合了双眼。

背后拍来一只重重的手，将老旦吓得不轻。他只有半张脸，弹片像锋利的菜刀，斜着削去了那一半，撕开的肌肉和头皮颤巍巍地挂在耳朵上。没了眼眶的左眼巴巴地盯着他，身上千疮百孔，右腿像鸡那样弯折回来，棉衣炸成了大布条，腰腹那里豁开了，碎裂开的肋骨处流着黄色的脂肪。老旦费力地辨认着他，终于认出了这只与众不同的耳朵。

"武白升！是你啊？"老旦忙抱着他，旁边一个弟兄递来急救包，老旦悄悄摇了摇头，"好兄弟你莫怕，这伤不要命。"

老旦看着这倒霉的广东弟兄，不知该捂着他哪一处伤口，上下比划，致死的伤至少有四五处。胸口的伤口水龙头样流着血，将身下的泥土染成酱黑。武白升喘着气望着他，眼里有恳求和悲伤。老旦知道他想要一枪，便掏出来了。拉枪栓时，他看到武白升的酒壶就掉在不远处，忙让人捡过来，酒壶坑坑洼洼的，却没有破，晃了晃，居然还有。

"好兄弟，喝口酒！喝口酒就有劲哩！你家的酒，都喝了，别不舍得了。"

酒壶塞到武白升闭不拢的嘴里，他无法吞咽，倒多少都从一侧的洞里流出来。佳酿淌到伤口上，武白升痛苦地抽搐着，这疼痛让他黯淡的眼神泛起亮光。他忽闪着嘴吐着血泡，话到嘴边，却变成了呼噜呼噜的怪声。他放弃了，只盯着老旦，挤出再也不能夸张的笑。

共军越跑越近，都听到他们的喘气声了。一个弟兄抬头看了看，又看了看老旦，想跑，却被二子推了一把。

"干什么？"二子横着机枪瞪着他。老旦看了他们一眼，对二子点了点头。二子却不干，一把推回了那战士，"老子还没跑，你就要跑？"

武白升活不了了，可他就是不死，一口口吐着血沫子，他闭不上没了眼眶的眼。老旦放回了手枪，抱着他不再说话，哄孩子一样轻轻晃着。武白升这个烂兵臭名昭著，分吃分喝的时候他忙前面，打仗冲锋的时候他忙后面，不管老旦怎么骂，武白升总是一副滚刀肉的谄笑。他常拿夏千的香烟孝敬老旦，拿老旦的巧克力讨好医官，乘人不备把别人打死的共军算在自己头上。在村里抓民夫的时候，别的兵抓人他不掺乎，专找要死要活的村姑聊天，偶尔还会动情地陪上把泪，有的村姑聊着聊着就和他上了炕，还有的动了真心。

老兵们对这厮极为不齿。兵进中原物资匮乏，大家都面黄肌瘦的，这厮却满脸冒油，养得白白胖胖，颇得没见识的小兵羡慕。他也会阴沟翻船。两个月前在徐庄，面对被抢去了米面、母鸡和男人的村姑，武白升故伎重施，大谈乱世无德，身不由己，胸脯拍得邦邦响，说一定找门路把她男人关照起来。心满意足的武白升一手系着裤腰带，一手拎着老母鸡，哼着广东小曲儿走出了院门，迎头撞见宪兵团的一众头目抓烂兵树典型。宪兵的一顿乱棍险些打断了他的腿。要不是老旦拉着上司出面，看在这厮小钢炮打得贼准的份儿上，当时就毙了。

此刻，老旦更多想起武白升可爱的地方。艰难中他从不抱怨，是个人就能涮他，连鸡巴毛还没长全的杨北万都把他当出气筒。他毫不抵抗，乐呵呵照单全收。还有件事了不起，半年前武白升原本可以留在后方，却跟着部队进了战场，他要找失散了四年的弟弟。酒壶里的酒只剩下一点儿了，谁都不给了，说是给兄弟留的！半夜有个嘴馋的弟兄想偷，惊醒的武白升险些和他拼命。这酒壶是分手时弟弟给留下的，他说弟弟是个好壶匠。

杨北万不知从哪里钻了出来，蓬头垢面，血染全身，但看那架势，血不是他的。他跑过来看了看武白升，又看看弟兄们和老旦，大喊道：

"营长，白升不行了，咱快走吧。"

他差点把老旦吵聋了，这小子耳朵定是出了问题。老旦劈头便给了他一耳光。

"日你妈的！谁说他死了，他的心还蹦蹦跳哩！你跑？跑你妈个逼哩！你跑得过么？你的几个兄弟都在共军那边，你还跑个球？"老旦看着身边的七八个人，大喊道，"都扔下枪，到战壕边儿给俺把手举起来！"

弟兄们没动，二子端着枪也没动。杨北万却先蹦起来，他爬上战壕，对着共军便跪了。他高高举起了双手，大喊着谁也听不懂的话。

武白升终于断了气，扎在老旦肩膀死去。老旦想放下他，却觉得他长在身上了。武白升的双臂抱着他，已经完全僵直。老旦干脆抱起他走向壕边，走到哇哇叫的杨北万身边，扑通坐下了。投降可以，跪下不行。共军明晃晃的刺刀映着雪光，越逼越近，太阳在他们身后升起来。老天爷真是捉弄人，还以为这大雾天儿要个把月呢。

二子和弟兄们来到他身边，一个个都盘着腿坐了。二子还挺不高兴，往兜里揣着一些宝贝。

"能跑不跑，被捉住能有个好果子吃？"

老旦没搭理他。太阳刺着他的眼，让那些刺刀也柔软起来。他奇怪自己为啥不感到害怕。以前几百个鬼子冲上来都吓得尿了，吓得浑身冒汗手脚乱颤呢。现在成千上万的共军冲来，倒觉得不过如此了。腥风血雨的旅程，最终会有一场灿烂的结束，在阳光里，在敌人的刺刀下，在战友的怀抱中。他看了看武白升，那只眼直勾勾瞪着他胸前的军功章。这家伙抱得可真紧，都快勒得老旦喘不过气了。老旦只能腾出一只手，掏出他的宝贝梳子，梳着武白升半脑袋杂乱的毛。血从梳子的间隙里黏糊糊渗出来，眨眼冻成了冰。

共军到了面前，一个个穿着可笑的棉袄。冲在前面的只斜了他们一眼就跑过去，他们根本懒得理这些投降的国军呢。他们很多居然拿着国军引以为傲的美制冲锋枪，莫非他们就是昨晚跑过去的4营？狗都不会这么快咬老家的人，他们倒给共军打头阵了？

但这只是猜测，老旦看着那一张张脸，又觉得这不是能装出来的傲气，人家只是把国军的枪拿过来用，4营没那么好运气，这时候肯定蹲在地上听训话呢。

　　"举起手来！缴枪不杀！"

　　一个矮小的共军士兵站在太阳里，指着他的刺刀泛着红光。刺刀是用绳子捆在冲锋枪上的。这共军腰扎麻绳，足登毡靴，肥大的棉裤下还扎着紧绷绷的绑腿，像极了女人纺线的梭子。他的棉帽子腾腾地透着白汽，大帽檐上下忽闪着，如同七品县令的顶戴。他的脸很黑，不是一般的黑，仿佛用炕灰抹过，高高的颧骨上面镶着一双小眼，却炯炯有神，就是背着光老旦仍看得见这双眼。他居高临下地瞪着，像要把这一串俘虏瞪扁了似的。

　　看着这古怪的共军，老旦差点笑出来。参军这么多年，竟被这么一个猥琐的给俘虏了？还要举手？老旦冷笑了下，低头仍去给武白升梳头。

　　"兄弟哪里人啊？用我们的枪还上你们的刺刀？不对路啊？"二子笑着说。共军战士一皱眉，刺刀在他脸前比划了一下，二子忙摆着手，"和你开玩笑呢，别当真，枪好使不？我们投降了你都用不上了……"

　　"再说现在就用上，突突了你个独眼儿仔！"共军战士怒了。

　　"别别别，多浪费子弹，你们不杀俘虏，否则要挨处分的，给俺们的传单上都写着呢。"二子嬉皮笑脸，老旦纳闷他还能笑得出，却也被他逗笑了，但笑也是冷的，还把那刺刀吸引过来。老旦斜着眼看着这个共军，一把打开了快要杵到他鼻子的刺刀。

　　"你干什么？"共军战士大叫，杨北万慌忙爬过来，挡在老旦身前，将双手举得笔直喊着："贵军包涵，贵军包涵，这是我们营长。"

　　老旦啐了一口，懒得骂了。武白升的酒壶里还有些酒，老旦拿起晃了晃，这可不能浪费了。他轻蔑地看了眼共军，举起壶就要灌。共军战士却拦住了，他的刺刀硬硬地压在老旦胳膊上，猫见兔子似的绕着他转了半圈，翻来覆去端详着老旦手中的酒壶，再扭脸盯着老旦。他屏住了呼吸，仿佛老旦是大白天钻出来的无常鬼。老旦竟被他看得发毛，不知哪里出了问题。共军战士用刺刀扒拉开碍事的杨北万，劈手夺过了酒壶。

"这酒壶，哪里弄来的？你从哪里搞到的？快讲，不然我搞死你！"

这共军小战士狰狞起来，哗啦拉了枪栓。几个共军士兵见这边异样，端着枪也过来了。这几个一看就是老兵，都是杀人不眨眼的模样。二子慌忙指着老旦怀里的武白升："他的，壶是他的。"

共军战士又绕到武白升面前，他低头看着，一把扔了枪，跪着扑上前去，扶起武白升上下打量着，他捧起那张只剩一半的脸，用袖子擦着脸上的血，又拿起武白升的一只手端详，武白升手心有一个大瘊子。他呆呆地看着这只手，张着嘴像吸足了一口气，撕裂肝肠地哭起来：

"大佬，大佬，醒醒哈！我是阿崽啊！你怎会这样啊？大佬……"

老旦大感意外，虽然听不太懂，可就是聋子也能知道，这个共军正是武白升寻找多年的二弟，二人竟在这里不期而遇！

老旦愣愣地坐在雪地上，仿佛冻住了。二子惊得已经站起来，又抱着头蹲下了。武白升兄弟彼此四年杳无音讯，在战场上终于重逢。大家就隔着一条战壕对望了一个多月，才十几分钟的事，武白升已经死在共军弟弟那边的炮火中。武白升血已经流干，身体正在冻硬，身子在痛苦的弟弟怀里，魂魄或已经飞向遥远的故乡。武白升的弟弟抱着他哭得翻肠绞肚，喊着老旦听不懂的鸟语。那个难看的酒壶汩汩地流出最后的花湾米酒，它融化冰雪，渗进血红的土地，却仍能飘出阵阵清香。

杨北万并不太明白，这傻小子竟去劝武白升的弟弟，要把他扶起来。武白升这哭得发疯的弟弟一把将杨北万推倒了，他猛地站起，恶狠狠地骂着，拎起刺刀便往他的脑袋上扎。他血红的双眼充满杀气，刺刀带着寒气直奔杨北万的脑门。这孩子登时魂飞魄散、屎尿崩流了。老旦大惊，猛扑到杨北万的身上。那刺刀结结实实地扎在老旦的背上，虽然有厚厚的军大衣，老旦还是感到了刀锋钻进身体。他疼得大叫："兄弟饶命！饶命！咱们和你老哥武白升都是手足弟兄，这个娃子还被他救下过命，俺求你别杀他……他的几个亲兄弟都在你们部队里！俺没护好你哥哥，你要杀就杀俺，就饶过他吧……"

"兄弟，使不得，你哥是你们的炮炸死的，你们再劝两天，我们说不定也降了……"二子也上来拦着，却被另两个共军战士踹倒在地。他们举着冲锋枪，盯着这几个国军，也拦住了武白升的弟弟。

"干什么哪？武老二你干什么？想犯错误啊？把枪收起来！"

一个嗓子粗壮的人走来，跟着十几个共军。刺进老旦皮肉的刺刀没再往下，老旦明白皆因它是草绳绑在冲锋枪上，吃不得劲头。可他已吓得瘫软，冷汗透了棉衣。身下的杨北万晕过去了，裤裆里臭气熏天。

"排长，这就是我大哥，他被我们的炮炸死啦！排长，我就这么一个大哥啊！我就这么一个大哥啊！他就是为了找我才过来的，我怎么同老妈交待啊？我怎么同我老妈交待啊？"

武老二又哭倒了。这事儿比武白升的死状更令人目瞪口呆。望着武老二那血肉模糊的大哥，大家都噤了声，静默地站立四周，任由武老二疯一样号着……

"带他们到后面去！赶快！"那排长下了命令。

国军的炮火姗姗来迟，覆盖着老旦的阵地，这说明师部已经承认战线失守，炮火覆盖是最后的手段。这儿不能待了。老旦想去抬武白升的尸体，被武老二一把搡开。他背起哥哥向后走去。老旦拉起还有些昏的杨北万，叫弟兄们快步跟在后面。越过战壕的共军开始对14军的二围阵地猛烈进攻，老旦回头望去，那里杀声震天，不知又有多少兄弟倒下。

到了共军阵地，老旦和二子等蹲在地上，这里蹲着一大片国军，瞅来瞅去却没有4营认识的，他们大多沉默，但也有些有说有笑的。旁边是一个共军的营房，门口排着一些国军军官，杨北万哆哆嗦嗦地看着身边那些怒目圆睁的共军，吓得手抖起来。

"老营长，是要枪毙咱么？"他问。

"枪毙不会，多浪费子弹，共军都是用刀砍，听说还是铡刀。"二子变戏法一样掏出根烟，故作严重地说。

杨北万闻听此话，一张孩子脸吓成了纸。

"别吓唬这娃子，还铡刀？你当是切猪草呢？咋还有私货，拿出来！"老旦对二子伸出一只大手。二子不情愿地伸手入怀，掏出半包瘪瘪的烟。

"俺看共军这架势啊，咱八成是要被扔进战俘营，要么饿死，要么冻死。"二子丧气地说。

"喂！你们几个！"一个士兵指着他们说，"说你们哪！这里挖个坑，把这兄弟埋了！"

老旦忙站起来，走去抱着武白升的武老二旁边，他跪下拍了拍武老二，武老二挣了一下，老旦继续拍他。他抬起头，看见老旦的眼，松开了手。老旦抱起武白升，将他放进个不大不小的弹坑，再看着武老二。武老二点了头，老旦便用手挖着周围的土填进坑里。被炮火炸松的表土依然坚硬，但老旦挖得坚决，指尖很快就磨出了血。弟兄们也围过来向里推土。武白升那张可怕的脸消失了，不一会整个人就不见了。老旦心中酸楚，十年战火生涯，终归屈辱地埋在土下，武白升刨个坑埋了，谁可以给自己刨个坑呢？武白升和兄弟重逢了，这叫死也瞑目了。而自己若离去，谁会去想他家里还有孤苦的女人和孩子呢？玉兰让他回家，又如何能回得去？每一个家都留不住，每一个家也回不得。百死亦不得一生，一生又只剩飘零，飘荡成这个样子，还是逃不出被人砍头。老旦堆上最后一抔土，见雪花又飘飘落下，心中便泛起难言的苦，眼眶湿了。

几个共军战士见老旦满手鲜血，眼眶通红，拣了几把铁锹递过来。二子死人埋得多了，将这土包拍得圆溜溜的。几个共军战士死命拽着武老二不让他去，这家伙要背过气去了。老旦把酒壶放在武白升的坟上，使劲按了按，立起身来。他们放开了武老二，他扎上去大哭起来。

此情景这辈子难忘啊，这种事儿在部队里时有发生，老旦还是第一次目睹。兄弟先后参军，有的是自愿，有的是被逼，有的在国军，有的在共军。战时消息断绝，杨北万连自己的国军兄弟都找不到，更不用说国共之间了。半年前有个国军的排长枪毙几个共军游击队员，下令开枪时觉得一个眼熟，等撂倒了上去看时，才发现那人竟是五年没见的亲弟弟，这国军哥哥当时就疯了，一天后他坐在弟弟的坟坑前，在脑袋边儿拉了一颗手榴弹。做兄弟的，还有比这更他娘背运的么？

"让开……立正！"一个端枪的兵走来，后面是一群不拿枪的。

十几只脚走到坟头旁边，有人和两个兵问了几句，知道了是怎么回事。一个人对还跪在地上的老旦说："你是这个营的头？"

"俺是。"老旦头也不抬地应道。

"站起来立正说话！"旁边一个声音喊道。老旦却没动，只看着武白升的坟。

"算啦，带他们三个过来，了解一下情况。"长官说完扭头就走。一支枪在老旦背后顶了顶，老旦憋着气站起来，拉起二子和杨北万，跟在那群人后面。

"咱俩完球了。"二子说。

"完就完吧。"老旦背着手说。

营房里站着两个拿枪的兵，还坐着三个没扎麻绳的。带他们进来的那人说："问问吧，是我们对面的。"说罢他径直走到后面坐下了，端了杯水看着墙上的地图。

"你是什么部队的？"中间的长官问了话。

"报告长官，国民革命军第14军386团3营。"老旦立正了道。

"哦？久仰大名啊！啃了你们这么多天才打下来，你本事不小啊！"

共军长官靠进椅子背，不阴不阳的。老旦不知该怎么回答，干脆站着不动。这共军长官穿着和士兵一样肥嘟嘟的棉袄棉裤，脸上污垢虽少，却是一嘴的黄牙，裤裆的尿门儿少了颗扣子，堆满抖落不干净的尿碱。他没有标明军衔的标志，除了肚子大点儿，把他扔在大头兵里也分不出来。

"叫什么？"旁边一人问。

"报告长官，老旦！"每当有长官问话，最难堪的就是这个时候。

"老什么？"黄牙长官侧过耳朵。

"旦！就是球的意思。"老旦咬牙说道。

这几人笑起来，一个正要喝水，噗地一口喷了出来。

"你这名字真稀罕……为什么你不跑？你也没有缺胳膊少腿儿啊？

你们后面还有八万多人哪。"

老旦闭嘴不答，到这份上死都不怕，他不太想受这侮辱和折磨。

一个长官摘下老旦系在身上的包，在桌子上抖开了，快磨秃的梳子和几个军功章叮铃当啷地落了下来，引得端枪的战士都啧啧起来。黄牙长官随意挑着，又拿出了青天白日，问道："当兵好多年了吧？"

"十年了。"老旦并不讨厌他。

"青天白日呢，这块章哪里打来的？"

"说不清楚了。"老旦真说不太清楚。

"这一块呢？"长官又拿起一块国光勋章。

"这块是在常德。"老旦自不会忘。

"哦，虎贲的兵，难怪这么硬！听口音是河南人？家哪儿的？"黄牙长官轻轻放下他的章。

"是，家在河西板子村。"老旦道。

"你呢？"黄牙长官突然问二子。

二子一愣，忙说："俺们一个村儿的……俺叫谢二子，和老旦营长一起当兵十年，现在是他的职下副营长。"二子不打自招，倒了个干净，可几位长官并未有惊讶之态，"长官，你肯定知道，俺们村儿那边儿现在啥样了？"二子有些得寸进尺。

黄牙长官看着他，犹豫了片刻说："是在河南的东北边吧？按照区片儿，你们家应该已经解放了……我们是作战部队，具体情况我也不清楚。你们那边应该被水淹过，但是应该是黄泛区边缘，受灾不重。因为我们的抗日武装也一直在那儿活动，他们才最清楚。"

"那的乡亲会不会被拉来打仗？"老旦抬起头问，他很自然想到这问题。黄牙长官的手停下来，扔下笔抱着胳膊说："你看到后面那成千上万的民工了是吧？没错，他们都是解放区的穷人老百姓，但是没人逼没人赶，都是自愿来的，他们有了地，有了粮，就自告奋勇来帮忙。你们国民党那边除了抢老百姓家几只鸡鸭，再靠美国人的飞机下几个蛋养活你们，还有什么？"

"我就是被抓来的……"杨北万插嘴道。老旦瞪了他，被黄牙长官看到了。

"你瞪他做什么？他说的八成是实话。"黄牙长官不满地看着老旦，道，"你在那边也算英雄了，打鬼子有功劳，可这内战你还打什么？既然想回家，为什么不带着全营投降？像你们4营一样？明知打不过了，宁可让弟兄们炸死、饿死、冻死？"黄牙长官的语气变了。

"俺打仗这么多年，从没有想过投降。"老旦偏着嘴说。二子旁边捅了他一下说："长官，部队有死命令，督战队就在前线看着，想投降也不容易。"

"狡辩！那4营怎么做到的？问你再说话。"黄牙长官并不买账，又对老旦说，"你以前是打鬼子，当然不该想投降。可你现在面对的是为穷人打天下的共产党解放军，你怎么就执迷不悟？早过来一天，你的弟兄们就不会被我们的大炮砸个稀巴烂！你个死硬的反动派！"黄牙长官有些生气，他喝了口水，压着火气问，"你的营伤亡多少？"

"俺没数，看样子有八成左右。"老旦低下了眼皮。

"几百条命，就这么被你断送了！"旁边的长官指着老旦说。

老旦愤怒地瞪着他，没说话。

"前些天你们要跑过来的那两个兵，为什么要打死他们？"黄牙长官扬着眉毛喊道。

"那不是俺的命令，是宪兵队干的！"老旦挺直了身板儿。

"长官听俺说，那两个兄弟是被宪兵队打死的，营长为了救他们还打了一个少校，眼见着要吃处分……长官，我的三个哥哥都在你们这边，营长早就想着让我过来了！"杨北万机灵起来，看得出这小子横了心呢。

"三个哥哥？都在我们这边？这倒奇了！"黄牙长官道。

"没错长官，他们原来都是我们85军110师的，不是都投降过这边来了么？"杨北万伸着脖子问。

几个共军长官笑了，他们相互看着，带着得意。

"呆娃子，什么投降？你们那位师长叫带军起义！"黄牙长官说。

"长官他们还都活着么？我的哥哥们还都活着？我家穷得连锅都

没有，我愿意和他们一块去帮穷人打仗。"一说到兄弟，杨北万立刻哭起来。

"你叫什么？"

"我叫杨北万，大哥杨东万，二哥杨西万，三哥杨南万。"

众人觉得有趣，今天这几位的名字着实稀罕呢。

"去和四纵那边的同志联系一下，找一找他说的这几个人。"一直在看地图的军官回过身，端着茶杯走过来说，"这二位说的都是实情，老旦，六七年不见，别来无恙啊！"

《狗日的战争3》即将出版，精彩预告：

老旦被共军俘虏，却在军营里相继遇见几位故人。故人的说服教育、共军的政治鼓动，使得老旦陷入空前的犹豫中。中原一战国民党军七八十万军队被各个击破，蒋介石大势已去，天下大局已定，老旦最终做出抉择——投降，加入人民解放军。

老旦被委任为立功连副连长，编入人民解放军三纵豫西独立旅，参加对杜聿明兵团的攻击。面对着昔日战友，老旦下不了死手，故意将枪口抬高，这使得解放军战友大为不满。但在半个月的时间内，立功连先后三次执行阻击任务，老旦在解放军阵营里总算站稳了脚跟。此后的两个月，国民党军五大主力被打得灰飞烟灭，淮海战役解放军大获全胜。老旦在错愕中见证着历史，但他的命运仍无法把握，他的战斗生涯似乎永无尽头……

敬请阅读《狗日的战争3》

读客®知识小说文库

读 小 说 · 学 知 识

什么是读客知识小说？

畅销全国的读客知识小说文库，每部小说都在精彩的故事中，融合了丰富系统的人文知识；让您每一次充满乐趣的阅读，都成为汲取知识的智慧之旅：

◎ 关于西藏宗教、文化、地理的百科全书式小说《藏地密码》（何马著）

◎ 逐层讲透村、镇、县、市、省官场现状的自传体小说《侯卫东官场笔记》（小桥老树著）

◎ 讲述中国社会底层结构变迁的黑道小说《东北往事：黑道风云20年》（孔二狗著）

◎ 讲透中国传统政商关系的至高经典《红顶商人胡雪岩》（高阳著）

◎ 从"文革年代"的胡同里杀出来的京城大亨成长史《北京教父》（王山著）

◎ ……

每个系列，都是人文知识丰富、销量过百万册的超级畅销小说。翻开读客知识小说文库的每本书，您都将在感受小说无穷魅力的同时，轻松获取某一方面的系统知识，增强自己对这个世界的理解，成为一个学识渊博的人。

读小说，学知识，锁定读客知识小说文库。

《古董局中局》全国热卖中！

一部关于古董鉴定、收藏、造假、设局的百科全书式小说

古董造假、字画仿冒，古已有之。东晋时，康昕仿冒王羲之的书法真迹，连他儿子王献之也辨认不出来；宋朝皇帝宋徽宗喜欢造假，仿制了一大批商代的青铜兵器，摆在宫廷里，乐此不疲。

在古董斑驳的纹理中，承载着一个民族的文化，一个时代的风貌，它的价值，不是金钱可以衡量的，但可怜的人类却只会用金钱去衡量它。

而本来一文不值的东西，精心涂抹一番，就可以价值连城；巨大的利益，令无数人铤而走险，更有一些家族，父传子，子传孙，世世代代在这个晦暗不明、凶险万状的江湖上营生。

许愿就是这样一个家族的传人，北京城琉璃厂一家古董店的店主，30岁，平时靠家传的半本鉴宝书混饭吃，青铜玉器、字画金石，一眼就断得出真伪，说得出渊源传承，靠这点儿绝活，过着平静而滋润的日子。

但有一天，一个突然到来的访客，把他带进了一个做梦都想不到的阴谋中，一件坊间传说的稀世珍宝，竟然和自己有着千丝万缕的联系，一个几十年前做的局，竟然已经编排进自己的命运。许愿将使出浑身解数，置身生死之间，和蛰伏了几十年的各方神圣斗智斗勇，和古董江湖里造假做局的各种奇技淫巧一一遭遇……

翻开本书，了解古董行当里的文化传承与江湖险恶。

· ·